ROMANREIHE

DIE AUGEN DER SPHINX

DIE WILDSCHÜTZEN VOM KILIMANDSCHARO

VON

ROBERT KRAFT

EDITION USTAD

Der vorliegende Roman spielt um die Jahrhundertwende.
Herausgegeben von Lothar und Bernhard Schmid

Einbandgestaltung: Falk Klinnert

Satz: Oldenbourg Informations Management, München
Druck und Bindung: Kösel GmbH, Kempten
ISBN 3-7802-1072-X

1.

„Waren Sie im Hippodrom? Haben Sie die Geschwister Richter mit ihrer Truppe gesehen?"

So wurde ohne Ausnahme gefragt, wenn sich zwei Bekannte, die einander einige Tage nicht gesehen hatten, auf der Straße begegneten. Reinhold Richters Reitertruppe bildete die letzte Sensation des Tages, und wer sie nicht gesehen hatte, konnte nicht mitsprechen.

Der Londoner Hippodrom ist ein Zirkus, dessen Arena aber zehnmal so groß ist wie die gewöhnlichen Zirkusmanegen, die allüberall in der Welt genau den gleichen Durchmesser von dreizehn Metern haben müssen, wegen der Schrägstellung der Pferde beim Laufen, weil sich schon bei einem Unterschied von einem Viertelmeter Pferd und Künstler verspringen würden.

Im Hippodrom treten also nicht solche eigentlichen Zirkuskünstler auf. Es werden darin große Reiterfeste abgehalten, fremde Völkerrassen vorgeführt, bei denen, wie schon der Name Hippodrom sagt, das equestrische[1] Element vorherrschen muß, Beduinen oder Kalmücken; auch Buffalo Bill führt seinen wilden Westen, wenn er in London gastiert, stets im Hippodrom vor.

Versetzen wir uns nun in diesen Zirkus, um einer Abendvorstellung von Reinhold Richters Reitertruppe beizuwohnen, und zwar wollen wir die Augen eines Zuschauers haben, der noch nichts davon gehört hat, noch nicht einmal weiß, daß diese Reitertruppe das Tagesgespräch Londons bildet und bald das von ganz Europa bilden wird. Denn die Truppe gastiert nur wenige Tage hier, dann geht die Reise weiter.

Reinhold Richters Reitertruppe! Das hört sich ja ganz hübsch an, besonders wenn das ‚R' dabei recht schnarrt,

[1] Equestrik: Schulreiten

aber - hätte sich denn die Gesellschaft keinen anderen Namen zulegen können? Der Name tut etwas zur Sache. Reinhold Richter - wenn ich ein echter Engländer bin, habe ich gleich ein gewisses Vorurteil, denn das ist doch natürlich ein Deutscher. Und doch muß es etwas ganz Außergewöhnliches sein, denn das sich quetschende Publikum beginnt vor Spannung zu zittern, weil jetzt die Musik einsetzt.

Unter einem leisen, faszinierenden Marsch reiten auf prächtigen Rossen vier Herren und vier Damen ein - Schulreiter, die Herren in schwarzem Frack und Zylinder, die Damen in langem Reiterkostüm, auf dem hochtoupierten Haar gleichfalls den Zylinder.

Es scheinen Südländer zu sein. Ihre Gesichter, auch die der Damen, sind so braun, schon mehr bronzefarben. Mit Ausnahme das des führenden Herren, dieses ist viel heller, sein blondes Haar schlicht gescheitelt. Das gilt auch von der führenden Dame, und wenn jener Reinhold Richter ist, dann ist diese unbedingt seine Schwester, die Ähnlichkeit ist eine ganz auffallende.

Sie begrüßen das Publikum, und dessen frenetischer Jubel beim Einreiten der Kavalkade[1] will kein Ende nehmen.

In der Tat, es ist ein prachtvolles Pferdematerial, aufs eleganteste gesattelt und gezäumt - elegant, nicht etwa prunkvoll - so vornehm einfach wie die Reiter und Reiterinnen selbst sind, vom Zylinder an bis zur Reitgerte im weißen Glacéhandschuh.

Ja, ist denn aber wirklich jeder Engländer solch ein gediegener Pferdekenner, daß sich selbst die obersten Galerien für derartige Schulreiter begeistern können, daß sich der Arbeiter das Abendbrot abspart, nur um diese Schulreitertruppe ein zweites Mal sehen zu können?

Der Begrüßungsjubel, von den Galerien kräftig durch gellendes Pfeifen unterstützt, was in England als ein Zei-

[1] Reiterzug

chen des größten Beifalls gilt, hat sich gelegt, das letzte ‚Hipp, hipp, hurra für Reinhold Richter und seine Schwester!‘ ist verklungen.

Sie reiten die ganze hohe Schule durch. Prachtvoll! Kein Pferd hat ein Klopfen mit der Gerte nötig, um gleichmäßig mit den anderen nach dem Takt der Musik in spanischem Tritt zu gehen, sie marschieren wie die Soldaten in Reih und Glied und machen wie auf Kommando zum Abschied den Kniefall.

Der zweite Teil beginnt. Die beiden Parteien reiten sich entgegen, die Herren ziehen den Zylinder, die Damen verneigen sich graziös im Sattel. Es wird Quadrille geritten, im Trab, im Galopp.

Jetzt aber scheint sich die Sache zu ändern. Der Galopp wird immer rasender, wird zur Karriere, und so etwas gibt es bei der Quadrille nicht.

Aha, jetzt geht es los! Die Pferde jagen langgestreckt in der Arena herum, die Herren und Damen lösen das Zaumzeug ab und werfen es weg. Sie lösen die Sättel und werfen sie weg. Jetzt springen sie auf, stehen auf den Rücken der wild ausgreifenden Rosse. Sie werfen die Zylinder weg. Die Herren ziehen den Frack aus, die Damen die langen Reitkleider, werfen sie weg. Jetzt kommen zunächst die Stiefel dran. Die Damen in Unterröcken, in denen sie sich aber schließlich auch auf der Straße sehen lassen könnten, setzen dabei den Fuß auf den Pferdehals. Man sieht, wie sie mit einem Instrument die zierlichen Stiefelchen aufknöpfen, unter denen sie doch noch immer eine andere Fußbekleidung tragen, und zwar nicht nur dünne Trikotstrümpfe. All diese Damen müssen äußerst kleine Füße haben.

Die Herren in Hemdsärmeln bieten den Damen ihre Hilfe an, werden abgewiesen, die Damen helfen höchstens einander, und die Herren haben auch genug mit sich selbst zu tun; denn sie tragen Stiefeletten mit Gummizug, und die sind manchmal nicht so leicht abzubekommen. Mancher zieht vergebens im Stehen, er setzt sich, er steht wieder auf und reißt an seinem Stiefel, immer auf dem rasenden Roß - es geht nicht.

„He, Jonny, zieh doch mal!"

Wie schon die Damen ihre Pferde nebeneinander getrieben haben, um einander beim Aufknöpfen der Stiefel behilflich zu sein, so tun jetzt auch die Herren.

Der eine, der von der Fußfessel befreit sein will, sitzt auf dem nackten Pferderücken, der andere steht auf dem seinen, und es wird gezogen, wie sich eben zwei um den Besitz eines widerborstigen Stiefels streiten, ganz wie auf festem Boden.

Endlich siegen Kraft und Beharrlichkeit - aber auch hier geht es zu, wie es beim Stiefelziehen eben manchmal zugeht - ein gellender Schrei des Schreckens geht durch den ganzen Hippodrom - beide sind rücklings von ihren Pferden gestürzt.

Das hat man gesehen - aber nicht, wie sie wieder hinaufgekommen sind. Urplötzlich stehen beide wieder auf ihren Pferden und schütteln einander lachend die Hand.

Ein anderer Herr läßt sich lieber einen Stiefelknecht zuwerfen. Wie er es fertigbringt, auf dem Rücken des rasend galoppierenden Pferdes sich ganz sachgemäß des Stiefelknechts zu bedienen, ist schon ganz unbegreiflich. Er zieht und zieht, endlich glückt es ihm - und wieder erschallt ein vieltausendstimmiger Schrei des Entsetzens, diesmal noch ein ganz anderer als vorhin.

Der Stiefelzieher ist rücklings vom Pferd gestürzt. Und dicht hinter ihm waren gerade zwei Damen, die, ihre Pferde zusammenhaltend, sich eben gegenseitig das Korsett aufschnürten. Gegen diese prallte der Stürzende, auch die beiden Damen stürzten, dann noch ein anderer Reiter - es war ein furchtbarer Massensturz, und nicht nur von Menschen, sondern auch drei Pferde waren zusammengebrochen, wälzten sich mit windenden Leibern und um sich schlagenden Hufen über- und durcheinander, und zwischen und unter ihnen die Reiter und Reiterinnen. Und da kam noch ein vierter angesaust, der sich gerade die Hosen auszog - und so, in dieser Stellung, nur auf einem Bein balancierend, setzte sein Roß mit einem mächtigen Sprung über den wirren Knäuel von Menschen- und Pferdeleibern hinweg - plötzlich hatte sich auch dieses gefährliche Durcheinander in Wohlgefallen aufgelöst, acht Pferde jagten wieder im Kreis herum, auf ihren Rücken die jubelnden und lachenden Reiter und Reiterinnen.

Und das Publikum, das noch eben vor Entsetzen laut aufgeschrien hatte, lachte und jubelte mit - das war das Eigentümlichste bei der Sache! Hier schwand immer mehr das Bewußtsein, daß denen dort unten etwas passieren könnte. Das war doch alles eine lustige Spielerei. Wenn einmal drei oder vier Pferde zusammen stürzen, die Reiter unter sich begraben - so ist doch weiter nichts dabei, da steht man eben wieder auf.

Die Entkleidung ging weiter, nun bloß noch die Perükken weggeworfen, die Damen das frisierte Haar aufgelöst, und - die Verwandlung war geschehen, die Gesellschaft präsentierte sich in ihrem eigentlichen Charakter.

Es waren mit Ausnahme der beiden blondhaarigen Geschwister Indianer und Indianerinnen, und zwar echte. Um dies zu erkennen, war nicht nötig, daß zwei der Männer Skalplocken trugen, ein besseres Zeichen war vielleicht noch das schwarze, straffe Haar des dritten - und überhaupt, jetzt, wo sie sich in ihren heimatlichen Kostümen präsentierten, die Männer in Leggins und fransenbesetztem Jagdhemd, die Weiber in kurzen, perlenbestickten Röckchen, ebenfalls ein ledernes Jagdhemd tragend, erkannte man das Charakteristikum der nordamerikanischen Rasse sofort. Ebenso gekleidet waren auch ihre Führer, die Geschwister Richter.

Was nun diese Reitertruppe aus dem Wilden Westen an equestrischen Kunststückchen leistete, läßt sich nicht beschreiben. Das sagten auch immer die Zeitungen, wenn sie sich mit den einzelnen Personen beschäftigten. Die Vorstellung selbst könne man nicht schildern, das müsse man sehen.

Es war fabelhaft. Die acht Reiter und Reiterinnen leisteten das Menschenmöglichste und sogar Menschenunmöglichste. Die Pferde waren ihnen bewegliche Turngeräte. Und doch eigentlich nicht, daß sie sich als Artisten produziert hätten! Salti mortali und dergleichen Kunstsprünge kamen gar nicht vor. Die nackten Rücken der rasenden Rosse bedeuteten für sie den festen Boden, auf dem sie herumspazierten, durcheinandersprangen, sich gegenseitig besuchten, und so weiter.

Das klingt wohl sehr einfach, aber in Wirklichkeit war es haarsträubend. Personen mit nicht ganz starken Nerven durften manchmal gar nicht hinblicken. Denn es erfolgten oft genug die furchtbarsten Einzel- und Massenstürze.

Und dennoch hallte der ganze Hippodrom von einer Lachsalve nach der anderen wider. Das war eben das Merkwürdige dabei. Der Gedanke, daß da einmal ein Unglück passieren könne, ging immer mehr verloren. Den ersten Anlaß dazu gaben die tollen Reiter selbst. Alles der ausgelassenste Jubel, alles Lachen und Necken. Und beging einmal jemand eine Ungeschicklichkeit, überschlug er sich mit seinem Roß, dann war des Lachens kein Ende.

Es handelte sich darum, einen getriebenen Ball zu ergreifen. Einmal prallten die acht Pferde gleichzeitig zusammen, alle acht stürzten, ihre Reiter unter sich begrabend, ein fürchterlicher Knäuel - diesmal war es geschehen, jetzt hatte das Geschick sie erreicht, es war dennoch Frevel, der bestraft werden mußte - schwupp, da standen sie schon wieder auf ihren galoppierenden Pferden, lachend und jubelnd wie die Kinder.

Der Ball wurde durch ein Wickelkind ersetzt, das man ihnen zuwarf. Jetzt ging es um das Wickelkind, nur in anderer Weise, zu zwei und zwei. Immer ein Reiter und eine Reiterin warfen es sich zu, die anderen Paare machten es ihnen streitig. Wieder ging es dabei haarsträubend zu.

Natürlich war es nur eine Puppe. Da, hoch oben in der Luft, platzten die Kissen, lachend wurde der Inhalt aufgefangen, ein richtiges, lebendiges Kind, offenbar ein kleines Indianermädchen, und die Entfernung täuschte doch sehr, im Säuglingsalter war es nicht mehr, es konnte schon recht tüchtig laufen, und dieses Kind hatte hundertmal unter den Hufen der Pferde gelegen.

Und um zu zeigen, daß es sich nicht etwa um eine schnelle Vertauschung gehandelt habe, die ursprüngliche Puppe nur im letzten Moment mit einem lebendigen Kind ausgewechselt worden sei, wurden jetzt mit dem zappelnden und immer vor Lust kreischenden Mädchen dieselben haarsträubenden Manöver ausgeführt.

Dann sprangen alle ab, die acht Pferde rannten hinaus, auf dem letzten das kleine Indianermädchen lustig tanzend, und herein galoppierte ein einzelnes Pferd, ein riesenhafter Gaul, dabei aber doch vom schönsten Ebenmaß.

Es war die Schlußszene, nur noch eine Gratiszugabe, ein letzter Spektakelakt.

Die Musikkapelle schmetterte den faszinierendsten Radaumarsch, über den ihr Repertoire gebot, immer mächtiger griff der ungeheure Schimmel aus. Die im engeren Kreis herumrennenden Männer und Mädchen brüllten und quiekten, wie nur Indianer und Indianerinnen brüllen und quieken können. Der blondhaarige Führer der Truppe löste sich ab, nahm einen Anlauf und stand mit einem Satz auf dem nackten Rücken des galoppierenden Rosses - dann kam die Schwester und stand neben dem Bruder - dann kam ein Indianer angesetzt und stand hinter Käthe Richter - dann kam eine Indianerin und stand wieder hinter dem roten Krieger.

‚Genug, genug!‘ hörte man im Publikum staunend und angstvoll rufen. Ja, es war genug, diese vier Menschen auf dem im Gebiß schäumenden Pferd, und so mächtig dieses auch sein mochte, es war doch nur ein irdisches Pferd.

Nein, es war eben noch nicht genug, das war erst die Hälfte - und auch noch die vier anderen sprangen nacheinander hinauf, hielten lachend einander fest, der erste vorn auf dem Hals, die letzte Indianerin hinten schon mehr auf dem Schwanz als auf dem Rücken des Schimmels stehend, der mit unverminderter Schnelligkeit im Kreis herumjagte, und man konnte ihm wahrhaftig nicht anmerken, daß diese acht erwachsenen Menschen für ihn eine Last bedeuteten.

Gleichzeitig sprangen die acht herab, rannten durch die Arena, drehten wie auf Kommando um, faßten sich bei den Händen, rannten zurück, alle gleichzeitig einen kolossalen Ansatz, und mit geschlossenen Händen standen alle gleichzeitig wieder auf dem Pferderücken.

Wieder herunter, wieder durch die Arena gerannt, umgedreht, an den Händen gefaßt, zurückgerannt - und mit einem Satz waren alle acht gleichzeitig, mit angefaßten Händen, über den ganzen Riesengaul hinweggesprungen.

Noch einmal einen Anlauf genommen, immer brüllend und lachend, noch einmal hinaufgesprungen, diesmal oben stehengeblieben, und so jagte der Schimmel mit seinen acht Reitern und Reiterinnen hinaus, begleitet von dem tosenden Beifall des vieltausendköpfigen Publikums.

Ja, man hatte das Fabelhafteste gesehen, was die exzentrische Reitkunst je geboten hat!

Die brauchten sich keine pomphaften Namen zu geben, ‚Reinhold Richters Reitertruppe‘ genügte, um jede weitere Reklame wäre es nur schade gewesen. - - -

Die Zeitungen, welche auch ohne Bezahlung dem Publikum gegenüber ihre Pflichten haben, sagten also gleich, daß sie über die Vorstellungen von Reinhold Richters Reitertruppe im Hippodrom nicht berichten könnten. Das müsse man sich mit eigenen Augen ansehen, und wer das nicht getan hätte, der habe nichts gesehen.

Dagegen erzählten die Zeitungen sehr viel von den Mitgliedern der Truppe, und das war sensationell genug, und dabei war ganz deutlich herauszulesen, daß es sich hier nicht um bezahlte Reklameartikel handelte.

Ja, sensationell und abenteuerlich genug, dabei höchst tragisch, wie ein Roman zu lesen.

Das war keine Zirkustruppe, die ein Impressario zusammengetrommelt hatte, sondern es gehörten noch andere Indianer dazu, die aber schon zu alt oder noch zu jung waren, um da mitmachen zu können, und alle zusammen waren die letzten Reste des einst so mächtigen Stammes der Navajos, deren ungeheure Jagdgebiete im Arizona-Territorium vom Colorado bis zum Chaco reichten, und dieser blonde, schlichtgescheitelte Reinhold Richter war als Titlisatwa oder als der Springende Hirsch ihr Häuptling, wie ihn nur jemals ein Jugendschriftsteller seinen Lesern glaubhaft machen möchte.

Anfang der siebziger Jahre war Gottfried Richter, über dessen Nationalität bei diesem Namen wohl keine weitere Auskunft gegeben zu werden braucht, mit seiner ihm soeben erst angetrauten jungen Frau nach Amerika ausgewandert, zusammen mit noch anderen Familien, die schon in den heimatlichen Bergen getreue Nachbarn gewesen waren.

Bis nach dem äußersten Westen, bis nach Arizona hatte der Fahrschein gelautet, den sie schon in der Heimat gelöst, wie sie auch gleich in der Heimat den Grund und Boden gekauft hatten, ungeheure Areale für billiges Geld, und auf diesen floß dennoch Milch und Honig, vier Ernten im Jahr, die Goldklumpen mußte man nicht erst ausgraben, sondern brauchte sie nur aufzuheben.

Wer die Verhältnisse kennt, der weiß, wie diese biederen deutschen Bauern hereingefallen waren. Die Milch war nur in unausrottbarem Unkraut vorhanden, der Honig hatte sich inzwischen in Kiefernpech verwandelt, und die Goldklumpen sahen schwarz aus und machten alle Pflüge zuschanden.

Trotzdem, sie siedelten sich an und waren überhaupt anfangs recht zufrieden. Mit den auszurodenden Bäumen wußten sie Bescheid, denn es waren Waldbauern, und es waren, wie wir später erfahren werden, noch ganz besondere Bauern Deutschlands, sie waren hocherfreut über die Unmenge von Wild, das es hier gab, da konnten sie ja nach getaner Arbeit noch nach Herzenslust jagen.

Jawohl, jagen!

Bald waren es die Hirsche, welche die Bauern jagten. In einer einzigen Nacht fraßen die Wanderhirsche die ganze grüne Saat ab.

Und dann merkten die Navajos, daß sich die Bleichgesichter in ihren Jagdgründen niedergelassen hatten. Und nun begann ein endloser Kampf zwischen Rot und Weiß, mit allen Abenteuern, wie sie so oft geschildert worden sind, aber auch mit allen blutigen Schrecken, mit verzweifelt kämpfenden Männern und mit die Hände ringenden Müttern.

Unter solchen Verhältnissen wuchsen der gleich nach der Ankunft geborene Reinhold und seine zwei Jahre später nachfolgende Schwester Käthe auf. Schon als zartes Kind mußte auch das blonde Käthchen die Büchse auf den roten Feind abdrücken, mußte dem auf dem Vater knienden Indianer mit dem Beil den Kopf spalten – recht hübsch in der Mitte.

So wurde Reinhold achtzehn Jahre, und der junge Grenzmann, dessen Befehlen während des Kampfes sich all die alten Bauern unterwarfen, war der einzige, der noch die Navajos etwas im Zaum halten konnte. Sie hatten ihm schon längst Ehrennamen gegeben wie Tod der

Prärie, die Blitzende Büchse und dergleichen, immer Bezug nehmend auf seine Treffsicherheit - am meisten aber imponierte den Rothäuten, die stets auch einen gediegenen Feind bewundern, seine fabelhafte Springfertigkeit, und so war er der Titlisatwa geworden, der Springende Hirsch.

Eines Tages wurde Titlisatwa Zeuge, wie der Häuptling der Navajos von einem herumstromernden Blaßgesicht hinterlistig ermordet wurde. Retten konnte er den Häuptling nicht mehr, der Mann war schon tot - aber Reinhold jagte dem schurkischen Blaßgesicht nach, bis er es hatte und noch viel blasser machte.

Als die Navajos das erfuhren, sagten sie: „Uff, der große Geist hat uns mit Blindheit geschlagen, daß wir unseren Freund für einen Feind halten - uff, warum kämpfen wir gegen ihn, uff? - Uff, wir müssen einen neuen Häuptling haben - uff, Titlisatwa soll unser Häuptling sein, howgh."

Und sie zündeten ein großes Feuer an, und obgleich der Stamm schon damals nur noch sieben Krieger zählte, die noch über gute Zähne verfügten, so fraßen diese sieben Krieger mit den guten Zähnen doch innerhalb dreier Tage fünf Hirsche, drei Wildschweine, einen Bären und einen halben Büffel - das kleinere Viehzeug gar nicht mitgezählt - und nachdem sie ihren Appetit fürs erste gestillt hatten, wurde Titlisatwa, der die Ehre angenommen und dem dreitägigen Frühstück beigewohnt hatte, zum Häuptling gestempelt, mit glühenden Nadeln und Schießpulver - und dann wurde unter seinem Präsidium erst der richtige Festschmaus abgehalten, wobei acht Hirsche, zwei Bären... Doch diese Zahlen interessieren den Leser wohl nicht.

Kurz vor diesem Ereignis, das die größte Umwälzung in der Existenz der Kolonien bedeutete, hatten diese beschlossen, dem heillosen Arizona mit all seiner Milch und seinem Honig doch endlich den Rücken zu kehren, hatten schon anderen Grundbesitz gekauft, mit dem sie, nun gewitzigt, nicht wieder so hereingefallen waren.

Da sie den neuen Boden schon bezahlt hatten, mußten sie nun auch gehen, und überhaupt - die bösen Erinnerungen! Die Eltern Reinholds und Käthes gingen aber nicht mit - die waren beide schon tot, ohne Skalp begraben, nicht unter der Erde, sondern unter den brennenden Balken ihres Blockhauses.

Reinhold hatte einen Plan. Er war zwar ganz richtiger Häuptling der Navajos, wollte es auch bleiben, aber doch so mehr z. D.[1] Er hatte schon immer an eine Pferdezucht gedacht - wenn diese roten Schufte nur nicht alle Pferde mausen würden. Na, diese Eventualität war ja jetzt überwunden, er hatte doch jetzt die Ehre, der Häuptling dieser roten Schufte zu sein, die würden doch nicht ihren Landesvater bemausen.

Also Reinhold kaufte den Bauern ihr gesamtes Areal ab - ohne einen Cent Anzahlung - dann sah er sich nach geeigneten Tieren zur Pferdezucht um. Denn die indianischen Klepper konnte er, wenn er wirklich Geld verdienen wollte, zu so etwas nicht brauchen, so große Vorzüge diese Klepper auch für gewisse Zwecke haben mögen.

Nun, er brauchte nicht lange zu suchen. Seine treuen Navajos gingen für ihn auf die Suche, und alsbald brachten sie ihm einige wirklich prachtvolle Hengste und Stuten, die sie irgendwo gekauft hatten - ohne einen Cent Anzahlung - und es ist auch niemals herausgekommen, wem die herrlichen Tiere früher gehört hatten. Die treuen Navajos hatten auch ein paar ganz frische Skalpe am Gürtel hängen, ohne daß ihnen ihr Häuptling deshalb Vorwürfe machte. Denn man befand sich im Wilden Westen Amerikas, wo der Witz blutig sein muß, wenn man darüber lachen soll, und deshalb ist hier auch dieser Ton gewählt.

[1] ‚Zur Disposition', hier im Sinne von ‚nur auf Zeit' gebraucht

Und die Pferdezucht florierte glänzend. Reinhold Richter stand auf dem Punkt, ein schwerreicher Mann zu werden. Allerdings arbeitete er vorläufig nur mit fremdem Geld. Aber das tut ja nichts. Es ist doch schon fein, wenn man viel Geld geborgt bekommt - zumal in Amerika. Seine einstigen Nachbarn hatte er schon ausgezahlt - eine ganz erkleckliche Summe - und die geborgten Gelder verwendete er zum Bau großartiger Stallungen und anderer notwendiger Gebäude, es gehört überhaupt ein großes Betriebskapital dazu.

Also Reinhold stand auf dem Punkt, ein schwerreicher Mann zu werden. Aber über diesen Punkt sollte er trotz all seiner Springfertigkeit nicht hinauskommen. Denn gerade in dem Moment, da er zum Sprung ansetzte, erschienen einige schwarze Herren, legitimierten sich als Staatsbeamte und bewiesen ihm klipp und klar, daß er gar kein Recht habe, hier herumzuwirtschaften, denn dieser Grund und Boden gehörte schon seit der Entdeckung Amerikas oder noch früher einer New Yorker Aktiengesellschaft mit unbeschränkter Hoffnung, und die Kaufkontrakte, die Reinhold vorzeigte, hätten absolut keine Gültigkeit, solche Wische könne jeder deutsche Schwindler machen.

Kurz und gut, der springende Hirsch war bankrott. Und dann gingen die schwarzen Herren zu den roten Männern und bewiesen ihnen ebenso klipp und klar, daß sie schon längst ins Indianerterritorium gehörten, und wenn sie nicht innerhalb von vierzehn Tagen hier spurlos verschwunden wären, dann würden sie von uniformierten Männern mit langen Säbeln und Karabinern bei den Schweinsohren dorthingeführt, wohin sie gehörten.

Reinhold Richter kratzte sich in den Haaren, dann rief er sein Volk zusammen, und nachdem am Beratungsfeuer das Kalumet herumgegangen war, sagte er ungefähr folgendes:

„Wir wollen den Tomahawk nicht ausgraben gegen die

Blaßgesichter, die uns aus der Heimat verjagen wollen. Es hat keinen Zweck, da würden wir den kürzeren ziehen. Das seht ihr wohl selbst ein, ich bin doch nicht umsonst drei Jahre euer Häuptling gewesen und habe euch belehrt. Wir wollen uns ehrlich durch die Welt schlagen. Es ist ja nicht unbedingt nötig, daß wir gerade ins Territorium gehen, so mache ich euch einen Vorschlag. Einige von euch waren doch mit mir in Santa Fe, und da haben wir den Mann gesehen, der sich Buffalo Bill nennt. Was der kann, können wir auch, haben es schon gelernt, noch viel mehr. – Auf! Als solch eine Reitertruppe wollen wir in die weite Welt gehen. Uff, der Springende Hirsch hat gesprochen!"

„Howgh, howgh!" bellten die Navajos begeistert, und sie packten ihre Siebensachen zusammen.

Da muß noch etwas nachgetragen werden.

Als Reinhold den ersten Transport junger Pferde eigener Zucht zum Verkauf nach der nächsten größeren Stadt gebracht hatte, nach Santa Fe, nur kleine dreihundert Meilen von seiner Züchterei entfernt, begleitet von seiner Schwester und einigen Navajos, hatte dort gerade Buffalo Bill mit seiner Truppe gastiert.

Reinhold und seine Schwester staunten nicht minder als die Indianer über das, was sie da zu sehen bekamen. Sie waren ganz voll Begeisterung, versäumten während ihres Aufenthalts in Santa Fe keine Vorstellung, hätten am liebsten gleich mitgemacht.

Sie mußten zurück. Aber das Geschaute hatte einen nachhaltigen Eindruck auf sie gemacht. Sie hatten gesehen, daß es noch eine andere Art des Reitens gibt, als nur die Beine über dem Pferderücken zu spreizen. Sie versuchten nachzumachen, was sie gesehen hatten, und sie konnten es eigentlich sofort. Der Pferderücken war ja von jeher ihr wahrer Aufenthaltsort gewesen, Käthe nicht ausgeschlossen. Und bei Buffalo Bills Truppe waren schon damals Cowgirls gewesen, also Weiber, die es den

Cowboys im Reiten und Schießen gleichtun, auch einige Indianerinnen.

Es ist ja sonst nicht üblich, daß die jungen Indianermädchen mit ihren Brüdern um die Wette reiten. Reiten können sie wohl alle, in der Not auch einen Gegner zu Boden strecken, aber sonst ist die Squaw doch nur eine Arbeitssklavin.

Jetzt aber nahm sich Käthe, durch das Gesehene begeistert, die noch vorhandenen jungen Mädchen der Navajos vor. Was andere konnten, mußten die Töchter ihres Volkes auch können. Sie selbst konnte es, ohne es gelernt zu haben. Das heißt, sie hatte bisher nur noch gar nicht probiert, ob es möglich sei, mit einem Anlauf auf den Rücken eines rennenden Pferdes zu springen und oben stehenzubleiben. Aber sie hatte wie ihr Bruder von irgendeinem Ahnen eine fabelhafte Sprungkraft geerbt, und als sie es das erste Mal probierte, gelang es ihr eben, und der schwankende Pferderücken hatte ihr ja von jeher festen Boden bedeutet.

So bildete sie jetzt auch die Indianermädchen in solchen Kunststücken aus, und die jungen Männer wollten doch ihren Schwestern nicht nachstehen, und die beiden Geschwister besaßen Phantasie, sie erfanden immer neue Spiele und Tricks zu Pferde, die sie bei Buffalo Bills Truppe nicht gesehen hatten. Kurz und gut, so entwikkelte sich aus der Pferdezüchterei nebenbei im Spiel eine Artistentruppe, die in jedem Zirkus hätte auftreten können.

Bisher war das also nur zum eigenen Vergnügen getan worden. Jetzt sollte das Gelernte zum Lebensunterhalt dienen, und so in der Welt herumreisen, das war gerade nach Reinholds Geschmack, und Käthe machte selbstverständlich mit.

Also, die jungen Krieger der Navajos packten zusammen, was sie mitnehmen wollten, ihre Waffen und Skalpe, ihre Pfeifen und den Federschmuck, die Greise und die alten Weiber und die kleinen Kinder. Reinhold suchte unter den Pferden, die ihm geblieben waren, die besten aus, und so zog die neugebackene Artistengesellschaft nach Santa Fe.

Was ein Impressario ist, wußte Reinhold, und er wußte auch, daß irgendeine Truppe, die sich öffentlich produzieren will, ohne Impressario, ohne Geschäftsleiter, gar nicht mehr auskommt. Selbst der einzelne Künstler, der gar nichts weiter bedarf, nimmt, wenn er schlau ist, einen Impressario, mit dem er den Gewinn teilt, nur daß er nichts mit den geschäftlichen Angelegenheiten zu tun hat. Denn dazu gehört eine Erfahrung, von der sich der Laie gar nichts träumen läßt. Und wenn eine Schauspielerin auch Sarah Bernhardt heißt, sie kann ohne solch einen mit allen Hunden gehetzten Impressario und Entrepreneur[1] nicht auf Gastreisen gehen. Sie würde nicht den zehnten Teil dessen einnehmen, was sie auch nach der Teilung noch behält, und allüberall würde man sie übers Ohr hauen.

Dies alles hatte Reinhold erfahren, als er sich mit Mitgliedern von Buffalos Truppe befreundet hatte.

Doch wie solch einen schneidigen Impressario finden? Nun, der intelligente Reinhold wußte Rat. Das Annoncieren und Reklamemachen in Zeitungen ist bereits veraltet. Er machte es, ohne etwas davon zu wissen, genauso wie die englischen Taratabumdiecmädchen, als sie den europäischen Kontinent bereisen wollten. Als ihr Dampfer nach Hamburg kam, führten diese sieben Mädchen ihre tollen Tänze gleich auf der Straße auf, wurden, als sie nicht nachließen, von der Polizei prompt eingesperrt. Vor den Polizeioffizier zur Verantwortung geführt, quirlten sie dem mit den Beinen vor der Nase herum, und nun mußten sie wirklich brummen. Aber machte nichts, jetzt brauchten sie keine Reklame mehr, die Zeitungen hatten nun schon genug von ihnen erzählt, jetzt rissen

[1] Franz.: Unternehmer

sich die Varietés um sie.

Reinhold gab seine erste Vorstellung mitten auf dem Marktplatz von Santa Fe, ohne Eintrittsgeld zu erheben, und schon am anderen Tag fand zwischen mehreren herbeigeeilten Impressarios eine förmliche Auktion statt.

Nur ein Jahr lang reiste die Truppe in Amerika von Stadt zu Stadt. Damals führte sie noch einen pomphaften Namen, die Vorstellungen waren auch ganz anders als jetzt hier in London, nicht so ernst als Schulreiter, sie traten nur als Indianer auf, machten Überfälle und dergleichen, wobei auch alle alten Männer und Weiber und Kinder mitwirken mußten - ein zweites ‚Wildwest', und der Impressario kündigte immer pomphaft an, daß Buffalo Bills Truppe durch die seine hier weit übertroffen werde, was aber durchaus nicht der Fall war.

In New York entzweite sich Reinhold mit seinem Impressario, er übernahm die Führung allein, begab sich nach London, um hier unter dem Namen ‚Reinhold Richters Reitertruppe' in dem Fach der exzentrischen Reitervorstellungen eine ganz neue Spezialität einzuführen. - - -

So erzählten die englischen Zeitungen. Daher kam es auch, daß man noch gar nichts von dieser amerikanischen Truppe gehört hatte. In Amerika waren sie als Buffalo Bills Nachahmer eben gänzlich unbedeutend gewesen, nur so eine Art Jahrmarktstruppe, die sich doch mit keinem Zirkus vergleichen kann. Hier in London hatten sie sich gehäutet, jetzt waren sie einzig dastehend.

Merkwürdig nur, daß die Zeitungen gar nicht berichteten, was Reinhold Richter pro Woche oder Abend bekam. Denn das will das englische Publikum immer wissen, und je größer die Gage, desto häufiger nennen die Zeitungen diese Zahlen, noch eine Null dazumachend.

2.

Die vierte Abendvorstellung von Reinhold Richters Reitertruppe fand statt. Es gingen ihr stets erst einige andere Nummern voraus, der beste Bissen wurde bis zuletzt aufgespart.

Endlich war alles andere überstanden, was das Publikum gar nicht mehr interessierte.

Endlich setzte der leise, faszinierende Marsch ein, jetzt, jetzt mußten die Schulreiter auf ihren prächtigen Rossen kommen...

Nein, sie kamen nicht, und der Marsch war schon weit fortgeschritten.

Das Publikum wurde unruhig.

Da verstummte auch noch die Musik mitten im Ton, und in der Manege erschien Mr. Menoni, der wohlbekannte Direktor des Hippodroms, der auch manchmal als Schulreiter und als Stallmeister auftrat.

„Ladies und Gentlemen, God save the King. Leider muß ich mitteilen, daß die nächste Nummer ausfällt. Reinhold Richters Reitertruppe ist von einem großen Unfall betroffen worden, nicht nur Mr. Reinhold Richter ist schwer erkrankt..."

„Gott bewahre", ließ sich da eine sonore Stimme, die den ganzen ungeheuren Zirkus beherrschte, vernehmen, und neben den Direktor war schnellen Schrittes Reinhold Richter getreten, schon im Reitfrack und Zylinder. „Ich bin kerngesund, die Sache ist nur die, daß mir der Broker soeben meine Pferde und alles gepfändet hat, bis auf diesen Anzug, den ich auf dem Leibe hatte..."

Auch er kam nicht weiter. Die Unruhe im Publikum wurde zu groß, und da es nun einmal so weit war, kam es auch gleich zum Tumult.

Mr. Richter kümmerte sich nicht weiter darum, er

zuckte die Achseln und ging zurück.

Das Publikum verhielt sich wie gewöhnlich bei solchen Gelegenheiten. Anstatt den Direktor anzuhören, der zu sprechen begehrte, tobte es immer mehr, verlangte die Fortsetzung oder das Geld zurück, die Klügsten machten schon jetzt, daß sie hinauskamen, denn hier gab es noch Prügel.

In einer Loge hatte einsam ein alter Herr gesessen. Die sechzig hatte er gewiß schon überschritten, sein Haupthaar war auch schneeweiß, trotzdem konnte man ihn noch nicht alt nennen, er machte noch einen sehr stattlichen, rüstigen Eindruck, das alte Gesicht war etwas sehr gerötet, und den Schnurrbart hatte er sich schwarz gefärbt, was aber von dem weißen Haupthaar sehr wirksam abstach. Er war, wie man sagt, ein schöner Mann, trotz seines Alters, und das wußte er, danach kleidete er sich auch, obgleich er nur einen schwarzen Gesellschaftsanzug trug, aber die Orchidee im Knopfloch durfte nicht fehlen.

Bei jeder Gelegenheit waren die Operngläser von den anderen Logen und besseren Plätzen auf ihn gerichtet gewesen, aber auch in den obersten Galerien wußte man seinen Namen zu nennen.

Jetzt erhob sich der Gentleman schnell, Zylinder, Sommerüberzieher und Stock hatte er neben sich liegen gehabt, und noch ehe das Gedränge begann, hatte er schon den Ausgang erreicht.

Aber er nahm einen anderen Weg als den nach der Straße, schwenkte links ab und betrat den Korridor, der nach den Ställen und nach den anderen inneren Räumen des Hippodroms führte.

Dem Publikum war hier der Zutritt verboten. Personal war genug vorhanden, einige wollten den Eindringling denn auch zurückweisen, aber gleich nach einem genaueren Blick auf diesen Herrn wurden sie unsicher, und dann brauchte ihnen von den anderen nur etwas zugeflüstert zu werden, und sie zogen sich ehrerbietig zurück.

Wie noch manch anderer, so schlug auch ein alter Bereiter mit ellenlangem Schnurrbart vor dem vorübergehenden Herrn die Hacken sporenklirrend zusammen und salutierte.

Der Herr blieb vor ihm stehen.

„Unter mir gedient?"

„Zu Befehl, mein General - Mac O'Harrly, Korporal im 4. Lancierregiment, 2. Schwadron, Waterhills, Ladysmith und Maseking."

Es waren einige Schlachtfelder, die der Mann nannte, auf denen sich die Engländer allerdings nicht mit besonderem Ruhm bedeckt haben - wenigstens nicht in den Augen der anderen Welt, sie selbst setzen ja aber dazu ihre eigene Brille auf.

„Richtig, ich entsinne mich - Mac O'Harrly - Korporal im - im..."

„4. Lancierregiment, 2. Schwadron."

„Richtig, richtig, ich entsinne mich", wiederholte der General, der aber kein Alexander der Große war, der jeden Soldaten mit Namen anreden konnte. Dieser hier hatte schon wieder die Nummer des ganzen Regiments vergessen.

Aber der ehemalige Korporal begann vor Freude zu strahlen, und er mußte seinem Herzen Luft machen.

„Mein General, wenn diese blutig gottverrrrrdammten Bur..."

„Schon gut, schon gut! Was ist das eigentlich mit Reinhold Richters Reitertruppe?"

Der Bereiter erstattete Bericht über Rrrreinhold Rrrrichters Rrrreitertruppe.

Wir sagen gleich, was auch dieser Mann vielleicht noch nicht wußte.

Reinhold Richter hatte damals mit seinem amerikanischen Impressario gebrochen, weil er immer mehr einsah, wie sehr dieser ihn ausnützte, und zwar in noch ganz anderer Weise, als Impressarios es sonst tun. Daß diese den Löwenanteil nehmen, ist eigentlich ganz selbstverständlich. Den jungen Mann hatte jener bei dem Kontrakt aber ganz einfach übers Ohr gehauen.

Zweitens gefiel es Reinhold nicht, daß der Impressario solche Reklame mit ihm machte, und zwar auf eine ganz ungeschickte Weise, Broschüren über ihn und die anderen Mitglieder der Truppe herausgab, deren furchtbar übertriebener Inhalt ganz auf Unwahrheit beruhte.

Drittens wollte er nicht immer mit Buffalo Bill verglichen werden, dem er als Schausteller ja auch tatsächlich nicht das Wasser reichen konnte, er wollte seine eigenen Wege gehen.

Kurz und gut, der junge Mann hatte seinem Impressario weniger gekündigt als ihn vielmehr einfach hinausgeschmissen, und dann hatte er selbst die ganze Leitung in die Hände genommen, so war er mit seiner Truppe nach England gefahren, und auch das erste Auftreten als Schulreiter war seine eigene Erfindung und Einstudierung.

Allerdings wußte Reinhold, daß er dem Kontrakt nach drei Jahre lang nur unter der Leitung dieses Impressarios arbeiten, nicht für eigene Rechnung auftreten durfte, oder er hatte eine Konventionalstrafe von 100.000 Dollar zu zahlen.

Reinhold aber glaubte sich in seinem guten Recht, und der unschuldige Jüngling befand sich noch in dem holden Wahn, daß es in der Welt noch etwas weit Höheres gebe als die geschriebenen Gesetze, er träumte noch von einer idealen Gerechtigkeit, die nur vom Herzen diktiert wird, und die auch alle Richter anerkennen, träumte vielleicht sogar noch, daß die Bitte ‚und vergib uns unsere Schuld, wie wir vergeben unseren Schuldigern‘ von der allgemeinen Menschheit als Richtschnur ihres Handelns akzeptiert worden sei.

Nun, der amerikanische Impressario belehrte ihn schnell eines anderen. Nur drei Tage länger als die Überfahrt hatte es gedauert, um die Angelegenheit den englischen Gerichten zu übergeben und auch gleich rechtskräftig zu machen.

Jetzt, fünf Minuten vor der Vorstellung, war der Gerichtsvollzieher erschienen, der Broker.

„Hier ist das Urteil. Kannst du die 20.000 Pfund Sterling bezahlen? Nein? Dann her mit allem, was du hast!"

In England kann nichts gepfändet werden, was man zur erfolgreichen Ausübung seines Berufs braucht, der Näherin nicht die Nähmaschine, dem Schriftsteller nicht die Schreibmaschine, und behauptet er, am Klavier phantasieren zu müssen, um Ideen zu bekommen, so auch dieses nicht.

Hier lag aber etwas ganz anderes vor. Die Truppe durfte überhaupt nicht eher wieder auftreten, als bis Reinhold Richter die 100.000 Dollar gezahlt hatte, und da er es nicht konnte, wurden ihm die Pferde und alles andere weggenommen, und da dies nach Ansicht des Gerichtsvollziehers noch nicht langte, ihm und seiner Schwester, die gleichfalls mit haftbar war, die Uhr aus der Tasche und der Ring vom Finger.

Wenn der Herr dies nicht alles so ausführlich erfahren hatte, so wußte er jetzt doch genug.

„Was sagt denn Direktor Menoni dazu?"

Der faßte die Sache höchst kaltblütig auf. Der hatte von allem Anfang an gewußt, daß es so kommen würde. Deshalb hatte er die Truppe auch nur von Abend zu Abend engagiert, und mit den ersten drei Abenden war er zufrieden, er hatte ein Bombengeschäft gemacht.

„Wo wird Mr. Richter zu finden sein?"

„Der ist gewiß im Wigwam, der Broker ist ja noch drin."

„Im Wigwam?"

„So nennen wir den Raum, in dem sich die ganze Indianergesellschaft eingerichtet hat."

„Führen Sie mich hin!"

Der große Raum, den er betrat, glich allerdings wenig einem indianischen Wigwam, war aber ganz so eingerichtet, indem die Wände mit bemalten Fellen behangen waren, überall hingen und lagen andere Gegenstände herum, die man in jedem indianischen Wigwam findet, und auch die Menschengruppen paßten ganz dazu, mit einigen Ausnahmen, die dazu in seltsamem Kontrast standen und fast humoristisch wirkten.

Der Broker war noch bei der Arbeit, hatte es gerade mit Reinhold und seiner Schwester persönlich zu tun.

Wie schon erwähnt, gehörten außer den acht auftretenden Personen noch siebzehn weitere zu der ganzen Gesellschaft. Eben der ganze Stamm war mitgekommen. Reinhold fütterte alle mit durch, und sie konnten ja auch im Pferdestall und sonstwie hinter den Kulissen beschäftigt werden.

Es waren ältere Männer und Frauen und halbwüchsige Kinder, von denen nur das eine, ein vierjähriges Mädchen, schon als Fangball mitwirken mußte. Sie hatten ihre heimatliche Kleidung beibehalten, ebenso ihre Sitten, und so lungerten sie nach alter Weise in dem Wigwam herum. Die Alten rauchten ihr Kalumet, eine jüngere Frau gab ihrem Kindchen die Brust, und obgleich sie wußten, was der uniformierte Mann wollte, daß er ihren Vorstellungen ein Ende bereitete, ihnen Pferde und alles nahm, so regten sie sich deshalb doch nicht im geringsten auf. Es waren eben stoische Indianer.

Seltsam aber nahmen sich die sechs Indianer und Indianerinnen aus, die sich schon im modernen Reitkostüm befunden hatten.

Wenn man sie so als vollendete Ladies und Gentlemen in die Manege einreiten sah, glaubte man doch, wirklich solche Ladies und Gentlemen vor sich zu haben, und entpuppten sie sich dann als Indianer, so wurde an dieser Meinung noch immer nichts geändert. Wohl mochten es echte Rothäute sein, aber die waren doch schon längst von der Kultur vollkommen beleckt, unterschieden sich von zivilisierten Europäern nur duch die Hautfarbe.

So dachte man, und hier zeigte sich, daß man da ganz falsch gedacht hatte. Es waren noch immer ganz waschechte Indianer, Söhne und Töchter der amerikanischen Wildnis, die all ihre Sitten und Lebensansichten auch hierher in den Londoner Hippodrom mitgebracht hatten.

Sie befanden sich also schon im modernen Reitanzug. In diesem steckten aber echte Indianer, und wie solche hatten sich die befrackten Herren niedergekauert und rauchten gleichmütig ihre lange, federgeschmückte Pfeife, den Zylinder noch auf dem Kopf, mit Ausnahme des einen, der auch die Perücke abgenommen hatte und so eine prächtige ölgetränkte Skalplocke auf dem sonst nackten Schädel zeigte, was in dem Frackanzug nun erst recht einen possierlichen Eindruck machte.

Ganz genauso betrugen sich auch die drei Schulreiterinnen. Auch sie hatten sich in ihren langen Schleppkleidern hingehockt, teilnahmslos vor sich hinstarrend, dem pfändenden Broker nicht den geringsten Blick schenkend. Die eine, so hübsch wie alle anderen, war, obgleich selbst fast noch ein Kind, ebenfalls schon glückliche Mutter. Und die elegante Schulreiterin hatte, am Boden hockend und den Zylinder auf dem hochfrisierten Haar, die Taille aufgeknöpft und reichte dem Baby die schwellende Brust, wie alle übrigen bereit, in der nächsten Minute wieder aufs Pferd zu steigen und darauf die halsbrecherischsten Evolutionen zu machen, oder ins Gefängnis zu gehen, oder sich begraben zu lassen – ganz wie es dem Großen Geist und Reinhold Richter beliebte.

Die Geschwister Richter zeigten sich etwas lebendiger, aber auch sie faßten den ganzen Fall eher humoristisch als tragisch auf.

Soeben hatte der Broker ihm die goldene Uhr mit Kette abgenommen, dann die wertvollen Ringe, die so ein Artist nun einmal haben muß. Die Barschaft war natürlich das erste, das mit Beschlag belegt wurde – etwas über hundert Pfund Sterling.

Jetzt kam Miß Käthe Richter dran.

„Haben Sie bares Geld bei sich?"

„Nicht einen roten Cent!" lachte das blühende, jetzt zwanzigjährige Mädchen, und die Lustigkeit klang durchaus nicht gekünstelt.

„Bitte, Ihre Ringe!" sagte der höfliche englische Gerichtsvollzieher, der aber sonst nur noch hartnäckiger ist als jeder deutsche.

„Bitte, hier!"

Sie streifte zwei Diamantringe und einen mit einem Rubin ab. Sie mußten doch schon Geld verdient haben.

„Und hier meine Diamantbrosche!"

Sie wollte sie ablösen, eine Brosche, so groß wie ein Taler, ganz mit Diamanten übersät.

„Die lassen Sie nur stecken, die ist nichts wert."

„Was? Für die haben wir 5.000 Dollar bezahlt, und dabei war es noch ein Gelegenheitskauf..."

„Ja, eine Gelegenheit für den Verkäufer. Das sind falsche Steine, selbst die Fassung ist nur Doublé!"

„Hören Sie, machen Sie uns doch nichts weis!"

„Na, denken Sie, ich werde das nicht unterscheiden können? Auf zehn Meter Entfernung. Die ist einen Dollar wert. Aber um diesen Ring mit der Koralle möchte ich noch bitten. Zwar nichts Besonderes, aber doch immer Gold."

„Nein, nein, den Ring bekommen Sie nicht!"

„Geben Sie mir den Ring!"

„Das ist ein teures Andenken von meiner Mutter, das einzige, was ich von ihr besitze!"

Oje, mit so etwas kommt man bei einem englischen Broker gerade an den Richtigen!

„Geben Sie mir den Ring, Miß!"

„Aber bitte, es ist ein Andenken von meiner lieben Mutter..."

„Im Namen des Gesetzes: Geben Sie mir den Ring!"

Da war es mit dem Humor vorbei. Das eben noch lachende Mädchen brach plötzlich in bittere Tränen aus, und beim Weinen vergaß es auch die englische Sprache.

„O Reinhold, Reinhold, wenn des unser liabs Mütterl im Grab schaun würd!" schluchzte sie.

„Geh, sei gscheit, Kathi!" tröstete der Bruder in demselben deutschen Dialekt, ihr das blonde Haar streichelnd, aber plötzlich selbst mit feuchten Augen. „Unser Mütterl schaut's ja net, und wir können ja nimmer was dafür..."

„Und nun zum letzten Mal, Miß: den Korallenring!"

„Halt, einen Augenblick!"

Der fremde Herr hatte es gesagt, dessen Eintreten nicht bemerkt worden war - vielleicht von den Indianern, obleich diese starr geradeaus blickten, aber die waren doch über jede Neugier erhaben.

Einen Blick in das rote, schwarzbärtige Gesicht des weißköpfigen Herrn, und auch der Gerichtsvollzieher klappte die Hacken zusammen und richtete sich stramm auf.

„Sie kennen mich, denke ich."

„Gewiß, Mylord."

„Gehen Sie hinaus, bis ich Sie wieder rufe!"

„Zu Befehl, Mylord!"

Der Broker hatte den Wigwam verlassen.

„Sie werden gepfändet, Mr. Richter, wie ich gehört habe und sehe?" wandte sich der Herr jetzt an den jungen Mann.

„Ja, leider. Mit wem habe ich die Ehre?"

„Lord Warwick."

„Sie können die Pfändung rückgängig machen?"

„Das nicht, das heißt, aufheben kann ich den Befehl nicht, wohl aber alles wieder auslösen."

„Hören Sie, wenn Sie mir aus dieser Klemme helfen könnten!" rief Reinhold, auf den dies einen viel größeren

Eindruck machte als der Lordtitel, freudig.

„Kann ich Sie unter vier Augen sprechen?“

„Unter vier Augen? Darf meine Schwester nicht dabeisein?“

Der Lord warf einen Blick auf die herumlungernden Indianer, die noch immer nicht das geringste Interesse zeigten.

„O gewiß, es kann gleich hier geschehen.“

„Bitte, darf ich Ihnen einen Sitz anbieten?“

Und Reinhold holte einen Pferdeschädel herbei, dachte auch nicht daran, erst eine Decke darüberzulegen, machte nur eine einladende Handbewegung nach dem skelettierten Pferdeschädel.

„Oder ein Lehnstuhl ist dem Herrn wohl lieber“, sagte Käthe eilfertig und brachte aus einem Winkel einen Ochsenschädel mit ansehnlichen Hörnern herbeigeschleift, welche letzteren ja ungefähr Armlehnen vertreten konnten.

Der alte Herr verzog keine Miene, zog nur einen goldenen Klemmer aus der Westentasche und setzte ihn auf die Nase, dann zog er die Hosen hoch, bis das obere Ende der gelben Gamaschen sichtbar wurde, und setzte sich auf den ‚Lehnstuhl‘, wobei er sich allerdings sehr kauern mußte.

Reinhold hatte auf dem Pferdeschädelstuhl Platz genommen, nachdem sich seine Schwester, im eleganten Reitkostüm mit dem Zylinder auf dem Kopf, bereits der Länge nach auf den Boden geworfen hatte, das Kinn in die aufgestemmten Arme gestützt, und so lauschte sie der Unterhaltung – ein ganz merkwürdiges Bild bietend.

Das junge Mädchen gehörte eben trotz des modernen Reitkostüms und trotz der Diamantringe noch immer mehr in den Wigwam oder ins Blockhaus als in den Salon.

Die beiden Männer verstanden sich zu unterhalten.

„Hunderttausend Dollar?“

„Ja."
„Können Sie nicht aufbringen?"
„Nein."
„Was werden Sie tun?"
„Weiß absolut noch nicht."
„In andere Dienste treten?"
„Muß wohl."
„Und wenn Sie die 100.000 Dollar nun bezahlen könnten?"
„Was soll das? Ich habe sie nicht."
„Wenn ein anderer sie für Sie auslegte?"
„Dann schulde ich sie dem anderen."
„Ich wäre bereit, die Summe für Sie zu bezahlen."
„Unter welchen Bedingungen?"
„Wenn Sie in meine Dienste treten."
„Was für Dienste sind das?"
Der Lord putzte zunächst erst einmal seinen Klemmer und schaute dann den anderen durch die Gläser prüfend an.
„Gefällt Ihnen eigentlich dieses Artistenleben?"
„Nein", erklang es prompt gleichzeitig aus dem Mund der Geschwister.
„Sie möchten doch lieber in Ihre Urwälder und Prärien zurück, was?"
„Ach, hätten wir doch gar nicht erst so etwas angefangen!" erklang es seufzend wiederum gleichzeitig.
„Hm, dachte ich mir. Kenne ich. Immer die alte Geschichte. Weshalb gehen Sie nicht zurück nach Amerika, als Farmer oder Jäger?"
„Der Impressario würde mich überallhin verfolgen, mir meine Jagdbeute und alles andere stets abzunehmen wissen."
„Hm, das würde wohl sein. Kenne ich. Alles schon mal erlebt. Wieviel erhalten Sie eigentlich hier?"
„Freie Kost und Logis und Stall und pro Abend zwanzig Pfund."

„Zwanzig Pfund, alles in allem, nicht mehr?"

„Alles in allem, für fünf Vorstellungen. Dann wäre ein neuer Kontrakt gemacht worden."

„Direktor Menoni hat gewußt, daß Sie bald gepfändet würden, nicht mehr auftreten können."

„Das habe ich jetzt auch erfahren - er ist ein Spitzbube."

„Hm. Zwanzig Pfund kann ich Ihnen freilich nicht pro Tag zahlen, das ist die Geschichte nicht wert. Wären Sie mit fünfzig Pfund pro Monat zufrieden?"

„Ja, wofür denn?"

„Erst eine andere Frage. Daß Sie reiten können, habe ich ja schon gesehen. Stimmen aber auch sonst die Zeitungsberichte? Sind Sie ein echter Hinterwäldler, der mit der Büchse umzugehen und jede Spur zu verfolgen versteht?"

Reinhold lächelte nur und ließ aus dem Mundwinkel einen Pfiff ertönen, und genau dasselbe hatte seine Schwester getan.

Und für den Lord schien das ebenfalls vollständig zu genügen.

„Kennen Sie Afrika?"

„Habe gehört davon."

„Ich bin der Gouverneur von Ostafrika."

„Soso."

Der Lord zog eine Karte hervor und breitete sie auf seinen Knien aus.

„Hier, das rotumgrenzte Gebiet ist englischer Besitz. Hier grenzt eine deutsche Kolonie daran. Dieses ganze Gebirge hier, durch das die Grenze geht, wird nach dem höchsten Berg Kilimandscharo genannt. Die Geographen haben ihm einen anderen Namen gegeben, den Sie aber in Afrika selbst niemals zu hören bekommen werden. Es ist das Kilimandscharogebirge, die höchste Erhebung ist der Kilimandscharoberg. Nur diese nördliche Fortsetzung wird speziell Mondgebirge genannt. Kommt für uns nicht in Betracht. Hier nun, zwischen Kilimandscharo und dem Viktoria-Nyansa-See haben wir auf einem Areal von rund 25.000 Quadratmeilen, da diese uns sonst nichts weiter einbringen, ein Reservat geschaffen - ein Tier-Reservat. Wissen Sie, was das ist?"

Das wußte der Amerikaner um so mehr, als in Amerika auch das Indianer-Territorium allgemein Reservat genannt wird.

„Die Tiere darin dürfen nicht belästigt werden."

„Ja, es darf darin nicht gejagt werden. Zwischen diesen Grenzen ist ewige Schonzeit, es ist ein heiliges Asyl für alles, was da kreucht und fleucht."

„Bravo!" ließ sich Käthe vernehmen. „Ach, hätte man doch in Amerika auch beizeiten solch ein heiliges Tierasyl eingerichtet, dann gäbe es dort auch noch Buffalos."

Es war, als ob es durch die ganze Gesellschaft der stumpfsinnig rauchenden Indianer wie ein elektrischer Schlag ginge, so waren sie plötzlich alle zusammengezuckt. Im nächsten Moment freilich hatten sie sich wieder in Statuen verwandelt.

„Gibt es denn darin aber auch wirklich Wild?" fragte Reinhold.

„Massenhaft! Was meinen Sie wohl! Herden von Tausenden von Giraffen, Zebras, von Gnus und Hartebeests und allen anderen Antilopenarten, auch Strauße und selbst Elefanten noch zu Hunderten, und wo ein Sumpf ist, da trifft man ganz bestimmt auch noch das Flußpferd an, im Urwald das Rhinozeros."

„Auch Buffalos?"

„Büffel zu Tausenden."

Reinhold wandte den Kopf, und seine Augen leuchteten seltsam.

„Hört ihr? Es gibt ein Land, in dem noch Tausende von Buffalos weiden."

Schon vorher war wiederum so ein elektrischer Schlag durch alle die roten Söhne des großen Geistes gegangen, ganz offenbar war nur das Wort ‚Buffalo' die elektrische Batterie, von der der Strom ausging, und jetzt nahm ein uralter, zusammengeschrumpelter Greis die federgeschmückte Pfeife langsam aus dem zahnlosen Mund.

„Uff, Buffalo", sagte er, nichts weiter, dafür aber reckte er aus dem zahnlosen Mund noch die Zunge, leckte sich über die Lippen und leckte sogar noch den Tropfen von der Nasenspitze ab.

„Wäre das nichts für Sie?"

„Was soll für mich sein?"

„Ich würde Sie und die ganze Indianergesellschaft in diesem Reservat ansässig machen."

Hoch fuhr Reinhold empor.

„Uns dort ansässig machen? Ja, aber wozu denn?"

„Als Wildhüter."

„Als Wildhüter?"

„Lassen Sie es sich näher erklären. Die Sache ist die: Auf diesem ganzen Gebiet darf also nicht gejagt werden. Mit Ausnahme von den Beamten, die auf den einsamen Stationen leben - Sie sehen, hier mittendurch geht bis nach Mombasa die Eisenbahn - die sind ja auf das Wild angewiesen, und dann gibt es noch einige andere Ausnahmen. Im allgemeinen darf aber doch im Reservat kein einziges Tier geschossen oder gefangen werden, auch nicht eine Lerche.

Sie sehen, hier durch das Gebirge geht die Grenze, auf der anderen Seite ist deutsches Gebiet. Weiter wird die Grenze durch den sogenannten zentralafrikanischen Graben gebildet, eine ungeheure Schlucht, überall mindestens 6.000 Fuß tief, vom Gebirge an durch Steppen und Urwälder laufend bis ziemlich an den Viktoriasee. Das ist einmal ein Abfluß gewesen, der sich verstopft hat.

Von diesem deutschen Gebiet herüber brechen nun schon seit Jahren fortgesetzt Wilddiebe in das Reservat, die schonungslos alles zusammenschießen, was ihnen vor den Lauf ihrer unfehlbaren Büchse kommt..."

„Wilddiebe?“ unterbrach Reinhold aufmerksam.

„Wilddiebe.“

„Ich denke, sie schießen das Wild.“

„Nun ja.“

„Dann sind es keine Wilddiebe, sondern Wildschützen.“

„Machen Sie denn zwischen beiden einen Unterschied?“

„Gewiß. Unter einem Wilddieb kann ich mir eigentlich nur einen elenden Wicht von Schlingensteller denken, ein Wildschütz dagegen...“

„Wilddieb oder Wildschütz, mir ganz egal. Diese Hundsfotte schießen also alles zusammen...“

„Es sind Deutsche?“

„Nein, jedenfalls sind es Engländer.“

„Aber sie kommen von dem deutschen Gebiet herüber?“

„Ja, es sind zweifellos Buren, denen die deutsche Regierung leider gestattet hat, sich dort an der Grenze anzusiedeln, vielleicht gar, um uns...“

„Buren sind es?“

„Zweifellos.“

„Ja, das sind aber doch keine Engländer?“

„Nicht? Was sind sie denn sonst? Die Buren sind doch englische Untertanen, auch wenn sie aus Südafrika ausgewandert oder durch den Krieg vertrieben worden sind.“

Der geneigte Leser braucht hierzu wohl keine besondere Erklärung. Für die Engländer sind alle in Südafrika lebenden Buren ganz einfach englische Untertanen und sind es von jeher gewesen.

Man darf da übrigens nicht allzu scharf ins Gericht gehen. Betrachten wir nicht alle in Elsaß-Lothringen Wohnenden ebenfalls als deutsche Untertanen, ob sie wollen oder nicht, auch wenn sie durch Abstammung und Charakter noch so gute Franzosen sind? Da muß man gerecht sein!

Nun kommt hier noch hinzu, daß die englische Nationalität sehr schwer erlischt. Auf der einen Seite hat das sehr viel Gutes. Die Engländerin, die im Ausland einen Ausländer heiratet, bleibt trotz alledem noch immer Engländerin - ein Fall, den keine andere Nation kennt - sie kann sich jederzeit unter den Schutz des englischen Konsuls stellen - und das gilt sogar für ihre im Ausland geborenen Kinder!

Alle von einer Engländerin abstammenden Kinder sind echte Engländer! Ganz gleichgültig, wo sie geboren sind. Vom englischen Vater gilt das natürlich erst recht.

Hier käme das englische Gesetz mit dem deutschen in Konflikt, indem jedes in Deutschland geborene Kind - mit wenig Ausnahmen - als deutscher Staatsangehöriger gilt, die männliche Jugend zum Militärdienst herangezogen wird, während so ein Jüngling jederzeit von England als englischer Untertan reklamiert werden kann.

Ein solcher Rechtsstreit ist wohl noch nicht ausgetragen worden. Jedenfalls deshalb nicht, weil bei derartig unklaren Verhältnissen der Betreffende von Deutschland einfach nach England abgeschoben wird. Der Klügere gibt nach. Aber diese Verhältnisse sind tatsächlich so, sie sind nur sehr wenig bekannt.

Andererseits ist es ein drückender Zwang, indem man unter Umständen ein englischer Untertan sein soll, ohne daß man es will. So bleibt also auch der aus seiner Heimat ausgewanderte Bure für den Engländer immer ein englischer Untertan, er mag sich aufhalten, wo er will.

Freilich ist er das ja nur dem Namen nach. Immerhin, es zeigt den englischen Stolz und die englische Konsequenz im glänzendsten Licht.

„Ja“, nahm der Lord wieder das Wort, und zwar jetzt ganz anders sprechend als bisher, „und diese blutig gottverrrrrdammten Buren... Pardon, Miß, ich bitte tausendmal um Verzeihung.“

Dieser alte Herr war sonst sicher ein tadelloser, ein

echter Gentleman, und die allererste Bedingung zu einem solchen ist eine würdevolle, über alles erhabene Ruhe, nicht auf Teilnahmslosigkeit, sondern auf Selbsterziehung beruhend - gentle = sanft, gelassen, fein, edel, großmütig - weshalb der wirklich gebildete Engländer den Titel Gentleman gar nicht von Geld abhängig macht, der geringste Arbeiter kann für ihn ein vollkommener Gentleman sein und der reichste Aristokrat ein Fatzke.

Der alte Herr hatte sich vergessen. Seine immer steigende Erregung war schon vorher bemerkbar gewesen, auf ihrem Höhepunkt hatte er die Worte gebraucht, die er vorher von dem Stallmeister gehört, die sich in sein Gedächtnis eingegraben hatten.

Im Nu war er sich seines Vergehens bewußt, sofort hatte er sich gebändigt - nun aber trat die Reaktion ein, ganz die gegenteilige Stimmung.

Er stemmte den Arm auf das Ochsenhorn und seinen Kopf in die Hand, und so niedergeschlagen wie seine Stimme war, sah er auch aus, wirklich schmerzhaft traurig, als er fortfuhr:

„Ach, was habe ich schon alles versucht, um diese Wilddiebe, die mir mein ganzes Leben vergiften, unschädlich zu machen! Die dort einheimischen schwarzen und europäischen Jäger sind machtlos. Gegen diese jagdgeübten, mit allen Hunden gehetzten Buren können sie nicht aufkommen. Ich habe aus Südafrika Kaffern kommen lassen, Zulus, die großartigsten Jäger, die es im schwarzen Erdteil gibt - sie haben gegen diese schattenhaften Wildschützen nichts ausrichten können. Ich habe den berühmten Elefantenjäger David Harrison engagiert, daß er diesen Wilddieben das Handwerk lege - nach einem halben Jahr, das mich 20.000 Pfund Sterling kostete, hat er die Sache als hoffnungslos aufgegeben. Der noch berühmtere französische Löwenjäger Bodard meldete sich von selbst, er brachte seinen ganzen Apparat mit, eine aus zwei Dutzend Nubiern und Arabern bestehende Treibertruppe, von denen jeder einzelne ein Fährtensucher und ein Jäger par excellence sein soll, und ich sehe noch den verwitterten Franzosen, wie er mir mit geringschätzendem Lächeln erklärte, innerhalb von vier Wochen sei das ganze Reservat von jedem Wilderer gesäubert - und schon zwei Wochen später schlich er mit seiner Treiberbande beschämt in seine Heimat zurück, sogar verängstigt, Kreuze schlagend. Diese Wilderer müssen ihm irgendeinen Streich gespielt haben. Mit solchen leibhaftigen Teufeln wolle er nichts zu tun haben. Das war das letzte Wort, das ich von dem sonst so löwenkühnen Franzosen hörte.

Ja, es müssen Teufel sein. Aus meinem eigenen Vermögen habe ich tausend Pfund Sterling für jeden einzelnen Wilderer ausgesetzt, der mir tot oder lebendig ausgeliefert wird. Ich habe während der drei Jahre noch nie in die Tasche zu greifen brauchen. Sie scheinen selbst mit dem Teufel im Bunde zu stehen, wie Schwarze und selbst die aufgeklärtesten Europäer dort es behaupten. Sie müssen sich unsichtbar machen können. Nicht nur, daß sie immer in dem großen Graben verschwinden, wo sie allein alle Abstiege wissen, wohin ihnen niemand folgen kann, sondern auch, wenn man sie auf frischer Tat ertappt, wenn man sie umzingelt hat, scheinen sie plötzlich von der Erde verschluckt worden zu sein.

Ach, und immer wieder muß ich mich im Parlament höhnisch fragen lassen, ob ich denn noch nicht endlich diese Wilddiebe in meinem Reservat beseitigt habe, und immer wieder seit drei Jahren schon muß ich versichern, daß es mir noch gelingen werde, und stets muß ich dann das spöttische Gelächter meiner Gegner vernehmen - ach, in bin dadurch recht alt geworden!"

So, nun wußte man, wie dieser Lord sagen konnte, daß diese paar armseligen Wilddiebe sein ganzes Leben vergifteten.

Als vor drei Jahren sein Vorgänger abgedankt hatte,

waren im Parlament die Mißstände in Ostafrika erörtert worden, unter anderem waren - nur so nebenbei als Kleinigkeit - die im Reservat hausenden Wilderer zur Sprache gekommen.

Der neue Gouverneur von Ostafrika, hier Lord Warwick, hatte in seiner Programmrede gelobt, nach allen Kräften sein Bestes zu tun, um alle vorhandenen Mißstände zu beseitigen - und was die Wilderer betreffe, das sei doch eine Kleinigkeit, die wolle er noch in diesem Jahr dingfest gemacht haben, dafür könne er garantieren.

Und hiermit hatte Lord Warwick einen Fluch auf sich geladen - den Fluch der Großsprecherei, der Prophezeiung. Man soll durchaus nichts prophezeien, man soll nicht eher über einen einzigen Pfennig verfügen, als bis man ihn im Sack hat.

Alle Schwierigkeiten hatte der neue Gouverneur durch seine Energie und Geisteskraft zu beseitigen gewußt, die allergrößten - nur mit diesen jämmerlichen Wilderern war er nicht fertig geworden. Dabei war ja von einem eigentlichen Schaden gar nicht zu sprechen. Und wenn es hundert Wildschützen gewesen wären, was konnten die denn auf einem Areal von 25.000 englischen Quadratmeilen abschießen? Da war von einer Verminderung des Wildbestands doch durchaus nichts zu merken.

Nein, es handelte sich nur um die Ehre.

Denn gerade weil er alle anderen größeren Schwierigkeiten so glänzend gelöst hatte, hatten seine Neider und sonstigen Gegner ihm nichts weiter vorzuwerfen, als daß er damals für Beseitigung der Wilddiebe innerhalb Jahresfrist garantiert habe, und da ließen sie sich nun keine Gelegenheit entgehen, um den Gouverneur zu stacheln und zu hänseln und zu verhöhnen, und wer da weiß, wie es in diplomatischen Kreisen zugeht, der glaubt wohl, daß es wirklich genügte, um das ganze Leben eines Mannes zu vergiften, so daß Lord Warwick wegen dieser an sich lächerlichen Kleinigkeit schon seinen Posten niederzulegen gedachte.

„Teufel noch einmal!“ fuhr da Reinhold empor. „Da müssen mal ein paar richtige amerikanische Jäger hin, die sollen diesen afrikanischen Buren aber bald das Handwerk gelegt haben!“

Freudig blickte der Lord auf.

„Das ist es! Mit amerikanischen Trappern wollte ich es noch einmal versuchen, mit Wald- und Präriejägern, und wenn auch die nichts erreichen könnten, dann - würde ich selbst zurücktreten. Meinen Sie, daß solche amerikanischen Hinterwäldler afrikanischen Jägern überlegen sind?“

„Na, schicken Sie mich mal hin, mich und meine Schwester - und meine Navajos - auch die Mädels sind nicht zu verachten - wie wir mit diesen Wilderern schnell aufgeräumt haben werden!“

Immer verklärter blickte der Lord. Doch auch noch einiger Zweifel war in seinen Zügen zu lesen.

„Sie kennen aber Afrika noch gar nicht.“

„Was meinen Sie damit?“

„Sie kommen in ganz neue Verhältnisse.“

„Ah bah! Land bleibt Land, und Wild bleibt Wild, und Jäger bleibt Jäger. Ich will mit dem ersten Rhinozeros, das mich anrennt, doch genauso gut fertig werden wie der erfahrenste Afrikaner.“

„Die Gegend dort ist sehr gebirgig.“

„Nun, in Arizona ist auch ein nettes Felsengebirge.“

„Die Steppe mag der Prärie sehr ähneln, aber da sind Wüsten...“

„Kann man darin, wie in Arizona, bis an den Hals versinken?“

„Da ist ein Strom...“

„Ist das afrikanische Wasser anders als das amerikanische?“

„Der trocknet manchmal ganz aus, und dann gibt es dort überhaupt kein Wasser.“

„Na, da kommen Sie erst mal nach Arizona! Lebt dort nicht auch während der trockensten Jahreszeit Wild?"

„Das weiß schon Wasser zu finden."

„Dann weiß auch ich das. Ach, das sind doch alles Kleinigkeiten! Also fünfzig Pfund pro Monat, wenn wir alle zusammen hinübergehen?"

„Oh, daß mir zehn Pfund pro Tag, das wären dreihundert Pfund pro Monat, zuviel wären, wie ich vorhin sagte, das war ja nicht so gemeint - stellen Sie Ihre Forderungen."

Der junge Mann hatte hiermit einen glänzenden Beweis dafür geliefert, wie schlecht er sich zum Impressario eignete.

Aber Lord Warwick wußte nun auch, wen er vor sich hatte, und er war nicht als Knauserer und Halsabschneider bekannt, wenn er auch nicht gerade das Geld unnötig zum Fenster hinauswarf.

„Also fünfzig Pfund pro Monat festes Gehalt."

„Abgemacht!"

„Und Ihr Fräulein Schwester - alle übrigen Mitglieder der Truppe?"

„Ach, die brauchen nichts. In den fünfzig Pfund ist alles mit inbegriffen."

„Gut, wie Sie wünschen", erklärte sich der Auftraggeber ganz mit Recht hiermit einverstanden.

„Aber natürlich freie Reise."

„Selbstverständlich, und eventuell auch wieder freie Rückfahrt, wohin Sie wollen."

„Wie lange soll das gelten?"

„Auf ein Jahr."

„Abgemacht. Ja, wie ist es denn nun aber mit den 100.000 Dollar?" schrak jetzt Reinhold etwas auf.

„Die bezahle ich für Sie, sofort", entgegnete der Lord, schon sein Scheckbuch ziehend.

„Dann schulde ich die aber doch Ihnen."

„O nein, das soll das..."

„Sie sprachen doch vorhin von einer Prämie, die Sie für jeden ausgelieferten Wilderer zahlen wollten."

„Allerdings, tausend Pfund pro Mann, das habe ich ausgesetzt und das nehme ich auch nicht zurück, diese Prämie sollen also auch Sie und Ihre Leute erhalten."

„Tausend Pfund pro Mann, fünftausend Dollar, sapperlot!" staunte Reinhold. Und die am Boden liegende Schwester machte ein ebensolches Gesicht wie er. „Ist denn das Ihr Ernst?"

„Selbstverständlich. Das gebe ich Ihnen noch schriftlich."

„Wie viele Wilderer sind denn da?"

„Ja, wenn ich das wüßte! Mindestens ein Dutzend, das hat man schon beurteilen können. Vielleicht aber sind es auch hundert."

„Und Sie wären bereit, zwölftausend Pfund zu zahlen?"

„Hunderttausend, wenn Sie mir hundert Wilderer tot oder lebendig ausliefern."

„Diese Prämie bezahlt die Regierung?"

„Nein, die bezahle ich aus meiner Tasche."

„Himmelherrgott, müssen Sie aber viel Geld haben!"

„Ja, ich hab's schon dazu", lächelte der Lord über solche Naivität. „Liefern Sie mir nur diese Wilderer aus, daß meine – hm... Also abgemacht?"

„...daß meine Ehre wiederhergestellt wird", hatte er offenbar sagen wollen.

Der Lord blickte erst nach seiner Uhr, dann zog er das Scheckbuch, begann mit dem Füllfederhalter ein Formular zu beschreiben.

„Ich muß Sie verlassen, ich habe noch eine wichtige Unterredung. Jetzt stelle ich einen Scheck über 20.000 Pfund aus, den erhält der Broker, er muß Ihnen die Pferde und alles sofort wieder herausgeben."

„So ziehen Sie mir diese Summe, die ich Ihnen schulde, von den Prämiengeldern ab, und ich will sie mir schon verdienen."

„Nein", sagte der noch immer schreibende Lord mit Entschiedenheit. „My dear boy - gestatten Sie, daß ich Sie so väterlich anrede - Sie scheinen mir ein ganzer Mann vom Scheitel bis zur Sohle zu sein - nur ein Geschäftsmann sind Sie nicht. Und eben das gefällt mir an Ihnen, eben deswegen setze ich unbedingtes Vertrauen in Sie. Und Sie, der Sie gewiß schon viele trübe Erfahrungen mit Geschäftsleuten gemacht haben, seitdem Sie Ihre einsame Wildnis verließen, um durch Ihre Kunst unter fremden Menschen Ihr Brot zu verdienen - Sie sollen in mir einen Mann kennenlernen, der nicht die Unerfahrenheit seiner Mitmenschen ausbeutet, es noch niemals getan hat. Betrachten Sie diese Auslösungssumme als das bindende Handgeld für unseren Vertrag, und ich geniere mich wirklich, einem Mann wie Ihnen etwas schriftlich zu geben - ein Mann, ein Wort - genug, nichts weiter davon - Sie schulden mir keinen Penny!"

Er rief den gehorsam vor der Tür wartenden Broker wieder herein. Der Mann des Gesetzes warf nur einen Blick auf den Scheck, nahm ihn als bares Geld an, gab die abgepfändete Barschaft und die Schmucksachen zurück und erklärte, daß die Pferde und alle übrigen gepfändeten Utensilien wieder freigegeben seien.

Reinhold war aufgestanden, schon längst hatten seine Augen immer mehr geleuchtet, und jetzt wurden sie feucht, und ebenso ging es der Schwester.

„Mylord, Sie sind ein Gentleman, wie er nicht einmal im Buche steht, Sie sammeln glühende Kohlen auf unsere Häupter, wir wissen nicht, wie wir Ihnen danken sollen", sagte er und nahm eine Hand des Lords, die andere wurde von der Schwester genommen.

„Danken Sie mir, indem Sie das Reservat von den Wilderern befreien. Und nun genug, kein Wort mehr von Dank. Doch ich muß wirklich gehen. Wahrscheinlich schiffen wir uns schon morgen früh ein. Können Sie noch heute nacht alles reisefertig machen?"

„Wir sind das eigentlich immer."

„Wie viele Pferde haben Sie?"

„Nur die, welche in der Vorstellung mitwirken - neun Stück, nicht mehr."

„Ich möchte, daß Sie diese mitnehmen."

„Aber selbstverständlich! Auf den Transport kommt es dann doch auch nicht mehr an."

„Ich meine - wegen der Tsetsefliege."

„Tsetsefliege?" wiederholte Reinhold verständnislos.

Der Lord schien es zu bereuen, eine den Pferden in Afrika drohende tödliche Gefahr erwähnt zu haben.

„Ich erkläre Ihnen später, was für eine Bewandtnis es mit der Tsetsefliege hat", wich er jetzt aus. „Es kommt auch nur der Küstenstrich in Betracht, der eben schnell durchquert werden muß. Hinter dieser Küstenzone tritt die Tsetsefliege, deren Stich den Pferden sehr gefährlich werden kann, gar nicht mehr auf. Also neun Pferde! Ich muß das wissen, weil der Dampfer, den ich im Auge habe, sehr besetzt sein dürfte. Und Sie sind zusammen fünfundzwanzig Personen, nicht wahr?"

Der Lord hielt es also für ganz selbstverständlich, daß Kind und Kegel mitkam. Er hatte Erfahrung genug, um zu wissen, daß die Rothäute niemals die Greise und Greisinnen im Stich lassen würden.

„Wir sind sechsundzwanzig."

„Die Zeitungen sprachen doch immer nur von fünfundzwanzig Köpfen."

„Ja, aber vorgestern ist der sechsundzwanzigste Kopf hinzugekommen", lächelte Reinhold, eine leichte Bewegung nach der jungen Mutter im eleganten Reitkleid machend, die ein winziges Baby an der Brust hatte.

Aufmerksam blickte der Lord nach der kindlichen, bronzefarbenen Mutter, putzte den Klemmer und blickte wieder hin.

„Die junge Dame - ist - vorgestern - Mutter geworden?"

„Vorgestern früh. Little Lizzard, die Kleine Eidechse, ist die glückliche Gattin des Großen Bären, der dort gerade seine Pfeife auskratzt. Bei der ersten Vorstellung mußte sie deswegen durch Schilfrohr ersetzt werden - die etwas ältere Frau, die dort ihr einheimisches Kostüm trägt. Auch Schilfrohr ist eine tüchtige Reiterin, hat es aber doch nicht zu den höchsten Leistungen gebracht, und so mußten bei der ersten Vorstellung einige unserer besten Reitertricks ausfallen. Es war ganz gut, so wirkte die zweite Vorstellung nur um so frappierender."

„Ja, da hat die zweite Vorstellung schon jene junge Mutter mitgemacht?"

„Gewiß."

„Die vorgestern abend...?"

„Die vorgestern abend."

„Am Morgen ist sie Mutter geworden, und am Abend ist sie schon wieder so auf dem Pferd herumgehopst?"

„Gewiß. Warum sollte sie denn nicht?"

Noch einen starren Blick nach der Kleinen Eidechse, und der Lord schüttelte sein weißes Haupt mit dem schnurgeraden, bis in den Nacken gehenden Poposcheitel.

„Kaum glaubhaft!"

Wenn der Lord das nicht glaubhaft fand, dann hatte er wohl noch nie von Bauernfrauen und Bauernmägden gehört, die während der Feldarbeit die Mittagspause dazu benutzten, um einem neuen Erdenbürger das Leben zu schenken, und dann geht es wieder hinaus zum Kartoffelhacken. Der Städter möchte es allerdings auch nicht glauben, bis er es einmal während der Ferienzeit, die er auf dem Lande verbringt, miterlebt. Und doch hat der Städter täglich Ähnliches vor Augen, er denkt nur nicht daran. All diese Artistinnen im Zirkus und Varieté, das Corps de Ballet, allein die Statistinnen, aber auch die größten Bühnenkünstlerinnen - die dürfen dem Direktor nicht etwa viel mit Migräne und dergleichen kommen.

„Ja, denken Sie denn, Sie sind die Lady mit dem Riechfläschchen? Trinken Sie einen halben Liter Cognac, und dann tanzen, immer lustig tanzen!"

Da sieht man, was das eiserne Muß alles fertigbringt. Und dann allerdings ist es die körperliche Bewegung, die Wunder bewirkt. Man frage nur einen Bauern, was für ein gewaltiger Unterschied es ist, ob die Kühe niemals aus dem Stall herauskommen oder im Jahr wenigstens einen einzigen Monat Weidegang haben.

Möge niemand über diesen Vergleich mit Tieren die Nase rümpfen. Will man sich entrüsten, dann schon lieber darüber, daß, um ein menschliches Leben zu retten oder auch nur ein bißchen zu verlängern, und oftmals ein gar erbärmliches Leben, an unschuldigen Hunden und Kaninchen martervolle Versuche angestellt werden.

Würdiger kann dieses Kapitel nicht geschlossen werden, als indem wir einen Ausspruch wiederholen, den eine weltberühmte deutsche Sängerin öffentlich getan hat, die Lilli Lehmann:

„Und wenn ich an der schmerzlichsten Krankheit sterben sollte, meinetwegen darf auch nicht einer Fliege ein Bein ausgerissen werden."

Das ist wahrer Heroismus! Und verflucht sei, wer an der Redlichkeit solcher Grundsätze zweifelt!

Wie damals nämlich geschehen ist. Doch es gibt eben erbärmliche Menschen, die immer von sich auf andere schließen müssen.

3.

Der Zug hatte Mombasa verlassen. Sechsunddreißig Stunden würde er brauchen, um die am Viktoria-Nyansa genau auf dem Äquator liegende Endstation Kisumu zu erreichen, und da mußte noch alles gutgehen.

Die englischen Passagiere stiegen entweder schon

sehr bald aus, oder sie fuhren meist bis nach dieser Endstation. Dann benutzte den Zug auch noch ein Dutzend deutscher Herren, die bis nach Djulu fuhren, etwa zehn Stunden, um von dort nach dem Kilimandscharo zu marschieren.

Teils waren es Farmer, die sich an den Abhängen des noch auf deutschem Gebiet liegenden Kilimandscharos ansiedeln wollten, teils Kaufleute, die nur eine Villenkolonie anzulegen gedachten, um in dieser mit ihrer Familie die an der Küste so ungesunde Regenzeit auf sonniger Bergeshöhe zu verbringen.

Das wurde dann freilich immer eine langwierige und gar beschwerliche Ferienreise!

Erst einmal die zehnstündige Fahrt im geschlossenen Eisenbahnwagen, die ein russisches Schwitzbad bedeutete. Denn öffnete man die Fenster, so erstickte man bei Tag an einem rotem Staub, bei Nacht wurde man von Mücken aufgefressen. Und dann kam der Marsch zu Fuß nach dem Kilimandscharo.

Setzt man auf der Landkarte die eine Zirkelspitze mitten auf den Kilimandscharo und die andere auf die Station Djulu, so findet man, daß die Entfernung zwischen beiden nur acht deutsche Meilen beträgt. Na, die kann ein rüstiger Fußgänger doch schließlich an einem Tag zurücklegen, mit der Familie braucht man im höchsten Fall zwei Tage, da kann man noch den Kinderwagen schieben.

Jawohl! Der Kilimandscharo ist 6.000 Meter hoch. Die Erholungsbedürftigen hatten es nur auf den Waldgürtel abgesehen, der schon bei einer Höhe von 2.000 Metern beginnt. Große Kletterpartien gab es bis dahin auch nicht. Und doch mußte man mit einem Marsch von fünf Tagen rechnen.

Da kommen eben afrikanische Terrainverhältnisse in Betracht. Die Herren konnten auch nicht so einfach drauflosmarschieren. Das hätte ein einzelner Jäger gekonnt, auch ein ganzes Dutzend von Jägern, die nichts anderes ihr eigen nannten als Gewehr und Decke – aber nicht ein Dutzend Männer, die Familie und Geschäft hatten, die deshalb nicht geneigt waren, durch eine im Freien verbrachte Nacht ihr Leben aufs Spiel zu setzen.

Schon jetzt nahmen sie in diesem Zug mehr als sechzig Askaris und Boys mit, Lastträger und Diener, und in Djulu würde sich diese Karawane durch schon im voraus bestelltes schwarzes Personal noch bedeutend vergrößern.

Die deutschen Farmer und Kaufleute suchten gewiß zu sparen, mochten sie auch noch so viel Geld haben. Aber es geht eben nicht anders, und da brauchen wir also auch gar keine weiteren Gründe dafür anzuführen. Und so würde sich immer für die Ferienzeit, allerdings drei Monate während, die Hin- und Herreise gestalten, pro Kopf mindestens 2.000 Mark kostend, für die Familie nur im Verhältnis etwas billiger. Das können sich natürlich nur reiche Leute leisten.

Auch mußte man diese Ausgaben noch in englische Kassen fließen lassen, mußte sein Ziel von hintenherum durch englisches Gebiet erreichen. Denn die deutsche Morogorobahn durchquert noch heute mit ihren 220 Kilometern nicht einmal ein Fünftel des ganzen deutschen Schutzgebiets, nähert sich dem Kilimandscharo auch gar nicht so weit wie die englische, und damals wurde sie überhaupt erst projektiert.

Erst kommt der zirka 100 Kilometer breite Küstengürtel, strotzend in tropischer Fruchtbarkeit, aber nur wenig angebaut. Ungesund! Malaria! Auch fehlt es den Farmern, die sich hier niederzulassen gewagt haben, an Arbeitskräften. Die hier einheimischen Suahelis leben ausschließlich von Jagd und Raub und lassen sich nicht zur Arbeit gebrauchen, sowenig wie die kriegerischen Massai, die um den Kilimandscharo herum wohnen. Von der Einführung chinesischer und indischer Kulis hat man, durch trübe Erfahrung gewitzigt, noch abgesehen. Denn wo die einmal sind, stellen sich auch bald chinesische und indische Kaufleute ein, die schnell den ganzen Handel an sich gerissen haben.

Wohl keiner der Herren hatte noch nicht diesen Küstengürtel durchfahren oder auf einer anderen Strecke durchquert, und sie interessierten sich für alles andere, nur nicht für diese herrlichen Palmenwälder.

„Wo steckt denn unser Menschenfeind?“ wurde gefragt.

„Er ist mit seinen Askaris und Nubiern mitgefahren.“

„Ja, ja, das weiß ich, eben deshalb frage ich.“

Jeder wußte, wer mit diesem ‚Menschenfeind‘ gemeint war.

Die Herren hatten sich, da sie nicht zugleich gekommen waren, zu Mombasa in einem Hotel getroffen. Die ersten hatten einige Tage warten müssen, und der Zug nach Kisumu fährt auch durchaus nicht täglich – ganz unbestimmt, wenn genügend Passagiere vorhanden sind, daß die Fahrt sich lohnt.

Bei solch einer seltenen Gelegenheit blieb auch einmal die strenge Vorschrift unbefolgt, daß man in diesen tropischen Gegenden alle alkoholischen Getränke, seien sie auch noch so unschuldig, vermeiden soll. Zum Glück war gerade eine neue Fracht echt bayerisches Exportbier eingetroffen, und wenn auch die Flasche zwei Schilling kostete – never mind. Übrigens behaupten andere, und zwar gerade Landeskenner, daß man lieber bei genau derselben Ration bleiben soll, an die man zu Hause gewöhnt ist, und wenn es auch jeden Abend zehn Glas Grog sind. Nur keine Ausschweifungen! Aber ist nicht auch das eine Ausschweifung, wenn man plötzlich allen Gewohnheiten entsagt? Mindestens eine Abschweifung, und Tatsache ist auch, daß starke Trinker erst dann die Gicht bekommen, wenn sie mit dem Trinken aufhören.

Die Engländer schlossen sich selbstverständlich von

den Deutschen ab, und wer von ihnen auch ein direkter Deutschenfreund gewesen wäre, mußte es doch seinen Landsleuten zuliebe tun, oder es hätte einen Bruch gegeben.

Ebenso selbstverständlich aber wurden alle anderen Deutschen, die sich zufällig in dem Hotel aufhielten, von der feuchtfröhlichen Gesellschaft herangeholt. Nur bei einem wollte das nicht gelingen.

Es war ein noch junger Mann, der mit zwei Askaris und zwei nubischen Dienern schon seit drei Tagen auf den Abgang des nächsten Zuges gewartet hatte.

So hatte ihnen wenigstens der Wirt erzählt, ihnen auch seinen Namen genannt: Felix Freimann, Doktor der Philosophie. Ein Deutscher, das Woher sonst unbekannt, so gut wie alles andere. Nun ja, seine Guineen waren echt und seine Schecks auf die Bank von England gut.

Von ihm selbst hätte man nichts erfahren. In diesen drei Tagen hielt er sich in seinem Zimmer eingeschlossen, ließ sich Essen und alles hinaufbringen. Von Zeitungen wollte er nichts wissen, hatte keine Briefe zu schreiben und zu empfangen.

Nur zufällig hatte man ihn einmal zu sehen bekommen. Melancholisch sah dieses tiefgebräunte, mit einigen studentischen Schlägerschmissen geschmückte Gesicht eigentlich nicht aus. Die blauen Augen blickten klar und sogar freundlich. Erst bei näherem Hinschauen gewahrte man unter dem blonden Schnurrbart an den Mundwinkeln einen tiefvergrämten Zug.

Aber als ausgesprochener Menschenfeind hatte er sich schnell genug legitimiert.

Als man seiner einmal habhaft geworden, hatte man ihn mit herzlichen Worten zur deutschen Tafelrunde eingeladen.

„Danke sehr, aber ich bedaure“, hatte er entgegnet und jedem einfach den Rücken gekehrt, um wieder in seinem Zimmer zu verschwinden.

Das war einfach rücksichtslos gewesen, grob, flegelhaft. Und dennoch wieder war es in einer Weise gesagt worden, daß niemand es hätte übelnehmen können.

„Der hat irgend etwas auf dem Kerbholz, daß er niemand ins Gesicht zu sehen wagt", sagte jetzt jemand, der einzige, der den ‚Menschenfeind' gar nicht zu Gesicht bekommen hatte.

Seitens der anderen allgemeiner, lebhafter Widerspruch.

„Nein, der ist so echt wie sein Gold, oder ich will selber ein Spitzbube sein!"

„Und ein Schuft ist überhaupt nicht so zurückhaltend, wodurch er sich nur auffällig macht, so daß man sich mit seiner Person beschäftigt", stimmte ein zweiter dem ersten Verteidiger bei.

„Der hat irgendeinen großen Kummer auf dem Herzen, das sieht man ihm doch gleich an."

„Ich finde nicht."

„Doch, ich habe es ihm gleich angesehen, ich kenne so etwas, wenn auch nicht aus eigener Erfahrung."

„Ich stellte mich ihm vor - er hielt es nicht für nötig, mir seinen Namen zu nennen. Aber da sah ich, daß es nicht richtig mit ihm ist. Er blickte mich ganz geistesabwesend an, dann drehte er sich um und murmelte etwas Unverständliches. Der hat mich einfach gar nicht gehört, mich gar nicht gesehen."

„Felix Freimann - der glückliche freie Mann. Frei mag er sein, aber mit den Vornamen der Kinder sollten die Eltern doch etwas vorsichtiger sein. So etwas kann sich rächen. Es ist eine Art Vermessenheit, welche die Götter erzürnt. Ich hatte einen Bekannten, ein großer, starker Mann, ebenso war auch seine Frau gebaut, zwei menschliche Hünen. Ihr erstes Kind, eine Tochter, ein ganz gesundes Kind, nannten die beiden in stolzer Elternfreude Brunhilde. Und was wurde mit der Zeit daraus? Ein kleines, schwächliches, verkümmertes, buckliges Geschöpf.

Schwerer als an seinem Gebrechen hatte das arme Mädchen das ganze Leben lang an seinem Namen zu tragen."

„Auch er hat ein Billett bis nach Djulu genommen, ich habe es zufällig am Schalter gesehen", hieß es dann weiter.

„Er will doch nicht etwa ebenfalls den Kilimandscharo besteigen?"

„Das hat er mir freilich nicht gesagt."

„Dann wird er sich vielleicht gar unserer Karawane anschließen?"

„Der? Der hat ja für sich ein ganzes Coupé erster Klasse allein genommen, um nur ja nicht mit einem anderen Menschen in Berührung zu kommen."

„Hat er?"

„Ich weiß es, und dem Schaffner hat er noch besondere Anweisungen gegeben, auf keiner Station seine Tür zu öffnen."

„Außerdem hat er ja selbst Lastträger und nubische Jäger."

„Ja, Nubier! Wenn wir die nur auch hätten!"

So kam man von dem Menschenfeind auf seine Diener, auf die Nubier im allgemeinen.

Die Nubier sind keine echten Neger. Man bezeichnet sie allgemein als Äthiopier, obgleich das wenig sagt. Ihre Hautfarbe ist braun bis zum tiefsten Schwarz, aber ihre Gesichtszüge sind kaukasische, europäische zu nennen. Vor allen Dingen fehlen die aufgeworfenen Lippen der Neger, dann ist ihr Haar auch niemals wollig, sondern stets lang und schlicht. Sie sind durchweg schöne, herkulisch gebaute Männer und gelten als die besten Jäger Afrikas. Nur von den Zulukaffern werden sie an Kraft und Jagdgewandtheit noch übertroffen, aber die Zulus geben sich überhaupt nicht zu fremden Diensten her, und die Nubier lassen sich auch nur als direkte Jagdgehilfen engagieren, ohne Verpflichtung zu weiterer Arbeit. Dann aber sind sie auch die mutigsten, treuesten Diener, auf die man sich in Not und Tod verlassen kann - für weite Expeditionen nur eben etwas kostspielig. Jeder Nubier braucht seinen eigenen Lastträger.

So wurden noch die mit den Völkern Afrikas gemachten Erfahrungen ausgetauscht, als sich der Zug der Grenze des Küstengürtels näherte, der Station Simba.

Diese Grenze ist von der Natur scharf durch eine Schlucht gezogen, obgleich die Gegend sonst gar nicht gebirgig ist. Mehr eine sehr tiefe Erdspalte, sechs bis zehn Meter breit.

Ist die Vegetation, besonders der Baumbestand, immer spärlicher geworden, so tritt jenseits dieser Schlucht die afrikanische Steppe in ihr Recht, nur kurz nach der Regenzeit in frischem Grün prangend, dann wasserlos mit schließlich drei Meter hohem Gras bedeckt, bis dieses bis an die Wurzel zu Heu zusammentrocknet, wie es gegenwärtig der Fall war.

Und jenseits dieser Schlucht beginnt das englische Tierreservat, in dem kein einziges Wild geschossen werden darf, nicht einmal ein die Stationen heimsuchender Leopard oder Löwe - natürlich mit Ausnahmen, es gehört eben eine Jagdkarte dazu, welche die Stationsbewohner selbstverständlich haben.

Doch von solchen Ausnahmen, die das englische Regiment in ein höchst fragwürdiges Licht stellen, werden wir später noch genug sprechen, sie sollen ja den Hauptinhalt dieser Erzählung bilden.

Die letzte Station auf dieser Seite, vor der über die Schlucht führenden Eisenbahnbrücke liegend, ist also Simba. Das ist suahelisch, auf arabisch würde sie Seba heißen, was einfach ‚Löwe' bedeutet, und diesen Namen führt sie nicht umsonst[1].

Fast humoristisch wirkt es, wenn man hört, daß diese ansehnliche Niederlassung noch heute fast jede Nacht

[1] Dort wurden während des Bahnbaus allein über hundert indische Arbeiter durch Löwen getötet. (Anm. d. Autors)

von raubenden Löwen besucht wird. Hier darf man sich allerdings seiner Haut wehren, darf sie schießen; aber nur zehn Schritte weiter, über die Brücke hinüber, und der Löwe könnte den ihm mit dem Gewehr Nachfolgenden fragen, ob er denn hierzu auch die Erlaubnis habe, ob er einen Jagdschein besitze.

Die plündernden Löwen, denen erst in vergangener Nacht wieder einige Schafe und sogar eine Negerin zum Opfer gefallen waren, werden allerdings schwerlich über die Brücke kommen, auch nicht die Schlucht überspringen, sie halten sich lieber ständig in diesem noch bewaldeten Gebiet auf - immerhin, es ist höchst merkwürdig, daß man diese Raubtiere jenseits der Schlucht ohne Erlaubnisschein nicht erlegen darf.

„Es ist doch stark, wie die Engländer dieses Tierreservat ausnützen! Das ist doch die schmählichste Scheinheiligkeit, die man je kennengelernt hat."

So sagte ein Deutscher, laut genug, daß die mitfahrenden Engländer es hören konnten.

Die anderen Deutschen stimmten dem Sprecher bei, sie führten die Ursache ihrer Entrüstung weiter aus, und die Engländer taten am besten, sich hinter ihren Zeitungen taub zu stellen.

Auch wir wollen nichts weiter hören, da wir noch durch Beispiele erläutern werden, was für eine zweideutige Bewandtnis es mit diesem Tierschutz hat.

Nur einen Ausspruch wollen wir noch wiedergeben, den ein Deutscher tat, als man auf die Wildschützen zu sprechen kam, die das Reservat von der deutschen Grenze her heimsuchen sollten.

„Recht so, recht so", sagte also dieser Herr. „Das sind noch lange nicht genug! Die sollten's noch ganz anders treiben! Wenn ich das Geld dazu hätte, ich würde noch extra Wildschützen engagieren, die hier alles zusammenschießen müßten - arme Leute, die, wenn nicht das Fleisch, so doch wenigstens das Fell verwerten."

Was den Herrn zu dieser Rede bewog, das wird uns sehr bald klar werden.

Hinter die Lokomotive wurden zwei Loren mit Holzkloben rangiert, denn hier wird nur mit Holz gefeuert, und weiter ging die Fahrt.

Und bald wurde man gewahr, daß man sich in einem Tierreservat befand, in einem Wildasyl.

Zuerst glaubte man in der sonst baumlosen Ebene zwei große, kahle Bäume zu erblicken. Beim Näherkommen aber entpuppten sie sich als zwei Giraffen, die es gar nicht für nötig hielten, sich vor dem Eisenbahnzug zurückzuziehen.

Dann wurden einige Gazellen, einige Büffel sichtbar – und dann kamen Herden von Tausenden von Gazellen, von Gnus und kleinen Antilopen, von Zebras und Straußen, und dann sah man auch eine stattliche Herde von Elefanten im Gänsemarsch durch die Steppe marschieren.

Und alle diese Tiere wußten, was für Rechte sie hier hatten. Bis auf zehn Meter kamen sie an den Zug heran. Oder sie gingen vielmehr nicht fort, ließen sich gar nicht in der Äsung stören. Denn gerade in der Nähe dieses Eisenbahnzugs waren sie gesichert, auch das wußten sie schon. Jeder Schuß aus dem Coupé kostet mindestens zehn Pfund Strafe, nur blind in die Luft abgefeuert. Da gibt es aber Grade. Ein Schuß auf einen Elefanten kann bis zu 500 Pfund Sterling zu stehen kommen, nämlich wenn es ein trächtiges Weibchen ist. Es fährt eigens ein Beamter mit, der in solchen Fällen zu entscheiden hat.

Schließlich aber wurde man der Besichtigung dieses ungeheuren zoologischen Gartens doch müde. Er bot ja nicht einmal so viel Abwechslung wie ein künstlicher. Zudem ließ sich jetzt am Tage auch kein einziges Raubtier sehen.

Noch vor Sonnenaufgang hatte der Zug Mombasa verlassen, jetzt war es bald Mittag, man hatte von den mitgenommenen Vorräten reichlich gefrühstückt, dazu das Bier - glücklich, wer bei dieser furchtbaren Hitze wirklich schlafen konnte, nicht nur mit geschlossenen Augen nach atembarer Luft rang!

„Indianer - wahrhaftig, ein indianisches Lager!" rief da der einzige, der noch zum geschlossenen Fenster hinausblickte.

„Machen Sie keine dummen Witze!" brummte ein anderer.

„Bei Gott, das sind Indianer, mit zwei richtigen Wigwams!"

„Geben Sie sich keine Mühe, mich kriegen Sie nicht hoch."

„Dann lassen Sie's bleiben. Und doch, ich spreche die Wahrheit, das sind Indianer, die in der Steppe lagern!"

Bei einigen hatte die Neugier doch schon über die Faulheit gesiegt, und ihre erstaunten Ausrufe lockten nun auch alle anderen an die Fenster, selbst den phlegmatischsten Engländer.

Die Lokomotive keuchte gerade ganz langsam eine steile Anhöhe hinauf, und der erste hatte das seltsame Bild ziemlich weit voraus erblickt, so daß auch die anderen es noch sattsam anstaunen konnten.

Neben einem Gestrüpp, wie es ziemlich häufig in der Grassteppe vorkam, waren zwei große Zelte aufgeschlagen, kegelförmig, mit bunten Malereien, hauptsächlich Tierbilder, wie man solche Zelte in Afrika nie zu sehen bekommt, wohl aber noch häufig in Amerika, wenn man tief genug in Wildnisse eindringt, wo noch echte Indianer hausen.

Und Indianer waren das auch, die sich zwischen den Zelten herumtrieben, zum Teil an kleinen Feuern beschäftigt, über denen Kessel hingen.

Diese charakteristische Tracht der Frauen wie der Männer - gar kein Zweifel, das waren echte Söhne des Großen Geistes, die sich hierher nach Afrika verirrt hatten!

Und wer etwa immer noch daran dachte, daß hier Neger oder Weiße nur einen Mummenschanz aufführen könnten - so merkwürdig solch ein Gedanke auch schon an sich war - der mußte durch einen einzelnen Mann eines anderen belehrt werden, wenn er einen Indianer auch nur einmal auf dem Bild gesehen hatte.

Das Lager war kaum dreißig Meter von den Eisenbahnschienen entfernt, auch sehr viele Pferde waren zu sehen, und noch näher dem Zug hielt hoch zu Roß, und zwar auf einem prachtvollen Rappen, ein einzelner Mann, nur mit Lederhosen bekleidet, der rotbraune Oberkörper nackt. Deutlich konnte man die blauen und brennendroten Tätowierungen erkennen, auf dem sonst nackten Schädel nickte im Wind die federgeschmückte Skalplocke. Das war die einzige Bewegung, sonst glichen Roß und Reiter einer Statue, und nun schließlich konnte man an dem Mann, der eine Lanze in die Höhe gerichtet hatte, auch ganz deutlich die Gesichtszüge erkennen - ungeschminkte, echt indianische, nordamerikanische, wie jede Tafel mit Völkertypen sie bildlich zeigt.

„Das sind echte, nordamerikanische Indianer, daran ist kein Zweifel!"

„Jawohl, das erkennt man schon daran, wie er die Lanze hält! Das ist überhaupt eine ganze besondere Art von Lanze, solche gibt es hier gar nicht."

„Das ist ein Sioux!"

„Nein, das ist ein Navajo, ich erkenne es an der Tätowierung!" rief ein Deutscher, der schon einmal in Nordamerika, in Arizona zu Hause gewesen war.

Die Schienen beschrieben einen Bogen, man bekam den Reiter und das ganze Lager außer Sicht.

Jetzt fing das Durcheinander von Fragen an. Aber auch das Zugpersonal konnte keine Auskunft geben, so wenig wie man auf der nächsten und auf den anderen Stationen etwas über diese Indianertruppe erfuhr.

Reinhold Richters Reitertruppe war nicht in Mombasa, sondern in einem ganz anderen Hafen abgesetzt worden, und Lord Warwick hatte Stillschweigen beobachtet; ja, eine Mitteilung hätte diese Reisenden hier wahrscheinlich noch gar nicht erreichen können. Vielleicht, daß sich jetzt im Postwagen amtliche Schreiben befanden, welche die einzelnen Stationsbehörden über die neuen Wildhüter im Reservat informierten und instruierten.

Sonst war absolut noch nichts bekannt, und jener Deutsche, der einmal im Arizona-Territorium gelebt hatte, war schon ein alter Herr, und Arizona ist gar groß.

Bald erstarb das erstaunte Fragen auch wieder. Immer unerträglicher wurde die Hitze, und die Aufregung, der man sich hingegeben hatte, wurde nun mit der tiefsten Erschöpfung bestraft. Wenn jetzt selbst Zentauren aufgetaucht wären, Menschen mit Pferdeleibern - man hätte sich nicht mehr um sie gekümmert. So vergingen Stunden. Nur Pusten, Stöhnen und ab und zu ein Griff nach der Flasche mit heißem Wasser.

Da hatte der Energischste die glückliche Idee, einmal durch das linke Fenster zu sehen, und er schnellte mit einer Lebhaftigkeit auf, die einen Schlaganfall befürchten ließ.

„Der Kilimandscharo! Und wir braten hier! Die Fenster auf, die Fenster auf!“

Wer nicht mithalf, lernte die Wirkung dieses Zauberworts alsbald kennen, als herrliche, kühle Luft in die überhitzten Coupés drang. Ihre Temperatur mochte ja noch so 25 Grad betragen - die im Backofen Durchhitzten deuchte sie ein erfrischender Wasserquell.

Ja, dort im Süden lag der gewaltige afrikanische Bergriese, seine beiden Hauptkegel, den Kibo, 5.709 Meter hoch, und den Kimawensi, 4.950 Meter, weißleuchtend noch durch die Wolkenschicht, die ständig über dem ganzen Berg lagert, in den tiefblauen Himmel hineinrekkend.

Man hätte denken können, von hier aus in einem Stündchen dahinaufklettern zu können, so handgreiflich nahe lag der ganze Berg da. In Wirklichkeit aber waren es von hier aus noch mindestens zehn geographische Meilen. Und vom Fuße aus bis zur Spitze braucht der geübteste Bergsteiger immer zwei Tage.

Kilima-Ndjaro. Das ist ‚Berg des bösen Geistes'. Oder wohl richtiger des ‚kalten' Geistes.

In jenen sonst so heißen Gegenden gibt es recht kalte Nächte. Der fallende Tau ist manchmal geradezu eisig zu nennen. Er ist das Werk des Ndjaro, eines Geistes. Erzeugt nun dieser eisige Nachttau in der Natur Schaden, leiden die Menschen darunter, werden sie davon krank, dann hat sich der Ndjaro als ein böser Geist erwiesen. Erfreut man sich an der Nachtkühle, dann war er ein guter Kerl.

Dieser Doppelcharakter ist ganz wörtlich zu nehmen. Alle Neger, die dem Fetischdienst huldigen, haben nämlich keine durchweg guten und durchweg bösen Götter oder Geister, also nicht wie wir, Engel und Teufel. In jedem Geist ist beides vertreten. Das ist ein Charakteristikum aller afrikanischen Religionen oder Geisterlehren. In der Hütte steht ein Fetisch, ein hölzernes Götzenbild – geht die Sache gut, dann wird der Fetisch geliebkost, man bringt ihm Opfer, überhäuft ihn mit Schmeicheleien – geht die Sache schief, dann spuckt man den Schuft an und schmeißt ihn gegen die Wand. Dasselbe findet man übrigens auch in der ursprünglichen Religion der Chinesen, im Taoismus, die durch Konfuzius nur verbessert, nicht verdrängt wurde.

Dieser kalte Geist wohnt auf dem Kilima, auf dem Berg, der nach ihm benannt ist. Der Kilima-Ndjaro ist in ganz Ostafrika bis tief ins Innere bekannt, auch bei solchen Völkerstämmen, von denen noch nie ein Mitglied sich nach jener Gegend verirrt hat. Dann ist doch zu ihnen die Sage gedrungen. Dort im Osten ist ein himmelhoher Berg, höher als die Wolken; auf dem der Geist wohnt, der uns die kalten Nächte bringt, manchmal zum Segen, machmal zum Verderben - und wenn dieser Geist bei den fernen Völkerscharen nicht Ndjaro heißt, so führt er dort eben einen anderen Namen.

Nun, im Grunde genommen ist es doch ein guter Kerl, der Ndjaro. Das sieht man am besten daraus, wie es um seinen ständigen Wohnsitz herum beschaffen ist. Die ganze Umgegend des Kilimandscharos - wie man diesen Namen nach orthographischer Vorschrift im Deutschen nun einmal schreiben soll - ist ja für afrikanische Verhältnisse ein irdisches Paradies. Ungezählt sind noch die Täler, welche strahlenförmig vom Gipfel an nach allen Richtungen hin verlaufen, jedes enthält seinen Bach mit kristallklarem Wasser, und wenn auch die wenigsten dieser Bäche, zu einem Fluß vereint, das Meer oder den Viktoria-Nyansa erreichen, die nach Norden und Süden fließenden bald spurlos in der trockenen Steppe verschwinden, so genügt doch schon dieser unerschöpfliche Wasserreichtum, der nach der Ansicht der Eingeborenen aus Nase, Ohren, Augen, Mund und allen anderen Löchern des Körpers des auf der Spitze sitzenden Geistes quillt, um die ganze Region dieses Kilimas in den Ruf eines herrlichen Zauberreichs zu bringen.

Aber ein Zankapfel ist der so gesegnete Kilimandscharo trotzdem für die umwohnenden Negerstämme nie gewesen. Die auf verschiedenen Terrassen von jeher hausenden Stämme, die Watawetas und Moschis, sind in ihrem Besitz nie gestört worden, werden auch nur angegriffen, wenn sie von ihren Höhen in die Ebenen kommen.

Denn so ganz ist dem Kerl da oben, dem Ndjaro, doch nicht zu trauen. Eis und Schnee sind dem tropischen Neger doch gar zu große Unbegreiflichkeiten. Ach, was für Schwierigkeiten hat eine Gesellschaft, die in Sansibar künstliches Eis fabriziert, schwarze Arbeiter zu bekommen - obgleich sie für eine Portion Fruchteis Leib und Seele verkaufen! Und die Forscher, welche die mit ewigem Eis und Schnee bedeckten Gipfel des Kilimas besteigen wollen, müssen ihre schwarze Begleitmannschaft ganz anderswo anmustern. Dorthinauf wagt sich auch kein Moschi, obgleich die schon manchmal einen Schneefall kennen. Denn es ist doch nicht nur so, daß der Ndjaro ganz still dort oben sitzt und aus allen Öffnungen seines Leibes Molandjaro, Wasser, fließen läßt, er hat einen vielfachen Leib, auf jedem Berggipfel sitzt einer, und dennoch ist es ein und dieselbe Person - und mit dem einen Körper wandert er ständig auf den Schnee- und Eisfeldern umher, und wer ihm begegnet, den haucht er an, oder nur sein Anblick genügt, und der Vermessene verwandelt sich sofort in eine Eissäule, so in alle Ewigkeit stehenbleiben müssend.

Es ist der Rübezahl des Kilimas, und so wie dieser hat auch er seine zahllosen Sagen. Aber man bekommt sie nicht zu hören. Denn wer davon spricht, dem schleicht die tödliche Kälte ins Gebein bis ans Herz hinan.

4.

Immer mehr wich das verbrannte Gras einem dichten Gestrüpp, immer mehr verwandelten sich dessen Dornen in grüne Blätter, die immer saftiger wurden, das Buschholz wurde immer höher, schon zeigten sich einzelne Bäume, sie standen immer dichter - bis der Urwald fertig war.

Von diesem, der sich wieder bis an die Steppenregion des Viktoria-Nyansas hinüberstreckt, ist nichts weiter zu sagen, als daß sich in ihm Laubhölzer aller Art mit Nadelbäumen aller Art bunt durcheinandermischen - ein Zeichen, wie hoch man sich schon befindet, 2.000 Meter über dem Meer - die gebirgige Region wird durch Felsblöcke angedeutet, die überall hervorragen, zum Teil mit Moos überzogen, überhaupt kann man sich recht gut in einen deutschen Wald hineinversetzt denken - aber wenn auch die Palme hier nicht mehr gedeiht, so ist dieser Urwald doch noch immer der Tummelplatz von Elefanten, Affen und anderen tropischen Tieren, die sich hier akklimatisiert haben, denen die manchmal bitterkalten Nächte zu ihrem Wachstum nur förderlich zu sein scheinen. Übrigens gehen Elefanten, Büffel, Gnus und andere Antilopenarten, als deren Heimat man sonst die sonnendurchglühte Ebene betrachtet, den Kilimandscharo bis zu 4.500 Meter hinauf, bis zur Grenze des ewigen Schnees, wo sie kaum noch ihren Hunger stillen können - aus einem noch unbekannten Grund. Vielleicht haben die Eingeborenen gar nicht so unrecht, wenn sie behaupten, die klugen Tiere wollten dort oben das Ungeziefer, das sie sonst auf keine Weise loswerden, erfrieren lassen.

Es war in der vierten Nachmittagsstunde, die deutschen Herren rüsteten sich, den Zug bald zu verlassen.

„Wird Rübezahl auch wirklich in Djulu sein?“ wurde gefragt.

„Ganz sicher. Der vorausgereiste Herr Sebald hat ihn ja persönlich gesprochen, er wollte gleich in Djulu auf uns warten.“

„Rübezahl? Wer ist denn das?“ fragte einer, der zum ersten Mal hierherkam.

„Unser Karawanenführer. Es ist wahrscheinlich ein geborener Engländer, der schon als Kind hierher verschlagen worden ist. Er will ein Engländer sein, ist stolz darauf. Sonst weiß er nicht einmal seinen Namen, hat auch wirklich keinen. Denn von den umwohnenden Negerstämmen hat er so viel Ehrennamen bekommen, daß ihm die Wahl schwerfällt. Früher nannte er sich einfach ‚I‘ - ‚Ich‘ - und das ‚I‘ ist auch der einzige Buchstaben im Alphabet, den er schreiben kann, und so unterschrieb er auch nur mit ‚I‘, was bei einem Kontrakt wirklich als bindend anerkannt wurde.

Als wir ihn kennenlernten, nannten wir ihn gleich Rübezahl. Denn der kleine, aber mit Bärenkräften ausgestattete Wicht sieht mit seinen langen weißen Haaren und seinem noch längeren schneeweißen Vollbart richtig wie so ein eisiger Berggeist aus. Ob der Herr des Riesengebirges von so kleiner Statur ist, weiß ich nicht, jedenfalls wurde das originelle Männchen sofort von uns Rübezahl genannt. Der ihm ganz fremd klingende Name gefiel ihm, er hat ihn gleich akzeptiert, nennt sich jetzt selbst stolz Mister Rübezahl, ohne die Bedeutung dieses Namens zu kennen. Und dabei spricht er ihn aus, als ob man eine Rübe in der Quetsche zerstampft. Jedenfalls der beste Führer, den es gibt, kennt den ganzen Kilimandscharo wie seine Hosentasche. In den letzten vierzig Jahren ist wohl keine Expedition bis zu den Gletschern vorgedrungen, die nicht Rübezahl zum Führer hatte. Sein einziger Fehler ist sein furchtbares Fluchen. Alles ist bei ihm blutig und verdammt. Ich bin gewiß nicht empfindsam, aber der kann derartig fluchen, daß selbst mir manchmal die Haare zu Berge stehen, daß ich mich davor ekle, und doch muß man wieder darüber lachen. Aber die Hauptsache ist vielleicht, daß er ganz frei von dem Aberglauben ist, der sonst fast alle anderen Führer, auch die weißen – schwarze kommen da ja überhaupt nicht in Betracht – abhält, in die Eisregion vorzudringen, in denen der Ndjaro hausen soll. Hier habe ich eine Fotografie von ihm, voriges Jahr aufgenommen."

Herr Waldner, ein Großkaufmann aus Sansibar, der nur wegen Geschäftsüberbürdung den Titel eines Konsuls ausgeschlagen hatte, mehr noch als durch Vermögen durch seine geistige und körperliche Autorität stillschweigend als Leiter der deutschen Gesellschaft anerkannt, entnahm seiner Brieftasche eine Fotografie, den besprochenen Führer darstellend.

Ja, ein richtiger Berggeist oder mehr Wichtelmann, so

ein Berggnom. Das Haar bis auf die Schultern wallend, der mächtige Bart bis auf den Gürtel, in dem eine große Axt steckte, und er selbst steckte in einem Pelzkostüm, das ihn fast ebenso dick wie groß machte. So stützte er sich auf ein langes Donnerrohr, ebenso groß wie er selbst, und schaute unter den buschigen Brauen hervor siegesbewußt in die Welt. I - Ich!

„Aufgenommen bei dreißig Grad im Schatten. Und nicht etwa, daß Vater Rübezahl das Pelzkostüm wegen seiner Aufnahme erst angelegt hat. Ich vermute überhaupt, daß er aus den Pelzsachen und aus den Pelzstiefeln seit Jahrzehnten noch keine Sekunde wieder herausgekommen ist. Schade nur, daß man auf der Fotografie nicht auch das Fluchen wiedergeben kann, denn das charakterisiert den ganzen Mann erst richtig. Na, Sie werden es ja erleben."

Der Zug hatte das mitten im Urwald liegende Djulu erreicht.

Die deutschen Herren verließen mit ihren Handtaschen und Waffen die Wagen, die sechzig Askaris stritten und balgten sich um das Gepäck, es ging alles drunter und drüber, und es kam erst wieder etwas Ordnung in das Ganze, als der Zug schon wieder abdampfte.

„Nun müssen wir erst unseren Rübezahl suchen!" hieß es.

„Hier, Sir!"

Herr Waldner starrte den vor ihn Hintretenden wie eine Erscheinung aus dem Jenseits an.

Ja, es war ein kleiner Mann, der ganz in dicke Pelze eingenäht war. Er hatte ein langes Donnerrohr, im Gürtel steckte eine mächtige Axt - aber von langem weißen Haar war nichts zu sehen, das hatte er ganz kurz abgeschnitten, infolgedessen ihm die Pelzkappe jetzt bis über die Augen rutschte, und auch der einst bis an den Gürtel reichende Bart war bis auf kurze Stoppeln verschwunden.

„Rübezahl! Ist es möglich?“ rief Waldner in hellem Staunen.

Der Mann war wirklich gar nicht mehr zu erkennen, er hatte plötzlich auch so einen kleinen Kopf bekommen.

Und jetzt reckte er aus dem Pelzärmel einen schmutzigen Zeigefinger heraus, schlug mit diesem über seinem Bauch ein Kreuz und murmelte demütig mit gesenkten Augen, und zwar auf deutsch:

„Gelobt sei die gebenedeite Jungfrau, in Ewigkeit, Amen.“

Es sah fast so aus, als wolle sich der deutsche Kaufmann vor Staunen hinsetzen.

„Na, Rübezahl, was ist denn mit Ihnen los?“

„Mr. Waldner“, bediente sich das Männchen jetzt der englischen Sprache - Deutsch konnte es überhaupt nicht sprechen - „ich sage von jetzt ab nur noch eins: Gelobt sei die gebenedeite Jungfrau, in Ewigkeit, Amen.“

Das letzte Sprüchlein hatte er aber wieder auf deutsch herdeklamiert und dabei auch wieder ein frommes Kreuz über seinem durch dicke Pelze verstärkten Bauch geschlagen.

„Rübezahl, Sie sind wohl katholisch geworden?“ staunte Waldner immer mehr.

„Katholisch? Ich? Nee. Ich bin Engländer.“

„Na ja, dann sind Sie doch gewiß auch protestantisch?“

„Prot... prot... proterestantisch? Ich? Nee. Ich bin Engländer.“

Man sah es dem Gesicht gleich an, daß sein Besitzer die Weisheit nicht mit Löffeln gegessen hatte. Diesen offenen Stempel mochte bisher der zottige Bart verdeckt haben.

„Und Ihren schönen Bart haben Sie abgeschnitten?“

„Dieser gottv... pst.“

Dieses ‚pst‘ nach dem unausgesprochenen Fluch war von einer entschiedenen Handbewegung begleitet worden, als wollte er damit sagen: Weg damit!

„Und Sie fluchen nicht mehr?"

„Ich habe mir das gottv... pst... Flu... pst... ganz abgewöhnt."

Nicht nur, daß er nicht mehr fluchte, sondern er sprach auch das Wort ‚Fluchen' selbst nicht mehr aus, schaltete statt dessen nach einer Andeutung ein ‚pst' ein, immer von der ausstreichenden Handbewegung begleitet.

„Nun sagen Sie bloß, Rübezahl, was ist Ihnen denn nur passiert?"

„Mr. Waldner, ich will ein blutig gottv... pst pst... Hundesohn sein, wenn ich jemals ein gottv... pst... Wort darüber spreche, was ich für ein höllischverd... pst... Ding zu sehen gekriegt habe. Gelobt sei die gebenedeite Jungfrau, in Ewigkeit, Amen."

„Gesehen haben Sie etwas?"

„Ein gottv... pst."

„Was denn? Mir können Sie es doch sagen."

Das Pelzmännchen stellte sich wie ein Storch auf ein Bein und nahm den anderen Fuß, mit einem unförmigen Pelzstiefel bekleidet, in die Hand.

„Denken Sie etwa, ich will gottv... pst... Eisklumpen statt Füße bekommen?"

„Was? Sie sind wohl dem Ndjaro begegnet?" rief der deutsche Kaufmann mit rascher Auffassungskraft.

Schnell setzte Rübezahl sein Bein wieder hin und schlug dafür ein Kreuz über dem Bauch.

„Gelobt sei die gebenedeite Jungfrau, in Ewigkeit, Amen."

„Wo haben Sie denn dieses Sprüchlein her?"

Das ist - kal... kal... kaldaunisch."

„Kaldaunisch?"

„Ja, das ist eine blutig gottv... pst... kaldaunische Zauberformel."

„Ach, chaldäisch?"

„Chaldäisch? Auch möglich, daß es so hieß. Kaldaunisch oder chaldäisch - das ist mir gottv... pst... ganz egal."

„Das ist aber deutsch."

„Das ist aber kaldaunisch - oder meinethalben chaldäisch!"

„Nein, das ist deutsch!" beharrte Waldner. „Das ist ein katholischer Spruch, und daß es deutsch ist, muß ich doch am besten wissen."

„Ist es? Na kaldaunisch oder chaldäisch oder deutsch, das ist mir gottv... pst... egal. Die gottv... pst... Hauptsache ist, daß er hilft."

„Gegen was soll er denn helfen?"

„Das wissen Sie nicht? Und Sie wollen ein Deutscher sein?"

„Doch! Es ist eine Zauberformel gegen Geister", ging Waldner jetzt darauf ein.

„Stimmt. Und hilft die?"

„Immer. Da kann einem kein Geist mehr was wollen."

„Na, sehen Sie! Hab's auch schon gemerkt."

„Und wer hat Ihnen denn nun dieses Zaubersprüchlein gesagt?"

„Pst!" machte das Männlein diesmal nur, zugleich mit einer Hand- und Armbewegung, als wolle er mit einer Sense ein ganzes Feld oder ein Dutzend Türkenköpfe abmähen.

Und bei dieser Redeweise blieb er. Er wollte immer gern fluchen, es drückte ihm schier das Herz ab, er besann sich immer noch rechtzeitig und machte lieber ein ‚pst' dazwischen. Und dann betete er ab und zu das Sprüchlein von der gebenedeiten Jungfrau, von dem er vielleicht nicht einmal das Amen verstand. Aber das wollen wir nicht wiedergeben, nur zeitweilig, wenn es seine Ausdrucksweise besonders charakterisiert.

„Also, Sie werden uns führen?" kam Waldner jetzt zur Hauptsache.

„Nein."

„Was, nein?"

„Ich habe bereits mein Wort gegeben, einen anderen zu führen."

„Wen denn?"

„Mr. Felix Freimann heißt er. Ist er denn auch mit dem Zug gekommen?"

Ärgerlich blickte sich Waldner nach dem einsamen Landsmann um; er sah ihn nicht, aber dort standen die beiden Nubier, die sich so sehr von den anderen Negern unterschieden.

„Ja, wie ist denn das gekommen? Sie hatten doch schon Mr. Sebald Ihre Zusage gegeben, uns als Führer zu dienen; er hat es uns geschrieben."

„Das war ein Irrtum, ich bitte um Entschuldigung. Noch ehe Mr. Sebald hier ankam, erhielt ich schon mit dem vorhergehenden Zug einen Brief aus Sansibar von Mr. Valentin - Sie wissen, der mir immer die Karawanen anmeldet. Gut, ich machte den blutig gottv... pst pst... Brief auf und las ihn. Da las ich, daß Mr. Valentin mir schrieb, Mr. Felix Freimann wünsche mich zum Führer. Mit dem nächsten Zug träfe er ein. So schrieb mir Mr. Valentin, und ich las den Brief. Ich setzte mich sofort hin und schrieb wieder, daß ich dem Mr. Felix Freimann als Führer auf dem Kilimandscharo dienen wolle, vorausgesetzt, daß es nicht über den Waldgürtel hinausginge. Denn in die blu... pst... gottv... pst... verfl... pst... Eisregion, die der Teu... pst... holen möge - gelobt sei die gebenedeite Jungfrau, in Ewigkeit, Amen - gehe ich niemals wieder! Die Bezahlung war gut, und zwei Askaris und zwei Nubier genügen. So schrieb ich. Da kam Mr. Sebald. Warum sollte ich nicht auch Ihnen als Führer dienen? Es war doch ein Weg. Da las ich den Brief von Mr. Felix Freimann noch einmal, und da fand ich etwas, was meine gottv... pst... Augen vorher übersehen hatten. Mr. Freimann wollte ganz allein von mir geführt werden, sich nicht etwa einer anderen Karawane anschließen. Nun war aber Mr. Sebalds Schreibebrief schon unterwegs. Und ein Brief von mir hätte auch keinen Zweck mehr gehabt, so gerne ich ihn auch geschrieben hätte. Und die erste Zusage ist überhaupt gültig. I beg your pardon, Sir, aber ich kann nicht anders handeln, und ich habe Ihnen auch sofort einen anderen Führer verschafft, dort den Maronko, der ist auch ganz gut, und in das Eis gehen Sie doch nicht hinauf, um Kartoffeln oder Häuser zu bauen. Sir, Sie wissen doch, ich bin ein gottv... pst... ehrlicher Kerl - gelobt sei die gebenedeite Jungfrau, in Ewigkeit, Amen."

Zu dieser Rede hatte Mr. Rübezahl reichlich fünf Minuten gebraucht, und in fünf Minuten kann man doch schon eine ganz hübsche Rede halten. Wir haben hier ebenso ungefähr hundert Ansätze zu Flüchen mit dem nachfolgenden ‚pst' und ‚pst pst' oder ‚pst pst pst' ausgelassen, und der Lobpreisungen der heiligen Jungfrau waren nicht viel weniger.

Schließlich sei noch bemerkt, daß Vater Rübezahl weder lesen noch schreiben konnte, er hatte sich von anderen die Briefe vorlesen und beantworten lassen.

Da kam Felix Freimann heran. Ein Neger, den er gefragt, hatte auf das Pelzmännlein gedeutet.

Der junge Mann wünschte ganz offenbar mit dem Führer allein zu sprechen, das sah man gleich seinem Blick an, und obgleich Waldner sicher nicht der Mann war, der ein fremdes Gespräch belauschen wollte, so ging er doch nicht, trat nur etwas zurück - er hatte die Blicke eben wirklich nicht verstanden. Die Umwandlung, die mit dem Berggeist Rübezahl plötzlich vor sich gegangen war, mochte ihn ganz kopfscheu gemacht haben.

„Mr. Ei?"

So begann Felix, wie wir einen der Haupthelden unserer Erzählung kurz nennen wollen.

Der junge Mann hatte einfach in Sansibar oder

sonstwo nur gehört, daß dieser Führer mit ‚I' unterschreibe, diese Unterschrift aber nicht selbst gesehen; dieser Buchstabe wird im Englischen doch nur ‚ei' ausgesprochen, und so war in ihm der leichtbegreifliche Irrtum entstanden, dieser Mann vom Kilimandscharo führe wirklich den deutschen, allerdings etwas seltsamen Namen Ei.

„Mister Ei?" fragte er also.

„Rübezahl", verbesserte das Pelzmännlein.

Leider ist schriftlich nicht wiederzugeben, wie er dieses Wort aussprach. Eben wirklich, als ob eine Anzahl von Rüben durch die Quetschwalzen ginge.

„Mister Ei?" fragte Felix noch einmal, jenes Wort gar nicht verstehend.

„Rübezahl heiße ich."

„Wie heißen Sie? Ich denke, Sie heißen Ei?"

„Keine Eier - Rüben, Rüben - Rübezahl", kam jetzt Waldner lächelnd zu Hilfe, da sonst diese Vorstellung wohl schwerlich jemals ein Ende genommen hätte.

„Ah so, Rübezahl! Ich denke, Sie heißen Ei."

„Rübezahl. Früher hieß ich allerdings Ei, jetzt heiße ich Rrruoebuoedchwuoal..."

„Ah so. Nun, die Hauptsache ist, daß Sie der sind, den ich suche. Doktor Freimann ist mein Name."

Da riß Meister Rübezahl plötzlich seine Pelzmütze ab und zeigte seinen Schädel, der oben dem Fell einer weißen Ratte glich.

„Ich hab's kaum glauben wollen, was ich da las, was mir der Mr. Valentin da in seinem Schreibebrief geschrieben hatte - also, Sie sind wirklich ein Ukangara?"

„Ob ich was bin?"

„Ein Ukangara, der Eidechsen verschluckt und Frösche wieder ausspuckt."

Der junge Mann machte ein Gesicht, das diesen Worten entsprach.

„Ukangara heißt in der Suahelisprache der Medizinmann, der Zauberer", erklärte Herr Waldner jetzt lächelnd, sich des Deutschen bedienend. „Unser Pelzmann hier hat eine leise Ahnung davon, was ein Doktor ist, aber in seiner sonstigen Bildung erhebt er sich nicht viel über die hiesigen Neger, er ist hier geboren und nie aus dem Gesichtskreis des Kilimas gekommen, da hält er auch Sie für solch einen Hexenkünstler, der immer Hokuspokus treiben muß."

Der junge Mann sah also gar nicht so griesgrämig aus, hatte aber jetzt auch nicht das geringste Lächeln.

„Ja, ich bin Doktor - Doktor der Philosophie", sagte er, und zwar offenbar ganz geistesabwesend.

„Ja, ja - ich weiß schon. Da können Sie also auch Eidechsen verschlucken und Frösche wieder ausspucken?"

„Wollen sehen, was sich machen läßt..."

Der junge Mann erwachte wie aus einem Traum, er sah sich um, blickte mit gerunzelten Brauen auf den deutschen Kaufmann.

„Also, Sie sind bereit, mich zu führen?" wandte er sich dann hastig wieder an den Pelzmann.

„Wie ich Ihnen geschrieben habe."

„Können wir noch heute abend aufbrechen?"

„Da wäre jetzt die beste Zeit, um noch ein gutes Stück zu marschieren. Und wohin wollen Sie denn? Das habe ich aus Ihrem Schreibebrief nicht recht herauslesen können, obgleich ich sonst die gottv... pst... Buchstaben..."

„Dorthinauf!"

Felix hatte die Hand ausgestreckt, wo durch eine Schneise die weißen, im Abendsonnenschein glänzenden Gipfel des Geisterberges zu erblicken waren.

„Wie hoch hinauf?"

„So hoch wie möglich - bis dorthin, wohin mir kein anderer Mensch mehr folgen kann."

Wieder war der junge Mann plötzlich in Träumerei versunken, die letzten Worte hatte er nur noch gemurmelt.

„Bis in die Eisregion?"
„Ja."
„Bis über den Waldgürtel hinaus gehe ich nicht."
„Ich denke, Sie haben schon oft Expeditionen bis auf die beiden Gipfel geführt?"
„Ich tue es nicht mehr."
„Warum nicht?"
„Weil da ein gottv... pst..."
Und Mister Rübezahl fing wieder an, sich in Andeutungen zu ergehen, daß er dort oben etwas Greuliches erlebt habe, kam aber nicht weit.
„Führen Sie mich so hoch, wie Sie sich wagen, und dann vorwärts, meine Askaris und Neger sind schon marschfertig."
Nur noch eine kurze Prüfung des Gepäcks und der Ausrüstung seitens des Führers, und es konnte sofort aufgebrochen werden. Felix marschierte auch schon den schmalen Waldweg voran, wohl in dem Glauben, daß Rübezahl hinter ihm sei.
Dieser aber war noch einmal zu Waldner zurückgeeilt.
„Sir, ich bitte um Entschuldigung."
„Ist schon gut, mein lieber Rübezahl, Sie haben wie ein Ehrenmann gehandelt, bei uns hätten Sie ja viel mehr bekommen."
„Ach, Mr. Waldner!" erklang es seufzend.
„Na, was gibt's denn? Was sehen Sie denn so melancholisch aus?"
„Ich bin krank."
„Krank? Wo denn?"
„Hier."
Er bezeichnete seine Herzgegend.
„Was fehlt Ihnen denn?"
„Etwas, wo mir kein Ukangara und kein Doktor helfen kann. Wissen Sie, was mir fehlt? Ach, das war so schön, wenn ich mich früher so ausfl... psten konnte – wenn ich mich einmal geärgert hatte – ein Wild verfehlt – da

brauchte ich nur so aus Herzensgrund zu schreien: Du blutig gottv... pst pst pst pst pst pst pst pst - wissen Sie, so einen drei bis fünf Ellen langen Fluch - pst pst pst pst pst pst pst pst - das ist nun vorbei, sehen Sie, das ist es, was mir fehlt, und alles nur wegen dieses gottv... pst pst pst pst pst pst - gelobt sei die gebenedeite Jungfrau, in Ewigkeit, Amen!"

Und noch schnell ein Kreuz vor den Bauch geschlagen, dann rannte er der kleinen Karawane nach, um sich als Führer an die Spitze zu setzen.

Kopfschüttelnd blickte Waldner ihm nach.

„Was ist dem Kerl nur passiert?" murmelte er. „Da erzähle ich meinen Freunden erst lang und breit, was für langes Haar und was für einen riesigen Bart das Pelzmännchen hat - und jetzt ist er nackt wie eine rasierte Ratte. Ich erzähle, daß er vor allen Dingen frei von allem Aberglauben ist - und jetzt ist er durch und durch verseucht davon. Ich erzähle, daß er kein Hauptwort aussprechen kann, ohne ein blutig gottverdammt und andere schöne Attribute vorzusetzen - und jetzt ruft er die heilige Jungfrau an! Nein, so wie ich ist doch selten jemand Lügen gestraft worden!"

Wir wollen den Weg nicht näher beschreiben, den die kleine Karawane nahm.

Wollten wir übrigens mit den Augen Doktor Freimanns beobachten, so hätten wir überhaupt gar nichts gesehen.

Und das hatte schon gegolten, als er sich im Eisenbahnzug befand, ganz allein in einem Coupé erster Klasse.

Die Fenster hatte er nicht zugezogen gehabt, hatte auch immer den Blick ins Freie gerichtet, aber ganz offenbar hatte er niemals etwas gesehen. Giraffen, Strauße, Elefanten hatten vorbeimarschieren können - er hatte auch nie nur um eine Linie die Richtung seines Blicks geändert, und so hatte er jedenfalls auch das Indianerlager überhaupt nicht gesehen, obgleich seine Augen darauf gerichtet waren.

Ja, der junge Mann mußte einen großen Kummer im Herzen haben - er war seelisch krank, wenn sich das auch nicht einmal durch ein trübes Auge ausdrückte.

Ebenso marschierte er jetzt auf dem schmalen Waldweg hinter dem Führer her, ganz in Gedanken versunken, nicht rechts und nicht links schauend.

Die Sonne mochte schon ziemlich hoch über dem Horizont stehen, aber in diesem Wald begann es schon stark zu dämmern.

„Hier wollen wir unser gottv... pst... Lager aufschlagen", sagte Rübezahl.

Die beiden Askaris luden ab, und man sollte kaum glauben, daß sie von dem wenigen, was sie dem Pack entnahmen, zwei ansehnliche Zelte zusammenbringen konnten. Es war eben alles danach eingerichtet, Tropenutensilien, für die schon gar viele Patente aufgenommen worden sind, und worüber Erfinder noch immer nachgrübeln.

Die Zeltstangen wurden aus kurzen Stöckchen zusammengeschraubt, statt der Leinwand ganz dünne Seide, so ein Zeltdach kann man in die Rocktasche stecken, und dennoch hält es den stärksten Regenguß ab. Solch ein Zelt repräsentiert allerdings auch einen Wert, das kann sich nicht jeder Afrikareisende leisten, obgleich das für gewöhnlich doch keine armen Schlucker sein dürfen.

„Einen Bach gibt es hier zwar nicht, aber... Hallo, woher weißt du denn das schon?"

Der eine Nubier hatte nämlich, als die Lagerstelle bezeichnet worden war, sich alsbald gebückt, räumte Laub beiseite, entfernte einen großen, platten Stein, und es zeigte sich ein Loch, angefüllt mit klarem Wasser - eine Quelle, aber keine überlaufende.

Der alte Mann interessierte sich nicht weiter dafür, wie der Nubier die verborgene Quelle, die vielleicht nur diesem Führer bekannt war, als sein Geheimnis gewahrt wurde, so schnell hatte entdecken können. Es war eben die Witterung eines Jagdhundes, auf einen Menschen übertragen. Doch Rübezahl, ein schon sehr alter Mann, mochte auch von nubischen Jägern schon ähnliche Proben ihrer Fähigkeiten gesehen haben.

„Dort hinten ist ein Sumpf, da können wir vielleicht noch in der Dämmerung ein Stück Wild erlegen. Kommen Sie mit, Herr Doktor?"

Der Gefragte schüttelte einfach den Kopf und - drehte sich sogar um. Es war, als wolle er durchaus keinen Menschen sehen.

„Dann begleitest du mich wohl. Wie heißt du?"

„Atlas", entgegnete der pechschwarze Nubier, ein herkulischer Bursche.

„Atlas? Ein gottv... pst... Name. Aber ich weiß schon - Atlas und Seide - bin auch gebildet. Na, da komm und zeige, was du kannst."

Der junge Nubier lächelte ganz eigentümlich, als er jenem folgte.

Während dieses Pirschgangs verriet Meister Rübezahl, daß er ein schlechter Weidmann war. Eine alte, nur etwas aufgeweichte Antilopenfährte hielt er für eine frische, und so irrte er sich fortwährend, sobald er nur den Mund auftat.

Das war auch allgemein bekannt, und ebenso, daß Meister Rübezahl unter zwölf Schüssen, die er aus seiner sonst sehr guten Donnerbüchse abgab, manchmal zehn Löcher in die Luft machte. Aber das hatte nichts zu sagen, Rübezahl war nur ein Führer, kein Jäger, und als Führer in dem ganzen ungeheuren Gebiet des Kilimandscharos war er unersetzlich, da kannte er wirklich jeden Weg und Steg und jede Spalte.

Wegen dieser seiner Jagd- und Schießungeschicklichkeit genierte er sich durchaus nicht, brauchte es auch nicht. Alle in dieser Gegend wohnenden Eingeborenen sind, obgleich sie nur von der Jagd leben, ganz schlechte Jäger, und auch die weidkundigsten Europäer werden es, wenn sie sich lange Zeit hier aufhalten. Das macht eben der ungeheure Wildreichtum, man hat zur Jagd gar keine besonderen Fähigkeiten nötig, keine Anstrengungen, und schon vorhanden gewesene Jägertugenden gehen mit der Zeit wieder verloren.

So sind auch die nordamerikanischen Indianer nicht etwa schon solche spürsinnigen Jäger gewesen, als die ersten Blaßgesichter sie kennenlernten. Erst als das Wild immer seltener wurde, entwickelten sie sich im unerbittlichen Kampf ums Dasein zu den unvergleichlichen Fährtensuchern, die sie heute noch sind.

Nun ist zwar auch Nubien außerordentlich wildreich; aber die Nubier sind in Kasten geteilt, und eine hat von jeher die Jagd als ritterliche Kunst ausgeübt.

Mit einer von Altas geschossenen kleinen Antilope kehrten die beiden bald zurück. Die Askaris hatten unterdessen die Zelte fertiggestellt, der andere Nubier ein großes Feuer gemacht. Doktor Freimann lag noch immer seitwärts unter einem Baum, den anderen den Rücken zukehrend, und so blieb er die halbe Stunde liegen, während die Fleischstücke gargebraten wurden, den Kopf in die Hand des aufgestemmten Arms gestützt, regungslos.

„Was hat nur euer Herr?“ fragte Rübezahl einmal. „Warum ist der so einsilbig?“

Aber wenn der alte Herr neugierig war, da kam er bei den vier Dienern gerade an die richtigen. Wie der Herr, so's Gescherr. Der junge Mann hatte offenbar die sorgsamste Wahl getroffen, daß er unter den sonst so geschwätzigen und sangeslustigen Askaris die schweigsamsten herausgefunden hatte, so gut wie taubstumm, und die Nubier sind überhaupt ein stolzer, zurückhaltender Menschenschlag.

Trotzdem übernahm gerade der eine der beiden Nubier die Antwort.

„Weiß nicht, er träumt."
„Wovon träumt er denn?"
„Weiß nicht. Er ist so."
Der alte Mann fühlte die Zurechtweisung schließlich doch und schwieg. Er hätte aber auch noch etwas anderes heraushören können. Das war ganz und gar nicht die Sprechweise eines Negers gewesen.
„He, Doktor, das gottv... pst... Abendessen ist fertig!"
Der Gerufene machte eine Bewegung, als wolle er lieber hier liegenbleiben und essen, den anderen den Rükken zukehrend, oder noch lieber gar nichts essen, aber schließlich erhob er sich doch und ließ sich am Feuer nieder, und dann war ihm wiederum von Griesgrämigkeit gar nichts anzumerken. Schweigsam allerdings war und blieb er.
Die Mahlzeit war beendet.
„Wie haltet ihr es mit der Wache?" fragte Rübezahl.
Die beiden Nubier lösten sich gegenseitig am hochgeschürten Feuer ab, der Freiwächter schlief zusammen mit den Askaris.
„Und in jenem Zelt schläft der Herr", setzte Atlas hinzu, der wie der andere Nubier, Pluto, das beste Englisch sprach. Freilich bekam man es selten genug zu hören.
Rübezahl erhob sich, um sich in das Zelt zurückzuziehen, welches ihm als das des Herrn bezeichnet worden war.
Da vertrat Atlas ihm den Weg.
„Komm hier etwas abseits!"
„Wozu?"
„Ich habe dir etwas zu sagen."
Rübezahl folgte ihm einige Schritte vom Feuer ab.
„Willst du, daß sich unser Herr heute nacht das tödliche Fieber holt?" begann der Nubier.
„Was willst du damit sagen?"
„Ich weiß, du hältst es für selbstverständlich, daß du mit in seinem Zelt schläfst, weil du ein Engländer bist

und deshalb verschmähst, mit Negern unter einem Zeltdach zu schlafen - tu es, unser Herr wird dir nicht widersprechen - aber er selbst wird sich draußen im Freien hinlegen, der kalte Tau wird ihn betropfen, und morgen wird er das Mukungu haben."

„Ja, warum will er denn nicht mit mir zusammen schlafen?"

„Mit keinem anderen Menschen. Hast du es noch nicht bemerkt? Er ist krank - hier im Herzen - und wenn er auch keinen Menschen haßt, so kann er doch keinen mehr sehen, ihn in der Nacht nicht atmen hören. Verlaß dich darauf, er wird lieber neben dem Feuer schlafen, als mit einem anderen das Zelt zu teilen."

„Ja, soll ich denn mit den Schwarzen zusammen schlafen?"

Mit finsterem Gesicht richtete sich der pechschwarze Nubier auf.

„Ich verzeihe dir. Auch mir hat Gott eine schwarze Haut gegeben - aber auch ich bin ein Christ - seit einem Jahr schon reisen wir mit diesem kranken Mann in aller Welt umher - wir sind also nicht die einfachen nubischen Jäger, für die du uns wohl hältst - ich bitte dich, mit uns das Zelt zu teilen."

Sofort gab der gutmütige Rübezahl den Widerstand auf, es ist ja auch mehr eine Sitte, daß Weiß und Weiß und Schwarz und Schwarz zusammen schläft, sonst kommt bei solchen Gelegenheiten ja oft genug die Not, die kein Gebot kennt, und so verbrachte der herzkranke junge Deutsche die Nacht allein in seinem Zelt.

Mit Sonnenaufgang wurde der Marsch fortgesetzt, und auch in der kühlen Morgenluft, da sich jeder als ein ganz anderer Mensch fühlte, wollte die kleine Karawane nicht gesprächiger werden.

Auf einer Waldblöße, mehr eine sehr ausgedehnte Steppe, die vom Wald eingerahmt war, zeigte sich ein großes Rudel von Säbelantilopen.

„Sie haben doch einen Jagdschein?" fragte Rübezahl.

„Ich habe fünfundzwanzig Pfund dafür bezahlt, für jeden Diener ein Pfund."

„Das sind nur einfache Jagdkarten, da dürfen Sie nur Wild zum Lebensunterhalt schießen."

„Ich will überhaupt nicht jagen."

So teuer ist die Erlaubnis, im englischen Jagdreservat jagen zu dürfen, und gegen jährlich fünfundzwanzig Pfund Sterling darf man immer noch nur so viel Wild erlegen, wie zur Verpflegung des einzelnen oder der ganzen Karawane gehört, und für jedes einzelne Mitglied, für jeden schwarzen Träger, muß ein besonderer Erlaubnisschein gelöst werden, zwanzig Mark kostend. Von der anderen Seite aus betrachtet, ist es allerdings billig genug, der Lebensunterhalt eines Mannes würde ein ganzes Jahr nur zwanzig Mark kosten. Aber eine ganze Karawane streift doch auch nicht ein ganzes Jahr lang im Reservat herum, und hier handelte es sich noch nicht einmal um zwei Tage.

Will man richtig der Jagdlust frönen, dann gehört noch eine ganz andere Erlaubnis dazu, die auch einen ganz anderen Griff in den Geldsack erfordert. Wir werden später erfahren, wie das vom englischen Gouvernement gehandhabt wird.

Ein Trupp Massai begegnete den Reisenden. Auf dieser nördlichen Seite des Kilimandscharos heißen sie allerdings Makuasis, aber sie sind nicht etwa ein anderer Stamm als die südlichen Massai, wenn auch zwischen beiden Todfeindschaft herrscht.

Die Packe wurden aufgeschnürt, Doktor Freimann verteilte kleine Geschenke, Perlenschnüre, Messingspangen und dergleichen. Sonst wollen wir die Begegnung nicht weiter schildern.

Zu fürchten hatte man von den Eingeborenen nichts, die Engländer haben sich selbst schon furchtbar zu machen gewußt.

Die Männer waren in voller Kriegsausrüstung. Die Hauptwaffe war die nicht allzulange Lanze mit schwertförmiger Spitze oder richtiger Klinge, am linken Arm der mannshohe Schild aus Büffelhaut, an dem jeder schwer zu tragen hatte.

Einige waren auch mit noch blutigen Antilopenfellen bepackt.

„Dürfen denn diese Neger hier jagen?" brach Felix noch einmal das Schweigen, als sie die Massai schon wieder hinter sich hatten.

„Ja, so viel sie zu ihrem Lebensunterhalt bedürfen."

„Ohne Jagdschein?"

„Was wissen die von einem Jagdschein..."

„Und wenn sie nun mehr erlegen, nur aus Lust an der Jagd, am Morden?"

„Ja, was dann? Wer will sie kontrollieren?" war die spöttische Gegenfrage.

Gleich darauf gab Rübezahl noch eine andere Erklärung. Alle diese Neger sind Jäger aus Zwang, nicht aus Liebhaberei. Sie sind zufrieden, wenn sie ein Stück Fleisch erbeutet haben, um ihren Hunger zu stillen.

Und dafür, daß keine anderen Negerstämme über die Grenze in das Reservat kamen, sorgte eben die Todfeindschaft zwischen ihnen, und dieser immerwährende Krieg wieder hatte zur Folge, daß der fleischessende Neger immer weniger wurde. Schließlich kam noch ein Mittel hinzu, durch das der Europäer noch jedes unzivilisierte oder ihm sonst mißliebige Volk bis zur Vernichtung zu vermindern gewußt hat - der Schnaps, und daß es an diesem nicht fehlte, dafür sorgten wieder gewissenhaft die Engländer.

Aber die weißen Wildschützen, die von dem deutschen Gebiet herüberkamen! Von diesen wollte Rübezahl jetzt ausführlich erzählen, fand jedoch so wenig Teilnahme, daß er bald wieder aufhörte.

Der Himmel hatte sich überzogen, vom Kilimandscharo

her wehte ein kühler Wind, so konnte bis auf eine kurze Mittagsrast den ganzen Tag marschiert werden, was sonst gar nicht möglich gewesen wäre.

„Hier ist die Grenze", sagte der Führer in der zweiten Nachmittagsstunde.

Man befand sich bereits im Gebirge, hatte schon eine gute Kletterpartie hinter sich.

Die Grenze zwischen dem englischen und deutschen Schutzgebiet wurde scharf duch einen Waldessaum gezogen, bedingt durch verschiedene Bodenbeschaffenheit, die auf der anderen Seite nur Steppe zuließ, und schon machte sich eine Art Heidekraut bemerkbar.

Jetzt fing das Klettern erst richtig an. Und bald gewahrte der junge Deutsche, daß man hier ohne Führer nicht fertig werden konnte. Wege gab es allerdings überall, leider sogar zu viele, nur schmale Bahnen, von Wild und Menschen ausgetreten, aber selbst das Wild kann sich irren, die Herden gelangen an Schluchten, vor denen sie wieder umkehren müssen, und der dieser Wildspur folgende Mensch muß dann natürlich dasselbe tun. Nur der Führer, der hier ganz zu Hause ist, der sich das Pfadfinden zum Beruf gemacht hat, kann da den richtigen Weg angeben, ebenso wie in den europäischen Alpen. Doch Seile und Steigeisen waren noch nicht nötig, nicht einmal der Bergstock, obgleich alles mitgenommen worden war.

Immer höher ging es hinauf, schon kamen Grate mit senkrechten Wänden und gähnenden Abgründen auf der anderen Seite.

„Welches Ziel haben Sie eigentlich?" erkundigte sich der Führer zum ersten Mal.

„Führen Sie mich so hoch wie möglich."

Es war nicht der erste derartige Wunsch, den der Führer so zu hören bekam, einfach immer bergauf gebracht zu werden, ohne bestimmtes Ziel. Nun ja, die beiden Bergspitzen!

„Es sind hier einige Ansiedlungen."
„Nein, nein."
„Nicht nur Negerdörfer, auch Kolonien von Weißen."
„Nein, nein."
„Von Deutschen", versuchte es der Alte immer noch einmal.
„Erst recht nicht, erst recht nicht!" wurde Doktor Freimann ungeduldig. „Führen Sie mich so hoch wie möglich, und wenn Sie nicht weiter wollen, werde ich meinen Weg schon allein finden. Aber jedes Dorf von Eingeborenen und noch mehr jede weiße Ansiedlung vermeiden!"
Rübezahl zuckte die Achseln und schlug einen anderen Pfad ein.
Wieder wurde solch ein Grat im Gänsemarsch passiert. Rechts die senkrechte, himmelhohe Felswand, links die schwindelnde Tiefe.
Da blieb Felix stehen. Ein Holzkreuz, etwa einen Meter hoch, das an der Felswand in den Boden eingerammt war, hatte seine Aufmerksamkeit gefesselt. Der Führer war schon achtlos daran vorbeigegangen.
„Gerade wie ein Marterl!" flüsterte der junge Deutsche, ganz in Gedanken versunken, was ja aber fast immer der Fall war.
Rübezahl war stehengeblieben, blickte gleichgültig zurück.
„Solche Holzkreuze stellen Ihre Landsleute auf, wenn jemand abgestürzt oder sonstwie verunglückt ist, immer an der betreffenden Stelle."
„Landsleute?" fuhr da Felix aus seinen Träumen empor.
„Nun ja, Deutsche."
„Was für Deutsche?"
„Nun, eben Deutsche. Gibt es denn verschiedene Deutsche?"
„Aus welcher Gegend Deutschlands stammen die, die

solche Marterln - Holzkreuze für Verunglückte errichten?"

„Woher aus Deutschland? Das weiß ich freilich nicht. Aber da schreiben sie auch immer was drauf, wie der Verunglückte hieß und so weiter."

In der Tat, da war unten noch ein Brett angebracht, darauf waren Buchstaben eingeschnitten, ganz klein, fast wie gedruckt, aber auch ebenso scharf, und der sich niederbeugende Felix las:

„Matth. Reinhold Richter, geb. am 5. April 1822 A. D. zu Wolfensee im Oberammergau, Bayern, wurde hier vom Blitz erschlagen am 16. Juni 1902. Gott nehme seine Seele in Gnaden auf."

Der junge Mann las und las die Inschrift nochmals und nochmals, und seine Züge drückten eine immer größere Erregung aus, ein fassungsloses Staunen, bis er sich wieder aufrichtete.

„Matthias Reinhold Richter! - Nein, es ist ja gar nicht möglich! - Und doch, geboren am 5. April 1822 - zu Wolfensee - so stand es in Genovevas Bibel - und sie selbst war ja zu Wolfensee in Oberammergau geboren - der Großvater meiner Genoveva hier im Kilimandscharo!"

Von einer immer heftigeren Erregung wurde der junge Mann ergriffen, plötzlich entstürzten Tränen seinen Augen, er schlug die Hände vors Gesicht, und er wußte nicht mehr, wo er sich befand, er taumelte zurück - und ein zweites Marterl hätte hier errichtet werden können, wenn ihn nicht schnell einer der Nubier gehalten und zurückgedrängt hätte.

In ehrerbietigem Schweigen blickten selbst die rohen Askaris auf den weinenden Mann. Niemand hatte die deutschen Worte verstanden, die er vorgelesen und dann noch einmal gesprochen hatte, aber sie alle wußten doch, daß dieses Kreuz irgendwie mit dem Schicksal des Mannes, dem sie dienten, zusammenhing, vielleicht gar mit seinem Unglück, das ja deutlich genug offenbar wurde, wenn man nur einige Zeit in seiner Gesellschaft geweilt hatte.

Endlich hatte er sich wieder beherrscht.

„Der Großvater meiner Genoveva - hier im Kilimandscharo finde ich zufällig sein Marterl - o Gott, o Gott, wie wunderbar führst du uns Menschen!"

„Kannten Sie den Mann, der hier verunglückt ist?" fragte Rübezahl leise.

„Es war der Großvater meines Weibes, das ich... Haben sich hier Bayern angesiedelt? Aus Oberammergau?"

„Ja, eine Ansiedlung von Deutschen ist hier in der Nähe."

„Bayern aus Oberammer... Ach so - wie weit ist das noch von hier?"

„In einer Stunde können wir es erreicht haben, es geht noch steil hinauf."

„Dann vorwärts! Ich will diese Leute aufsuchen."

5.

Schon war die tropische Nacht angebrochen, von keinem Stern erhellt.

Doch der Führer wußte genau, wo er sich befand, auf einem völlig ebenen Plateau, auf dem nicht die geringste Gefahr drohte, man hätte ruhig vom Weg abirren können, man wäre nur auf Kleefelder gekommen.

Aber wenn Rübezahl auch ein schlechter Schütze und gar kein Fährtensucher war, so besaß er doch Augen, die die schwärzeste Finsternis durchdrangen, und so hätte er auch gar nicht die Lichtlein als Wegweiser nötig gehabt, die vor ihnen hier und da aufblitzten.

Es mußte eine Ansiedlung von Weißen sein, die schon ziemliche Behaglichkeit gewohnt waren, daß sie den Tag durch Brennen von Lichtern oder gar Lampen künstlich zu verlängern suchten. Denn bei Eingeborenen gibt es so etwas gar nicht, die kennen nur offene Feuer.

Das hier aber waren erleuchtete Fenster, und am hellsten erleuchtet war das erste Haus - wenn man nicht schon an anderen, die im Dunkeln lagen, vorübergekommen war - und aus diesem drang auch lauter Lärm, Gesang und der Ton eines Musikinstruments.

Felix blieb stehen und lauschte.

„Ja, träume ich denn nur? Bin ich hier wirklich in Afrika auf dem Kilimandscharo?"

Er ließ die anderen zurückbleiben, schlich allein an eins der offenen Fenster.

Er schaute und schaute, und immer wieder konnte er nur die Worte wiederholen, wenn jetzt auch bloß in Gedanken:

„Ja, ist denn das nicht nur ein Traum? Bin ich hier wirklich im tropischen Afrika? Auf dem Kilimandscharo?"

Ja, er hatte wirklich fast Grund, sogar an seinen gesunden Sinnen zu zweifeln. Er konnte sich in den bayerischen Bergen wähnen, vor einer Waldschenke, in der sich des Abends Bauern und Holzarbeiter nach des Tages Mühe bei Bier, Gesang und Tanz ergötzten, und die Weiber und Dirndln der Umgegend waren herbeigekommen, um dem Ganzen erst die rechte Würze zu geben.

Es war eine oberbayerische Bergschenke, aus roh behauenen Baumstämmen zusammengefügt, mit allem, was dazugehört.

An plumpgezimmerten, aber blitzblank gescheuerten Tischen saßen die allbekannten oberbayerischen Gestalten, die durchweg reckenhaften Männer meist mit Kniehosen und Wadenstrümpfen, mit Gürtel oder mit den schöngestickten Hosenträgern paradierend, vorn das Hemd weit offen, das verwitterte Lodenhütlein mit Gamsbart oder Spielhahnfeder schief auf dem Kopf, zwischen den Zähnen die dampfende Knasterpfeife - und dazwischen immer ein Dirndl, wie es vorschriftsmäßiger nicht sein konnte, im kurzen Rock und buntgesticktem

Mieder mit dem ‚G'häng', der sich über die ganze Brust hinziehenden Kette, an der zahllose Silberkleinodien der verschiedensten Art hängen, schon von den Urahnen gesammelt.

Vor ihnen standen mächtige Holzkrüge, aus denen zu zweit und auch zu dritt gemeinschaftlich getrunken wurde.

Was mochten die trinken? Es ist in Afrika eine gar wichtige Frage, jeder Beobachter hätte sie sofort gestellt.

Wenn die Burschen getrunken hatten, blieb an den Bärten Schaum hängen, und wenn der feiste Wirt die Krüge in einer Nebenkammer wieder gefüllt hatte, so zeigten sie einen hohen Schaumrand.

Was? Es gab dort drin doch nicht etwa Bier? Dann hätten die Glücklichen hier den Stein der Weisen entdeckt.

Doch nein, man befand sich ja hier in Oberammergau, warum sollte denn da Bier etwas so Kostbares sein?

Den Ehrenplatz an dem Tisch, an dem die alten Männer mit ihren Weibern saßen, nahm der Pastor ein, der sich gleichfalls zu dem unschuldigen Vergnügen eingefunden hatte. Oder er wollte über das Seelenheil seiner Gemeinde wachen, auf daß die jungen Burschen und Dirndln nicht gar zu sehr über den Strang schlügen.

Er hätte nicht sein Amtskleid, einen schwarzen Talar, zu tragen brauchen. Das war ein feister Pfaffe, wie er im Buche steht, und zwar sicher einer von der besseren Sorte.

Herrgott im Himmel, hatte der ein feistes Gesicht! Jede der beiden Pausbacken bildete eine Halbkugel für sich, und dabei strotzend vor Gesundheit und alles eitel Sonnenschein und Glückseligkeit.

Zu diesem feisten Gesicht paßte offenbar die ganze Gestalt, das sah man schon dem Brustkasten an, und daß der Mann ein Hüne war, erkannte man auch beim Sitzen. Aber das war nicht etwa aufgeschwemmtes Fett! Das sah man ja auch schon dem glattrasierten Gesicht an, vor allen Dingen aber zeigte das die auf dem Tisch liegende Hand. Eine ganz merkwürdige Hand! Nicht allzu groß, aber ungeheuer fleischig, der Rücken kugelrund, die kurzen Finger so dick wie bei einem anderen dicken Menschen zwei Finger zusammen, und dabei trotz dieser Fleischmasse jeder einzelne Muskel wie gemeißelt hervortretend.

Über was für eine alles irdische Maß überschreitende Körperkraft dieser Seelenhirt verfügen mußte, das erkannte man schon, wenn er manchmal, wie er gern tat, auf die Tischplatte schlug, nur mit der flachen Hand, ganz sanft, aber es war immer ein Wunder, daß nicht gleich die ganze Tischplatte in Trümmer ging, trotz ihrer zweizölligen Stärke.

Es wurden Schnadahüpferl gesungen, nur von den Burschen, jeder gab seinen Witz zum besten, harmlose Verslein, wenn nur darüber gelacht wurde.

„A Bratworscht schmeckt besser
Im Frei'n wie im Haus.
Un wenn se recht lang is,
Geht nix drüber naus."

So ging es weiter. Jeder, der sich von Apollo inspiriert fühlte, sang sein Verslein, und es wurde denn auch genug gelacht. Am tollsten aber lachte der Herr Pfarrer. Der schien sich am besten dabei zu amüsieren. Er lachte, daß die ganze Hütte dröhnte und er immer wieder sein Käppi, das die Tonsur oder wohl richtiger Glatze verdeckte, zurechtrücken mußte, und dann knallte er auf die Tischplatte, daß die schweren Holzkrüge tanzten.

Aber immer spitziger wurden die erst so harmlosen Verslein, es wurde darin persönlicher Verhältnisse gedacht, und auch die Mädchen wurden immer unruhiger, wollten offenbar mitmachen, hielten nur noch zurück.

Ein gesetzterer Bursche wollte einlenken, ein anderes Thema aufbringen, rückte den Hut zurück und berichtete in mehreren Strophen von seinem Zwilling, das heißt, von seiner Doppelbüchse, deren Anblick kein Dirndl widerstehen könne, nämlich weil sie ihn doch zum Jäger mache.

Da beugte sich ein an einem anderen Tisch sitzendes Mädchen, nach dem der Bursch dabei immer geäugelt hatte, vor und schmetterte ihm zu:

„Bist noch lang koa Jaaga,
Weil d' Federn am Huat
Un an Zwilling aa hast,
Die bum bum machen tut.“

Dieses erste Schnadahüpferl aus dem Mund eines Mädchens, streitfertig hervorgebracht, wirkte nicht anders, als wenn in der Gesellschaft eine Granate geplatzt wäre.

Die Burschen rückten die Hüte, und die Mädchen rückten zusammen, und da sang auch schon wieder der Herausgeforderte zu seiner Verteidigung:

„'s muß net grad a Gambs
Und a Hirsch net grad sei;
Schau, a Pirsch auf a Dirndl
Is aa so viel fei.“

Aber das schlagfertige Mädchen gab's ihm sofort zurück:

„'s muß net grad a Gambs
Und a Hirsch net grad sei;
Die Dirndl zwar schießt man net –
Doch verschießt man sich drei.“

Lauter Jubel belohnte diese Zurückweisung durch eine Wortverdrehung. Und so ging es fort. Nicht nur zwischen dieser einen Partei. Alle beteiligten sich daran, jetzt aber immer die Burschen gegen die Dirndln, und immer toller wurde der Jubel, weil sich der Kampf immer mehr verschärfte.

Wieder hatte ein Bursche einlenken wollen, hatte von Busserln gesungen, heute nacht noch erwartete er es von seinem Dirndl, er wußte es ganz gewiß.

Aber die sich getroffen Fühlende, sich durch Schamröte verratend, wollte nichts davon wissen.

„Die Küss' mach'n scheckig,
Mei Mutter hat's gsagt,
Drum nehm i mi g'waltig
Vorn Küssen in acht."

Im Moment entstand eine stille Pause. Keiner der Burschen wußte gleich, wie die Kußfeindin eines Besseren zu belehren sei. Denn das ist doch nicht nur so, daß irgend etwas zusammengereimt wird. Mindestens muß das vorhergegangene Verslein immer übertroffen werden, sonst hat sich der Stegreifdichter blamiert.

Da griff der Pfarrer schnell hinter sich, nahm von dem Wandhaken eine Zither, die muskulösen Bratwurstfinger griffen äußerst geschickt in die Saiten, und dazu sang sein Baß:

„Daß's Busserln scheckig macht,
Dös ist erdicht',
Sonst hätt'n alle Dirndln
A scheckig Gesicht!"

Ach, dieser Jubel, der jetzt losbrach, unterstützt von donnerndem Trampeln mit den eisenbeschlagenen Schuhen! Da sah man, wie innig hier die Gemeinschaft zwischen Pfarrer und Gemeinde war – freilich in etwas weltlichem Sinne.

Der Pfarrer aber hatte nicht umsonst herausgefordert. Sang der Schnadahüpferl, dann konnte ihm auch so geantwortet werden, und alsbald begann ein keckes Dirndl:

„Mei Schatz is a Pfarrer,
A Pfarrer muß sei;
Er predigt vom Himmel,
Kommt selber net nei."

Dann aber ergriff gleich ein Bursche das Wort, und hier kam schon wieder etwas Persönliches dazwischen. Der Pfarrer mochte gegen eine Heirat dieses Burschen gewesen sein, das wurde ihm jetzt gegeben, allerdings ganz humoristisch:

„Wann mir der Pfarrer ka Weib gibt,
So weiß i mir'n Rat;
Nachher gang i in sein Garten
Un stehl ihm den Salat."

Ein anderer, der schon den Trauring am Finger hatte, wurde noch anzüglicher - aber alles in aller Gemütlichkeit.

„Dem Pfarrer hab i's beicht:
‚Mit mei Weibl hab i's net leicht.'
Hat'r Pfarrer g'sagt zu mir:
‚'s geht mir grad so wie dir.'"

Der Pfarrer selbst lachte mit aus vollem Hals, dann aber schlug er mit ernstem Gesicht auf den Tisch, und das Lachen verstummte.

„Naa, naa, Kinder, wenn i auch mal mitmach, i bin euer Pfarrer, vor dem ihr Respekt haben müßt - laßt mi außi."[1]

Er griff wieder in die Saiten, und alles lauschte, und das mit Recht, denn es war ein Virtuose, der da spielte, und er entlockte der Zither Töne, die man nimmermehr in diesem Instrument vermutet hätte.

Dann ein Übergang, und eine Weise erklang, bei der alles wie elektrisiert emporschnellte - die Tische beiseite gerückt, und unter Juhu und Holdrio wurden die Dirndln herumgeschwenkt, daß die Röcke und Zöpfe flogen, und bald war der echte Schuhplattler fertig.

Der heimliche Beobachter am Fenster aber schaute und schaute und konnte nur immer wieder jene Worte wiederholen:

„Ja, träume ich denn nicht nur? Bin ich denn wirklich in Afrika? Am Kilimandscharo?"

Da stieß das Dirndl beim Herumschwenken einen gel-

[1] Die von Robert Kraft in starkem bayerischen bzw. schwäbischen Dialekt verfaßten Dialoge wurden im Interesse der Lesbarkeit und des besseren Verständnisses behutsam abgemildert.

lenden Schrei aus und deutete auf das Fenster:

„Der Deifi, der Deifi!“

Ihr Schreck schien etwas erkünstelt gewesen zu sein; denn gleich rannte sie hinaus, um als erste den Fremden zu begrüßen, ihn hereinzuholen, dessen Gesicht sie am Fenster gesehen.

Jetzt aber ging es nicht wie im bayerischen Hochwald zu, wenn ein Fremder in solch einer Gesellschaft erscheint, sondern wie im unkultivierten Afrika, und da wird der Fremde nicht erst nach Namen und nach dem Woher und Wohin gefragt, sondern hier wird er als ein Mensch betrachtet, der vielleicht einen furchtbaren Marsch hinter sich hat und zunächst der Erholung bedarf.

Auch die fünf Begleiter hatten sich eingestellt. Vater Rübezahl war hier schon sehr gut bekannt, der mochte auch gleich einige Auskunft geben. Die Burschen stritten sich um das Recht, sie unterbringen zu dürfen, und den Herrn der kleinen Karawane nahm gleich der Pfarrer in Beschlag. Daß er einen Deutschen vor sich hatte, wußte er bereits.

„Sind Sie weit marschiert?“ fragte er jetzt in dialektfreiem Hochdeutsch.

„Den ganzen Tag. Gestern abend sind wir von Djulu aufgebrochen.“

„Da haben Sie sich allerdings rangehalten. Sie werden todmüde sein. Bitte, folgen Sie mir! Diese Schenke ist jetzt nichts für Sie. Ihre Begleiter und die Packsachen werden fürsorglich untergebracht. Sie sind Gast in meinem Haus. Ich bin der Pfarrer dieser kleinen deutschen Gemeinde.“

Sie gingen einen kurzen Weg. Der Geistliche bedauerte, keine Laterne mitgenommen zu haben, machte seinen Gast auf kleine Unebenheiten des Weges aufmerksam.

Eine Tür öffnete sich unter seiner Hand, ein von einer regelrechten Küchenlampe erleuchteter Hausflur zeigte sich, mit weißem Sand bestreut - alles deutsch.

„Annemarie, i bring einen Fremden, einen Landsmann, mach gleich das Zimmerl für ihn fertig."

Eine schon ältliche, aber noch sehr hübsche, rundliche Frau mit Pfirsichbäckchen erschien, sagte: „Grüaß di Gott!", knickste, wischte schnell die Hand an der Küchenschürze ab, gab sie ihm und eilte die knarrende Stiege hinauf.

Auch zwei Negerkinder waren vorhanden, ein Junge und ein Mädel, die sich damit begnügten, das Maul aufzusperren, der Junge ganz besonders weit.

„Mach's Maul zu, Lausbub, daß dir keine Mucken Junge reinsetzt! - So, lieber Freund, treten Sie einstweilen hier in meine Studierstube, Ihr Zimmer wird inzwischen vorgerichtet."

Na, allzuviel konnte in dieser ‚Studierstube' wohl nicht studiert werden.

Die Wände des ziemlich großen Raumes waren ganz voll von Geweihen aller Art, wie nur irgendein in Afrika vorkommendes Tier sie auf dem Kopf trägt. Man mußte sich vorsehen, daß man sich nicht die Augen ausstach. Meist waren auch die Köpfe selbst angenagelt, teils skelettiert, teils noch mit Haut und Haaren bedeckt, sogar der Kopf eines Elefanten, der seinen Rüssel von der Decke bis zum Boden herabhängen ließ, während die ausgebreiteten, ungeheuren Ohren als Konsole für Bierhumpen dienten, wie noch manch andere Schädel solche Erinnerungen aus einer feuchtfröhlichen Zeit trugen, und das Geweih einer Gabelantilope diente als Pfeifenstellage. Am Boden waren Pelze und Felle aufgestapelt, wohin man nur blickte.

Dazwischen allerdings stand auch ein Pult mit einigen aufgeschlagenen Büchern, darüber Christus am Kreuze, darunter aber wieder ein ausgestopfter Pavian, der das Tintenfaß halten mußte, und als Schreibstuhl diente ein Rhinozerosschädel.

Durch die geöffnete Nebentür blickte man in ein nicht minder großes Zimmer, ebenfalls erleuchtet, und sein Inhalt ließ den so sanges- und jagdfreudigen Pfarrer doch in einem ganz anderen Licht erscheinen. Hier waren die Wände ganz voll Bücher, und sie reichten noch nicht aus, auch durch die Mitte liefen Stellagen, und zwar waren Bücher darunter - Bücher! - die ein katholischer Pfarrer nicht in seinem Haus dulden dürfte. Nicht etwa Bücher unsittlichen Inhalts! Auch die stark abgenutzten Klassiker, gleich an den Einbänden erkenntlich, hätten nur den Unwillen eines ganz strengen Orthodoxen erregen können. Aber da waren massenhaft auch noch andere Bücher vorhanden - Bücher! - Kant und Schopenhauer und Feuerbach und Nietzsche, und wie die Heiden alle heißen, die glücklicherweise schon in der Hölle braten. Hier hätte keine geistliche Haussuchung abgehalten werden dürfen; da wäre es diesem Herrn Pfarrer traurig ergangen.

Er war vor einen Wandschrank getreten, aus dem er einen Rock nahm; er ließ seine schwarze Kutte fallen, und da zeigte sich, daß dieser fromme Seelenhirt unter seinem geistlichen Gewand ganz in Hirschleder gehüllt war und Jagdstiefel trug, die bis an den Leib reichten - und was für ein Leib war das! In dem enganliegenden Lederkostüm konnte man ihn bewundern, es verbarg keine Sehne.

Er war ein Hüne aus germanischer Vorzeit, dick, auch mit einem starken Ansatz zum Bauch - aber der konnte ihm nicht im mindesten hinderlich sein, jede Bewegung war schnell und elastisch, und alles starrte von Muskeln und Sehnen.

Während des Kleiderwechsels plauderte er, wohl ganz unbewußt seinen heimatlichen Dialekt gebrauchend - und da plötzlich verwandelte sich dieser germanische Gott der Jagd vor den Augen des Zuhörers in ein frommes, naives Kind.

„Schauen S', des hab i alles selbst geschossen. Meinen S', daß das Jagen eine Sünd ist? I glaub's net. Wenn i das liab Herrgottle wär, i würd das Jagen net als Sünd betrachten - i net. Schauen S', i hab gschnupft - leidenschaftlich hab i gschnupft - täglich drei Lot Schmalzler und noch mehr - und i hab mir's abgwöhnt - unserm Herrgott zu Ehren. I hab geraucht - leidenschaftlich hab i geraucht - täglich zwanzig und dreißig Pfeifen - i konnt ohne Pfeiferl net leben - und i hab mir das Rauchen abgwöhnt, unserm Herrgott zu Ehren. I hab gsoffen - leidenschaftlich hab i gsoffen - täglich dreißig und vierzig Maßkrüg hab i gsoffen - und i hab mir das Saufen abgwöhnt, unserm Herrgott zu Ehren, so schwer mir's auch geworden ist. Loisl, hab i mir gsagt, wenn du zu deinem Herrgottle sprichst, darfst du net aus dem Maul nach Tobak und Bier stinken. Du bist ein Pfarrer und kein Rülps. Und da hab i mir das alles abgwöhnt, so furchtbar schwer mir das auch gfallen ist. Aber nur das Jagen hab i mir net abgwöhnen können. Und i glaub's net, daß das Jagen eine Sünd ist, und eine Leidenschaft muß der Mensch doch haben - moanen S' net aa?"

„Gewiß, ich bin ganz Ihrer Meinung", entgegnete Doktor Freimann, und dabei lächelte er.

Er lächelte, wahrhaftig, er lächelte! Und es sah aus, als ob er seit vielen Jahren zum ersten Mal wieder lächelte, als müsse sein Gesicht diese Muskelbewegung erst wieder lernen.

„Na, da seien Sie mir herzlich willkommen!"

Mit diesen Worten trat der Pfarrer auf ihn zu und schüttelte ihm kräftig die Hand, und das hatte also fast geklungen wie: Ein Glück, daß du gleicher Meinung bist, daß das Jagen keine Sünd ist, sonst hätt ich dich einfach gleich wieder rausgeschmissen.

So aber war das natürlich nicht gemeint gewesen.

„Wollen Sie das Abendbrot mit mir teilen, oder wollen Sie lieber allein auf Ihrem Zimmer essen? Sprechen Sie ungeniert. Hier in Wolfensee ist jeder Mensch ganz frei. Was haben Sie denn?"

Doktor Freimann war schon wieder von einer großen Erregung befallen worden.

„Wolfensee! Wolfensee...", wiederholte er zunächst.

„So heißt die Ansiedlung hier, nach unserem einstigen Heimatdorf in Bayern so genannt."

„Freimann ist mein Name - Doktor Felix Freimann", stellte sich jetzt der andere in etwas merkwürdiger Weise vor. Die Gelegenheit wollte doch nicht recht passen.

„Pastor Alois Sturzbacher. Aber nennen S' mich nur einfach Herr Pfarrer, i bin's halt so gwohnt."

„Kennen Sie nicht diesen Namen - Doktor Felix Freimann?"

Gedankenvoll schüttelte der hünenhafte Pfarrer seinen glattrasierten Büffelschädel.

„Naaa."

„Ihn niemals gehört?"

„Naaa. Wir sind schon vor zehn Jahren ausgewandert, zuerst nach Südafrika, nach Transvaal, unter die Buren, die ganze Gemeinde - das heißt, was von ihr noch übriggeblieben war, denn viele Bauern waren schon lange vorher nach Amerika gegangen, nach Arizona..."

„Vor zehn Jahren - ja, da können Sie nichts von mir wissen."

„Ham S' ein Buch gschrieben?"

„Nein, aber - ich kenne Sie."

„Mich? I hab kein Buch gschrieben."

„Ich kam vorhin an einem Marterl vorbei."

„Ja, wir haben alle unsere heimatlichen Sitten beibehalten, dafür habe ich gesorgt, und wir haben leider schon mehrere Marterl setzen müssen, in den südafrikanischen Mokasbergen sowohl wie hier."

„Matthias Reinhold Richter."

„Vom Blitz erschlagen am 16. Juni 1902", ergänzte der Pfarrer, „drüben an der Gamswand."

„Er hatte eine Enkelin."

„Eine? Einen ganzen Haufen Enkelkinder. Der alte Reinhold hatte acht lebendige Söhne und sieben lebendige Töchter, haben sich alle verheiratet, die schaffen schon was..."

„Der eine Sohn hieß Johannes."

„Ja, der Hannes, der wurde Lehrer in unserem Dorf, aber es behagte ihm nicht, die Kinder zu verprügeln, er lief davon, es hat viel Skandal gegeben, aber er hatte recht, das war ein gescheiter Kopf, er hat in Berlin studiert, noch mit vierzig Jahren, und er soll dann noch Professor geworden sein."

„Dieser aber hatte nur eine Tochter."

„Jawohl, das Veverl."

„Die Genoveva kannten Sie selbst."

„Das Veverl? Na und ob! Die hab ich doch noch gefirmelt, und ausgehauen hab ich sie auch mal, als sie mir in die Kirschen ging. Und singen konnte das Mädel!"

„Sie wurde meine Frau."

Der Riese in der Kutte reckte den Oberkörper vor und starrte den anderen an.

„Na, nun gehn S' aufi! Machen S' keine Gschichten!"

„Genoveva Richter, geboren am 11. November 1884 zu Wolfensee in Oberammergau."

„Ja ja, stimmt, ich hab das ganze Kirchenbuch im Kopf."

„Sie wurde mein Weib."

Da ging es wie Sonnenschein über das pausbäckige Gesicht, die fleischige, muskulöse Hand wurde ausgestreckt...

„Ja, warum soll's denn net sein - nun da, Gevatter, wir sind ja alle zusammen verwandt."

Aber die Hand wurde nicht angenommen, der junge Mann wandte sich halb ab.

„Sie ist vor einem halben Jahr gestorben."

Dumpf hatte es geklungen, und der Pfarrer zog seine

Hand zurück. Er hatte genug gehört, wie es mit diesem Mann stand.

Annemarie, die ehrbare Wirtschafterin im katholischen Pfarrhaus, rief zum Abendbrot. Sie hatte es für ganz selbstverständlich befunden, daß der Gast mit dem Herrn Pfarrer speiste.

In einem anderen Zimmer war das blütenweiße Linnen mit kalten Schüsseln besetzt, und es war keine Entschuldigung nötig, daß es nichts Warmes gab. Auch der verwöhnteste Gaumen wäre befriedigt worden, und nun gar hier in Afrika!

Kalter Wildbraten spielt allerdings die Hauptrolle, aber eben der verschiedensten Art, da mußte man erst belehrt werden, was man eigentlich aß, und dann vor allen Dingen delikater Schweineschinken, Würste, Käse und goldgelbe Butter, kalt wie vom Eis genommen - Delikatessen, für die mancher Europäer im tropischen Afrika die Hälfte seiner Glückseligkeit dahingegeben hätte - und die andere Hälfte allein schon für dieses Weiß- und Schwarzbrot.

Und es war wirkliches Bier, das in dem mächtigen Holzkrug schäumte. Wenn das Bier gewesen wäre, das per Schiff über Sansibar kam, dann hätte solch ein Krug voll mindestens seine zehn Mark gekostet, schon in Sansibar, direkt vom Dampfer.

Aber es konnte kein solches Importbier sein. Es schmeckte säuerlich, hatte auch sonst einen sonderbaren Geschmack - aber angenehm.

Dieser unter seiner Kutte den ledernen Jagdanzug tragende Pfarrer hatte nicht umsonst in seiner Bibliothek so viel Bücher der Lebensweisheit, die alle starke Abnutzung zeigten, er war auch nicht umsonst ein weidgerechter Jäger, der den Charakter der verschiedensten Tiere kennen muß, und ich will den Menschen nicht zum Tierreich zählen, so übt sich doch an so etwas schon der Verstand - ein schlechter Jäger, der nicht auch in Bälde jeden

Menschen zu beurteilen verstände – und dieser Mann hatte auch schon gezeigt, welches brave Herz unter seiner Kutte schlug – und so hatte er also auch gleich erkannt, was für ein Wurm am Herzen seines Gastes fraß, und er hütete sich, diesen Wurm noch zu reizen.

Wenn zwei Deutsche sich im Süden bei einem Glas Bier treffen, dann wird ganz ausführlich von diesem im allgemeinen gesprochen. Es ist auch wirklich ein gar wichtiger Faktor. Wem es gelingt, im Süden an Ort und Stelle ein gutes, haltbares Bier herzustellen, der ruft eine Umwälzung auf dem internationalen Geldmarkt hervor, der kann sich mit dem größten englischen Bierbaron messen, eine solche Aktiengesellschaft würde die ganze Welt beherrschen.

Aber ach, was für Unsummen sind da schon in unnützen Versuchen vergeudet worden! Besonders in Ägypten, aber auch in Frankreich, seitens deutscher Bierbrauer. Es gelingt nicht. Das Bier hält sich nicht, schmeckt nicht. Von der Außentemperatur müßte man sich doch durch tiefe Kellereien unabhängig machen können. Aber es geht nicht. Bayerisches und überhaupt deutsches Bier ist nirgends nachzumachen. Es soll am Wasser liegen.

Hier am Kilimandscharo nun brauten bayerische Bauern ihr eigenes Bier, wie sie es schon in der Heimat getan hatten, aber nicht aus Gerste, sondern aus Hafer.

„Wie? Das ist Haferbier?“

„Anders geht es nicht. Ach, was habe ich probiert, bis ich das herausgebracht habe! Wir haben oben große Haferfelder. Morgen zeige ich Ihnen die Brauanlagen. Schmeckt ganz gut, nit wahr? Aber es muß halt schnell getrunken werden. Wenn wir brauen, ist das ganze Dorf drei Tage lang besoffen.“

So hatte die Unterhaltung angefangen, und nun schilderte der Pfarrer weiter, wie die Oberammergauer eigentlich dazu gekommen waren, am Kilimandscharo Haferbier zu brauen.

Es war eine uralte Dorfgemeinde gewesen, die von Wolfensee in Oberammergau. Alles verschwistert, verschwägert und vervattert, der Gemeindediener mit dem Herrn Vorstand und mit dem Herrn Pfarrer. Ursprünglich sehr wohlhabend, durch Ackerbau und Viehzucht, durch Handel mit in Menge erzeugter Butter und mit Käse und besonders durch die großen Wälder. Da brach weit oben in den Bergen ein Damm durch einen Felsrutsch, und seitdem fing das Unglück an. Die Felder versandeten, weitere Bergrutsche und Lawinen taten das übrige. Immer mehr wurde der ganze Waldbestand vernichtet.

Vor etwa fünfundzwanzig Jahren waren dreißig Bauern die ersten, die lieber zum Wander- als zum Bettelstab griffen. Sie gingen nach Amerika, nach Arizona. Man hatte schon in der ersten Zeit nicht viel von ihnen gehört, das Schreiben ist eine heikle Sache, war es besonders damals. Schon nach einem Jahr gab's überhaupt keinen Brief mehr aus Amerika.

Die übrige Gemeinde hielt unter des Pfarrers Leitung noch weitere zehn Jahre in dem vom Untergang bedrohten Heimatdörfchen aus. Da – wieder ein Bergrutsch mit nachfolgender Lawine; nun war auch das Letzte vernichtet, und jetzt forderte der Pfarrer selbst zur allgemeinen Auswanderung auf.

Wohin? Südafrika blühte damals mächtig auf. Also mit Weib und Kind nach der Kapkolonie! Dort lernte man die Buren kennen, die gefielen den deutschen Bauern besser als die Engländer, und sie siedelten sich in Transvaal an.

Sie ließen sich naturalisieren, wurden Bürger der Republik Transvaal, aber im Äußeren blieben sie Bayern, Oberammergauer, und im Herzen blieben sie Deutsche. Dafür sorgte der Pfarrer.

Ihre Kolonie gedieh, sie wurden reich. Da brach der Krieg mit England aus. Die Oberammergauer waren die ersten, die für die neue Heimat ins Feld zogen, an der Spitze Alois Sturzbacher, weiland Pfarrer, damals den Titel eines Obersten führend. Und er trug nicht das Kreuz voran, auch keine Fahne, sondern im Arm den unfehlbaren Stutzen. Auch er wurde nicht gefehlt - er hatte noch heute in der linken Schulter eine Kugel sitzen, die keine Miete zahlte, das auch nicht brauchte, denn sie war der beste Wetterprophet - zeigte immer an, wenn es am anderen Tag regnen würde.

„'s waren Schafsköppe, Dämlacke, die Buren", sagte der Pfarrer, und dieser Mann, der die Buren wohl kannte, hatte ein gerechtes Urteil gefällt. Die Buren haben ihren Untergang selbst verschuldet, indem sie sich alle ihre Erfolge aus den Händen nehmen ließen.

Wiederum alles verloren! Wohin nun? Unter englischer Herrschaft blieben deutsche Bauern nicht!

Da hörten sie die Kunde, daß auch Deutschland in Afrika Besitz erworben habe, im Westen und Osten.

Westafrika war nichts für Bauern, das erfuhren sie bald. Aber Ostafrika sollte ganz gut sein, wenn man den richtigen Fleck fand.

„Hört, nach dem Kilimandscharo müßt ihr, das wäre etwas für euch Wald- und Gebirgsbauern", sagte da ein Deutscher, der schon dort gewesen war, und er schwärmte weiter von dem ostafrikanischen Gebirgsriesen, daß die Oberammergauer immer begeisterter wurden.

Also zusammengepackt, was sie noch besaßen, und mit dem letzten Geld die Überfahrt bestritten.

Vor fünf Jahren waren sie hier angekommen, hatten das erste Blockhaus gezimmert und den ersten Spatenstich getan.

„Und was wir in diesen fünf Jahren alles vollbracht haben, das werden Sie morgen schaun - und Maul und Nas sollen S' aufsperrn."

Er schilderte gleich noch etwas weiter, wie sie hier lebten. Gerade wie daheim im Oberammergau, akkurat so. Hier 3.200 Meter über dem Meer gediehen dieselben

Feldfrüchte wie in der Heimat. Weizen, Roggen, Gerste und Hafer, Kartoffeln und Flachs. Das für wenig Geld erworbene, mehrere Quadratmeilen große Terrain erstreckte sich auf die verschiedensten Höhenlagen. Hier gedieh der Weizen vorzüglich, etwas höher war es besser für den Roggen, noch weiter hinauf war der beste Boden für Hafer - und etwas weiter unten wuchsen an der Felsenwand diese köstlichen Pfirsiche und Weintrauben, die Annemarie soeben als Nachtisch hereinbrachte.

Arbeit hatte das freilich gekostet, und einen pekuniären Nutzen hatten die Ansiedler auch nicht davon.

Sie hätten noch viel mehr Feldfrüchte bauen können, aber sie taten es nicht. Sie wären die Ware nicht losgeworden, oder der weite Transport nach der Küste hätte sie viel zu sehr verteuert. Durch deutsches Gebiet währt der Marsch nach der Küste mindestens zehn Tage - das konnte überhaupt nicht in Betracht kommen - aber auch schon nach der englischen Bahn hinab war es zu weit, das von der Küste kommende Getreide war viel billiger, und England schützte seine Kolonie hier einmal vor fremder Einfuhr durch hohen Zoll.

„Und wir sind keine Schmuggler - Schmuggeln ist doch eine Sünd, net wahr?“

Felix blieb die Antwort auf diese Fragen schuldig, und der Pfarrer erwartete eine solche auch gar nicht, er fuhr gleich im Erzählen fort.

Dennoch stand dieser Kolonie eine aussichtsreiche Zukunft offen, sie alle würden noch einmal als reiche Leute heimkehren, denn heim wollten sie wieder nach ihrem Oberammergau. Wenn nur erst die deutsche Eisenbahn fertig war! Dann würden sich schon kapitalkräftige Farmer einfinden, die das hier alles kauften, und zwar nicht für billiges Geld. Hier stand ja schon alles unter Kultur oder konnte sofort bebaut werden.

Die fleißigen, unter einem intelligenten Oberhaupt stehenden Bauern arbeiteten schon weiter für die Zukunft, um später sofort bares Geld zu erhalten. Drüben in dem ungeheuren Laub- und Nadelwald stand schon längst eine durch Wasserkraft getriebene Sägemühle, die Bretter für die Blockhäuser schnitt, wenn die deutschen Kolonisten scharenweise vorrückten. Und was Bretter zu bedeuten haben, das kann wohl nur der richtig verstehen, der sich selbst schon einmal in der Wildnis angesiedelt hat. Das mußte dann alles fix und fertig sein, nur immer gegen schweres Geld zu verkaufen. Selbst die vorschriftsmäßigen Bahnschwellen wurden hier schon hergestellt.

Dann die Pelze und die Felle! Der Erlös aus Land und Holz würde gleichmäßig verteilt werden, jagen konnte jeder für eigene Rechnung. Das Zubereiten und Gerben geschah wieder auf gemeinschaftliche Kosten oder vielmehr auf gemeinschaftlichen Schweiß – außer für Pulver und Blei wurde hier überhaupt kein einziger Pfennig ausgegeben, alles, alles stellten sie sich selbst her – aber seine Jagdbeute bewahrte sich jeder selbst auf, und wenn das noch einige Jahre so weiterging, konnte jede Familie mit einigen tausend harten Talern rechnen.

„Gibt es auch hier so viel Wild?"

„Na, was meinen Sie!"

Und er erzählte, was es hier alles zu jagen gab, von Elefanten an bis zum kostbaren Marder, und dazwischen Füchse, Wölfe und Bären, und das alles in unerschöpflicher Menge, von den Tieren, die nur Felle liefern, gar nicht zu sprechen.

Doch was in der Welt ist unerschöpflich? Der jagdkundige Seelenhirt hatte auch eine Schonzeit für jede einzelne Tierart vorgeschrieben, die streng eingehalten werden mußte, sonst...

„Na, was moanen S', wenn so ein Spitzbub einen Büffel oder nur einen Fuchs zur Tragzeit schießt? Dann laß i ihn das Vaterunser beten, bis ihm die Zung aus dem Maul hängt. Aber wenn er nun gar eine Gams schießt..."

„Gemsen haben Sie hier auch?“

„Ei freili.“

„Eine afrikanische Gemsenart?“

„Echte Gamsen unserer Heimat.“

„Ist nicht möglich! Oder die sind hier importiert worden?“

So war es, und das wurde wieder eine lange Geschichte. Vor drei Jahren hatte ein Mitglied des bayerischen Königshauses den Kilimandscharo als Jäger besucht - dort hing das Bild zwischen dem des bayerischen Königs und dem des deutschen Kaisers an der Wand - und, ach, hatte der sich hier zwischen diesen afrikanischen Oberammergauern wohlbefunden! Drei Wochen lang hatte er mit ihnen gejagt und sich die Milch selbst ins Glas gemolken.

„Nun sagt, liebe Landsleut, mit was ich euch das vergelten kann?“ hatte er beim Abschied gefragt.

Nix. Gottes Dank. Als ob das nicht schon genug Freude gewesen wäre, daß der Prinz sie aufgesucht. Und an ein Geldgeschenk war natürlich gar nicht zu denken.

„Nun ja, eine Ziegnherd könnten wir recht gut brauchen“, hatte ein Bursch gesagt und dafür vom Pfarrer eins aufs Maul bekommen, daß ihm noch heute ein Zahn fehlte.

Nach einem Jahr aber waren sie gekommen, nicht nur dreißig Ziegen, sondern auch fünf Gemsen, in den bayerischen Bergen oder wohl etwas weiter oben eingefangen, um mit ihnen im afrikanischen Kilimandscharo einen Akklimatisationsversuch zu machen. Ziegen gibt es wohl überall in Afrika, jeder Negerstamm hat seine Ziegen, aber die lassen sich doch nicht mit den euterstrotzenden Tieren der Hochalpen vergleichen.

Ursprünglich waren hundert Ziegen und fünfundzwanzig Gemsen abgesandt worden, schon in der Voraussetzung, die sich dann bewahrheitete, daß die meisten davon während der Reise eingehen würden, und von dem Geld, das dieser Transport gekostet hatte, hätte man sich ein kleines Rittergut kaufen können.

Dann aber kam auch der Erfolg. Die Ziegen fühlten sich hier wie zu Hause, und die freigelassenen Gemsen hatten sich schon außerordentlich vermehrt.

Der bayerische Prinz war noch durch ein besonderes Band gerade mit dieser Bauerngemeinde aus Wolfensee verbunden gewesen. Er war nämlich Chef des Dragonerregiments, in dem jeder Wolfenseer gedient haben mußte, der die Heimat mit fünfundzwanzig Jahren verlassen wollte.

Es dürfte bekannt sein - oder vielleicht auch nicht - daß es in Deutschland Gegenden gibt, Dörfer, deren Burschen es sich zur Ehre anrechnen, in einem bestimmten Regiment, sogar in einem bestimmten Bataillon zu dienen. Besonders in Schlesien ist das üblich. Da gibt es ein Dorf, dessen Bauernsöhne unbedingt zum Garderegiment müssen, und ein anderes, wo der Bursche nur zu einem gewissen Schützenbataillon kommen darf, und gelingt es ihm nicht, dort einzutreten, dann ist er schimpfiert, gilt als zweitklassiger Mensch - auch wenn er seine Zeit in allen Ehren anderswo abgedient hat. Die Aushebekommissionen wissen das, sie sind von obenher angewiesen, diesen Ehransichten Rechnung zu tragen.

Dasselbe findet man auch in Bayern häufig. Ein Wolfenseer Bursche mußte eben in der zweiten Schwadron des ersten Dragonerregiments gedient haben, sonst wurde es ihm schwer, später ein Dirndl zu kriegen, oder hatte er schon eins, so sagte es sich von ihm los, und wenn er als Grenadier in der königlichen Leibwache gedient und die Brust voll Orden gehabt hätte. Ein Dragoner mußte er werden, anders ging es nicht.

Dabei war das Merkwürdige, daß diese Wald- und Gebirgsbauern niemals Pferde gekannt hatten. Nur Ochs und Kuh waren ihre Zugtiere. Kein Bursche konnte reiten, und nach der Dienstzeit kam er niemals wieder in den Sattel.

Das war eben eine alte Überlieferung. Da war früher einmal, als es noch kein Deutschland gab, ein Bauernjunge aus Wolfensee zufällig zu jenem Dragonerregiment eingezogen worden, er hatte es durch seine Fähigkeiten bis zum Rittmeister gebracht, und seitdem mußte jeder Wolfenseer in dieser Schwadron gedient haben, oder er und alle seine Angehörigen waren für immer schimpfiert. Aber daß das nicht vorkam, dafür wurde schon ‚von oben' gesorgt, so wie das auch nicht nur so eine Gefälligkeit des Feldwebels oder des Hauptmanns ist, wenn die Soldaten zur Kirmes Urlaub nach dem Heimatdorf bekommen, sondern die ältesten und die jüngsten Dörfler sollen einmal möglichst viel buntes Tuch zusammen sehen. Das ist eine beabsichtigte Demonstration, ein Appell an das patriotische Gefühl so gut wie jede Flaggenparade.

„Ja, ich habe auch als Dragoner gedient - ei, und ich war ein Reiter!"

„Das ist Ihnen und allen anderen in Transvaal recht gut zustatten gekommen."

„Na und ob, wir haben was den Sattel gedrückt, und nicht nur zuletzt im Krieg."

„Gibt es denn hier oben viel Gelegenheit zum Reiten?"

Das feiste, rote Gesicht des Herrn Pfarrers wurde erst recht dumm und dann recht pfiffig und dann wieder recht dumm, als er nach dem Frager schielte.

„Hier oben? Naaa", kam es dann ebenso dumm heraus. „Wir pflügen nur mit Ochs und Kuh."

„Sie haben gar keine Pferde?"

„Pferde? Naaa. Wozu sollen wir denn Pferde haben?"

Plötzlich wurde das pausbäckige, rote Gesicht des Herrn Pfarrers noch röter, er bückte sich schnell, um einem unter dem Tisch liegenden Hund einen Knochen zu geben - und dabei schlug er heimlich mit der anderen Hand vor seiner Brust ein Kreuz und murmelte etwas dazu.

„Naa, hier oben haben wir kein einziges Pferd“, sagte er dann noch, als er sich wieder aufgerichtet hatte, und er schien etwas gefaßter zu sein. „Ein Pferd ist doch keine Gams. Naa, hier oben haben wir keinen einzigen Gaul, naaa.“

Doktor Freimann schien nicht bemerkt zu haben, daß er den biederen Pfarrer durch irgend etwas in die größte Verlegenheit gebracht hatte.

„Also auch Sie gehen noch auf die Jagd?“

„Ei gewiß, wie ein junger Bursch, ich nehm's noch mit jedem auf.“

„Sie sind doch auch noch nicht so sehr alt.“

„Net? Was moanen S'?“

„Nun - höchstens vierzig.“

„Sie machen Spaß. Ich bin doch kein Frauenzimmer, dem man solche Schmeicheleien sagen muß.“

Felix blickte in das feiste, vor Gesundheit strotzende Gesicht.

„Auf Ehre - ich schätze Sie höchstens auf vierzig Jahre.“

Der Pfarrer schüttelte sich vor Lachen.

„In vier Jahren bin i siebzig. Sechsundsechzig bin i.“

Felix wollte es kaum glauben, mußte es aber schließlich wohl.

Durch die Angabe seines Alters kam der Pfarrer auf die anderen alten Leute zu sprechen, besonders auf die, welche damals nach Amerika ausgewandert waren, von denen man nie wieder etwas gehört hatte. Man redete darüber, was die wohl jetzt machten.

„Ihr Führer war Richters Gottfried. Er hatte gerade erst geheiratet vor der Abreise, die Marianne. Ob der wohl noch lebt? Dort in Arizona muß es doch auch etwas zu schießen geben. Denn ein Jäger war das, sag ich Ihnen - ein Jäger! - ein Wildschütz! - und wenn das liebe Herrgottle den Engel Gabriel auf die Erd schicken tät, der könnt net so ein Wildschütz werden, wie der Gottfried einer war - sag i Ihnen!“

Der sechsundsechzigjährige Pfarrer hatte sich wieder einmal in Jünglingsfeuer hineingeredet.

„Ein Wildschütz - ein Wilderer war er, meinen Sie?“

Betroffen fuhr der Pfarrer empor, wieder purpurrot werdend.

„Hab i des gsagt?“

Schnell hatte er sich beherrscht, brauchte sich nicht wieder zu bücken.

„Na ja, Jagdkarten hatten wir da freilich net, aber der Wald war doch unser. Und das Wildern - hm - moanen S', daß das Wildern eine Sünd ist?“

Ob Doktor Freimann den pfiffigen Seitenblick aufgefangen und ihn zu deuten wußte, ob er dem Gastgeber gegen seine Überzeugung gefällig sein wollte - was man aber die Sünde gegen den heiligen Geist nennt, die allein nie verziehen werden kann - oder ob er wirklich aus ehrlicher Überzeugung sprach - kurz, er äußerte sich dahin, daß darüber noch nicht das letzte Wort gesprochen sei; von einer gewissen Seite aus betrachtet, sei das Wildern nicht als Diebstahl anzusehen.

Es ist das eine merkwürdige Sache, über die gewisse Menschen, die so manchmal ihre eigenen Gedanken haben, nicht hinauskommen - der Schreiber dieses auch nicht.

Schiller hat in seinem ‚Wilhelm Tell‘ über das Recht des Volkes, das es an Wild und Fisch hat, einige bemerkenswerte Worte geschrieben. Man lese sie nach. Und in diesem Theaterstück kommt auch eine gewisse Szene vor, wo das Volk dem Hut des Landvogts Reverenz bezeugen soll. Tell will's nicht tun.

Es soll hier nicht etwa der Wilddieberei das Wort geredet werden - bewahre! Wilddieberei ist Diebstahl, das liegt doch schon im Wort. Jeder kennt doch ganz genau den Unterschied zwischen mein und dein, sogar der Buschneger. Aber dann gibt es eben auch feinere Unterschiede.

Wenn ein Hausgarten an einen fiskalischen[1] Wald grenzt, in dem der König das Jagdrecht hat - und in den Privatgarten kommt jeden Tag durch ein dem Eigentümer unbekanntes Loch ein königlicher Waldhase und frißt das ganze Gemüse ab, und man darf den Hasen nicht einmal anfassen und ihn über den Zaun zurückheben - das darf man nicht, beileibe nicht, man darf den königlichen Hasen nicht mit der Fingerspitze berühren, von der Fliegenklatsche und Kinderrute gar nicht zu sprechen, der Hase beschwert sich einfach, und man fällt ganz eklig rein - man darf den königlichen Hasen nur höflichst bitten, wieder durch das Loch aus dem Garten zu gehen, vielleicht darf man auch ein bißchen in die Hände klatschen - dieser Hase ist der Hut des Landvogts, vor dem sich Tell nicht beugt.

Dem englischen Volk hat man das freie Jagdrecht genommen. Das ging nicht anders. Aber das Wasser ist ihm frei geblieben. Man hat einmal versucht - es ist noch gar nicht so lange her - dem Engländer auch das freie Fischrecht zu nehmen - schnell hat man nachgegeben, es wäre zur Revolution gekommen. Und man soll einmal probieren, dem Amerikaner Jagdkarten aufzudrängen.

Das sind allerdings wieder andere Verhältnisse. Es ist eben alles mit Unterschied. Daß jeder im Stadtpark Spatzen schießen darf, das geht natürlich nicht. Aber wo noch so viel Wild vorhanden ist, daß es für die Bewohner des Distrikts ein Lebensfaktor sein kann... Doch genug davon!

So ungefähr sprach auch der junge Doktor der Philosophie, und er verstand zu sprechen, er hätte zum Wohle der Menschheit lieber Jus studieren und Rechtsanwalt werden sollen, das hätte einen Verteidiger gegeben!

Er war mit seiner Verteidigungsrede noch nicht ganz fertig, als er einen leisen Schmerzensschrei ausstieß und im Stuhl zusammenknickte - und doch hatte der Herr

[1] Staatlich

Pfarrer ihm nur ganz sanft auf die Schulter geschlagen. Aber eben diese Hand!

„Oh, hab i Ihnen wehgetan? Das hab i net gwollt! Aber da haben S' ganz aus meinem Herzen gesprochen - hier, hier", er schlug sich dröhnend vor die hochgewölbte Brust, daß jedem anderen von einem irdischen Weib geborenen Menschen gleich der ganze Brustkasten eingepocht worden wäre, „hier drin steht's geschrieben, was eine Sünd ist und was keine Sünd ist. - Nun aber gehen Sie schlafen, ich habe Ihnen schon genug vorgeschwatzt."

„Wenn es noch nicht Ihre Stunde ist - ich bin durchaus nicht müde, ich würde nur schlaflos im Bett liegen."

„So? Na, dann kommen S', dann rauchen wir noch in meiner Studierstub ein Pfeiferl zusammen."

Sie gingen wieder in das Studier- oder richtiger Jagdzimmer hinüber. Annemarie brachte die frischgefüllten Krüge nach. Der Pfarrer suchte unter den langen Pfeifen die schönste aus, stopfte sie mit grobem Knaster.

„Rauchen S' auch so einen stinkigen Knaster?"

Na, und ob! Wenn der ehemalige Student nur überall im Ausland solch eine lange Pfeife mit dem dazugehörigen Knaster hätte bekommen können! Aber das ist eine ausschließliche Spezialität Deutschlands.

Die so urgemütlich nach echter deutscher Häuslichkeit duftenden blauen Wolken durchzogen das Zimmer, zunächst nur aus Doktor Freimanns Pfeifenrohr stammend.

Da griff auch der Pfarrer zu einer Pfeife, nahm den mit einer Jagdszene bemalten Porzellankopf ab, steckte ihn in den Tabakkasten, stopfte ihn voll Knaster, setzte den Kopf wieder an die Stelle, wohin er an der Pfeife gehört, schlug mit Feuerstein und Stahl umständlich Feuer - Streichhölzer gab es hier nicht - endlich glimmte der Zunder, er steckte ihn in den Porzellankopf, machte den Deckel zu, paffte mächtig.

Wir hätten dies gewiß nicht ausführlich beschrieben, wenn bei diesem Manöver nicht etwas ganz Besonderes gewesen wäre. Felix mußte es bemerken, er sah direkt hin. Etwas wie Verwunderung malte sich auch in seinen Zügen wider, aber er sagte noch nichts, seine Gedanken waren mit etwas anderem beschäftigt.

„Ja", begann er, „die Enkelin jenes Reinhold Richter und die einzige Tochter seines Sohnes Johannes habe ich geheiratet, und nun möchten Sie wohl erfahren, wie das gekommen ist, und wer ich bin, und was ich jetzt hier will, und weshalb ich so ein eigentümlicher Mensch bin."

„Naa, naa", wehrte der biedere Pfarrer ab, immer mächtig an seiner Pfeife ziehend. „Hier bei uns gibt's keinen Zwang, und wer net sprechen will, braucht's net."

„Es muß Ihnen aber doch schon aufgefallen sein, daß bei mir etwas nicht in Ordnung ist."

„Ja, das ist mir aufgefallen", war die offene Antwort. „Sie machen einen sehr, sehr niedergeschlagenen Eindruck, Sie haben etwas auf dem Herzen."

„Ja, und ich möchte mein Herz einmal ausschütten - möchte mich einmal zu einem Menschen aussprechen - und das gerade zu Ihnen - gerade zu Ihnen."

„Dann kommen Sie auch gerade an den Richtigen, und es wäre nicht nötig, daß ich Beichtgeheimnisse zu wahren verpflichtet bin. Vertrauen Sie sich mir ruhig an, junger Mann."

Felix tat es, er erzählte.

Es war eine Liebesgeschichte, ein Herzensroman. Aber durchaus nichts Besonderes. Ganz hausbacken.

In Berlin hatte er sie kennengelernt, wo der Vater, der ehemalige Bauernjunge und Dorfschulmeister, an der Universität Vorlesungen über Plato und Aristoteles hielt. Seine Tochter bildete sich zur Sängerin aus, wußte aber selbst, daß sie die Höhe der Kunst nie erreichen würde, dazu langte die Stimme denn doch nicht. Nur für den Hausgebrauch.

Doktor Felix Freimann, der seinen Neigungen leben konnte, lernte sie also kennen, sie verliebten sich, heirateten.

Gibt es denn in der Liebe verschiedene Grade? Eigentlich nicht. Wenigstens nicht in der wahren Liebe. Und wenn es welche gibt, so liebten sich die beiden im höchsten Grad.

Zuerst blieb die Ehe kinderlos. Nach anderthalb Jahren...

„Genoveva war doch katholisch?“ unterbrach der Pfarrer einmal.

„Ja, wie der Vater und...“

„Sie sind auch katholisch?“

„Nein. Ich bin evangelisch-lutherisch.“

„Hatten Sie da nicht Schwierigkeiten?“

Wie ein schmerzlicher Zug schlich es sich in des jungen Mannes Gesicht, als er in des alten Pfarrers Antlitz blickte.

„Sie trat zum Protestantismus über, mit Einwilligung ihres Vaters, der, obgleich ein guter Katholik, hierüber ganz frei dachte.“

„Grad so wie i. Aber Sie dachten wohl, i würd jetzt als katholischer Pfarrer loslegen? O naa, o naa, i bin kein solcher, i weiß, daß die Lieb vor den Glauben geht, und ob einer Katholik ist oder Protestant oder Methodist, das ist mir ganz piepschnuppe, wenn er nur sonst ein braver Mensch ist.“

Sofort wich der schmerzliche Zug einem flüchtigen Lächeln, um dann aber nur umso stärker hervorzutreten.

„Nach anderthalb Jahren sollte unsere Sehnsucht erfüllt werden - sie starb im Kindbett...“

Eine lange Pause. Felix starrte vor sich hin, der Pfarrer lutschte an der Pfeifenspitze, dann stach er sich mit ihr vorsichtig in die Augen, räusperte sich wie ein Nilpferd, zog ein rotes Taschentuch und trompetete wie ein Elefant.

„Ja, ja - i woaß, i woaß", sagte er, nachdem er sich austrompetet hatte. „Wir sind Menschen - Menschen sind wir."

„Ich war unglücklich."

„Ja, ja, i woaß, i woaß."

„Aber vielleicht nicht unglücklicher als ein anderer gefühlvoller Mann, der in der Gattin sein Liebstes auf Erden verloren hat."

Starr blickte der Pfarrer den Sprecher an. Er hatte ein Wort vernommen, das einen großen, erhabenen Geist verriet, und dieser Pfarrer war eben der Mann, der so etwas gleich verstand.

Was hätte wohl manch anderer Mensch jetzt alles von seinem grenzenlosen Unglück und Jammer geschwatzt! Wie solch einen furchtbaren Schmerz noch kein anderer Mensch auf der ganzen Welt durchgemacht habe, wie so etwas in der ganzen Weltgeschichte überhaupt noch niemals passiert sei, und ein Wunder sei nur, daß nicht gleich die Sonne vom Himmel heruntergepurzelt wäre.

Da ist das A und das O der meisten Romane, mit dem das Publikum unterhalten wird, diese Selbstsucht, allerdings eine Selbstsucht besonderer Art, aber im Grunde genommen doch ein ganz gemeiner Egoismus, der das eigene Ich als Mittelpunkt des ganzen Weltalls betrachtet – und die Folge davon ist, daß jeder Hanswurst, den einmal seine Liebesgefühle genarrt haben, Gedichte macht, die er zur Veröffentlichung einschickt, auf daß alle Welt erfährt, daß ihm etwas widerfahren, wie gleich Furchtbares noch niemals in der Weltgeschichte vorgekommen ist. Besonders die Damen leisten hierin Großes, von der Zigarrenwicklerin an bis zur Prinzessin, ihre gemeinsame Urahne Eva nicht verleugnen könnend. Aber erst der wird ein wahrer Dichter, der sich von diesem Egoismus besonderer Art freigemacht hat! Nicht über eigenes, sondern über fremdes Leid muß man weinen und sich verbluten können. Das ist der Witz!

„Ich wurde krank. Nicht leiblich. Ich konnte essen, so wie ich es jetzt noch kann. Ob es schmeckt, ist eine andere Sache. Aber mir fehlte und fehlt durchaus nichts. Nur melancholisch wurde ich. Wissen Sie, Herr Pfarrer, was Melancholie ist?"

„Ja."

„Wirklich?"

„Ja."

„Ich habe deshalb die verschiedensten Ärzte aufgesucht, die bedeutendsten Psychiater."

„Ich glaube es."

„Ich bin in die Isolierzelle gesperrt worden."

„Ich glaube es. Wie äußerte sich Ihre Melancholie?"

„In Menschenscheu."

„Bis zum Verfolgungswahn?"

„Nein, so weit geht es bei mir nicht. Aber diese einfache Menschenscheu ist nicht minder schlimm. Ein Freund von mir, ein berühmter Psychiater, hat mir offen erklärt, daß ich ein unheilbarer Melancholiker sei und, wenn mich nicht irgendein Zufall davon befreie, innerhalb zweier Jahre an Gehirnerweichung sterben werde oder - verblöden muß."

Der Pfarrer räusperte sich wieder. Er also wußte, was Melancholie ist.

Denn mit diesem Wort wird großer Mißbrauch getrieben. Womöglich nennt sich jeder, der an einem trüben Tag einmal etwas griesgrämig ist, melancholisch, ohne zu ahnen, was für einen Frevel er treibt. Melancholie ist eine furchtbare Krankheit, mit der sich Spezialärzte so gut wie mit dem Wahnsinn beschäftigen. Wenn der Wahnsinn eine Krankheit des Gehirns, des Geistes ist, so möchte man die Melancholie eine Krankheit des Herzens, der Seele nennen. Man lese darüber im Konversationslexikon nach, man wird einige Spalten finden.

„Ich weiß", sagte der Pfarrer leise, „ich habe den Fall erlebt - ein Studienkollege - der heiterste, lebenslustigste Mensch - er sieht zufällig, wie ein Kind von einem Lastwagen überfahren wird - tot, zermalmt - er sieht den furchtbaren Jammer der Mutter - auch mein Freund wird furchtbar erregt, ist außer sich - infolge dieser heftigen seelischen Erregung stellt sich bei ihm starkes Nasenbluten und Erbrechen ein - aber nur einmal, es ist gleich wieder vorbei - doch seitdem war er wie umgewandelt, wurde tiefsinnig - und schon zwei Wochen später machte er seinem Leben selbst ein Ende..."

Immer leiser hatte der sechsundsechzigjährige Mann mit dem jugendfrischen Antlitz gesprochen, jetzt nahm er das Käppchen vom Haupt, zwischen die gefalteten Hände, und beugte sich im unhörbaren Gebet darüber - im Gebet für den, der nach christlichen Begriffen in Sünde dahingefahren war.

„Amen!" und er richtete sich wieder auf.

„Amen!" sagte auch Doktor Freimann, obgleich er nicht die Hände gefaltet, nicht gebetet hatte.

Noch eine kleine Pause der Andacht.

„Merkwürdig", nahm dann Felix wieder das Wort, „ganz genauso fing es auch bei mir an, obgleich das ja nicht etwa Symptome der Melancholie sind. Am Grabe Genovevas, bei ihrer Bestattung, der Pastor sprach gerade das Amen, bekam ich heftiges Nasenbluten, ich wurde ohnmächtig, nach dem Erwachen mußte ich mich heftig erbrechen, mir war überhaupt zumute, als hätte ich in der Narkose gelegen, aber das ging schnell wieder vorbei - nur die Melancholie blieb, das heißt, von diesem Tag, von dieser Stunde oder sogar Minute an stellte sie sich ein. Die mich umgebende Menschenmenge war mir schrecklich - wie, das vermag ich gar nicht zu schildern - als die Kondolierenden mir die Hand reichen wollten, hätte ich fliehen mögen, vor einem undefinierbaren Seelenschmerz laut aufschreien - ich konnte den Anblick meines von mir hochverehrten Schwiegervaters, an dem ich mit wahrer Kindesliebe gehangen hatte, nicht ertragen."

„Und vorher hatten Sie davon nichts gewußt?"

„Nie! Ich hatte vorher auch nicht eine einzige melancholische Stunde gehabt. Ich war der lebensfreudigste Mensch, der stets lustige Gesellschaft suchte. Mit dem Tod meiner Gattin fing es an, bei ihrem Begräbnis kam es zum Ausbruch."

Nun, dann hatte der junge Mann auch nicht nötig, viel von seinem Schmerz zu sprechen. Das, was er beim Verlust seines Weibes alles durchgemacht, hatte seine Seele in handgreiflicher Weise auszudrücken gewußt.

„Äußert sich die Melancholie in fixen Ideen?" forschte der so sachverständige Pfarrer weiter.

„Nein. An Wahnvorstellungen leide ich nicht. Nur ein einziges Mal habe ich eine Torheit begangen. Gleich am anderen Tag nach dem Begräbnis ließ ich unsere beiden Trauringe zusammenhängen - der eine wurde aufgeschnitten und dann wieder zusammengelötet - und so habe ich beide Ringe - verschluckt."

Der Pfarrer verzog bei diesem Geständnis keine Miene.

„Ich hoffe, es hat Ihnen nichts geschadet", sagte er nur.

„Nun, ich bekam tüchtiges Magendrücken, ging zu einem befreundeten Arzt und ließ mich durch ein Brechmittel wieder von der goldenen Pille befreien. Wie gesagt, das ist das einzige Zeichen von Hysterie gewesen; ich habe mich hinterher tüchtig geschämt, und damit war eine etwa zu erwartende Hysterie überwunden. Aber die Melancholie blieb."

„Was taten Sie nun, um Ihren trüben Empfindungen zu entgehen?"

„Da muß ich etwas vorausschicken. Ich habe speziell christliche Mystik studiert. Als Geschichtsphilosoph, nicht etwa als Theologe. Meine Dissertation behandelte das ägyptische Anachoretenwesen. Wenn mir früher einer vorgeschlagen hätte, mit ihm in die Wüste zu gehen, ich hätte ihn nicht schlecht ausgelacht. Ich hatte zu allem anderen Anlage, nur nicht zum Einsiedler, und wenn man mir in der Wüste anstatt Heuschrecken täglich die ausgesuchtesten Delikatessen vorgesetzt hätte.

Mit einem Mal mußte ich mich im Geiste immer mit jener Doktordissertation beschäftigen, und mit aller Macht drängte sich mir der Entschluß auf, das, was ich vor sechs Jahren geschrieben, selbst in Wirklichkeit auszuführen. Kurz, ich wollte Anachoret, Einsiedler, werden. Das lag ja auch sehr nahe. Ich konnte tatsächlich keinen Menschen mehr sehen. Was für einen Schauder ich beim Anblick auch des unschuldigsten Kindes empfand, vermag ich gar nicht zu sagen. Es war sogar wie eine Art von Schmerz, ich fürchtete immer, Krämpfe zu bekommen. In absolute Einsamkeit mußte ich unbedingt, das riet mir auch jeder Psychiater.

Aber wo findet man absolute Einsamkeit? Wohl kann man auch in der größten Stadt als abgeschlossener Eremit leben, der niemals mehr einen Menschen zu Gesicht bekommt. Aber ich konnte schon die menschliche Atmosphäre nicht mehr ertragen, nicht den Gedanken, daß sich in einem Umkreis von einer Meile noch ein anderer Mensch befindet. Ich ging in den Thüringer Wald, ließ mir auf einsamer Berghöhe ein Häuschen bauen. Es war mir noch längst nicht einsam genug. Ich ließ mich in einer Heilanstalt in eine Isolierzelle einsperren, das Essen und alles wurde mir durch ein Schiebefensterchen zugesteckt – da merkte ich, daß ich ohne freie Natur nicht auskommen könnte.

Da also dachte ich lebhaft an meine Abhandlung über die ägyptischen Anachoreten. Sie fragten mich vorhin, ob ich an fixen Ideen gelitten habe. Ja, insofern, als ich mir einbildete, gerade in Ägypten müsse ich mein Heil finden. Also ich ging nach Ägypten, um ein richtiger Wüstenanachoret zu werden. Aber wo dort kein Mensch hinkommt, da findet man kein Wasser und keine Nahrung, und wo das zu haben ist, da kommen gewiß auch Reisende mit dem Baedeker und dem Fotoapparat hin, und das um so mehr, wenn sie dort einen modernen Anachoreten wissen.

Ich ging weiter hinauf, nach Nubien. Dort glaubte ich, mein Ideal wirklich gefunden zu haben. Ein idyllisches Fleckchen in bergiger Wildnis, an einer Quelle. Hier ließ ich mich nieder. Mein Gepäck hatte ich selbst geschleppt. Es war ja wenig genug. Hier wollte ich mir Bohnen und anderes Gemüse ziehen, die Samenarten hatte ich mit. Bis dahin sollte mich meine Büchse ernähren. Aber ich kam nicht dazu, die Bohnen zu stecken, mir war jede Energie abgegangen, und ich, früher der leidenschaftlichste Jäger, konnte kein Tier mehr töten. Essen konnte ich das Fleisch wohl noch, aber das Tier nicht mit eigener Hand töten. Herr Pfarrer, in was für einem schrecklichen Zustand ich mich befand, ich kann es nicht beschreiben; deshalb werden Sie mich gar nicht verstehen..."

„Doch, doch, ich verstehe Sie voll und ganz, fahren Sie nur fort."

„Wollen Sie mir glauben, daß ich dem Hungertod immer näher kam? Mitten im größten Wildreichtum, ausgerüstet mit allem, um mir Nahrung zu verschaffen! Aber ich konnte die Büchse auf kein Wild anlegen und wollte doch auch diesen Ort, wo ich keinen Menschen sah und es mir sonst ganz gut gefiel, nicht verlassen.

Es liegt doch sehr nahe, daß man da an Selbstmord denkt. Ja, auch ich habe oft genug daran gedacht, dieses qualvolle Leben durch einen Schuß zu beschließen. Aber ich hatte den Selbstmord stets als eine feige Handlung verworfen, hatte auch einmal darüber geschrieben, und das wirkte noch nach. Aber so langsam verhungern - das war doch etwas anderes. So habe ich gehungert - wie lange, weiß ich nicht - vielleicht zwei Wochen lang. Kein Bissen ist über meine Lippen gekommen. Dabei war ich glückselig, so langsam dahinzusiechen.

Da führte der Zufall einen englischen Forschungsreisenden nach meiner Einsiedelei, in der ich mich übrigens nicht im mindesten eingerichtet hatte. Dazu fehlte mir jede Energie, und das ging so weit, daß ich es nicht fertigbrachte, für die Nacht gegen den kalten Tau eine Decke über mich zu spannen. Ich lebte wie ein wildes Tier, das die Nahrung verschmäht.

Mr. Landly fand einen zum Skelett abgemagerten Menschen, vor Hunger dem Tode nahe. Da mir Speise geboten wurde, aß ich sie aber doch, und das mit Gier. Der Erhaltungstrieb ist eben die stärkste Kraft. Mr. Landly war ein hochgebildeter Mann, war dem Charakter nach sogar etwas verwandt mit mir; er konnte sich von den einsamen Wildnissen nicht mehr trennen, nur daß seine Neigung nicht so krankhaft war. Aber eine gewisse Manie ist das ja doch. Alle die Nordpolforscher, die von einer unwiderstehlichen Gewalt immer wieder nach den einsamen Eiswüsten gezogen werden, leiden ja ebenfalls darunter.

Kurz, ich offenbarte mich diesem Mann, und er verstand mich, lachte über mich ebensowenig wie Sie, Herr Pfarrer. Denn ausgelacht und verspottet bin ich schon oft genug worden, und deshalb eben wage ich immer weniger, mich einem Menschen anzuvertrauen.

Mr. Landly hatte ein stattliches Jagdgefolge. Darunter auch zwei Nubier, die ihm schon seit einigen Jahren durch alle Welt gefolgt waren, denen er eine gewisse Bildung beigebracht hatte. Eine engeres Band bestand zwischen Herrn und Dienern sonst nicht, der Engländer trat mir die beiden Nubier ab; diese waren bereit, mir als Jäger zu dienen, das heißt, mich mit Nahrung zu versehen.

So ging das einsame Leben am Marokberg weiter. Es waren verständige Burschen, Atlas und Pluto. Ihr Herr hatte sie instruiert, und sie verstanden, wie sie mir dienen sollten. Ich bekam sie gar nicht zu Gesicht und fand doch immer alles vor, dessen ich bedurfte. Da wurden wir von Eingeborenen entdeckt. Die Neger kamen täglich, um zu betteln, wir konnten sie nicht fernhalten, hätten sie denn töten müssen.

So wurde mir dieser Aufenthaltsort verleidet. Fort! Eine andere Einsamkeit aufsuchen! Aber wo sie finden? Würde ich in dem ziemlich bevölkerten Nubien nicht immer wieder schließlich Besuch von Eingeborenen bekommen?

Mr. Landly war auch in Indien gewesen, hatte im Himalajagebirge gejagt, schon begleitet von Atlas und Pluto, und die beiden Nubier erzählten mir begeistert von der großartigen Einsamkeit dieses mächtigsten Gebirges der Erde. Indien! Der Himalaja! Wie eine Offenbarung überkam es mich plötzlich. Dort, nur dort mußte ich endlich die gewünschte Ruhe finden. Verstehen Sie, Herr Pfarrer, vielleicht, wie es mit mir beschaffen war?"

„Was soll ich verstehen?"

„Nun, ich sagte doch vorhin, an fixen Ideen hätte ich nie gelitten. Eigentlich war es aber doch der Fall."

„Ah so, das meinen Sie! Dieses Suchen nach einem einsamen Ort war bei Ihnen schon ein krankhafter Wahn."

„So war es, und so ist es noch heute. Also die Habseligkeiten zusammengepackt, nach dem nächsten Hafen gewandert und mich nach Bombay eingeschifft, begleitet von den beiden Nubiern..."

„Das hat doch aber alles schrecklich viel Geld gekostet", mußte der Pfarrer einmal unterbrechen.

„Ich habe es dazu, mein Vater war ein sehr vermögender Mann, und ich war mit Kreditbriefen für alle Hauptstädte der Erde versehen, bin es noch heute. Ich will mich nicht des längeren mit der Schilderung dessen aufhalten, was ich in Indien alles getrieben habe. Immer auf der Suche nach einem einsamen Ort! Bald ließ ich mich auf einem himmelhohen Berg nieder, bald verkroch ich mich in einer tiefen Schlucht. Es war eben eine krankhafte Unruhe. Ich hatte mit dem Wechseln nun einmal angefangen, jetzt ging das so weiter. Länger als eine Woche hielt ich es nirgends aus, dann störte mich eine Fliege in meiner Beschaulichkeit, jagte mich wieder davon.

Da, eines Nachts, ich hauste wieder einmal in einer tiefen Schlucht, in einem Erdloch, erschien mir Genoveva im Traum; wir beide waren Einsiedler geworden, hausten auf einem hohen Berg, lebten recht glücklich zusammen. ‚Das ist der Kilimandscharo', sagte mir Genoveva mehrmals. Aber glauben Sie nicht etwa, Herr Pfarrer, daß ich da einen prophetischen Traum gehabt hätte. Durchaus nicht. Ich habe nichts etwa im voraus gesehen, die Gegend hier ist mir ganz fremd, der Traum war ganz verschwommen.

Aber ich war nun einmal ein kranker Mann. Ich erinnerte mich, daß Genoveva gesagt hatte, das sei der Kilimandscharo, und nun bildete ich mir steif und fest ein, daß ich mich unbedingt nach dem Kilimandscharo begeben müsse, nur dort könne ich leben, dort vielleicht auch Heilung finden. Also wieder zusammengepackt – jetzt bin ich mit meinen beiden treuen Nubiern hier, um wiederum ein einsames Plätzchen zu suchen."

Die Beichte war beendet. Die meisten Menschen, und gerade die, welche es wirklich gut mit dem merkwürdigen Kranken meinten, hätten jetzt wohl gesagt: Na, nun hören Sie endlich auf mit diesen Narrenpossen, das ist doch alles nur Einbildung, stürzen Sie sich in die Strudel des Lebens, besonders da Sie's dazu haben, und so weiter.

Noch mehr Menschen freilich hätten diesen eingebildeten Kranken einfach ausgelacht.

Dieser Pfarrer hier schüttelte nicht einmal den Kopf, gedankenvoll lutschte er an der Pfeifenspitze.

„Ja, ja, ich weiß schon", sagte er dann, „das ist schlimmer, als mancher Mensch glaubt. Besonders da Sie nun auch als menschenscheuer Anachoret in die Rastlosigkeit hineingekommen sind."

„Das ist es eben!"

„Sie sind schon jetzt überzeugt, daß Sie es auch hier nicht lange aushalten werden?"

„Ja, davon bin ich schon jetzt überzeugt."

„Sind Sie eigentlich nervös?"

„Nein, wenigstens nicht körperlich. Man kann hinter mir eine Kanone abschießen - rührt mich gar nicht."

„Ja, ja, weiß schon. Sie sind seelisch nervös. Doch was ist Nervosität überhaupt? Ein leeres Wort. An die Gesellschaft der beiden Nubier haben Sie sich schon gewöhnt?"

„Nein, und ich werde mich auch niemals an sie gewöhnen. Unser Umgang beschränkt sich auf das Allernotwendigste. Ich kann sie jetzt schwerlich noch vermissen, weil sie mich zu behandeln verstehen; ihre aufopfernde Treue rührt mich - aber sie immer um mich zu haben, das ertrage ich nicht."

„Sie können sich doch jetzt recht gut mit mir unterhalten."

„Und das sogar ohne jeden Zwang, ohne jede Qual, die ich sonst immer fühlte, sobald ich mit einem fremden Menschen sprechen muß."

„Wie kommt das?"

„Es gibt Personen, zu denen mich sofort eine undefinierbare Sympathie hinzieht. Eine solche war Mr. Landly. Und Sie, Herr Pastor, sind die zweite Person, für die ich solche Sympathie empfinde. Daß ich Ihnen damit keine Schmeichelei sagen will, ist selbstverständlich."

„Natürlich, wäre auch ganz unangebracht. So könnten Sie immer in meiner Gesellschaft weilen?"

„Nein, Herr Pastor, das denn doch nicht. Ihre ganze Persönlichkeit wirkt äußerst sympathisch auf mich, aber - schon jetzt schmachte ich förmlich danach, wieder mit mir, mit meinen Grillen allein sein zu können. Ich spreche ganz offen."

Wieder lutschte der Pfa… Pfeife.

„Ich verstehe Sie. Nämlich … ähnlichen Fall erlebt habe. Ich h… Melancholiker geheilt, dessen Me… hartnäckiger war als die Ihre. In den … Ich will den Fall nicht erst erzähle… meine Erfahrungen bei Ihnen zu verw… Sie müssen doch noch einmal in die Eins… wüßte ein Fleckchen für Sie, wo Sie ganz u… …ind."

Des jungen Mannes Augen begannen imm… mehr zu leuchten.

„Hier, in Ihrem Gebiet?"

„Ja, und Sie brauchen keine Angst zu haben, daß Sie da von irgend jemand aufgesucht werden. Also, Ihre beiden Nubier könnten Sie entbehren?"

„Gewiß, und auch Sie möchten schon längst gern wieder in ihre Heimat zurückkehren. Wenngleich uns eine gewisse Freundschaft verbindet, so ist sie doch nicht stark genug, um uns etwa für immer aneinander zu fesseln."

„Demnach könnten wir die beiden Burschen fortschicken?"

„Ja. In diesem Fall allerdings möchte ich sie gar nicht erst noch einmal sehen. Sie kennen mich ja. Es ist dann nur, weil ich doch immer noch einer Bedienung bedarf, ich bringe es eben nicht mehr fertig, ein Stück Wild zu schießen..."

„Das ist das Allerwenigste. Sie werden stets an einer bestimmten Stelle in der Nähe Ihrer Behausung alles finden, dessen Sie zum Leben bedürfen, und wenn Sie sonst noch einen Wunsch haben, schreiben Sie ihn einfach auf einen Zettel."

„Dann kommt also doch jemand täglich zu mir?" fragte Felix, der Glückliche, ganz erschrocken.

„Das wohl, aber Sie werden ihn nie zu Gesicht bekom-

…ch vorstellen, ein unsichtbarer Geist …bar."

…, das ist etwas anderes!" erklang es ziemlich er…ert.

„Dann werde ich Sie morgen hinaufbringen - morgen nach der Kirche. Morgen ist doch Sonntag - und da werde ich Sie... Warten Sie, das muß ich mir noch überlegen. Stopfen wir uns erst ein frisches Pfeiferl."

Das Pfeifenstopfen wiederholte sich, und zwar bei dem Pfarrer in derselben schon einmal ausführlich beschriebenen Weise, die ja schließlich ganz die übliche war.

Zuletzt steckte er den glühenden Zunder in den Porzellankopf, schloß gleich den Deckel und zog mit Lungenkraft.

So weit war also alles ganz normal, aber - er brachte dabei keinen Rauch hervor. Doktor Freimann hatte überhaupt nun schon zur Genüge beobachtet, daß der Pfarrer wohl immer saugte und paffte, daß aber aus seinem Mund und aus dem Pfeifenkopf kein einziges Rauchwölkchen kam.

„Sie rauchen wohl kalt?"

„Ja, i hab's Ihnen doch schon gsagt, daß i net mehr rauchen tu, daß i mir's abgwöhnt hab, so schwer mir's auch worden ist."

„Aber Sie tun doch so, als ob Sie rauchten."

„Ihnen zu Gfallen. Es sieht so dumm aus, wenn der eine raucht und der andere net. Und - und - na ja, i hab mein Pfeiferl noch immer im Maul und tu so, als ob i rauch, aber in Wirklichkeit rauch i net."

Felix wußte gar nicht, was er zu dieser Simulation sagen sollte! Tut der, als ob er sich eine Pfeife stopfte, steckt aber gar keinen Tabak hinein, schlägt Feuer, steckt den glühenden Zunder in den Kopf, lutscht und pafft - und dabei ist gar kein Tabak drin.

Ja, sogar den Pfeifenstiefel goß er aus, und alles, um

die Einbildung zu verstärken, daß er wirklich rauche! Na, diesem Pfarrer mangelte ja keinesfalls Originalität!

Und noch an etwas anderes dachte jetzt Felix, was er schon längst beobachtet hatte.

Die Bierkrüge waren von Annemarie unterdessen noch einmal frisch gefüllt worden. Dabei hatte Felix bemerkt, daß des Pfarrers Krug oben gar keinen Schaum zeigte, wie der seine. Er hatte den Pfarrer schon im Verdacht gehabt, daß er dem Gast Bier vorsetzte, während er selbst Wein trank.

„Und Sie trinken auch kein Bier?“ durfte er jetzt fragen.

„Naa, das ist nur blankes Wasser. I hab's Ihnen doch schon gsagt, daß i mir das Saufen abgwöhnt hab, unserm lieben Herrgottle zu Ehren. Schnupfen, rauchen, saufen, jagen, ist zuviel auf einmal, und daß i noch jagen kann, dafür hab i mir die ersten drei Leidenschaften abgwöhnt, so schwer mir's auch worden ist...“

Der originelle Kauz kam nicht weiter, die Tür wurde aufgerissen, ein junger Bauer in Wadenstrümpfen stürmte herein.

„Jetzt, Herr Pfarrer, machen S' fix, der Mandlbauer will abifahren.“

Ein alter Bauer, schon lange Zeit krank, war dem Sterben nahe, verlangte die letzte Ölung.

Auf schnellte der dicke Pfarrer, und obgleich hier sonst musterhafte Ordnung zu herrschen schien, waren die zu dem Gang nötigen Sachen doch nicht gleich zur Stelle, besonders fehlte ein Kruzifix. Annemarie und ein halbwüchsiger Negerjunge suchten mit fieberhafter Eile.

„Du hast's gestern weggelegt, Lausbub dämlicher, wo hast's hinver... Halt, halt, i woaß, i woaß, der dämlackete Lausbub bin i selber...“

Und der Pfarrer begann eine Portion aufgestapelter Felle wegzuräumen, und da lag wirklich das gesuchte Kruzifix, wo es der Pfarrer selbst hingelegt hatte, später andere Felle daraufwerfend, gebettet auf einem Bärenfell.

Beim Anblick des gekreuzigten Heilands, der da auf dem haarigen Pelz ruhte, stockte der Pfarrer mitten in der Bewegung, er blickte auf den aus Holz geschnitzten Heiland, ans Kreuz genagelt, und immer mehr trat es wie ein wehmütiges Lächeln auf dem feisten Antlitz hervor, und dann fand sein Mund auch Worte, seinem Gesicht entsprechend hervorgebracht.

„Ach, du mein liabs Heilandl. Du hast doch einmal gsagt, im Evangeli Matthäi achten Kapitel zwanzigsten Vers: Die Füchs haben Gruben, hast gsagt, und die Vögel haben Nester, aber i hab nix, wo i mein Kopf hinlegen kann, hast gsagt. Schau, und wie fei warm liegst nun allhier auf einen Bärnpelz gebettet und mit dem Fell von einem Gamsbock zugedeckt. Siehst, mein liabs Heilandle, wenn du hier bei uns auf dem Kilimandscharo gelebt hättst, dann hättst den Vers im achten Kapitel nimmer zu sagen brauchen, und wir hätten di auch nimmer ans Kreuz gschlagen - wir net."

Nach diesem Selbstgespräch raffte der biedere Pfarrer das Kruzifix auf und eilte hinaus.

6.

Wir verlassen einstweilen die obere oder doch mittlere Region des Kilimandscharos und versetzen uns wieder in die Ebene, dorthin, wo der westliche Urwald durch einen schmalen, mit Buschholz bestandenen Saum in die grasige Steppe übergeht, die sich nach Osten bis an das Küstengebiet erstreckt.

Die Sonne näherte sich dem Horizont, als aus diesem Urwald eine Karawane herauskam, aus etwa fünfzig Negern bestehend, alle schwer bepackt.

An der Spitze des Zuges befanden sich einige Reiter, weiße und schwarze.

In jedem Land hat jeder Beruf seine eigene Tracht oder in der Kleidung doch gewisse Merkmale, woran dieser gleich zu erkennen ist.

In Deutschland wird man doch von Bauhandwerkern, die des Morgens auf Arbeit gehen, gleich den Maurer und den Zimmermann herauskennen. Auf welche Weise das möglich ist, braucht hier wohl nicht erst näher beschrieben zu werden. Die Arbeit hinterläßt eben Spuren, manchmal kommen aber auch charakteristische Kleidungsstücke in Betracht, ein echter Zimmermann wird immer die englische Lederhose aus samtartigem Manchesterstoff und den möglichst breitkrempigen Filzhut bevorzugen, so unterscheidet sich auch der Bergmann vom Fleischergesellen, und wer darin einige Übung besitzt, eine gewisse Art von Menschenkenntnis zu seinem Studium macht, läßt sich auch von dem sonst doch so ziemlich gleichmäßigen Sonntagsanzug nicht täuschen, wird den Maurer vom Zimmermann und den Schuster vom Schneider unterscheiden können.

Nun ist das aber in jedem Land verschieden; in England und Frankreich sehen die Professionisten wieder ganz anders aus als in Deutschland, und den Beruf kann man doch auch dem Lehrer und dem Professor ansehen, vom Geistlichen gar nicht zu reden.

Wohl jeder deutsche Knabe wird wissen, wie ein nordamerikanischer Trapper und Waldläufer und Präriejäger aussieht. Ob der Mann nun in Pelzsachen gehüllt oder in gegerbtes Leder gekleidet ist, ob Hose und Jagdhemd befranst sind oder nicht - sobald der Junge in einem ihm noch unbekannten Buch ein Bild sieht, das solch eine Figur wiedergibt, wird er wissen, daß dieses Buch von Nordamerika erzählt.

So hat auch der afrikanische Jäger seine charakteristische Tracht, im höchsten Norden wie unten im Süden und im Herzen Afrikas ganz die gleiche. Das Hauptcharakteristikum an ihm ist immer das baumwollene Hemd, auf der Brust weit offen, mit den hochaufgekrempelten Hemdsärmeln, das Hauptmerkmal des afrikanischen Berufsjägers. Ein professioneller Jäger, dem amerikanischen Trapper entsprechend, der in Afrika ein bis an den Hals und bis an die Handgelenke geschlossenes Jagdkostüm tragen wollte, würde denselben merkwürdigen und sogar lächerlichen Eindruck machen, wie wenn in Deutschland ein Maurer auf dem Baugerüst im Straßenanzug mit Stehkragen und Krawatte die Kelle schwingen wollte – wie es nämlich in England und Amerika tatsächlich der Fall ist.

So hat eben jedes Land seine charakteristische Tracht für jeden Beruf, also seine Mode, und dieser kann sich nicht einmal der freie Mann der Wildnis entziehen. Für den afrikanischen Jäger kommt dann noch der breitkrempige Hut aus Stroh, Filz oder Leder hinzu, die Krempe auf der einen Seite hochgeschlagen und mit einer Schnalle befestigt, eine Hutmode, der bekanntlich auch bei der Uniformierung der deutschen Kolonialtruppen Rechnung getragen worden ist, ebenso, daß statt hoher Schaftstiefel dort Schuhe mit Ledergamaschen üblich sind.

So gekleidet war also auch das halbe Dutzend Reiter, das die Karawane begleitete. Drei von ihnen waren Neger oder der eine davon vielleicht auch ein Mulatte, die anderen drei waren Europäer. Weiße konnte man sie kaum noch nennen, in der Hautfarbe unterschieden sie sich von jenen kaum noch durch eine Schattierung, nur Haar und Gesichtsschnitt kamen noch in Betracht.

Alle sechs trugen um den Schlapphut ein grünes Band mit einer Kokarde[1], wodurch sie als königliche Beamte ausgezeichnet wurden, und zwar als Gamekeeper, als Wildhüter. Bei den drei Negern bestand die Agraffe[2], welche die eine Seite der Hutkrempe festhielt, einen Hirsch-

[1] Abzeichen

[2] Schmuckspange

kopf darstellend, aus dunkler Bronze. Das waren einfache Wildhüter, unseren Waldwärtern entsprechend. Bei zwei der Weißen bestand diese Agraffe aus Silber, auch der die Hose haltende Gürtel zeigte silberne Schnallen mit Wappen - diese entsprachen dem Rang nach Unteroffizieren. Der dritte weiße Jäger hatte goldene Agraffen und Schnallen - das war nicht nur ein Forester, sondern gleich ein General-Forester, ein Oberförster.

Im übrigen aber hatte dieser Oberförster des Reservats, der vielleicht das Gehalt eines deutschen Generals bezog, seine Hemdsärmel genauso aufgekrempelt und er sah sogar noch viel struppiger und schmutziger aus als die ihm untergebenen Wildhüter, von denen er sich genauso unterschied, wie ein General vom Unteroffizier und Gemeinen, oder eben wie ein Oberförster von einem Waldwärter, einem Tagelöhner.

Noch befand sich die im Gänsemarsch ziehende Karawane im Buschholz. Ein leiser Pfiff des Oberförsters, hinter der vor den Mund gehaltenen Hand der dreimalige laute Schrei des Aasgeiers täuschend nachgeahmt, und die fünf anderen Jäger versammelten sich um ihren Vorgesetzten.

Im langsamen Weiterreiten wurde eine Beratung abgehalten.

Hierbei zeigte sich, daß es unter diesen englischen Beamten der afrikanischen Wildnis recht kollegial herging. Die Unteroffiziere verkehrten mit ihrem so hohen Vorgesetzten wie mit ihresgleichen, fluchten in seiner Gegenwart in entsetzlicher Weise. Diese Kollegialität bestand aber nur zwischen den weißen Beamten. Im Gegensatz dazu waren die schwarzen Jäger und Beamten für die Unteroffiziere einfach Nullen oder vielmehr Tiere, wurden schlimmer als solche behandelt.

Auch sie wurden um Rat gefrat, aber als der eine schwarze Wildhüter in einer Sache zum zweiten Mal widersprach, holte der eine Unteroffizier aus und schlug dem Schwarzen ins Gesicht, daß das Blut aus der Nase schoß.

Doch never mind, der Jäger zog nur eine Grimasse, dann ließ er das Blut laufen, wie es lief, beteiligte sich unbeleidigt weiter an der Beratung.

Diese Art von Unterhaltung war hier eben üblich, und da wollen wir lieber keinen Vergleich mit unseren eigenen Verhältnissen in Afrika ziehen. Ländlich, sittlich. Jedenfalls also fühlte sich der schwarze königliche Beamte durchaus nicht beleidigt, fand den Schlag und die blutende Nase ganz in der Ordnung.

Und wer dann weiter beobachtete, der konnte bemerken, daß diese schwarzen königlichen Beamten ihre nackten schwarzen Brüder ganz genauso behandelten. Die weißen Beamten dünkten sich eben himmelhoch erhaben über ihre schwarzen Kollegen, auch wenn sie selbst Unteroffiziere oder gar Offiziere gewesen wären – denn es gibt ja auch schwarze Offiziere – und diese schwarzen Beamten dünkten sich wieder himmelhoch erhaben über ihre schwarzen Brüder, weil diese keine solchen Hüte mit Kokarden und Agraffen trugen.

Der Kastengeist mit seinen brutalsten Äußerungen muß doch geradezu in der Natur des Menschen liegen, und das um so mehr, je mehr sich der Mensch dem manchmal so hochgepriesenen Zustand der Zivilisation nähert.

Die Beratung war beendet, die Reiter trieben ihre unschönen, aber schnellen und ausdauernden Klepper zu größerer Eile an, bis sie sich dem Rand des Buschholzes näherten. Dort spähten sie in die Ferne, wo die Steppe hügelig wurde, setzten ihre Büchsen in Bereitschaft und jagten nun in die Steppe hinaus, strahlenförmig sich in alle Richtungen verteilend.

Zwischen jenen Hügeln befand sich eine sumpfige Gegend. Direktes Wasser war nirgends zu sehen, aber in jedem Loch, das rasch in den Boden gestampft wurde, sammelte sich Wasser an, nach und nach wieder versickernd, also nur eine ganz erbärmliche Wasserstelle und doch hochwichtig für Mensch und Wild in dieser dürren Steppe. Es war auf einem Gebiet von vielen, vielen Quadratmeilen die einzige Stelle, wo man seinen Durst löschen konnte, wenn die Wassersäcke erschöpft waren.

Zahlreiche Spuren verrieten, wie viele Karawanen hier schon gelagert hatten, was für eine Unmenge von Wild aller Art aus Wald und Steppe täglich hierherpilgerte.

Jetzt in später Nachmittagsstunde war gerade die Zeit, wo die Antilopen diese Tränke aufsuchten. Zur kühlen Nachtstunde kamen dann hauptsächlich Elefanten und Büffel, um sich an dem kärglichen Wasser zu erfrischen, sich in dem Schlamm zu wälzen. Die Antilopen und auch Giraffen besorgten das schon am Tage, weil sie während dieser Zeit weniger die Raubtiere zu fürchten hatten, die nur des Nachts auf Beute ausgehen, während der Büffel sich nicht einmal aus dem Löwen etwas macht.

Einige tausend Antilopen, vom mächtigen Gnu und Hartebeest an bis zur zierlichen Gazelle, drängten sich hier zusammen, stampften mit den Hufen in den weichen Boden und tranken gierig das schmutzige Wasser. Immer neue Herden rückten an, von dem vorsichtig äugenden Leittier geführt, und dieses dachte auch kaum daran, den eigenen Durst zu löschen, dann stellte es sich als Wächter auf.

Ach, wie oft durften sich die halbverschmachteten Tiere dieser Stelle nicht nähern, weil hier schon eine Karawane lagerte, nur ein einziger Mann! Dann mußte sich das durstige Wild eben nach einer anderen ihm bekannten Wasserstelle begeben, und ein Glück nur, daß all diese Steppentiere es an Schnelligkeit mit dem Wind aufnehmen, oder sie begnügen sich gar nur mit dem fallenden Nachttau. Es ist ein ewiger Kampf um das Wasser.

Da fuhren die wachenden Leittiere auf, jede Art ließ

ihr besonderes Warnungssignal ertönen. Von dort kam ein Reiter angesprengt. Aber von jener Seite auch, von dort ebenfalls einer, dort ein vierter - sechs Reiter waren es, die sich dem Tränkplatz von allen Himmelsrichtungen näherten, ihre Pferde zum schnellsten Lauf anspornend.

Und die afrikanische Steppenjagd an der eingekreisten Tränke begann - eine blutige Metzelei mit Pulver und Blei. Wohl stoben die Antilopen nach allen Richtungen davon, aber es war schon zu spät, jede mußte erst durch die Schußlinie gehen, es handelte sich nur darum, wen zufällig das Todeslos traf.

Ununterbrochen feuerten die Jäger aus ihren auf sechzehn Schuß repetierenden Büchsen schwersten Kalibers in die fliehenden Herden, ein Zielen war gar nicht nötig, die Kugel konnte kaum fehlgehen, die Tiere waren zu dicht aneinandergedrängt, und als die sechs Jäger im Zentrum zusammentrafen, bedeckten zweiundvierzig tote und lahmgeschossene Antilopen aller Art den Boden, eine ganz schlechte Leistung, sechsundneunzig Beutestücke hätten es sein können, vierundfünfzig Schüsse, mehr als die Hälfte, hatten ihren Zweck, der Karawane für die Nacht Fleisch zu liefern, nicht erfüllt, die meisten dieser nur angeschossenen Tiere würden draußen in der Steppe hilflos verenden, den Schakalen und Hyänen und Geiern zum Fraß.

Die Jäger waren mit der gemachten Beute, nachdem sie die gefallenen Tiere flüchtig überzählt hatten, zufrieden, konnten es auch sein. Eine Giraffe war darunter, die mit ihren fünf Zentnern genießbaren Fleisches doch allein schon für die fünfzig Mann überreichlich genügte - pro Mann zehn Pfund Fleisch! - aber das waren freilich Neger, von denen es heißt, daß sechs Mann auf einen Sitz einen ganzen Ochsen auffressen können, so im Laufe einer Nacht, und dann war auch noch eine zweite Karawane zu erwarten.

Ohne sich um die erlegte Beute weiter zu kümmern,

ohne einem sich in seinen Schmerzen windenden Tier den Gnadenschuß zu geben oder es abzufangen, gingen die sechs Männer daran, erst ihren Durst zu löschen.

Sie gruben in dem weichen, völlig zerstampften Boden mit Messern, kleinen Äxten und Händen ein größeres Loch. In diesem sammelte sich alsbald ein weißes, weil sehr ton- und kalkhaltiges Wasser. Die Neger knieten sofort hin und schlürften mit Gier die schmutzige Flüssigkeit, zwei der weißen Wildhüter ließen es erst durch einen kleinen Filtrierapparat gehen, den jeder bei sich hatte, einfach ein Wollsack und ein Becher mit aufsetzbarem Hals, der Herr Oberförster hingegen war durch längeren Aufenthalt in Afrika schon über diesen Luxus erhaben, der machte es genauso wie die Neger, trank gleich das schmutzige Wasser, nur daß er es mit seinem Schlapphut schöpfte.

„Wenn man nun einmal schlammiges Wasser trinkt, muß man auch den Schlamm mit hinunterschlucken, sonst wird man krank davon", behauptete er bei solchen Gelegenheiten wie noch viele andere erfahrene Afrikaner, und vielleicht haben sie gar nicht so unrecht, wie auch Gänse und Enten beim Trinken Steine mit verschlucken, dieser Steine direkt bedürfen, und wie es genug Menschen gibt, die Kirschkerne mit verschlucken, um bei größeren Portionen von Kirschen Verdauungsstörungen vorzubeugen.

Jetzt rückte die Karawane heran, die Träger warfen ihre Lasten ab, größere Sammelbecken wurden gegraben, man badete sich gleich in dem dünnflüssigen Schlamm, der hier Trinkwaser bedeutete.

Dann wurden die Packe geöffnet und auf dem Hügel Zelte aufgeschlagen, während andere Leute das erlegte Wild zu häuten begannen, die übrigen mit Äxten nach dem Busch zurückeilten und mit Feuerholz wiederkamen.

Schon rösteten an den Feuern die Fleischstücke, als

aus dem Busch eine zweite Karawane hervorkam, aus wohl ebensovielen Negern bestehend, die aber nur ganz leicht bepackt, dafür mit guten Gewehren bewaffnet waren, und an der Spitze ritten einige Weiße, die gegenwärtig zwar ebenfalls Jäger waren, bei denen aber die aufgekrempelten Hemdsärmel fehlten. Sie trugen vielmehr elegante Tropenkostüme, wenn auch durch den langen Ritt durch Wald und Busch schon etwas mitgenommen. Das waren eben doch nicht solche berufsmäßigen Jäger, sondern nur Jagdsportsmen, Gentlemen.

Wir wollen die Hauptperson gleich dem Leser vorstellen. Es war Mr. Ben Shaw, der Vizegouverneur von Englisch-Ostafrika, der in Nairobi residierte, in der im Herzen des Reservats gelegenen Hauptstadt, die wir später noch kennenlernen werden, während der eigentliche Gouverneur, Lord Warwick, nur selten aus der Hafenstadt Mombasa herauskam und sich überhaupt mehr in London aufhielt als in seinem afrikanischen Reich.

Mr. Ben Shaw war schon Stellvertreter des früheren Gouverneurs gewesen, und als dieser wegen Krankheit zurückgetreten war, hatte man bestimmt erwartet, daß der bisherige Vizegouverneur nun dessen Stellung einnehmen würde, so daß er in Ostafrika selbst keinen Vorgesetzten mehr über sich hätte.

Mr. Shaw hätte es auch wirklich verdient. Er war ein Selfmademan, hatte als gemeiner Soldat begonnen, hier in Afrika, hatte bewiesen, daß es in England noch immer möglich ist, auch ohne Geld und Titel Offizier zu werden. Wenigstens bis zum Captain hatte er es gebracht, dann war er zum eigentlichen Kolonialdienst übergetreten, hatte sich bis zum Vizegouverneur emporgeschwungen, dessen Posten er nun schon seit zehn Jahren bekleidete.

Aber die vielen hunderttausend Engländer, die so bestimmt geglaubt hatten, Mr. Shaw müßte wegen seiner großen Verdienste nun endlich zum eigentlichen Gouverneur befördert werden, sie alle hatten noch nicht gewußt, daß es heutzutage noch etwas Höheres gibt als das ehrliche Verdienst - es ist und bleibt: Titel und Geld. In jenen Kreisen, die darüber zu entscheiden hatten, war und blieb der einstige gemeine Soldat ein Unterbeamter, auch wenn man ihn, um seine Fähigkeiten auszunützen, zum Vizegouverneur, zum zweitmächtigsten Mann im Lande gemacht hatte. Einen Vorgesetzten mußte er noch immer haben, und der war Lord Warwick geworden, der bisher nur als Diplomat bekannt gewesen war, und das noch nicht einmal im Bereich Afrikas.

Man sah dem Mann an, daß er sein ganzes Leben im tropischen Afrika zugebracht hatte, und wie er sich mit seinem Los abfand, wie er sich bewußt war, trotz seiner hohen Machtstellung tief gedemütigt zu sein.

Alle die furchtbaren Strapazen hatten die hohe, magere Gestalt nicht zu beugen vermocht, aber über das verwitterte und von Narben zerfetzte Gesicht mit dem martialischen weißen Schnauzbart ging ständig ein nervöses Zucken, ein fortwährendes Augenblinzeln und schließlich auch immer ein ruckweises Schütteln des Kopfes.

Waren das auch Zeichen von großer Nervosität, so merkte man doch im Tun und Lassen nichts davon, daß dieser Mann nervös sei. Er war eben nur körperlich nervös, nicht seelisch - ganz im Gegensatz zu Doktor Freimann. Was dieser Mann wollte, das setzte er noch immer mit eiserner Energie durch - soweit seine Machtstellung es erlaubte, soweit Lord Warwick gestattete.

Die zweite Hauptperson, oder eigentlich die erste bei dieser Karawane, war ein Mann, der sich von vier herkulischen Negern in einem überdachten Stuhl tragen ließ.

Sir Walter Raston, englischer Baronet, einer von jenen Glücklichen, die nicht wissen, wie sie ihr vieles Geld totschlagen sollen. Glücklich sah der freilich nicht aus. Das blasse Gesicht unsäglich gelangweilt! Er konnte sicher reiten, war aber zu faul dazu, ließ sich durch die Wildnis in einem Großvaterstuhl tragen, und dabei hatte er noch einen Kaftan an, der mehr einem Schlafrock glich. Diese aus mehr als hundert Mann bestehende Karawane ging auf seine Kosten, wofür er täglich etwa 4.000 Mark zahlte, wozu aber noch ganz andere Summen kamen, deren Ursache wir später kennenlernen werden.

Alle übrigen Europäer waren englische Beamte aus Nairobi. Zwischen diesen Beamten aber ging es ganz anders zu, als wir vorhin bei den Wildhütern geschildert haben. Sie waren, mochten sie auch noch so hoch stehen, gegen den Vizegouverneur die Unterwürfigkeit selbst, und dieser wieder war gegen Sir Raston von fast lächerlich kriechender Höflichkeit. Lächerlich nämlich deshalb, weil eine solche Höflichkeit dem Mann gar nicht stand, und man glaubte auch immer das versteckte Knurren zu hören, wenn er eine Frage des Baronets in so unterwürfiger Weise beanwortete, und dann hinterher zuckte es in seinem Gesicht wie furchtbarer Hohn.

So zum Beispiel jetzt, als der junge Baronet eine lange Zigarre hervorzog und die Spitze abbiß - zehn Hände fuhren gleichzeitig in die Taschen nach dem Feuerzeug, der schnellste aber war der Vizegouverneur gewesen, und die anderen wußten auch, daß sie ihm nicht zuvorkommen durften, und wie sich nun der alte Haudegen vom Pferd herabbog und jenem das brennende Streichholz vor die Zigarre hielt, da waren in dem zuckenden und blinzelnden Gesicht so deutlich die unausgesprochenen Worte zu lesen:

„Du dummer, aufgeblasener Narr, wenn ich dir jetzt doch lieber ein paar in die Visage hauen könnte!"

Er gab aber doch lieber Feuer für die Zigarre und lächelte dazu so höflich, wie das zuckende Gesicht es erlaubte, wodurch eine grinsende Teufelsfratze entstand. Und dabei war an dem jungen Edelmann nichts weiter, als daß er durch mütterliche Erbschaft ungeheure Einkünfte hatte, und daß er der erste Sohn eines Lords war, nach des Vaters Tod also ebenfalls einen Sitz im Oberhaus bekommen würde.

Die Hauptsache jetzt war freilich, daß er nach Nairobi einen Empfehlungsbrief von Lord Warwick mitgebracht hatte, der ihm den Vizegouverneur ganz zur Verfügung stellte.

Bei der ersten Karawane hatten sich seine speziellen Diener befunden, und als die zweite ankam, fand er in einem Wohnzelt schon alles fix und fertig vor, ein Bett war aufgeschlagen, das an Bequemlichkeit nichts vermissen ließ, und in dem Küchenzelt hantierte schon ein schwarzer Koch, der in Paris studiert hatte, mit seinen Gehilfen an einem eisernen Patentofen, für dessen Töpfe und Pfannen die besten Fleischstücke geliefert werden mußten.

Sogar eine Badewanne aus wasserdichter Leinwand war vorhanden, aber auf ein Bad in dem kalkigen Milchwasser verzichtete der verwöhnte Baron. Seinen Durst konnte er an mitgenommenem Selterwasser und anderen Getränken stillen.

So war das Lagerleben in vollem Gange, die Sonne berührte erst den Horizont, als in weiter Ferne eine dritte Karawane entdeckt wurde, die offenbar ebenfalls dieser Wasserstelle zustrebte, und bald konnte man die einzelnen Mitglieder deutlich unterscheiden, und Rufe des Staunens wurden laut.

„Herr Baron“, rief Mr. Shaw, das Fernglas vorm Auge, „kein Zweifel, das ist die Indianerkarawane, von der die Passagiere des vorletzten Zuges in Nairobi erzählt haben, was allgemein für ein verabredetes Märchen gehalten wurde! Da kommen sie wirklich!“

Ja, da kamen sie, an der Spitze Reinhold Richter, in seiner amerikanischen Jägertracht hier in Afrika so auffallend wie seine gleichgekleidete Schwester, die sich neben ihm hielt, dann zwei Indianer, nur mit Mokassins und

Leggins bekleidet, das sind lederne Hosen, der tätowierte Oberkörper nackt, als bemerkenswerteste Waffe die in den Steigbügel gestemmte Lanze. Dann kamen zweiundzwanzig stattliche Maultiere, von denen acht beladen waren, die übrigen mit den alten Männern und Weibern beritten, letztere die unerwachsenen Kinder vor sich oder, wenn diese noch kleiner waren, auf den Rücken gebunden, diesem Transport zur Seite fünf junge Weiber oder Mädchen, auch in solch phantastischer Jagdkleidung, eine immer herrlicher beritten als die andere, und dann zum Schluß wieder zwei indianische Krieger mit nickender Skalplocke.

Was für einen Aufruhr, für ein Staunen mag es Anno dazumal gegeben haben, wenn sich in einem deutschen Städtchen der erste Neger zeigte, ein Mensch mit schwarzer Haut!

Anders war es nicht hier bei diesen Negern, die zum ersten Mal Indianer sahen. Denn mochten diese ebenfalls eine dunkle Haut haben, die Neger erkannten doch sofort, daß das nicht ihresgleichen waren, sondern Wesen aus einer ihnen ganz fremden Welt. Schon die nackten Schädel mit der Skalplocke, die so reichlich tätowierten Oberkörper, überhaupt dieses ganze Auftreten, so stolz und so finster - die Neger waren eben außer sich vor Staunen.

Nicht viel anders aber erging es den Weißen, dem Wildhüter sowohl wie dem Herrn Vizegouverneur, der hier natürlich nur als Gouverneur angeredet wurde, und selbst der Baron verlor seine sonst ganz ungekünstelte Blasiertheit.

„Ja, wie in aller Welt kommen denn diese Indianer hierher?“

Man sollte es bald genug erfahren.

Die Karawane begann alsbald auf dem nächsten Hügel abzuladen. Jetzt gewahrte man auch einen Neger, oder einen ziemlich hellfarbigen Mulatten, den man vorhin übersehen hatte, einen im ganzen Reservat bekannten Führer.

Massante, so hieß der Vagabund, der aber im Reservat jeden Baum und Strauch kannte, wollte sich offenbar sofort nach dem anderen großen Karawanenlager begeben, war schon von seinem Pferd herabgesprungen, einem einheimischen, das neben den anderen einen gar kläglichen Eindruck machte. Reinhold merkte es, hieß ihm herrisch, hierzubleiben, stieg selbst aus dem Sattel und schritt den Zelten zu.

„Hallo, hierher!" rief der Gouverneur, der neben dem Baron und einigen anderen Beamten vor dem Hauptzelt stand.

Reinhold hatte nur seine Doppelbüchse zurückgelassen, am Gürtel hingen noch zwei Revolver und das lange Jagdmesser, außerdem hatte er zuletzt noch eine Ledertasche umgehangen.

Mit einigen Schritten hatte er die Gruppe erreicht, blieb unbefangen vor dieser stehen, und zwar durchaus nicht so, als sei er derjenige, der gerufen worden war.

„Wer sind Sie denn eigentlich? Wie kommen Sie mit diesen Indianern hierher?" redete der Gouverneur ihn an, und sein Staunen war so groß, daß er sogar das Zukken der Gesichtsmuskeln vergaß.

„Ich bin der Marshal-Forester."

Der Gouverneur beugte sich vor, als glaube er nicht recht gehört zu haben.

„Was sind Sie?"

„Der Marshal-Forester."

„Der Marschall-Förster? Was für ein neuer Titel ist denn das? Wovon wollen Sie denn Marschall-Förster sein?"

„Vom Englisch-Ostafrikanischen Tierreservat."

Immer ungläubiger wurde das Staunen des Gouverneurs und aller übrigen.

„Ja, Mann, Sie träumen wohl! Davon müßte doch ich

vor allen Dingen etwas wissen! Kennen Sie mich denn? Wissen Sie, wer ich bin?"

„Das möchte ich eben jetzt von Ihnen erfahren."

„Ich bin der Gouverneur dieses englischen Schutzgebiets."

„Der Gouverneur hier von Englisch-Ostafrika?"

„Jawohl."

„Das ist wohl nicht gut möglich."

„Was sagen Sie da?"

„Der Gouverneur von Englisch-Ostafrika ist doch Lord Warwick, den ich persönlich kenne."

Es war eigentlich gar kein Grund zur ärgerlichen Verlegenheit, und doch zeigte sie der alte Haudegen.

„Nun gut, ich bin eigentlich nur der Vizegouverneur..."

„Mr. Ben Shaw?"

„Ja, der bin ich. Und wer sind denn Sie? Nun aber heraus mit der Sprache!"

„Nur Geduld! Wollen Sie mich nicht in Ihrem Zelt empfangen? Reinhold Richter ist mein Name."

„Mann, ich kenne Sie ja gar nicht!"

„Sie müssen vom Gouverneur Lord Warwick doch schon Instruktionen über mich empfangen haben."

„Instruktionen über Sie? Wann denn?"

„Mit der letzten oder vielleicht schon mit der vorletzten Post."

„Seine Herrlichkeit Lord Warwick hat mir Ihretwegen geschrieben?"

„Er wollte es tun."

„Ich habe nichts bekommen."

„So hat sich das Schreiben oder der Brief verzögert, Sie werden ihn schon noch bekommen."

„Was für einen Brief?" fragte Shaw immer wieder.

„Mit Spezialinstruktionen."

„Ja, weswegen kommen Sie denn eigentlich mit den Indianern hierher?"

„Hier ist meine Vollmacht, da steht alles drin."

Reinhold zog aus der Ledertasche ein umfangreiches Pergament, faltete es auseinander, reichte es dem Gouverneur hin.

‚Im Namen des Königs', begann das amtliche Schriftstück, von Lord Warwick als Gouverneur unterzeichnet, in dem der Inhaber, Mr. Reinhold Richter, unter dem neuen Titel eines Marshal-Foresters zum Chef über das ganze Wildhüterkorps des Reservats gesetzt wurde, auch die beiden General-Foresters waren ihm unterstellt, zu unbedingtem Gehorsam verpflichtet.

Dann folgten noch einige Paragraphen, welche diese Vollmacht noch erweiterten.

Mr. Shaw blinzelte beim Lesen in einer Weise, daß man glaubte, er könne kaum die Buchstaben entziffern.

„Was ist das nun eigentlich?" fragte der Baron, der ein Monokel ins Auge geklemmt hatte und den amerikanischen Jäger mit außergewöhnlichem Interesse betrachtete.

Der Gouverneur reichte ihm das Pergament, der Herr las es.

„Ah, sehr interessant! Reinhold Richter! Hm, wie ist mir denn? Sie sind doch nicht etwa der Mann, der mit seiner Indianertruppe à la Buffalo Bill in London im Hippodrom aufgetreten ist?"

„Ja, der bin ich."

Jetzt erst wurde die Sensation groß.

Der letzte Zug hatte nach Nairobi englische Zeitungen mitgebracht, die sämtlich in spaltenlangen Artikeln von Reinhold Richters Reitertruppe berichteten, den Lebenslauf des Führers erzählten, wie er da ein ganz echter weißer Häuptling der Navajos sei, usw.

So kannte man den Namen bereits, den Reinhold genannt hatte, man war im Augenblick nur nicht darauf gekommen, daß dies die Indianertruppe sein könne, denn von ihrem Abgang nach Afrika hatten die Zeitungen doch nichts gemeldet - kurz, jetzt war die Überraschung also eine außerordentlich große. Auch der blasierte Baron verwandelte sich ganz.

„Also Sie wollen hier mit Ihren Indianern den Wilddieben das Handwerk legen?"

„So ist es."

„Eine großartige Idee! Amerikanische Jäger mit echten Indianern hierher nach Afrika zu verpflanzen! Ja, das ist eben unser Lord Warwick! Mister Shaw, auf so eine Idee wären Sie doch nicht gekommen, was?"

Der Vizegouverneur brummte auf diese rücksichtslose Bemerkung hin etwas Unverständliches, mit schrecklich zuckendem Gesicht, machte aber trotzdem eine höfliche Verbeugung der Bestätigung. Es sah aus, wie wenn ein dressierter Panther mit einem Lamm spielen muß, das er doch viel lieber zerreißen möchte.

Die Herren begaben sich hinüber nach dem Indianerlager, selbst die schöne Schwester Richards mußte zuerst vor dem Interesse zurücktreten, das man den beiden Wigwams mit ihren bronzefarbenen Bewohnern entgegenbrachte, die freilich den neugierigen Besuch mit keinem Blick betrachteten. Darin hatten hier sogar die kleinsten Kinder etwas los.

Dann berichtete Reinhold auf Befragen über seinen Hermarsch.

Der Dampfer, der die Truppe nach Afrika gebracht, hatte wegen eines Schraubendefekts, der auf hoher See nicht repariert werden konnte, noch vor Mombasa einen anderen kleinen Hafen anlaufen müssen, Ugama.

Lord Warwick, der die Reise mitmachte, hatte die Gelegenheit gleich genutzt, um die neuen Wildhüter unbemerkt an Land zu schaffen, so daß sie ganz unvermutet in das Reservat eindrangen.

In Ugama war auch noch eine andere günstige Gelegenheit, die Expedition zu vervollständigen, die so Hals über Kopf von London aufgebrochen war.

In dieser Küstengegend hatte ein Spanier eine große Maultierzucht angelegt. Eine mißglückte Spekulation! Auch die Maultiere zeigten sich gegen den Stich der Tsetsefliege nicht gefeit, und der Verkehr nach dem Innern hatte sich auch sonst ganz anders entwickelt, als der spekulante Spanier es gehofft hatte. Die Maultiere waren so gut wie wertlos, und der Transport dorthin, wo man sie gebrauchen konnte, hätte sie wiederum zu sehr verteuert.

Für die zweiundzwanzig Maultiere, die ausgesucht besten Exemplare, hatte Lord Warwick zusammen noch nicht einmal zwanzig Pfund Sterling gezahlt.

Dann hatte sich in Ugama auch gerade noch Massante aufgehalten, ein afrikanischer Zigeuner, der, wie schon erwähnt, im ganzen Reservat jeden Baum und Strauch kannte. Wovon er lebte, wußte man nicht recht, wahrscheinlich von Diebstahl, er wurde aber geduldet, weil er in gewissen Fällen unentbehrlich war. Er war als Führer für die Indianerkarawane geworben worden.

Wie diese bis hierher marschiert war, was sie unterdessen alles erlebt hatte, das brauchte Reinhold nicht zu berichten, so weit kam man nicht.

„Bis hierher marschiert?" fragte der Gouverneur.

„Geritten."

„Wie lange haben Sie dazu gebraucht?"

„Volle acht Tage. Wir sind ganz langsam gewandert, um Land und Leute gründlich kennenzulernen - oder vielmehr Land und Wild - Menschen sind wir gar nicht begegnet."

„Immer der Bahn entlang, von Station zu Station."

„Ganz im Gegenteil, ich habe die Stationen mit Absicht immer vermieden, und nur einmal habe ich den Bahnstrang gekreuzt."

„Ja, wo haben Sie denn da in dieser trockensten Zeit das Wasser herbekommen?"

„Uns hat es niemals an Wasser gefehlt."

„Sie hätten so viel Wasser mit sich geschleppt?"

„Nein, hier gibt es doch überall Wasser."

„Wie? Hier gäbe es überall Wasser?"

„Gewiß, man muß es nur zu finden wissen."

„Das möchte ich doch einmal sehen!" spottete der Gouverneur.

„Sie trinken dort unten das schmutzige Wasser aus den Sumpflöchern?"

„Es gibt hier in meilenweiter Umgebung kein anderes."

„Nicht? Hier zwischen diesen Hügeln gibt es genug besseres Wasser."

„Wo denn nur?" spottete der Gouverneur. „Zeigen Sie es mir doch!"

Reinhold hatte sich schon umgesehen, er begab sich an den Fuß des Hügels, auf dem die Wigwams aufgeschlagen waren, betrachtete nochmal prüfend den Boden, der mit verbranntem Steppengras bedeckt war, zog sein Jagdmesser und begann das heuartige Gras wegzumähen und dann in dem steinharten Tonboden mit dem Messer zu schneiden.

„Sie denken doch nicht etwa, daß hier eine Quelle ist?" staunte Mister Shaw.

„Hier ist allerdings Wasser vorhanden, und zwar unbedingt besseres, als dort unten in dem Sumpf zutage tritt."

„Lassen Sie sich doch nicht auslachen! Wir verstehen doch auch etwas vom Wasserfinden, und nun erst diese eingeborenen Neger!"

Reinhold antwortete nicht, höhlte mit dem Messer ein immer tieferes Loch aus, allein auch nicht die geringste Feuchtigkeit zeigte sich.

Schließlich schien er doch seine Bemühungen aufgeben zu wollen.

„Nein, nein", sagte Mister Shaw spöttisch, „wenn Sie hier eine Quelle hervorzaubern können, dann sollen Sie auch mein Vorgesetzter sein, dem ich bedingungslos gehorchen werde, denn dann sind Sie einfach ein Hexenmeister, ein Gott, der aus dem Stein Wasser schlagen kann. Aber solche Wunder kommen heutzutage nur leider nicht mehr vor."

Reinhold antwortete ihm wiederum nicht, er rief etwas in einem indianischen Dialekt, zwei der Navajos kamen, auch sie betrachteten aufmerksam den Boden, eine kurze Beratung fand statt, dann holten sie Hacken und begannen, dasselbe Loch noch tiefer auszuhöhlen.

„Geben Sie doch nur diese Bemühungen auf", wiederholte Ben Shaw, immer höhnischer werdend. „Und ich sage Ihnen nochmals, wenn Sie hier auch nur einen Tropfen Wasser hervorzaubern können, dann sollen Sie auch mein Vorgesetzter sein."

Massante hatte sich herbeigeschlichen, ein ganz verkommen aussehendes, in seiner halb europäischen Jägerkleidung zerlumptes Individuum, und doch schien der Mulatte, oder wohl richtiger Terzerone, der er war, der Abkömmling einer Mulattin mit einem Weißen, mit dem Herrn Vizegouverneur auf ziemlich vertrautem Fuß zu stehen.

„Wettet lieber nicht", flüsterte er ihm zu, fast direkt ins Ohr hinein, „das sind Teufel, die alles wissen und können. Ich werde euch von ihnen noch mehr erzählen, und die können wirklich überall Wasser aus dem Boden..."

Da sprang es unter der Spitzhacke, die jetzt auch Reinhold handhabte, wie ein Stöpsel heraus, und ihm nach folgte ein dünner Wasserstrahl, der schnell an Stärke zunahm - ganz klares Wasser, außerdem sehr kühl.

Mit einem staunenden Fluch hatte der Gouverneur diese wundersame Erscheinung begrüßt, und alle Neger und anderen Europäer, die zugegen gewesen, stimmten mit ein, die Schwarzen schienen sich sogar fürchten zu wollen.

„Mann, wer seid Ihr, daß Ihr aus diesem dürren Steppenboden Wasser hervorzaubern könnt?"

„Oh, solche Reservoirs, in denen sich Regenwasser angesammelt hat, gibt es hier überall in großer Menge."

Es handelte sich also nicht um eine nun ständig fließende Quelle - dann hätte sich, wenn es deren noch viele gab, der Charakter dieses Gebiets ja bald total verändert - sondern nur um ein unterirdisches Wassersammelbecken. Die indianischen Weiber ließen denn auch schleunigst alle vorhandenen Gefäße vollaufen, und bald hörte die Quelle wieder zu fließen auf.

Allein das verminderte nicht das grenzenlose Staunen der Neger und all der anderen, die hier zu Hause zu sein glaubten.

„Das ist ganz wie in Arizona, da gibt es auch überall selbst in der trockensten Jahreszeit unterirdische Wasserbehälter, die man nur aufzustechen braucht."

„Ja, wie finden Sie denn aber solche Wasserstellen?"

„Das erkenne ich am Graswuchs, und gerade am leichtesten, je mehr das Gras schon verdorrt ist. Wo sich unterirdisches Wasser befindet, ist das verdorrte Gras ein wenig frischer, grüner. Dort unten ist auch noch eine Wasserstelle."

Die halb über dem Horizont stehende Sonne genügte noch, um alles erkennen zu können. Reinhold hatte in einige Entfernung gedeutet, der Gouverneur begab sich hinab in die Steppe, begleitet von den Wildhütern und den besten schwarzen Führern und Jägern, aber wie sie auch spähten, sie erkannten nirgends eine Stelle, wo das vertrocknete Gras eine frischere Färbung gezeigt hätte.

„Hier, gerade hier! - Ist das sonst graue Steppengras nicht etwa grünlich?"

Nein, niemand wollte solch einen Unterschied bemerken, nicht eine Schattierung von einer anderen Farbe.

Reinhold kniete nieder und grub mit dem Jagdmesser, und er hatte kaum die Dicke der Erdschicht entfernt, bis wohin auch die längsten Wurzeln des Steppengrases nicht mehr reichten, als sich Feuchtigkeit bemerkbar machte, noch etwas weiter gegraben, und das Erdreich brach ein – es war ein Brunnen geschaffen worden, der Wasser lieferte, und zwar nicht solch schmutziges und kalkiges wie dort der Sumpf, sondern ganz klares, man mußte den durch das Graben entstandenen Schlamm sich nur erst etwas setzen lassen.

Eine spätere Messung ergab, daß das Wasserreservoir fast zwei Meter tief war. Seine sonstige Ausdehnung konnte man jetzt nicht so ohne weiteres feststellen, jedenfalls aber war auch dieses Becken ziemlich eng begrenzt, und war es einmal geleert worden, so mußte man warten, bis es sich in der nächsten Regenzeit wieder füllte.

Mit abergläubischem Staunen blickten die Neger, aber auch genug europäische Jäger und Beamte auf den fremden Mann, der ihnen hier in ihrer Heimat Sachen vormachte, die für sie an Zauberei grenzten – bis die Neger dann mit johlendem Geschrei das ihnen neu geschenkte, sogar ganz kalte Wasser benutzten, freilich auch die ganze Gegend bald in einen Sumpf verwandelnd.

„Nun, mein lieber Shaw", wandte sich der Baron spöttisch an den Gouverneur, „da scheint ja Lord Warwick einen Mann hergeschickt zu haben, der noch ein bißchen mehr kann als Ihr ganzes Wildhüterkorps zusammengenommen."

Der Gouverneur blieb ihm die Antwort schuldig. Massante hatte ihm soeben etwas zugeflüstert, was ihn vollends unwirsch zu machen schien; er zog sich in sein eigenes Zelt zurück, wohin der Terzerone ihm alsbald ohne Aufforderung folgte. Er mochte ihm von den Jagdfähigkeiten der neuen Wildhüter noch mehr erzählen wollen.

Die Sonne war untergegangen; mit ihrem Verschwinden war sofort die Nacht angebrochen, aber schon hatte das erste Viertel des Mondes am Himmel gestanden.

Der Baron, der immer mehr lebendig wurde, hatte

sich in das Indianerlager begeben, wo ebenfalls an Feuern gebraten und gekocht wurde. Er zog nähere Erkundigungen ein. Die gefällige Erklärerin war die Schwester des neuen Marshal-Foresters, und der blasierte Engländer brachte es immer noch fertig, den galanten Schwerenöter zu spielen. Das Neue mochte ihn reizen, obgleich das schöne Mädchen allein genügt hätte, eine jungen Mann anzulocken.

„Ach, da werden Sie uns wohl noch heute abend solch eine Reitervorstellung zum besten geben, von denen alle englischen Zeitungen so begeistert schwärmen?"

„Aber Sir, wir sind doch nicht als Kunstreiter hierhergekommen!" lachte Käthe.

„Wenn ich Sie nun recht herzlich bitte?"

„Darüber könnte nur mein Bruder entscheiden."

Dieser hatte in der Nähe gestanden, jetzt hob er die Hand.

„Still!"

In dem Indianerlager ging es an sich schon sehr ruhig zu, jetzt verstummte alles. In dem Negerlager hingegen wurde im Augenblick gerade um so lauter gejohlt.

„Können die schwarzen Radaumacher denn nicht einmal zur Ruhe gebracht werden?"

Wie man das fertigbringen sollte, das war schwer zu sagen, und das schien auch Reinhold schon zu wissen.

Er sprach zu einem Indianer in dessen Dialekt, auch die Rothaut lauschte, alle anderen mit ihm.

„Was gibt es?" flüsterte der Baron.

„Mein Bruder glaubt Schüsse vernommen zu haben."

„Warum soll er nicht?"

„Sind von Ihrem Lager noch Leute auf der Jagd?"

„Leicht möglich."

„Wer ist der Aufseher über diese Karawane?" fragte jetzt Reinhold.

„Das dürfte wohl der General-Forester sein."

„Der General-Forester – ah, ich weiß, dieser Name ist

mir schon bekannt. Wo ist der Herr?"

„Was weiß ich?"

„Trägt er eine besondere Uniform?"

„Eine besondere Uniform? Dort geht er ja."

Der Baron hatte den vorbeigehenden Förster zufällig erblickt, machte Reinhold auf den Mann aufmerksam.

„Herr General-Förster!" rief Reinhold.

Der Gerufene blieb stehen, blickte mit verdrießlichem Gesicht zurück. Reinhold wußte noch nicht, daß sich bei der Karawane amtliche Wildhüter befanden, diese hingegen hatten schon erfahren, daß sie einen neuen Vorgesetzten bekommen hatten, der noch über dem General-Förster stand.

„Was gibt es?"

„Bitte, kommen Sie hierher."

„Wozu?"

„Bitte, kommen Sie hierher", wiederholte Reinhold nur in ein wenig schärferem Ton.

Diese Unterhaltung wurde auf gute zehn Meter Distanz geführt.

„Sie haben gerade soweit zu mir, wie ich zu Ihnen."

Reinhold ging wirklich hin, und jetzt war er gelassener als zuvor.

„Wissen Sie, wer ich bin?"

Mit finsteren Augen betrachtete der verwetterte Steppenjäger, der diese Laufbahn nicht etwa als kleiner Beamter begonnen hatte, den vor ihm Stehenden.

„Was geht das mich an?"

„Ich bin Ihr Vorgesetzter geworden."

„Das wird sich erst noch finden."

„Also, Sie wissen doch schon, daß ich den Titel eines Marshal-Foresters führe und über Ihnen stehe?"

„Ja, aber ich werde wohl schwerlich noch lange General-Forester sein."

„Herr, seien Sie doch vernünftig", lenkte Reinhold ein, „ich will Ihr Kollege, gar nicht Ihr Vorgesetzter sein, dann dürfen Sie mich aber doch nicht geradezu als Feind betrachten."

Diese ruhig gesprochenen Worte verfehlten nicht ihre Wirkung. Sogleich war der heimliche Groll freilich noch nicht beigelegt.

„Und was wollen Sie von mir?"

„Wie viele Wildhüter haben Sie hier bei sich?"

„Noch fünf."

„Haben sich diese noch auf die Jagd begeben?"

„Nein."

„Oder Neger?"

„Neger sich jetzt auf die Jagd begeben?" war die spöttische Gegenfrage.

„Warum sollen sie nicht?"

„Jetzt in der Nacht, beim ersten Viertel des Mondes?"

„Weshalb soll sich nicht einer oder der andere noch auf die Jagd begeben haben, auf den Anstand?"

„Sie wollen hier der erste Förster sein und fragen nach dem Warum?" wurde der andere nur immer spöttischer. „Es genügt noch nicht, mit dem Wasserfinden ein Kunststückchen zu machen; um hier gegen die Wilderer anzukommen, muß man das Land doch etwas besser kennen."

„Bitte, beantworten Sie meine Frage!" beherrschte sich Reinhold noch immer. „Weshalb ist ausgeschlossen, daß jetzt ein Neger noch einmal auf die Jagd gegangen ist?"

„Weil alle diese Neger an böse Geister glauben, die sich in der Nacht gerade während des ersten Viertels des Mondes herumtreiben."

„Nun, unter den Negern könnte es da doch auch Freidenker geben, und dann könnte auch einer der anderen Beamten noch auf den Anstand gegangen sein."

„Es ist verboten, das Lager zu verlassen", mußte jetzt der Förster den wahren Grund angeben.

Diese Auskunft schien für Reinhold zu genügen, er

kehrte die wenigen Schritte nach seinem Lager zurück.

Hier lauschten die Indianer noch immer, alle nach ein und derselben Richtung blickend, einige hatten sich niedergelegt, das Ohr auf den Boden pressend, sie tauschten leise Bemerkungen.

„Ja, sie hören noch immer Schüsse, jetzt sind sie sicher", flüsterte Käthe.

„Vielleicht sind es Wilderer", meinte der Baron gleichgültig.

Ein Wort Reinholds, und plötzlich kam Leben in die Lauschenden.

Im Nu schwangen sich drei jüngere Indianer, dieselben, die früher als Reitkünstler aufgetreten waren, auf den Rücken der immer gesattelt und gezäumt dastehenden Pferde, die Büchsen waren zur Hand, und von Reinhold geführt, sprengten sie schon in die schwacherleuchtete Steppe hinein.

Dieser schnelle Aufbruch hatte gezeigt, daß hier ein schon eingeübtes Manöver ausgeführt wurde, und so wußte auch jeder der Zurückbleibenden, was er im bestimmten Fall zu tun hatte.

Es war so schnell gegangen, daß nur wenige das Fortreiten der vier bemerkt hatten, auch der General-Forester nicht, und als dieser erstaunt nachblicken wollte, war schon von Roß und Reiter nichts mehr zu sehen.

7.

Die vier Reiter hatten sich nicht geirrt. Sobald sie das laute Lärmen des Lagers hinter sich hatten, vernahmen sie in der Ferne dumpfe Gewehrschüsse.

Es war ja sehr die Frage, ob das wirklich Wilderer waren. Aber von einer anderen Jagdkarawane hätten doch wohl auch jene Wildhüter etwas gewußt, und das war nicht der Fall gewesen.

Noch konnten die vier Reiter nicht erblickt werden, und ohne Verabredung hielten sie dem Saum des Urwalds zu, der sich in der vom Mond so schwach erleuchteten Steppe als ein schwarzer Streifen markierte.

Vorher kam freilich noch der breite Streifen Buschholz, den selbst ein Fußgänger nur auf mühsam gehauenem Weg durchkreuzen konnte, zu Pferde war das vollends ausgeschlossen.

Aber das scharfbegrenzte Buschholz diente doch schon zur Deckung, und als solche wurde es benutzt.

Das Schießen hörte nicht auf, es waren fast ununterbrochene Salven. Dann aber mäßigte es sich, nur noch einzelne Schüsse, bis auch diese verstummten.

Kam man zu spät? Nein, man sollte gerade im günstigsten Moment kommen.

Noch einige Minuten schnellen Reitens, und die Falkenaugen der Indianer erblickten in der Steppe menschliche Gestalten, um am Boden liegende Körper beschäftigt.

Eine kurze Beratung, wenige Worte genügten, und die Reiter stiegen ab. Der eine Navajo blieb bei den Pferden zurück, obgleich das vielleicht nicht nötig gewesen wäre, da die gelehrigen Tiere auf jeden Pfiff ihrer Herren hörten und keine anderen aufsteigen ließen; die drei anderen setzten schnellen Schrittes den Schleichweg am Saum des Busches fort.

Ja, hier war bei oder kurz nach Sonnenuntergang eine nächtliche Treibjagd abgehalten worden. Auf welche Weise, war nicht mehr zu erkennen. Jedenfalls war Wild aus weitem Umkreis zusammengetrieben und nach dem Holz gejagt worden, in dem die besten Schützen versteckt gelegen hatten.

Der Boden war mit vielen Tieren aller Art bedeckt, hauptsächlich aber mit Antilopen; die Anzahl ließ sich noch nicht abschätzen. Und hier und da war ein Mensch beschäftigt, das gefallene Wild abzuhäuten. Mit Fellen schwerbeladene Männer keuchten gebückt nach dem Busch, in dem sie verschwanden.

Also richtig jene Wildschützen, die es immer nur auf die Felle und Pelze abgesehen hatten, die Kadaver den Raubtieren überlassend.

Aber sollten die Wildschützen, schon mehr jagende Fleischer, nicht drüben von der deutschen Grenze kommen? Und der Kilimandscharo war noch in weiter, weiter Ferne, zwei Stunden hatte man mindestens Galopp zu reiten, ehe man nur seinen Fuß erreichte.

Gleichgültig, das waren die berüchtigten Wildschützen - und nun sollten sie einmal zeigen, ob sie wirklich so spurlos vom Boden verschwinden konnten.

Noch wußte Reinhold nicht, wie man den Burschen aufs eigene Fell rücken solle, um womöglich alle gleichzeitig dingfest zu machen, als plötzlich ein Schuß knallte. Ein gellender Schrei - zwei Männer, die sich ganz dicht an dem Saum des Buschholzes befunden hatten, sprangen sofort hinein, und alle anderen, wenigstens ein Dutzend, die man soeben noch Wild hatte abziehen sehen, allerdings in dem unsicheren Mondlicht sehr undeutlich, waren plötzlich im Boden verschwunden.

Nun, dabei war keine Zauberei. Sie hatten sich, durch ein Signal gewarnt, einfach in das Gras geworfen, und wenn dieses auch nicht hoch stand, so genügte es doch, jeden liegenden Menschen vollkommen zu verdecken.

Reinhold hatte sich während der dreiwöchigen Seereise bei dem mitfahrenden Lord genügend über das Treiben dieser Wilderer erkundigt.

Überrascht waren sie bei ihrem heimlichen Treiben schon oft genug worden, bei Nacht wie bei Tage, aber auf solch einen Gegner oder Beobachter hatten sie noch nie einen Schuß abgefeuert. Nämlich einfach deshalb nicht, weil sie es nie nötig hatten. Sie ließen einen Beobachter gar nicht auf Büchsenschußweite herankommen. Sie hatten immer Wachen aufgestellt, von denen sie rechtzeitig benachrichtigt wurden. Und dann verschwanden sie eben schnellstens, ebenso wie die Wachtposten. Dabei ließen sie freilich oft genug schon erlegtes Wild oder vielmehr die Felle, auf die allein es ihnen ankam, im Stich, aber das war wohl immer noch besser, als daß sie sich in einen Kampf einließen, selbst mit einem viel schwächeren Gegner. Infolgedessen hatte man noch immer nicht die geringste Ahnung, wer diese Wilderer eigentlich waren, und daß sie aus dem deutschen Schutzgebiet kamen, war immer bloß eine Vermutung, die jedes Beweises entbehrte. In einem Gefecht mit den Wildhütern hätten sie, einmal in Büchsenschußweite, ebensogut einen Mann verlieren und auch ein Toter hätte vielleicht alles verraten können.

Also nicht, weil sie Menschenleben schonen wollten – dieses schnellste Fliehen vor jedem Herankommenden war wohl nur eine Maßregel der Vorsicht.

Nun, diesen drei Männern wäre es wohl gleichgültig gewesen, auch wenn sie Kugeln zu erwarten gehabt hätten.

„Drauf und dran, ihnen den Weg nach dem Busch abgeschnitten!"

Sie liefen am Rande des Dickichts entlang, und wären sie noch beritten gewesen, sie hätten nicht schneller sein können.

So erreichten sie die Stelle, an der gleich zu sehen war, daß hier die Wilderer hereingeschlüpft waren. Sie hatten sich in das Buschholz einen Weg gehauen, natürlich nicht erst jetzt während der Flucht, sondern schon vorher, waren hier aus dem Dickicht gekommen.

Es hatte kaum noch einen Zweck, erst die Steppe nach Zurückgebliebenen zu durchforschen. Für die Augen dieser amerikanischen Jäger genügte doch das schwache Mondlicht, um die vielen Spuren zu erkennen, die von allen Seiten aus der Steppe nach dieser Stelle liefen – keine Fußspuren, sondern sie waren auf allen vieren durch das niedergedrückte Gras gekrochen oder sogar wie die Schlangen auf dem Bauch gerutscht. Erst im Schutz des mannshohen Dickichts hatten sie sich wieder aufgerichtet, und aus blutigen Spuren, die sich auch besonders in Rückenhöhe an den Zweigen zeigten, konnte geschlossen werden, daß sie die noch blutigen Felle mitgeschleppt hatten, was man ja übrigens mit eigenen Augen beobachtet hatte.

Dennoch schickte Reinhold einen Indianer wieder in die Steppe hinaus, mit dem dritten und letzten nahm er die Verfolgung der Wilderer auf.

Mit aller Vorsicht! Denn dem Prinzip der Wilderer, sich mit den Wildhütern in keinen Kampf einzulassen oder gar überhaupt kein Menschenblut zu vergießen, wäre doch immer nicht so recht zu trauen gewesen. Es war in diesem Dickicht gar zu leicht, zwei Menschen oder aber auch zwanzig wegzuknallen.

Also der weiße Häuptling war so egoistisch, den Kleinen Bären als Kundschafter vorauszuschicken, damit dieser zuerst weggeknallt würde. Da ist nun einmal so im Krieg, das macht jeder General und überhaupt jeder höhere Offizier, der nicht so billig wie ein Leutnantchen ist, doch ebenso. Nur bei der Kavallerieattacke, beim Sturm auf die feindliche Batterie, beim Entweder-Oder, dann ist das etwas anderes, und dann wäre wohl sicherlich auch dieser weiße Häuptling der erste gewesen, wie er ja übrigens schon vorher bewiesen hatte, als es den Wilderern den Rückzug abzuschneiden galt.

Auf diese Weise konnten sich die beiden jedenfalls sehr schnell bewegen. Sollten sie die Fliehenden nicht noch einholen?

Sie hatten vielleicht einen Kilometer in dem Dickicht zugelegt, immer den schnurgerade ausgehauenen Weg verfolgend, als der voraneilende Indianer zurückprallte.

Im Nu war Reinhold an seiner Seite, und nur ein Schritt noch, und auch er wäre in einen bodenlosen Abgrund gestürzt, der besonders noch dadurch verdeckt wurde, daß aus einer Wand Bäume mit schiefgebogenen Stämmen emporwuchsen.

„Das ist nichts anderes als der zentralafrikanische Graben!“

So war es auch. Sie standen vor dem wundersamen Naturspiel, das in Afrika geschaffen worden ist, jene bis zu 2.000 Meter tiefe und 100 bis 500 Meter breite Bodenspalte, die sich vom Kilimandscharo bis ziemlich an den Viktoria-Nyansa hinzieht, erst einen großen Bogen nach Norden beschreibend. Es sei hierbei gleich bemerkt, daß die Überbrückung dieses ‚Grabens‘ hinter Duju die Engländer zwei Millionen Pfund Sterling gekostet hat, vierzig Millionen Mark, die ganze Eisenbahn bis nach dem Viktoria kam auf hundertzehn Millionen Mark zu stehen. Diese Eisenbahnüberbrückung des Djulugrabens ist eines der kolossalsten Werke der Ingenieurkunst. Immer und immer wieder schlugen alle Versuche fehl, die Schlucht zu überspannen, aber die zähen Engländer ließen nicht lokker, bis die Eisenbahn darüberführte. Daraus sieht man auch, was die Engländer von der Erschließung Zentralafrikas von dieser Seite aus halten, wie sie an die Zukunft denken, daß sie solche Summen opfern, wo sie jetzt von der ganzen Gegend doch noch gar nichts haben. Und dennoch, das angelegte Kapital verzinst sich bereits recht gut – durch Ausgabe der Jagdkarten, was eben auch wieder so eine geniale Idee der Engländer gewesen ist.

Der Mond schien direkt hinein in die Schlucht. Ganz steil fiel die Wand nicht ab, aber an ein richtiges Begehen war nicht zu denken. Hier und da ragten Felsblöcke hervor, so die geologische Struktur der Steppe zeigend, überall wuchsen Büsche und selbst noch Bäume, natürlich stets durch Biegung des Stammes zur Sonne emporstrebend. So war ein Abstieg wohl möglich, und deutlich genug war an geknickten Zweigen und anderen Spuren zu erkennen, daß die Wilderer hier den Abstieg auch ausgeführt hatten.

Bei denen aber war es ums Leben gegangen, und die waren hier eben zu Hause. Sie sollten sich fast immer nach dieser Schlucht zurückziehen, in ihr verschwinden, und da benutzten sie wahrscheinlich nur die Abstiege, die sie schon genau kannten, die sie stets erst heraufkamen.

Mochte Reinhold auch noch so im amerikanischen Felsengebirge die Kletterkunst geübt haben, hier den Flüchtigen zu folgen, das durfte er denn doch nicht wagen – wenigstens nicht jetzt. In diesem Augenblick trat die schmale Sichel des Mondes hinter eine kleine Wolke, und sofort herrschte vollkommene Finsternis. Der Mond kam schnell wieder hervor, wenn sich aber nun der Himmel immer mehr mit Wolken überzog? Dann konnten die Verfolger dort unten hilflos auf einem Felsvorsprung hokken bleiben, bis zum Anbruch des Tages.

„Es ist genug, daß wir nun schon wissen, wo die Wilderer verschwinden, sie haben Spuren zurückgelassen – morgen bei Tage wollen wir die Verfolgung wieder aufnehmen, und wenn wir auch keinen mehr erreichen, so werden wir doch immer größere Erfahrung über das Wesen dieser Wildschützen dabei sammeln."

„Uff!" stieß da der Kleine Bär, ein Bruder des Großen Bären, hervor und deutete in die Schlucht hinab.

Reinhold konnte von seinem Standpunkt aus nichts sehen, er mußte erst etwas beiseite treten.

Da, vielleicht nur zehn Meter unter ihnen, sahen unter einem Busch, auf einem flachen Felsvorsprung liegend, ein Paar langgestiefelte Beine hervor.

„Steh auf oder ich schieße!" erklang es auf englisch aus Reinholds Mund.

Er hatte erwartet, daß sich der Mann nicht rühren würde. Aus der Umgebung war zu erkennen, daß der Unbekannte, wahrscheinlich der letzte der Wilderer, abgestürzt und durch jenen Busch, der seinen Oberkörper verdeckt, durchgeschlagen war.

Kurz entschlossen wickelte der weiße Häuptling den Lasso von den Hüften, ließ das eine Ende in der Hand seines indianischen Begleiters, mit dem anderen kletterte er hinab, den Revolver schuß- und griffbereit im Gürtel.

Der Mann wollte sich durch weitere Anreden und durch Rütteln nicht lebendig machen lassen. Die Felsplatte war noch breit genug, daß Reinhold ihn vollends hervorziehen konnte.

Es war ein schon ergrauter Mann, ganz wie ein afrikanischer Berufsjäger gekleidet, mit starken Schnürschuhen, um die Waden Lederstreifen als Gamaschen gewikkelt, mit abgeschabter Lederhose, die Ärmel des baumwollenen Hemdes hoch aufgekrempelt. Den Hut hatte er verloren, der mochte in die Tiefe gestürzt sein, dagegen hatte er noch an der Schulter sein Gewehr am Riemen hängen, eine sehr kurze Doppelbüchse, wie man sie in Afrika selten sieht.

Dieser kurzen Büchse widmete Reinhold auch seine erste Aufmerksamkeit, und immer erstaunter wurde sein Gesicht.

„Ein bayerischer Stutzen, ein Zwilling!" entfuhr es ihm.

Doch dieses Staunen war schnell wieder vorbei, seine nächste Untersuchung widmete er dem regungslosen Mann.

Tot war er nicht, zeigte auch keine äußerliche Verletzung, doch mitten auf der Stirn eine mächtige, blutunterlaufene Brausche. Da war er aufgeschlagen, und hätte der Busch den Sturz nicht geschwächt, so hätte er sich den Schädel zerschmettert.

Reinhold schlang dem Bewußtlosen den Lasso unter die Arme, kletterte empor und zog ihn gemeinschaftlich mit dem Indianer hoch.

Kaum war das geschehen, da kam aus dem weißbärtigen Mund ein tiefer Seufzer, der Alte schlug die Augen auf.

Er starrte die beiden an, die ihn soeben mit Lederriemen banden, öffnete den Mund, um etwas zu sagen, tat es nicht, ein Schreck ging durch seine durchfurchten Züge, er machte den Mund mit hörbarem Klapp wieder zu, um ihn dann abermals zum Sprechen zu öffnen.

„Damned! Who are you?“

„Gamekeepers!“

„Hang yourselves!“

Nach diesem Wunsch, daß die Wildhüter sich hängen möchten, war die Unterhaltung beendet. Reinhold allerdings hätte sie gern fortsetzen mögen.

„Wie heißt Ihr?“

Keine Antwort.

„Wo kommt Ihr her?“

Der Alte kniff die Lippen zusammen.

„Ihr wollt mir nicht antworten?“

Nicht einmal ein Nein.

„Habt Ihr eine Jagdkarte? Dann hätte ich ja gar kein Recht, Euch zu binden.“

Jetzt ließ der Alte ein höhnisches Lachen hören, das war aber auch alles.

„Könnt Ihr marschieren?“

Keine Antwort.

„Steht auf!“

Gehorsam erhob sich der Alte.

Die Hände wurden ihm auf den Rücken gebunden. So mußte er zwischen den beiden gehen, die sich aber auf dem schmalen Weg nur hintereinander halten konnten.

Es kam Reinhold nur darauf an, erst einmal die freie Steppe wieder zu erreichen. Verlassen wollte er diesen Ort sonst nicht so bald, wenigstens nicht diese Nacht.

Am Ausgang des gehauenen Weges harrte Büffelhuf, der hier zurückgelassen worden war.

Er hatte keine versteckten Menschen aufspüren können, dagegen inzwischen das zur Strecke gebrachte Wild gezählt, auch weitere Untersuchungen angestellt.

Die Wilderer hatten eine regelrechte Treibjagd abgehalten. Längs des Dickichts war ein langes Netz aus unzerreißbarem Garn aufgespannt, was die Verfolger voher, als sie die Augen nur auf die Wilderer gerichtet gehabt, nicht gemerkt hatten. Hier vor dem Schlupfweg war es dann schnell zerschnitten worden.

Das Wild mochte in der Gegend eine Tränke haben, wo es sich in großer Anzahl versammelte. Die Wilderer hatten es von der Steppe aus eingekreist, die durch das Netz gefangenen Tiere niedergeschossen.

Büffelhuf hatte bereits 137 Antilopen der verschiedensten Art gezählt, dazu kamen noch eine Masse Füchse und Schakale, auch einige Wildschweine waren zur Strecke gebracht worden. Was für jagdgeübte Wilderer das waren, das bewiesen die Kopf- und Blattschüsse, andere gab es gar nicht, und das in dem schwachen, unsicheren Mondlicht fertiggebracht.

Von diesen etwa zweihundert Tieren waren kaum zwanzig abgehäutet worden, und zwar hatte man es zunächst auf den wertvolleren Pelz der Füchse abgesehen gehabt. Dann hatte noch eine Gazelle mit samtartigem Fell die Haut lassen müssen, einer Säbelantilope war das Geweih abgesägt worden. Weiter waren die Wilderer nicht gekommen, dann waren sie geflohen.

Mit düsteren Blicken betrachtete Reinhold das blutgetränkte Schlachtfeld, das heißt, diesen Schlachtviehhof im Freien. Eine sehr große Anzahl der Antilopen lag dicht an dem Netz, sie hatten sich mit den Hufen und dem Geweih in den Maschen verstrickt, hatten nur noch den Gnadenschuß bekommen. Das Abfangen mit dem Messer wäre den Wilderern, denen es nicht an Pulver und Blei fehlte, wahrscheinlich zu langsam gegangen. Nur immer töten, schnell töten!

Reinhold prüfte das Netz. Es war so fest, daß ein gewaltiger Eber es mit seinen Hauern nicht hätte zerreißen können.

Als Reinhold diese Untersuchung des Netzes angestellt, hatte seine Hand merkwürdig gezittert, obgleich doch eigentlich gar kein Grund dazu vorhanden war, und von einer besonderen körperlichen Anstrengung konnte doch nicht die Rede sein, und als er jetzt zu dem Gefangenen zurückkehrte und ihn anredete, zitterte wiederum seine Stimme.

„Wie viele Wilderer seid ihr hier gewesen?"

Keine Antwort. Nicht finster, aber doch entschlossen blickten die blauen Augen des alten Mannes den Frager an. Das verwetterte Gesicht mit der Hakennase war überhaupt das eines echt germanischen Wilderers.

„Du willst mir nicht antworten?" fragte Reinhold, und immer mehr begann seine Stimme zu zittern, doch eine große innere Aufregung verratend.

„Nein", entschloß sich der Alte jetzt doch zu dieser Antwort.

„Nein? Besinne dich, ich werde Mittel und Wege finden, dich dennoch zum Sprechen zu bringen."

„Brennt mich, foltert mich - ich verrate meine Kameraden nicht."

Der Mann sprach zwar ein nicht besonders reines, aber doch fließendes Englisch, ohne irgendeinen wahrnehmbaren Dialekt.

„Verraten sollt Ihr Euere Kameraden nicht, das verlange ich gar nicht - die werde ich schon selbst erraten. Ihr sollt mir nur jetzt Antwort auf gewisse Fragen geben."

Der Mann hatte seinen ursprünglichen Entschluß geändert.

„Fragt - und wenn ich kann, werde ich Euch antworten - sonst beiß ich mir lieber die Zunge ab."

„Warum schießt Ihr die Antilopen und das andere Wild?"

„Um ihnen die Felle und das Gehörn zu nehmen."

„Und das Fleisch?"

„Lassen wir liegen."

„Ihr nehmt gar nichts davon mit?"

„Nie."

„Weshalb nicht?"

„Hätten daran zu schwer zu schleppen, haben genug Fleisch zu Hause."

„Ihr laßt es also einfach liegen, den Schakalen und Geiern zum Fraß?" Da plötzlich brach bei Reinhold der längst verhaltene Grimm hervor. „Du blutiger Schuft!" schrie er und stieß den Kolben des Stutzen, den er noch in der Hand hielt, dem Wilderer auf den Fuß, daß der Mann schmerzhaft zusammenzuckte. Dann freilich hatte er sich gleich wieder aufgerichtet, um weitere Mißhandlungen ohne Zeichen des Schmerzes hinzunehmen.

Aber die weiteren Mißhandlungen blieben aus.

„Weißt du, wer ich bin?"

Der Alte stieß ein kurzes Lachen aus.

„Genauso ein alberner Hansnarr und so eine elende Sklavenseele wie alle die anderen Wildhüter!"

Der Stutzen wurde nicht noch einmal zum Stoß erhoben, Reinhold beachtete diese Beleidigung gar nicht, und als er jetzt sprach, klang es fast feierlich:

„Hört mich an, Mann! Ich bin ein amerikanischer Jäger. Aber nie in meinem Leben habe ich meine Büchse auf ein Wild gerichtet, dessen Fleisch ich nicht zu meiner Nahrung bedurfte, es sei denn, ich hätte mich eines Raubtiers zu erwehren gehabt. Raubtiere nehme ich überhaupt aus. Ein harmloses Wild habe ich nie unnütz getötet, und wenn man so nur des Fleisches willen jagt, wird man auch stets Überfluß an Fellen und Pelzen zur Bekleidung haben.

Und dennoch, ich fordere nicht, daß ein jeder Mensch meinem Beispiel folgen soll. Es gibt in Amerika Jäger genug, die es allein auf die harmlosen Biber abgesehen haben, sich ihrer auf irgendeine Weise zu bemächtigen suchen, durch Schußwaffen und durch Fallen, nur ihres kostbaren Pelzes wegen, denn das Fleisch des Bibers ist für den Menschen so gut wie wertlos.

Auch diese Jäger, welche aus dem Weidwerk einen gewinnbringenden Beruf machen, will ich nicht verurteilen. Die Tiere sind dazu da, daß sie dem Menschen dienen, und wenn sie es nicht durch ihre Kraft oder durch ihr Fleisch können, so müssen sie eben ihre Haut lassen, und jeder Mensch kann doch nicht selbst in Urwald und Prärie auf die Jagd gehen. Ich glaube, da denke ich gerecht.

Man hat mich und einige indianische Krieger, deren Häuptling ich bin, geworben, nach Afrika zu gehen, um Wilderern, die in dem englischen Reservat hausen, das Handwerk zu legen. Daß Ihr Euch hier im englischenTierreservat befindet, wißt Ihr doch natürlich?"

Der Gefangene, der aufmerksam zugehört hatte, bejahte.

„Und Ihr wißt doch auch, was solch ein Tierreservat zu bedeuten hat?"

„Ja", klang es wiederum ohne Zögern. Dem Wilderer schien es angenehm zu sein, daß er hier einer Konversation unterzogen wurde.

„Ich nahm das Angebot an", fuhr Reinhold fort, immer noch in dem fast feierlichen Ton, „aber auf der langen Reise nach hier stiegen mir schwere Bedenken auf, ob ich da nicht unüberlegt gehandelt hatte. Nach meiner Ansicht sind Wild und Fisch frei, jeder Mensch darf sie erbeuten, soweit das betreffende Revier nicht Privatbesitz eines anderen ist - ja, da gibt es für mich noch immer Ausnahmen, und auch ich bin der Sohn eines ehemaligen Wildschützen. Doch davon will ich jetzt hier nicht sprechen.

Die Bedenken schwanden mir. England verfolgt hier einen hochedlen Zweck. Denn auch in Afrika droht in jedem Gebiet, das der Kultur angeschlossen wird, das Wild vollständig ausgerottet zu werden, so wie es schon fast überall in Amerika der Fall ist, und daran ist nicht etwa der Indianer schuld, auch wenn er die Büffel massenhaft tötete, weil er nur den Buckel und die Zunge nahm, sondern allein das Blaßgesicht ist solch einer Massenvertilgung fähig gewesen. Ich selbst habe einer der letzten Büffeljagden beigewohnt, als kleines Kind, sie wurde zu Ehren eines russischen Fürsten veranstaltet, und an einem einzigen Tag wurden mehr als sechstausend Büffel erlegt – und seit jenem Tag habe ich in Arizona keinen einzigen Büffel mehr gesehen.

Damals habe ich mir, noch ein Kind, schon einen Schwur abgelegt, und an den dachte ich, als ich alle Bedenken, daß ich mich hier als Wildhüter hatte engagieren lassen, von mir warf. England hat also dieses ganze ihm gehörende Gebiet von Ostafrika zum Tierreservat erklärt, auf daß alles Wild hier ein Asyl findet, in dem es sich ruhig vermehren kann. Niemand darf mehr schießen, als er zu seinem Lebensunterhalt bedarf... Was lachst du?"

Der Wilderer hatte wieder ein kurzes, rauhes Lachen hören lassen.

„Erzählt nur weiter!"

„Ich finde es nicht ganz recht, daß dazu erst eine Jagdkarte, die ein Pfund Sterling kostet, gelöst werden muß. Aber darüber will ich nicht rechten. Es sind Wildhüter angestellt, die darauf achten müssen, daß niemand mehr Wild schießt, nur aus Jagdlust oder gar aus Blutdurst, was alles möglich ist, und die Unterhaltung dieser Förster kostet... Was hast du schon wieder zu lachen?"

„Beendet nur erst Euere Erzählung, dann will ich Euch erklären, weshalb ich immer lachen muß."

„Und es gibt Jäger, die in dieses heilige Tierasyl einbrechen und alles zusammenschießen, was ihnen vor die Büchse kommt, die regelrechte Treibjagden veranstalten, dazu sogar Fangnetze spannen, und das nur, um Felle zu erbeuten, das Fleisch verfaulen lassend oder den Aasgeiern überliefernd. So hört denn. Ich werde Euch wieder freigeben. Ihr sollt hingehen zu Eueren Kameraden und ihnen sagen, daß ich, Reinhold Richter, ein freier amerikanischer Jäger, mit meinen indianischen Freunden von der englischen Regierung engagiert worden bin, diese berufsmäßigen Wilderer dingfest zu machen - und ich schwöre hiermit, daß ich nicht eher rasten noch ruhen werde, als bis ich dies vollbracht habe - nur mein Tod oder eine tödliche Verwundung soll mich daran hindern - sie haben mich als ihren Todfeind zu betrachten - hast du mich verstanden?"

Zweimal war der Gefangene emporgezuckt - zuerst, als Reinhold gesagt, daß er frei sein solle, und dann, als er seinen Namen genannt hatte.

„Reinhold Richter heißt Ihr?" stieß er jetzt zunächst hervor.

„Ja. Kennt Ihr mich etwa schon?"

Mit aller Macht hatte sich der Wilderer schnell wieder beherrscht.

„Nein, o nein - ja, ich hatte einmal einen Freund, der so hieß - aber der ist schon lange tot - deshalb horchte ich so auf - und Ihr wollt mich wieder laufenlassen?"

„Wie ich sagte. Damit Ihr Eueren Kameraden meine offene Kriegserklärung bringt. So bin ich es aus den amerikanischen Indianerkämpfen gewohnt."

„Mann, Ihr scheint ein braver Kerl zu sein!"

„Erst aber müßt Ihr dennoch als Gefangener in mein Lager."

Dieser Nachsatz wirkte nun freilich etwas niederschlagend.

„Weshalb?"

„Erst müßt Ihr einmal vor den Vizegouverneur, vor Mr. Shaw."

„Ach so! Ihr bekommt ja für jeden Wilderer, den Ihr tot oder lebendig abliefert, eine Prämie von tausend Pfund Sterling."

„Wißt Ihr das auch schon?"

„Das ist doch im ganzen Reservat bekannt."

„Richtig, diese von Lord Warwick ausgesetzte Prämie ist ja eine allgemeine. Nun, diese tausend Pfund für Euere Gefangennahme werde ich mir allerdings geben lassen, aber ich kann Euch auch versichern, daß ich dieses Fanggeld niemals für mich verwenden werde. Was ich damit machen werde, ist meine Sache. Mein Entschluß ist gefaßt."

„Wenn ich erst in den Händen des Gouverneurs bin, läßt der mich doch nicht wieder laufen."

„In seine Hände kommt Ihr gar nicht, und ich gebe Euch mein Ehrenwort, daß er Euch kein Haar krümmen soll. Ich möchte Euch wenigstens einige Tage bei mir behalten, habe einiges mit Euch zu besprechen, habe eine bestimmte Absicht dabei."

„Damit bin ich ganz einverstanden."

„Ihr sollt als freier Mann mein Gast in meinem Lager sein."

„Damit bin ich noch mehr einverstanden", grinste der Alte.

„Wollt Ihr mir nun sagen, weshalb Ihr vorhin mehrmals über mich gelacht habt?"

„Ich dächte, wenn ich einige Tage bei Euch bleiben soll, dann könnten wir das bis später aufschieben. Ich habe Euch eine Offenbarung zu machen."

„Eine Offenbarung?"

„Ja, über die Ihr nicht wenig staunen werdet. Ich möchte mir aber meinen Sermon[1] erst etwas zurechtlegen."

„Wie Ihr wollt", entgegnete Reinhold, der über Neugier erhaben schien. „Wollt Ihr mir nicht jetzt noch einige Mitteilungen über Euere Gefährten machen?"

„Über meine Gefährten?" fuhr der Wilderer empor. „Nimmermehr! Oder denkt Ihr, mich mit solchen schönen Worten kirre zu kriegen?"

„Dann nicht. Ich verfolge ihre Spur und werde das

[1] Veraltet für Predigt, hier scherzhaft für Rede allgemein gebraucht

Nest von ganz allein finden.“

„Versucht es nur“, grinste der Alte.

„So ist unsere Unterhaltung beendet, und ich will den Mondschein noch ausnützen. So werdet Ihr jetzt sofort nach meinem Lager gebracht.“

Reinhold winkte schon einem der Indianer. Da richtete sich der Wilderer hoch empor.

„Sir!“

„Was gibt es?“

„Ihr versprecht mir Gastfreundschaft, und ich bin nicht gewohnt, in Fesseln zu gehen...“

„Genug!“

Ohne ein weiteres Wort zu verlieren, löste Reinhold ihm die Lederriemen. Nur mußte der Wilderer noch einmal den Fuß heben, daß Reinhold ihm die Sohle messen konnte, wozu er sich nur seines Jagdmessers bediente, auch sich sonst keine Notiz, kein Zeichen machend.

„Sir, das wird Euch wenig nützen – wenn Ihr wüßtet, wie vorsichtig wir sind...“

„Das werden wir sehen.“

Büffelhuf hatte sich schon dorthin begeben, wo der Große Bär mit den Pferden hielt. Dieser kam mit den vier Tieren. Er erhielt eine kurze Instruktion. Reinhold schrieb auf ein Notizblatt einige Zeilen an seine Schwester, auch den Stutzen nahm der große Bär mit, und er verschwand mit dem freigegebenen Wilderer und den vier Pferden in der Steppe.

Während der Kleine Bär dort, wo man den bewußtlosen Wilderer gefunden hatte, auf Lauer liegen mußte, falls seine Gefährten zurückkehrten, um den Vermißten zu suchen, nutzten Reinhold und Büffelhuf die Zeit, solange der Mond leuchtete, um alle von den Wilderern auf dem Jagdfeld zurückgelassenen Spuren zu untersuchen.

Sie maßen und verglichen, schnitten fast aus jedem erlegten Wild die Büchsenkugeln aus, sie einzeln aufhebend, und tauschten leise Bemerkungen aus, bis gegen

Mitternacht eine absolute Finsternis dieser Untersuchung ein Ende machte.

Der letzte Teil der Nacht wurde schlafend im Busch verbracht, nur einer wachte, und mit dem ersten Morgensonnenstrahl wurde die Verfolgung der Spuren fortgesetzt oder vielmehr erst richtig aufgenommen. Von einer Rückkehr der anderen Wilderer hatte der am Rande der Schlucht Wachende nichts bemerkt.

Es war ein Abstieg, des verwegensten Gemsjägers würdig. Die Bäume und Sträucher hörten bald auf, dann kamen nur noch Felsvorsprünge, auf denen der Fuß kaum Halt fand, der Mensch mußte sich in eine Mauereidechse verwandeln, die mit Haftzehen ausgestattet ist.

Solche besaßen diese drei Jäger zwar nicht, wohl aber Lassos, die, zusammengeknüpft, ein ganz beträchtliches Seil ergaben, und so wußten sie angeseilt alle Schwierigkeiten zu überwinden. Auch diese amerikanischen Jäger hatten sich ja im Felsgebirge von Arizona geübt, und was ihnen sonst an Erfahrung abging, das ersetzte ihre allgemeine körperliche Gewandtheit.

Übrigens war oft deutlich zu erkennen, daß auch die Wilderer sich gegenseitig angeseilt hatten, und dann wurden noch andere Spuren gefunden, die sich die Indianer gar nicht erklären konnten, wohl aber Reinhold.

„Sie haben Steigeisen benutzt, wie sie in der Heimat meines Vaters gebräuchlich sind."

Zwei Stunden waren sie nun schon so unterwegs in die Tiefe, und noch immer gähnte unter ihnen ein bodenloser Abgrund.

Was für Märsche und Klettertouren machten denn diese Wilderer hin und her, um ein halbes Stündchen ihrer Jagdlust zu frönen? Nun, wenn sie tagelange Expeditionen arrangierten, hier und da aus dem Dickicht hervorbrachen, dann konnte sich solch eine vielstündige Klettertour schon lohnen. Die erbeuteten Felle wurden dann vorläufig einfach hinabgeworfen. Vielleicht hatten sie auch noch bequemere Auf- und Abstiege, sie hatten hier einen der schwierigsten genommen.

Da endlich wurde es unter den Männern wieder grün. Zugleich vernahm man ein Wasserrauschen.

Noch eine halbe Stunde des gefährlichen Kletterns, dann wurde der Abstieg bequemer, und sie befanden sich inmitten der großartigsten Szenerie.

Es war ein Urwald im kleinen, der hier in der nur schmalen Schlucht gedieh, allerdings nur sehr niedrige Bäume, auch nur ganz bestimmte Arten, die sich mit der wenigsten Sonne begnügten, öfteren Überschwemmungen trotzen konnten, und durch diesen Wald rauschte ein Bach, schon mehr ein Strom zu nennen, der gerade hier einen prachtvollen Wasserfall bildete.

Wenn man drei Stunden bergab geklettert war, so konnte man sehr wohl rechnen, daß diese Schlucht zweitausend Meter tief war, wonach sich ihre Sohle noch immer fast tausend Meter über dem Meer befand. Denn das Niveau jener Steppe, die sich schon mit Urwald vermischt, liegt gar hoch.

Dabei war man doch ziemlich schräg hinabgeklettert. Oben war diese Schlucht bedeutend breiter als hier unten. Lange Tag würde es hier allerdings nicht sein, aber doch nicht, daß man nur so ein Stückchen blauen Himmel sah.

Hier unten waren auch die Wilderer gelandet, hier waren auch die herabgeworfenen Felle aufgeschlagen und – hier zeigten sich auch die Spuren von vielen Pferdehufen.

Daß diese Wildschützen oft genug in der Steppe auch zu Pferde gesehen wurden, war Reinhold natürlich schon bekannt. Aber ausgeschlossen war es wohl, daß sie mit ihren Pferden hierherabkamen, von dieser Stelle ganz abgesehen. Sie mußten eben ihre besonderen Schlupfwinkel haben, von denen dieser nur ein einziger war.

Schwierigkeiten hatten Pferde hier unten nicht mehr. Der Boden längs des Flusses war ziemlich eben, und wo dies nicht der Fall war, wie dort, wo der Fluß den Sturz bildete, da hatten die Wilderer Steine und gefällte Baumstämme gelegt, die ein gelenkiges Pferd wohl begehen konnte, und so war auch durch Wald und Busch ein richtiger Weg gehauen. Die Wilderer mußten sich hier unten ganz sicher fühlen, vielleicht wagte sich hierherab kein anderer Jäger, weder schwarzer noch weißer, aus irgendeinem Grunde, den Reinhold noch nicht kannte.

So schnell wie möglich, meist in einem Hundetrab, aber mit aller Vorsicht wurde die Verfolgung der Spur, die nach links, nach Südwesten, dem Kilimandscharo zu führte, aufgenommen.

Sie währte zwei Stunden, ohne daß sich etwas zeigte, ohne daß sich auch die Szenerie viel änderte; die Schlucht verbreiterte und verengte sich, ab und zu ein Wasserfall oder eine Stromschnelle, sonst war es immer dasselbe.

Dann aber begann sich die Schlucht ganz bedeutend zu verbreitern, und je mehr dies geschah, desto träger floß auch der ebenfalls immer breiter werdende Fluß, bis vor ihnen endlich der Spiegel eines Sees lag.

Die Amerikaner selbst befanden sich noch an der linken Felswand, die rechte war schon nicht mehr zu erblikken, hier schien die Schlucht in einen ungeheuren Kessel zu münden, und dann trat auch die linke Felswand zurück, und die Pferdespuren verloren sich in dem seichten Wasser des Sees.

Nun war guter Rat teuer. Hier hätte auch die Spürnase des besten Jagdhunds nichts mehr ausrichten können.

Die Männer wateten ein gutes Stück in den See hinein. Das Wasser war außerordentlich schlammig, wenn man das Ganze auch noch nicht gerade einen Sumpf nennen konnte. Viel tiefer wurde es nicht – bis mit einem Mal der vorausgehende Büffelhuf darin verschwand, wohl wieder auftauchte, aber nur durch seine Gefährten wieder herausgezogen werden konnte, denn seine Füße wurden schon von zähem Schlamm festgehalten.

Dann war auch hier nichts mehr zu machen. Die Wilderer wußten durch diesen Sumpf eine Furt, und wem sie sie nicht verrieten, wer nicht jeden Fußbreit kannte, durfte nicht wagen, ihn zu durchkreuzen.

Was war nun wohl das Ziel der Wilderer? Doch sicher dort die Felswand, welche den Sumpfsee in einer Entfernung von fast zwei Kilometern auf der anderen Seite begrenzte, dort hatten sie sicher wieder einen Paß, wohl die Fortsetzung der Schlucht, was aber von hier aus nicht zu unterscheiden war.

Diese Felswand konnte auch schon zum eigentlichen Kilimandscharo gehören, doch vermochte Reinhold dies so nicht zu bestimmen.

Resultatlos mußten die Verfolger wieder umkehren. Denn wer wußte denn, wann die Wilderer wieder einmal diesen Weg zurückmachten? Auch nicht einen seiner beiden indianischen Begleiter wollte Reinhold hier als Wachtposten zurücklassen. Er konnte ja vielleicht monatelang hier umsonst liegen, und da mußten erst andere Vorbereitungen getroffen werden.

Gelernt hatte man aus dieser Expedition übrigens schon genug. Man war dem Ziel dennoch einen Schritt näher gekommen, hatte schon Fühlung mit den Wilddieben gehabt. Dort von jener Gegend kamen sie und zogen sich dorthin wieder zurück – das genügte vorläufig.

Und schon vorher unterwegs hat man noch einige Entdeckungen gemacht. Es gab auf der linken Seite noch andere Aufstiege, durch zahlreiche Spuren markiert. Diese wollte man jetzt verfolgen, wenigstens erst noch einen einzigen.

Also zurück! Bis zum nächsten Aufstieg hatte man gut eine Stunde zu marschieren, dann kamen solche Kletterwege häufiger. Man verfolgte gleich diesen ersten, um im

Laufe der Zeit, wenn es nötig war, alle anderen zu untersuchen.

Dieser Aufstieg war viel bequemer als der vorige, schon in anderthalb Stunden hatten sie die 2.000 Meter Höhe überwunden. Oben aber standen sie vor einem gänzlich undurchdringlichen Dickicht. Allerdings war gerade an dieser Stelle ein ausgeschnittenes Loch zu sehen, kaum einen Meter hoch und noch viel schmäler, und es setzte sich als Tunnel in dem aus Ästen bestehenden Filzwerk fort.

Ohne Zögern wurde dieser sonderbare Tunnel verfolgt. Das ganze Buschwerk mochte mannshoch sein, und so dicht war es ja nun nicht, daß es von oben nicht noch etwas Licht durchgelassen hätte. Aber eben nur etwas, es war spärlich genug.

Und bald zweigte von diesem Tunnel ein anderer ab – und dann ein dritter nach der anderen Seite – und so kamen noch mehrere.

Kurz, die Wilderer hatten in diesem Busch, den kein einziges Tier zu durchdringen vermochte, höchstens Reptilien, ein vollständiges Labyrinth von Kreuz- und Quergängen angelegt, und sie alle waren ‚befahren', das heißt, zeigten Spuren, daß sie benutzt wurden, und sie mußten ja auch durch das Haumesser in Ordnung gehalten werden, sonst wären sie bald wieder zugewachsen.

Reinhold konnte nur darüber staunen, was für Vorkehrungen diese Wildschützen getroffen hatten, um überall in der Steppe auftauchen und wieder verschwinden zu können. Ja, hiermit war wirklich schon ein sehr großes Rätsel gelöst!

Eine Orientierung war noch möglich, wenigstens für diese amerikanischen Jäger. Ein anderer Mensch wäre in diesem Labyrinth einfach verloren gewesen.

Als aber die Dunkelheit hereinbrach, war es auch für sie mit der Orientierung vorbei. Sie mußten die Nacht in dem dumpfigfeuchten, zum Glück jedoch nicht stachligen Tunnel zubringen.

Am nächsten Morgen, als das Licht wieder durchschien, setzten sie den Kriechweg fort und hatten dann nur noch wenige Minuten, bis sie es immer heller vor sich schimmern sahen.

Ein Ausgang allerdings fehlte. Oder dieser war doch kunstgerecht mit Buschwerk verschlossen, daß man von dem Ein- und Ausgang gar nichts merkte, höchstens ein ganz spurenkundiges Auge, daß es hier in Afrika unter gewöhnlichen Verhältnissen gar nicht gab.

Die Jäger hielten vorsichtig Umschau, krochen heraus und brachten das Buschwerk wieder in Ordnung. Näher zu bezeichnen brauchten sie die Stelle nicht, und ebenso wußten sie beim Anblick der offenen Steppe und des Kilimandscharos sofort, wo sie sich befanden - zwei Stunden von ihrem Lager entfernt.

Rüstig marschierten sie der betreffenden Richtung zu, vorläufig noch am Rande des Busches entlang, auf Spuren achtend, aber solche nicht entdeckend.

Nach etwa einer Stunde führte ihnen der entgegenkommende Wind, so schwach dieser auch war, einen höchst unangenehmen Geruch zu. Die Ursache davon hatten sie auch schon vorher durch das Auge erkannt.

Geier flogen hin und her - das waren solche, die Junge zu versorgen hatten, sie hatten lange Fetzen aus dem Schnabel hängen - andere flogen nur einer bestimmten Stelle zu, um dort sitzen zu bleiben.

Sie näherten sich der Stelle, wo vorgestern abend die Wilderer die 200 Tiere niedergeknallt hatten. Der eine Tag hatte genügt, um das Fleisch in Fäulnis übergehen zu lassen.

Aber daß man das wahrnahm, bildete eine Ausnahme. In diesen afrikanischen Steppen verendet sonst wohl kein einziges Tier, das Aasgeruch verbreitet. Dafür sorgen am Tage die Geier, bei Nacht die vierbeinigen Aasfresser. Selbst wenn am Morgen ein Elefant stürzt, so dürfte am

Abend nicht mehr viel von ihm übrig sein. In welchen Scharen diese Geier herbeiströmen, wie sie das Fleisch losreißen und verschlingen, das ist enorm!

Anders freilich, wenn Wild in Massen zugrunde geht! Dann wird es manchmal doch auch für Geier, Schakale und Hyänen zuviel, dann müssen die täglichen und nächtlichen Mahlzeiten wiederholt werden, und dann allerdings kann man unter dieser glühenden Sonne entsetzliche Düfte zu riechen bekommen.

So war es auch hier. Doch es ließ sich noch ertragen. Reinhold besichtigte noch einmal das Schlachtfeld, wollte es wenigstens, konnte es aber kaum, weil sich die Geier nicht verscheuchen ließen. Man hätte jeden einzelnen erschießen oder totschlagen müssen.

Man marschierte weiter. Nach wieder einer Stunde blieb der Große Bär stehen und schnüffelte wie ein Jagdhund.

„Uff! Aas!"

Reinhold roch es auch schon.

„Das müßte doch, soweit ich Afrika schon kenne, totes Wild in Menge sein."

„Uff, wo sind unsere Wigwams?" fragte Büffelhuf.

Was, war man schon so weit?

Die Lösung sollte sehr bald kommen. Nur noch eine Hügelkette brauchte überwunden zu werden, dann hatten sie den Anblick vor sich.

„Was - ist - das?" stammelte Reinhold entsetzt.

Nicht nur wie dort gegen 200, sondern wohl 2.000 Tiere bedeckten hier den Boden, Antilopen aller Art, aber auch Büffel und Zebras und Giraffen genug. Von den bekannten Erscheinungen dieser Art fehlten wohl nur der Strauß und der Elefant, hingegen waren auch die jüngsten Tiere nicht geschont worden, und wenn das kleine Zebra auch noch am Euter hing.

Und hier war nicht so gut geschossen worden wie dort von den Wildschützen! Während alle toten Tiere schon in Verwesung übergingen, doch ein Zeichen, daß diese Fleischerei schon vor längerer Zeit stattgefunden hatte, gab es noch immer genug, die atmeten, mit zerschossenen Knochen sich herumschleppten, und das Furchtbarste war vielleicht, daß die wenigen Aasgeier, die noch hierher gelockt worden waren, weil sie schon vorher ein ergiebiges Fleischfeld gefunden hatten, es gerade auf diese noch lebenden, aber hilflosen Tiere abgesehen hatten, diese in entsetzlicher Weise mit Krallen und Schnäbeln bearbeiteten, wohl nicht deshalb, weil ihnen frisches, noch blutwarmes Fleisch lieber war, sondern weil sie in ihrer Gier fürchteten, diese Beute, die sie schon als ihnen gehörendes Aas betrachteten, könnte ihnen noch entgehen.

Fassungslos stand Reinhold da, rieb sich immer die Augen und schaute und schaute.

„Reinhold!" erklang da der Ruf.

Die Schwester war es, die hinter einem Hügel hervorkam, von einer furchtbaren Aufregung beherrscht. Sie mochte sie schon einmal niedergerungen haben, doch jetzt, da sie berichten sollte, kam das wieder zum Durchbruch.

„Käthe, Käthe, was ist hier geschehen? Wer hat hier so mörderisch gehaust?"

„Reinhold, Reinhold, meine Ahnung, von der ich dir nur niemals etwas gesagt habe!" brach es da aus dem Mund der amerikanischen Hinterwäldlerin hervor. „Wir sind schändlich betrogen worden, man hat uns zu Hütern von Mördern gedingt!"

Und sie berichtete:

Gestern in aller Frühe, noch lange vor Tagesanbruch, waren die Vorbereitungen zu der kolossalen Treibjagd getroffen worden. Aber die Arbeiter dieser beiden Karawanen hier, die übrigens zusammengehörten, hatten nur dort am Busch die ungeheuren Netze spannen müssen, sich auch sonst unter Leitung der ‚Wildhüter' aufgestellt, einen Trichter bildend - eine andere Karawane war schon vorher unterwegs gewesen, weiter nach Osten marschierend, noch viel größer als die beiden, die hier gelagert hatten, und diese Neger, einige hundert, hatten das Wild aus vielen Meilen im Umkreis zusammengetrieben, hierher, wo es in den aus Menschen gebildeten Trichter geriet, unrettbar verloren - und Sir Raston war nicht etwa der einzige Arrangeur dieser Jagd gewesen, der hatte nur nicht mit den anderen reiten wollen - bei jener dritten Karawane waren noch etwa dreißig andere weiße Jäger gewesen, lauter englische Aristokraten, die sich dieses Vergnügen auf gemeinsame Kosten leisteten, auch zur gemeinsamen Ehre...

„Und gestern früh in der achten Stunde kam das Wild in ungeheuren Herden an - aber die dreißig Jäger waren schon hier zur Stelle und hatten sich auf die Schießstände verteilt. - O Reinhold, Reinhold, was habe ich gesehen! - Dort unten am Busch liegt noch viel mehr Wild - gegen dreitausend Stück sind es, die sie niedergeknallt haben..."

Ganz geistesabwesend starrte Reinhold noch immer auf das sich ihm bietende Schlachtfeld, und gerade diese Geistesabwesenheit war wohl der Grund, daß er jetzt noch so sachgemäß fragen konnte, freilich mit ganz seltsamer, heiserer Stimme, die sich wie aus der Brust herauswürgen mußte.

„Dreitausend Stück?"

„Sicher, sicher!"

„Da haben auch alle die Schwarzen mitgeschossen?"

„O nein, o nein, das durften sie nicht, die mußten den dreißig Herren nur immer die geladenen Büchsen reichen."

„Ja, aber wie können denn die dreißig Männer in einem Tag dreitausend Tiere schießen?"

„Das können sie nicht? In einem Tag, sagst du? In einer Stunde war es geschehen! Da kämen auf jeden doch nur hundert, und sie feuerten auf das dicht zusammengedrängte Wild ununterbrochen..."

„Ach so, ich weiß, ich weiß", murmelte der Bruder, immer wieder vor sich hinstarrend. „Und nicht einmal gehäutet haben sie die Tiere?"

„Nein, auch die Neger konnten es nicht, sie mußten zählen, immer zählen, und die Herren schrieben sich die Zahlen in ihre Notizbücher - ja, den Zebras haben sie die Schwanzquaste abgeschnitten, einige schöne Geweihe, sonst nichts weiter - und dann mußten die Neger gleich wieder fort, zu einer anderen Treibjagd, jetzt geht es wohl auf Elefanten..."

„Ja, das ist hier im Reservat aber doch gar nicht erlaubt?" murmelte der Bruder.

Die Schwester brach in ein schrilles Lachen aus.

„Hahaha! Reinhold, Reinhold, wie wir genarrt worden sind! Nicht erlaubt! Es gibt noch ganz andere Jagdkarten als solche, von denen uns Lord Warwick erzählt hat. Das erlegte Wild muß überhaupt gezählt werden, weil jedes einzelne Tier von den Jägern zum Marktpreis bezahlt werden muß - zum Marktpreis, hahaha - und was dann die Erlaubnisscheine für solche Treibjagden kosten! - Die dreißig Herren haben schon allein für diese Erlaubnis Hunderttausende gezahlt - aber was tut denn das, es geht um die Ehre - und das ist doch auch ein ganz besonderes Vergnügen, das eingepferchte Wild so tausendweise niederknallen zu können - o Reinhold, Reinhold, und du bist hier für dieses geheiligte Tierasyl als Wildhüter engagiert worden, hahaha!"

Da plötzlich brach der Bruder in ein ebensolches Lachen aus. Nur daß die Schwester bei ihrem Lachen geweint hatte. Das tat er nicht.

„Hahaha, du hast recht, Schwester! - Ja, nun weiß ich auch, warum mich der gefangene Wilderer immer so ausgelacht hat - und was der mir erzählen will - ach, ich Narr, ich Narr - hahaha!"

„Reinhold, der Wildschütz ist nicht mehr bei uns im Lager!"

„Was sagst du da? Wo ist er denn hin? Geflohen?"

„O nein, der wäre nicht geflohen! Der Vizegouverneur erfuhr davon, daß du einen Wilderer gefangen und hierher zu uns geschickt hattest, gleich nach seiner Ankunft. Mr. Shaw kam selbst in unser Lager, forderte den Mann von mir..."

„Und du hast ihn ihm ausgeliefert?" fuhr der Bruder empor.

„Reinhold, mache mir keine Vorwürfe!" schrak die Schwester vor diesem Blick zusammen. „Der Mann war ja frei. - Mr. Shaw sprach selbst mit ihm - ich konnte nicht dabeisein - und wer weiß, was Shaw ihm vorgeschwatzt hat - der Mann ging selbst mit in das Lager hinüber - aber er ist nicht wieder herausgekommen - und erst am anderen Morgen erfuhr ich - erfuhr ich..."

„Was erfuhrst du da?" kam der Bruder der Stockenden zu Hilfe, die kaum noch ein Wort hervorbringen konnte.

„Daß der Mann in des Gouverneurs Zelt noch in derselben Nacht zu Tode gefoltert worden ist, mit der Nilpferdpeitsche."

Das Krächzen der Geier vermischte sich mit einem anderen Laut, der aus Reinholds Mund gekommen war.

Noch ein Röcheln, und dann hatte er sich beherrscht.

„Genug! Dieser Mann muß dem Gouverneur unbedingt gesagt haben, daß ich ihm mein Ehren... Genug!"

Festen Fußes begab sich der junge Mann den Hügel hinab, dorthin, wo ein kleines Zebrafüllen mit gebrochenen Läufen neben der toten Mutter herumkroch, jämmerlich blökend, auch schon von den Geiern furchtbar entstellt - und er zog sein Jagdmesser, faßte das Tierchen bei den noch dünnen Stirnhaaren, murmelte etwas und gab ihm den Gnadenstoß ins Genick.

Das Blut spritzte ihm ins Gesicht - er hielt gar nicht für nötig, es abzuwischen.

„Wohin hat sich der Gouverneur gewandt?“ fragte er dann mit ruhiger, aber heiserer Stimme.

„Er wollte wohl nach Nairobi zurück, aber vielleicht macht er erst...“

„Gut - ich werde seiner Spur folgen und - ihn zu finden wissen. Wo ist unser Lager?“

Es war weiter gegen den Wind verschoben worden.

„Folgt mir!“

Bald befanden sich alle zwischen den Wigwams.

„Stahlherz!“

Ein alter Krieger erschien, aber noch rüstig, das von furchtbaren Narben entstellte Gesicht finster wie der Tod.

„Mein Pferd! Und du sattle deins! Und tu in deinen Medizinbeutel Farben, um dein Gesicht blau und rot zu malen!“

Der weiße Häuptling und sein ältester Krieger schwangen sich in den Sattel, sie ritten davon.

8.

Wir versetzen uns nach Nairobi, der im Herzen des Landes gelegenen Hauptstadt von Englisch-Ostafrika.

Sie wurde gegründet, als dieses ganze Gebiet noch nicht zum Tierreservat erklärt worden war, als man noch die größten Hoffnungen auf seine Ertragsfähigkeit setzte.

Kapitalkräftige Farmer strömten in Mengen herbei, jeder jener zahlreichen Engländer, die ständig auf Reisen sind - und nicht wenige nehmen immer die ganze Familie mit, Dienstmädchen, Gouvernante, Hauslehrer und was sonst noch dazugehört - war förmlich verpflichtet, auch einmal die Hauptstadt der neuen englischen Kolonie besucht, sich eine ‚Season‘ in ihr aufgehalten zu haben. Reiche Jagdsportsmen, und nicht nur englische, sondern besonders auch amerikanische Nimrode, stellten sich mit ihrem Gefolge ein. Eine Aktiengesellschaft, die sich zur Hebung des Ortes gebildet hatte, machte noch extra die pomphafteste Reklame. Immer größer wurde die Spekulationswut. Wohnhäuser, und zwar auch die prächtigsten, öffentliche Gebäude, und besonders Hotels, schossen nur so aus dem Boden; in der Mitte der Stadt kostete der Quadratmeter Baugrund bis zu zehn Schilling, für die dortigen Verhältnisse doch ein fabelhafter Preis - und schon nach einem Jahr brach das alles wieder zusammen.

Dem Boden konnte nichts abgerungen werden, oder die Ernte verbrannte regelmäßig in der Sonnenglut, die Vergnügungsreisenden blieben immer mehr aus, infolge Erklärung des Landes als Tierreservat wurde die Jagd zu kostspielig.

Heute ist die erst so großzügig angelegte Stadt so gut wie verlassen. Sie macht den Eindruck einer Ruinenstadt. Denn die meisten Gebäude sind nicht vollendet worden, die ungedeckten Häuser wie die sich erst über den Erdboden erhebenden Grundmauern werden immer mehr von Unkraut überwuchert; ein Bauplatz, der damals 5.000 Mark kostete, wird heute für fünfhundert ausgeboten, und da bekommt man auch gleich alles mit, was schon darauf gebaut worden ist. Es ist ja alles gar nichts mehr wert, die Aktionäre weinen ihrem verlorenen Geld nach.

Doch noch immer ist Nairobi der Sitz des Gouvernements. Der Gouverneur selbst residiert in Mombasa, hier in der Hauptstadt wird er durch den Vizegouverneur vertreten, der an die hundert Beamte unter sich hat, die freilich nur zum kleinsten Teil im Büro beschäftigt sind. Hauptsächlich kommen Landvermesser, Jagdaufseher, Gendarmen und andere Beamten in Betracht, die das ungeheure Gebiet ständig durchziehen, die aber doch hier ihren Wohnsitz, natürlich auch ihre Familie bei sich haben.

So besteht die Bevölkerung von Nairobi, ursprünglich für 10.000 Menschen berechnet, aus etwa 100 weißen Köpfen, die zu ihrer Bedienung 2.000 Neger brauchen.

Dann kommen noch die ab- und zugehenden Jagdgäste hinzu, zu deren Aufnahme aber nicht, wie man erst erwartet hatte, zwanzig Hotels nötig sind, sondern es genügen deren zwei - allerdings Hotels, die keinen europäischen Luxus vermissen lassen.

Ist nun auch die Hauptspekulation zusammengebrochen, von allen Erwartungen keine in Erfüllung gegangen, so hat die englische Regierung selbst dabei doch durchaus kein schlechtes Geschäft gemacht. Die Jagdgäste bringen viel mehr Geld ein, als durch Einziehen von Steuern zu erzielen gewesen wäre, wenn sich dieses Gebiet als ein Kulturland entwickelt hätte. - - -

Der Vizegouverneur besaß in Nairobi eine ihm von der Regierung zur Verfügung gestellte Villa, die man schon mehr einen kleinen Palast nennen konnte. An Repräsentation seiner höheren Beamten läßt es England ja niemals fehlen, und Mr. Shaw konnte auch ein Haus führen, denn er hatte, schon in vorgerücktem Alter, bereits als Vizegouverneur, eine sehr vermögende Frau geheiratet. Vielleicht zu ihrem Glück hatte die zarte Frau, die zu dieser Heirat mit dem ungekrönten Vizekönig von Ostafrika seitens ehrfürchtiger Verwandten gezwungen worden war, bald das Zeitliche gesegnet, auf jeden Fall war es ein Glück, daß dieser Ehe keine Kinder entsprossen, denn der Mann hatte sich auch schon als Haustyrann einen Namen gemacht. - - -

Exzellenz, welchen Titel er selbstverständlich führte, saßen in ihrem Arbeitszimmer am Schreibtisch. Mit der linken Hand führte der rastlose Mann das servierte Frühstück zum Mund, es unbewußt verschlingend, mit der rechten unterzeichnete er die Schriftstücke, die ihm sein Sekretär mit erläuternden Bemerkungen vorlegte, und dabei immer das grimassenschneidende Gesicht.

Der noch junge Sekretär begann seine Aufmerksamkeit zu teilen. Er hatte draußen Pferdegetrappel gehört, und was er durch das Parterrefenster auf dem Hof erblickte, war ja auch danach angetan, seine höchste Neugier zu erregen. Aber er wagte nicht, seinen Chef, der nichts als rastlose Arbeit kannte, darauf aufmerksam zu machen, und er selbst nahm sich kräftig zusammen, um sich keiner Unachtsamkeit schuldig zu machen.

Die mehrtägige Jagd, auf der er die drei Dutzend englischen Aristokraten hatte begleiten müssen, weil er ihnen das eben schuldig war, wenn man es ihm ‚von oben' nicht gleich direkt vorgeschrieben hatte, war für ihn eine Qual gewesen, eine Zeitvergeudung. Erst in später Nachtstunde war er zurückgekehrt, nur wenige Stunden Schlaf, und nun war er schon seit vier Stunden wieder bei den Regierungsgeschäften.

Er selbst mochte das Pferdegetrappel auf dem Hof wohl gehört haben, aber hier gingen fortwährend Pferde aus und ein; auf dem Hof herrschte manchmal ein noch ganz anderer Spektakel, und das konnte diesen Mann durchaus nicht in seiner Arbeit oder im Nachsinnen stören, so nervös auch sein Gesicht zucken mochte.

Ein Neger trat ein, wie ein Diener der Tropengegend gekleidet, ohne goldene Knöpfe und Schnüre.

„Der neue Gamekeeper hat sich melden lassen."

Im Nu erstarrte das zuckende Gesicht zu einer eisernen Maske.

„Mister Reinhold Richter?"

„Seinen Namen hat er nicht genannt."

„Woher weißt du, daß er ein neuer Gamekeeper ist?"

„Er selbst nannte sich Marshal-Forester und – es wird hier schon so viel über ihn erzählt."

„Was wird von ihm erzählt?"

„Daß er..."

„Schon gut! Kommt er allein?"

„Nur in Begleitung eines Indianers", entgegnete der

schon in England gewesene schwarze Diener.

„Dort draußen hält er", ergänzte der Sekretär.

Ja, dort in der Mitte des Hofs hielt Stahlherz hoch zu Roß. Eine ganze seltsame Erscheinung, und nicht nur deshalb, weil ein Indianer hier eben etwas Fremdes war.

Schon das Pferd war etwas ganz Außergewöhnliches, ein großes, starkes, prachtvolles Roß, das einen so nackten Eindruck machte - wenn man beim Tier so sagen darf - nämlich dadurch, daß es keinen Sattel trug, nicht einmal eine Decke. Der Reiter saß auf dem nackten Rücken, die leichte Trense in der Hand, und dieser kupferrote Reiter war selbst so nackt, obgleich er Lederhosen und Mokassins trug und nackte Menschen und auch Reiter hier doch keine außergewöhnliche Erscheinungen waren. Dazu kam aber eben der glattrasierte Schädel, auf dem nur die federgeschmückte Skalplocke thronte - und dann vor allen Dingen kam die starre Ruhe hinzu, mit der der alte Indianer sich auf seine Lanze stützte, und ebenso regungslos stand auch das Roß - beides zusammen wie eine finstere, aus Erz gegossene Statue.

Das ganze Bild war jedenfalls wert, daß ihm eine so ausführliche Beschreibung gewidmet wurde.

Daneben stand ein anderes gesatteltes Pferd, das nicht gehalten zu werden brauchte.

Der Gouverneur schielte dorthin, wo aus einem Fach des Schreibtischs der Kolben eines Revolvers hervorblickte; er fühlte leise nach seinem Bulldogrevolver in der hinteren Hosentasche.

„Er soll eintreten", entschied er dann kurz. „Mister Hadding, bereiten Sie unterdessen die anderen Schriftsachen vor - bis ich Sie wieder rufe. Tom, du sorgst dafür, daß der Mann dort und die beiden Pferde unterkommen."

Der Sekretär verließ das Zimmer, statt seiner trat Reinhold ein.

Er hatte seinen Jagdanzug schnell etwas von dem roten Staub von Nairobis Umgebung abgesäubert, sein Gewehr hatte er zurückgelassen, sonst hingen am Gürtel noch Revolver und Jagdmesser. Von Aufregung oder von jener finsteren Entschlossenheit, mit der er sein Lager verlassen hatte, war nicht das geringste zu merken. Ganz Gelassenheit. Unterdessen waren doch auch schon zwei Tage vergangen.

„Ich melde mich zur Stelle."

Sichtlich war die Erleichterung, die bei dieser dienstlichen Meldung über den Gouverneur kam - nun fing sein Gesicht auch gleich wieder zu zucken an.

Er hatte sich in seinem amerikanischen Drehstuhl jenem zugewandt.

„Danke. Nun, Sie haben ja gleich einen großen Erfolg gehabt?"

„Welchen?"

So hätte ein Untergebener eigentlich nicht fragen dürfen. Exzellenz verschmerzten es.

„Sie haben also richtig in jener Nacht die Wilddiebe bei der Arbeit überrascht und einen festgenommen?"

„Lassen wir das erst."

„Was sagten Sie?" fuhr Shaw etwas empor.

„Ich möchte mich mit Ihnen erst wegen meiner Stellung auseinandersetzen."

Der Gouverneur beherrschte sich, hiermit hörte aber das Zucken und Blinzeln auch wieder auf, und dabei sollte es bleiben.

„Ich dachte, das wäre doch schon erledigt, ich habe doch schon Ihre Instruktionen gelesen."

„Meine Vollmacht - keine Instruktionen - höchstens Instruktionen für andere."

„Dann Ihre Vollmacht - gleichgültig."

„Ich hätte mit Ihnen vorgestern abend noch weiter gesprochen, aber die Wildschützen kamen dazwischen."

„So sprechen Sie jetzt."

„Lord Warwick glaubte, ich würde Sie nur hier in Nairobi treffen, und so wünschte er, daß ich mich zuerst hierher begäbe."

„Sie sind ja nun hier."

„Lord Warwick wollte von Mombasa aus sofort an Sie schreiben."

„Ihretwegen?"

„Ja."

„Er hat es wohl nicht getan."

„Sie haben also noch keinen diesbezüglichen Brief erhalten?"

„Wie ich sage, nein."

„Das ist seltsam."

„Er wird gar nicht geschrieben haben."

„Wenn er die Möglichkeit dazu hatte, wird er es schon getan haben. Der Brief hat sich eben aus irgendeinem Grund verzögert."

„Auch möglich."

„Meine Vollmacht kennen Sie ja."

„Ich haben sie flüchtig gelesen."

„Ich habe sie hier bei mir, wenn Exzellenz sie noch einmal..."

„Ist nicht nötig, ich habe noch jeden einzelnen Paragraphen im Kopf."

„Weil Exzellenz sagten, Sie hätten das Schreiben nur flüchtig gelesen."

„Ja, aber ein Überfliegen genügt für mich."

„Danach bin ich also Marshal-Forester."

„Jawohl, unter diesem neuen Titel sind Sie zum Wildhüter ernannt."

„Sämtliche anderen Wildhüter stehen unter meinem Kommando."

„Nach Paragraph fünf", zeigte Mr. Shaw sein ausgezeichnetes Gedächtnis.

„Ich kann neue Wildhüter nach eigenem Ermessen und Belieben anstellen."

„Nach Paragraph sechs."

„Und angestellte Wildhüter auch wieder entlassen."

„Nach demselben Paragraphen."

„Wie viele Wildhüter sind im Reservat angestellt?"

„Einhundertundsechs Mann."

„Unter welchem höchsten direkten Vorgesetzten stehen diese?"

„Unter meinem Kommando. Der höchste Vorgesetzte dieser Wildhüter bin ich selbst."

„Ich meinte: Wer ist der höchste Förster?"

„Der General-Forester, den Sie ja schon kennenlernten."

„Alle diese einhundertsechs Wildhüter sind samt ihrem General-Forester von heute an entlassen!"

Der Gouverneur blickte auf, als habe er nicht recht gehört. Aber er hatte schon verstanden.

„Entlassen?"

„Ja."

„Weshalb?"

„Weil diese Leute mir ja doch nie gehorchen würden..."

„Oh, was das anbetrifft..."

„Nein, ich will mit diesen Leuten, die sich dazu hergeben, bei solchen mörderischen Treibjagden zu dienen, überhaupt nichts mehr zu tun haben. Außerdem genügen mir meine Indianer vollkommen, und deren Frauen und Schwestern leisten fast ebensoviel wie die Männer."

„Mörderische Treibjagden? Was wollen Sie damit sagen?"

„Ich will es Ihnen erklären. Lord Warwick hat mich als Wildhüter engagiert, in der speziell ausgesprochenen Hoffnung, daß ich dem in diesem Tierasyl herrschenden Wildschützentum ein Ende machen werde.

Ich kam direkt aus Amerika nach London, verweilte dort nur einige Tage, das Engagement erfolgte ganz plötzlich – ich hatte vorher noch gar nichts von diesem englisch-afrikanischen Tierreservat gehört, erfuhr davon erst durch Lord Warwick. Während der ganzen dreiwöchigen Seereise hat mir Lord Warwick davon erzählt, wie hier die Tiere geschützt würden, daß sie sich ruhig vermehren könnten, damit mit der Zeit nicht alle afrikanischen Spezies aussterben, so wie es etwa in Europa mit dem Elch, in neuerer Zeit in Amerika mit dem Büffel der Fall ist, und so weiter und so weiter, und dazwischen jammerte er über diese elenden Wilderer. Was ich da zu hören bekam, war ganz nach meinem Geschmack. Ja, ich wurde Feuer und Flamme für meine Mission.

Nur schade, daß mir Lord Warwick gar nichts von den Treibjagden erzählte, die hier von reichen Sportsmen gegen Lösung von besonderen Jagdkarten mit allerhöchster Erlaubnis abgehalten werden. Ich will nicht behaupten, daß mir Lord Warwick dies mit Absicht verschwieg, sondern der gute Mann hält so etwas für ganz selbstverständlich, hielt es gar nicht der weiteren Erwähnung für wert, und wie es hier sonst zugeht, das mußte ich eben durch eigenen Augenschein kennenlernen, über alles und jedes konnte er mich doch nicht unterrichten, dazu hätten auch sechs Wochen Seereise nicht zugelangt. So dachte wohl Lord Warwick. Ich aber denke anders. Und nun will ich Ihnen ganz kurz und bündig meinen Entschluß mitteilen:

Ich bin am 25. Juni dieses Jahres als Marshal-Forester mit unbeschränkter Vollmacht engagiert worden, von Lord Edgar Warwick als dem Gouverneur von Englisch-Ostafrika im Namen des englischen Königs, und ich werde diesem Posten bis zum 24. Juni nächsten Jahres vorstehen. Während dieser Zeit, noch elf Monate, wird hier in diesem mir unterstellten Reservat keine Treibjagd mehr stattfinden! – Was wollen Sie?“

Langsam, ruckweise hatte Mr. Shaw sich erhoben.

„Mann, sind Sie den von Sinnen?“

„Was wollen Sie?“ wiederholte Reinhold, der zuletzt immer energischer gesprochen hatte, obwohl er sich nicht aus seiner Ruhe bringen ließ.

„Diese Treibjagden finden natürlich mit Erlaubnis der Regierung statt, es werden dafür besondere Karten gelöst. Wie wollen Sie denn das verhindern?"

Auch der Vizegouverneur wurde immer ruhiger. Er hatte eben gelernt, mit jedem Gegner umzugehen.

„Ich werde es zu verhindern wissen."

„Wie denn, wenn ich fragen darf?"

„Das ist meine Sache. Das werden Sie und alle diese Herren erfahren, wenn Sie in diesen elf Monaten noch einmal probieren, so das Wild zusammenzutreiben und niederzuknallen. Jeder, der eine Jagdkarte hat, darf nur so viel Wild erlegen, wie er zum Lebensunterhalt für sich und seine Begleiter bedarf, und wer dieses Gebot übertritt, der wird niedergeschossen - von mir oder von einem durch mich angestellten Wildhüter."

Der Gouverneur war zusammengezuckt.

„Oho! Oho! Wird niedergeschossen? Woran denken Sie denn nur eigentlich?"

„Kennen Sie nicht meine Vollmacht? Von jedem, den ich in diesem Reservat bei der Jagd antreffe, kann ich das Vorzeigen seiner Jagdkarte verlangen, das ist sogar meine Pflicht. Wer sie nicht besitzt, den habe ich als Wilderer festzunehmen. Jeden, der auf meinen zweimaligen Anruf hin nicht steht, kann ich niederschießen. Das ist mein Recht und ebenfalls meine Pflicht. Also, nun verkünden Sie es öffentlich: Jeden Menschen, den ich im Reservat dabei antreffe, daß er mehr Wild erlegt, als er zu seiner täglichen Nahrung bedarf, nehme ich als Wilderer fest, und läßt er sich nicht festnehmen, dann schieße ich ihn nieder! Und wenn es Ihr eigener Sohn ist, und wenn Sie es selbst sind - treffe ich Sie bei einer Treibjagd, so betrachte ich Sie als Wilderer und nehme Sie fest, bringe Sie in sicheren Gewahrsam, und setzen Sie mir Widerstand entgegen, dann sind Sie, Herr Vizegouverneur, des Todes! Das verkünden Sie öffentlich!"

Mister Shaw tat wohl das Richtigste, wenn er sich nur grenzenlos erstaunt stellte.

„Das ist unerhört! Sie wollen ja hier die reine Anarchie einführen…"

„Ich weiß, was ich tue - und ich tue es - auf meine Verantwortung!"

„Ja, denken Sie denn etwa, Sie sind hier ein allmächtiger Diktator?"

„Der bin ich allerdings!"

„Nein, o nein, mein Freund - Sie bringen wohl Ihre amerikanischen Ansichten mit hierher - da gibt es doch noch andere, die etwas mehr zu sagen haben als Sie?"

„Wen denn?"

„Nun, zum Beispiel mich."

„Sie?"

„Na, bezweifeln Sie etwa, daß Sie noch unter meinem Kommando stehen?"

„Da ist gar nichts mehr zu bezweifeln, sondern das ist überhaupt nicht der Fall. Lord Warwick hat mir gesagt, daß ich hier unbeschränkte Vollmacht habe…"

„Hat er Ihnen das schriftlich gegeben?"

„Wir haben überhaupt gar keinen schriftlichen Kontrakt gemacht, aber ich habe dafür Zeugen genug, und Sie werden das außerdem noch schriftlich bekommen."

„Ich?"

„Ja, Sie."

„Was denn eigentlich?"

„Lord Warwick wollte Ihnen privatim schreiben - und er hat es auch sicherlich schon getan, der Brief muß mindestens bereits unterwegs sein - daß Sie sich in mein Tun und Lassen hier absolut nicht einzumischen haben, daß auch Sie sich meinen Anordnungen zu fügen haben. Das wollte er Ihnen nicht amtlich zukommen lassen - aus leicht begreiflichen Gründen - er wollte Ihnen dies privatim mitteilen."

Auf dem Hof war schon seit längerer Zeit Lärm gewesen. Der Zug von der Küste war angekommen, das größte Ereignis, das hier passieren konnte; zuerst wurde die Post abgegeben, zu allererst die Eil- und eingeschriebenen Briefe für den Gouverneur.

Da ließ sich auch der Sekretär nicht zurückhalten, unangemeldet trat er ein, einige Briefe in der Hand.

„Hier ist die Eilpost. Hier ein Schreiben mit dem Stempel des Gouverneurs Lord Warwick zur sofortigen Erledigung."

Mister Shaw warf die Briefe auf den Tisch, erbrach nur den einen, und immer mehr begannen seine Hände zu zittern.

Das war der Brief, von dem jener soeben gesprochen hatte, und es verhielt sich wirklich so!

Dem Vizegouverneur wurde wieder, wenn auch mit aller Höflichkeit, unter die Nase gerieben, daß er trotz dieses ‚Vize' so gut wie eine Null sei, dem sogar ein einfacher Jägersmann vorgesetzt werden konnte.

„...auch Euere Exzellenz bitte ich höflichst, sich allen Anordnungen fügen zu wollen, die der Marshal-Forester Mister Reinhold Richter treffen wird, um diesen Wilddieben einmal ein Ende zu bereiten..."

Mister Shaw faltete den Brief zusammen und legte ihn auf den Tisch, und seine Hände zitterten nicht mehr, so wenig wie sein Gesicht zuckte. Das wurde wahrscheinlich später nachgeholt.

Er befand sich ganz einfach unter dem Kommando dieses jungen Amerikaners, hatte ihn als seinen Vorgesetzten zu betrachten.

Wenn dieser es für gut hielt, daß während eines Jahres keine Treibjagden mehr stattfanden, um sich mit desto größerer Sicherheit der Wilderer zu bemächtigen, so durften eben keine Treibjagden mehr stattfinden, und damit basta.

„Darf ich fragen, ob das vielleicht das Schreiben des Herrn Gouverneurs Lord Warwick war?"

„Ja, das ist wohl dieser Brief."
„Ich kenne nämlich seinen Inhalt."
„Sie kennen ihn..."
„Lord Warwick hat ihn an Bord geschrieben, gab ihn mir zu lesen."

Dieser alte Mann mußte eine furchtbare Selbstbeherrschung besitzen. Nur das Zucken seiner Schnurrbartspitzen verriet, was in ihm vorging.

„Sie halten es also für gut, daß keine Treibjagden mehr stattfinden."

„Ich verbiete sie."

„Um bessere Gelegenheit zu haben, sich mit den Wilderern zu beschäftigen?"

„Ob dies damit zusammenhängt oder nicht - ich verbiete während meines Amtsjahres alle derartigen Treib- und sonstigen Massenjagden."

„Wie Sie wünschen. Die englischen Herren, meist Edelleute, die sich gegenwärtig hier aufhalten, haben sich nur schon darauf vorbereitet, in den nächsten Tagen noch mehrere Treibjagden abzuhalten."

„Diese werden nicht mehr stattfinden."

„Sie haben schon die Erlaubnisscheine gelöst, viele Tausende von Pfunden kostend."

„Wer hat dieses Geld?"

„Es ist noch in der Gouvernementskasse."

„So wird es ihnen ganz einfach zurückerstattet."

„Wie Sie bestimmen."

„Und die hundertsechs Wildhüter werden sofort entlassen."

„Das geht wohl nicht gut."

„Weshalb nicht?"

„Einmal sind viele im ganzen Distrikt zerstreut..."

„Sie werden aufgesucht, es wird ihnen mitgeteilt - in Ihrem Namen."

„Dann haben diese Beamten auch vierteljährliche Kündigung."

„So sind sie einstweilen beurlaubt."

„Wie Sie bestimmen."

„Von heute an!"

„Von jetzt an. Ich werde Schritte dazu sofort einleiten."

Während der Gouverneur dies sagte, leuchtete es heimtückisch in seinen Augen auf, als sei ihm plötzlich eine gute, aber auch teuflische Idee eingefallen.

„Sollten wir diese Leute nicht lieber gleich ausweisen?" setzte er noch fragend hinzu.

„Ausweisen? Wozu?"

„Nun - damit - damit Sie überhaupt gar nicht mehr mit Ihnen zusammenkommen."

„Nein, ich bin kein Freund von solchen Ausweisungen. Die Erde und der Mensch sind frei. Sie können tun, was sie wollen, auf die Jagd gehen - sie unterliegen den allgemeinen Bestimmungen - aber treffe ich einen davon als Wilderer, nehme ich auch ihn fest, unter Umständen wird er sogar niedergeschossen."

„Ich werde es den entlassenen oder doch vorläufig zur Disposition gestellten Wildhütern mitteilen", entgegnete der Gouverneur mit plötzlich fast kriechender Höflichkeit.

„So wäre dies erledigt. Nun handelt es sich nur noch um eins."

„Bitte sehr, Herr Marshal-Forester - ich stehe ganz zu Ihrer Verfügung."

„Es handelt sich um den Wildschützen, den ich vorgestern nacht durch einen Indianer in mein Lager bringen ließ."

Das schien der Gouverneur allerdings nicht erwartet zu haben. Er hatte diesen Fall jetzt vergessen gehabt.

„Der Mann wäre sowieso gehängt worden!" sagte er sofort und sehr unbedacht.

„Ich hätte ihn freigegeben, er sollte in meinem Lager mein Gast sein."

„Der Wilderer hatte aber doch den Tod verdient. Jeder, den Sie hier einliefern, wird nach kurzem Verhör aufgeknüpft. Oder wollen Sie das ebenfalls ändern?"

„Lassen wir das. Sie haben diesen Mann getötet."

Immer bleicher wurde das sonst so sonnenverbrannte Gesicht des Gouverneurs.

„Allerdings, ich war berechtigt, durch Schläge etwas nachzuhelfen; es hatte auch etwas Erfolg, wenigstens erfuhr ich, daß..."

„Was Sie aus dem Mann durch die Nilpferdpeitsche herausgeschlagen haben, will ich gar nicht wissen. Sie haben den Mann schlagen lassen. Nicht wahr?"

„Er war überhaupt krank, sonst hätten die wenigen Peitschenhiebe ihn nicht gleich..."

„Ob er daran gestorben ist oder nicht, ist schließlich ganz gleichgültig. Haben Sie ihn peitschen lassen oder nicht - ja oder nein?"

Hoch richtete sich der eisgraue Mann plötzlich auf, seine rechte Hand griff etwas nach hinten.

„Ja!"

„Und Sie wußten, daß der Mann mein Gastfreund sein sollte, daß ich ihm mein Ehrenwort gegeben hatte, daß Sie ihm kein Haar krümmen sollten!"

„Wie? Sie hatten ihm..."

„Lügen Sie nicht, Sie wußten es, das hat Ihnen schon meine Schwester, das hat Ihnen der Mann natürlich auch selbst gesagt - lügen Sie nicht, und ich sehe Ihnen ja ganz deutlich an, daß Sie lügen."

„Ich ein Lügner?"

„Ja, da Sie das leugnen, sind Sie ein Lügner."

Da war es endlich mit der Selbstbeherrschung vorbei, nun kam endlich zum Durchbruch, was schon längst in dem Mann gekocht hatte.

„Einen Lügner nennst du Hund mich? Lieber doch zum Mörder werden, als noch länger solch eine schmachvolle Behandlung..."

Der hervorgerissene Revolver blitzte in seiner Hand, ein Feuerstrom - aber die Kugel ging in die Decke, Reinhold hatte ihm den Arm hochgeschlagen, und gleichzeitig erhielt der Herr Gouverneur einen Schlag ins Gesicht, der ihn gegen einen drehbaren Aktenständer warf und ihn mit diesem zusammenbrechen ließ, daß er ganz unter Akten vergraben wurde.

„Dies als Sühne dafür, daß ich durch dich mein Ehrenwort brach!"

Mr. Shaw hatte es noch recht wohl gehört, er hatte nur zu tun, sich unter den Akten hervorzugraben - dann ein Wutschrei, mit dem Revolver in der Hand sprang er ans Fenster, denn er wußte genau, daß durch dieses der amerikanische Jäger seinen Weg genommen hatte, um schnellstens zu seinem Pferd zu kommen - und da sah Mr. Shaw auch nur noch die beiden langen Pferdeschwänze um die Ecke biegen, und als er in die erste Etage und nach der anderen Seite stürzte, waren die beiden Reiter schon in weiter, weiter Ferne.

Mit einem furchtbaren Fluch wurde ihnen die Faust nachgeschüttelt - und was dieser Mann wollte, das setzte er auch durch.

9.

Die Glocke des Kirchleins rief die Bewohner des bayerischen Dorfs am afrikanischen Kilimandscharo zum Sonntagsgottesdienst. Die andächtige Menge strömte herbei, und wer sonst vielleicht die Tropenkleidung vorzog, der hatte sich doch heute in das heimatliche Kostüm geworfen, wie schon der Großvater und die Großmutter es getragen hatten.

Gestern hatte Doktor Freimann gesagt, daß er seine Stube nicht mehr verlassen wolle, bis der Pfarrer ihn nach seiner zukünftigen Einsiedelei führen würde, nur um keinen Menschen zu sehen, und heute früh folgte auch er dem Ruf der Kirchenglocke. Allerdings nicht bis in die Kirche selbst, er wollte nur einen Morgenspaziergang machen, das Dorf zu der Zeit besichtigen, da es am menschenleersten war - aber er ließ doch den ganzen Zug der Andächtigen an sich vorüberziehen, sie mit Interesse betrachtend, ihren herzlichen Gruß ebenso freundlich erwidernd.

Gestern abend hatte er gesagt, daß er seine beiden treuen Nubier gar nicht mehr sehen wolle, der Pfarrer möge ihnen die Entlassung anzeigen und sonst alles erledigen, und jetzt war es sein erstes, daß er selbst sie aufsuchte, ihnen seinen Entschluß mitteilte, daß sie sich nun trennen müßten, ihnen dankte, wobei seine Stimme sehr zitterte, und ihnen herzlich die Hand schüttelte.

Doch es wäre verfehlt, an eine plötzliche Umwandlung zu denken. Das so schwer verständliche und dennoch namenlose Leid des unglücklichen jungen Mannes zeigte sich doch gerade in dieser Konsequenz.

Nachdem er die Nubier, die Askaris und den Führer entlohnt hatte - ein Zeichen, daß er sie von jetzt an nicht mehr sehen wollte - besichtigte er das ziemlich verlassene Dorf. Es ist darüber nichts weiter zu sagen, als daß die Oberammergauer ihre Heimatstätte in den bayerischen Bergen so treu wie möglich nachzuahmen versucht hatten, bis ins kleinste, vom Schornstein auf dem Schindeldach an bis auf den Misthaufen - und nun die gemäßigte tropische Vegetation dazu, wie da in den Gärtchen und draußen auf den Feldern und Wiesen alles wuchs und gedieh, wie prächtig sich alle die Tiere entwickelten, die aber auch so an die bayerischen Berge erinnerten! Dazu diese Umgebung, beschattet von dem eisigen Gipfel des Kilimandscharos - jedenfalls ein entzückendes Bild!

„Wenn ich noch einmal wieder unter Menschen leben kann - hier möchte auch ich mir eine Hütte bauen!“

So hatte Felix mit leuchtenden Augen gesagt – dabei aber hatte es schon wieder seufzend geklungen.

Auf dem Rückweg vom Saum der Wiesen, auf denen große Herden euterstrotzender Kühe weideten, kam er wieder an der Kirche vorbei.

In den Häusern war ja noch mancher zurückgeblieben, Frauen und Mädchen, es gibt Arbeiten, die dem Gottesdienst vorgehen müssen, manches schmucke Dirndl hatte den jungen Mann so bittend angesehen, als wolle es ihn gern zum Nähertreten einladen, um mit ihm einen Plausch zu machen; einem ziegenmelkenden Dirndl schien es schier das Herz abzudrücken, ob sie dem fremden Gast nicht ein Glas Milch anbieten solle – allein der Herr Pfarrer schien seinen Untertanen schon scharfe Instruktionen in bezug auf seinen Gastfreund gegeben zu haben.

Die Kirchentür stand weit offen, Felix hörte den wohllautenden Baß des Pfarrers sprechen, er war gerade bei der Predigt.

„Ist es erlaubt, einmal einzutreten?" fragte Felix den in der Tür stehenden Küster, der ganz sicher in der Rocktasche, in die er die Hand versenkt hielt, die schon gestopfte Pfeife hatte.

„Ei freili, warum denn net?"

„Ich bin Protestant."

„Nun warum denn net? Schließlich sind S' doch auch ein Mensch so gut als wir. Gehn S' nur eini, Sie brauchen auch net ins Weihbecken zu stippen, und wenn's Ihnen net mehr gfallt, dann gehn S' wieder außi."

Also Felix trat mit abgezogenem Hut ein, fand nur insofern Beachtung, als ein gleich vorn in der Mitte sitzender alter Bauer ihm mit dem Finger winkte, er solle doch hier auf den besten Platz kommen, wo man dem Herrn Pfarrer gerade in den Mund gucken konnte, aber da rutschten gleich an der Tür schon die durcheinandersitzenden Burschen und Dirndln zusammen, und Felix nahm Platz.

Es war der Gedenktag des heiligen Sebastians, eines römischen Kriegshauptmanns, der zum Christentum übergetreten war und als einer der ersten Christen den Märtyrertod erlitten hatte, indem er den besten Bogenschützen als Zielscheibe dienen mußte. Sie durften ihm keine tödliche Wunde beibringen, langsam mußte er, von den Pfeilen gespickt, daß er aussah wie ein Stachelschwein, verbluten. Infolgedessen ist dieser Sebastian, allerdings etwas indirekt, noch heute der Schutzheilige aller Schützengilden.

Bei der Schilderung dieser Leiden war der Pfarrer gerade angelangt, und zwar hielt er seine Predigt nicht lateinisch, sondern - bayerisch.

„...un da haben s' den armen Sebastian vor den Kaiser geführt - i woaß halt net mehr, wie er geheißen hat - und da hat der Kaiser gsagt: ‚Und nun frag i di zum letzten Mal: Willst du das Kruzifix anspucken?' - ‚Naa', hat der Sebastian gsagt, ‚mein Heilandle spuck i net an, und i tu's net - i net!' - ‚Na gut', hat da der Kaiser gmeint, ‚führt den Malefizbub runter in den Hof, den will i schon kriegen...'"

Der Pfarrer stockte, blickte scharf in die Kirche hinein.

„Weckt mal da den Michel auf, der Dackel ist eingschlafen - he, Michel, hier in der Kirch wird net gschlafen, das kannst die ganze Nacht daheim bei deim Weiberl besorgen, aber net hier in der Kirch - ja, und da haben s' den armen heiligen Sebastian an einen Pfahl gebunden - und fünfzig römische Schützen mit Flitzebogen mußten vortreten - und die haben den armen heiligen Sebastian mit Flitzebogen beschossen, aber immer so, daß er von keinem Schuß totging - und so haben s' ihn in die Bein und in die Füß..."

Wieder ein strenger Blick in die Kirche hinein, diesmal noch strenger als vorhin.

„He, ihr beiden da, Wenzel und die Mirzi, hier in der

Kirch wird kein Techtelmechtel gmacht! Ihr könnt heut abend genug fensterln und busserln - der Mond geht erst um elf Uhr auf - aber allhier in der Kirch wird net getechtelmechtelt - hier net!"

Die so Zurechtgewiesenen fuhren mit glühenden Köpfen auseinander.

„...und in die Bein und in die Füß haben s' ihn gschossen, den armen heiligen Sebastian - und in die Arm und in die Händ haben s' ihn gschossen - und in die Fingerspitzen haben s' ihn gschossen, den armen heiligen Sebastian. Aber ihr denkt wohl, er hat geweint, der Sebastian? Einen Schmarrn, gelacht hat er! Und da haben ihn die Schützen mit ihren Flitzpfeilen ins Gesicht gschossen - und in die Augen haben s' ihn gschossen, aber so, daß er nicht blind davon worden ist - und in die Ohren haben s' ihn gschossen - den armen, armen guten heiligen Sebastian..."

Man darf diese Predigt nicht etwa lächerlich finden. Sie war in Wort und Ausdruck dem Geschmack und den Geisteskräften dieser Zuhörer ganz genau angepaßt. Da ist überhaupt ein großer Unterschied zwischen Protestantismus und Katholizismus. Der protestantische Pfarrer wird immer sein Bestes tun, und man hört manchmal auf einem weltverlassenen Dorf Predigten, wie sie besser und schöner und geistreicher nicht in der Hofkirche der Residenz gehalten werden können. Aber ob das nun auch für die betreffende Gemeinde angebracht ist, das ist doch sehr die Frage.

Ganz anders in der katholischen Kirche, seitdem auch hier die Predigt nicht mehr wie früher in der lateinischen, sondern in der deutschen, in der einheimischen Sprache abgehalten wird. Dort wird auf dem Lande sogar in dem betreffenden Dialekt gepredigt, und diese Geistlichen machen eine besondere Schule durch, und in den erzkatholischen Ländern findet man unter den Dominikanern, Franziskanern und den anderen Kuttenträgern, die mit dem Bettelsack das Land durchziehen, mit dem Recht, Gottesdienst und Predigten zu halten, oft gottbegnadete Sprecher. Wie die das Volk zu packen verstehen – das muß man gehört haben, das ist wirklich wunderbar – und am nächsten Tag predigt solch ein Mönch, der den Bauern die naivsten Kindergeschichten im bayerischen Dialekt erzählte, vielleicht vor der auserlesensten Gesellschaft im gewähltesten Hochdeutsch und weiß hier ebenfalls alles wieder zu Tränen zu rühren.

Auch dieser Pfarrer hier konnte gewiß den Lebensgang und die Leiden des heiligen Sebastians in ganz anderer Weise schildern. Jetzt aber sprach er zu seinen Oberammergauer Bauern, sprach so, wie sie es verstanden und empfanden, und er sprach nicht nur mit dem Mund, sondern er sprach auch mit dem ganzen Herzen.

Dem biederen Pfarrer selbst kollerten bereits die dikken Tränen über die Pausbacken, er hatte schon längst häufig sein Tüchlein gebrauchen müssen, nur mit aller Energie wußte er zu verhindern, daß ihm die Stimme vor mitgefühltem Weh versagte – und das erstreckte sich natürlich auch auf die andächtig lauschende Gemeinde.

Zuerst fingen die Frauen und Mädchen an, sie räusperten und putzten sich die Nase, dann folgten die weicher gestimmten Burschen – als aber der Pfarrer mit tränenerstickter Stimme schilderte, wie sie den armen, armen, guten heiligen Sebastian sogar in die Nasenlöcher geschossen hatten, da blieb einfach kein Auge mehr trocken, da mußte ja auch das steinernste Herz schmelzen, und das Kirchlein wurde erfüllt von einem allgemeinen Schluchzen und Schneuzen.

Da aber raffte sich der Pfarrer empor, schlenkerte die Tränen von seinen Pausbacken, und mit besänftigender Handbewegung sagte er mit seinem mildesten Lächeln:

„Naa, naa, weint net, Kinder – wer woaß denn, ob's aa halt wahr ist."

Das hätte nun freilich nicht kommen sollen! Doktor

Freimann machte schleunigst von der gütigen Erlaubnis des Küsters Gebrauch - machte schleunigst, daß er rauskam.

Sein schnelles Verschwinden fiel nicht auf. Dem Herrn Pfarrer hatte sein so gutes Herz auch durchaus keinen bösen Streich gespielt. Im Gegenteil, diese Bauern empfanden es wirklich als einen großen Trost, daß an der ganzen Leidensgeschichte des armen, armen, guten heiligen Sebastian vielleicht kein einziges wahres Wort war.

Es war übrigens ziemlich der Schluß der Predigt und der ganzen Andacht gewesen. Noch einige kirchliche Förmlichkeiten, der Segen wurde erteilt, dann erledigte der Pfarrer von der Kanzel herab gleich die weltlichen Angelegenheiten seiner Gemeinde, soweit die noch etwas mit der Kirche zusammenhingen, verkündete also die Aufgebote und dergleichen.

Und dann noch etwas anderes, etwas ganz Besonderes.

Am letzten Montag war droben in den Gießbach ein Kind gestürzt, der alte Kreuzhofer hatte es gesehen, war, schweißbedeckt vom Futterhauen, nachgesprungen, hatte lange mit dem Tode gerungen, ehe er ihm das Kind entrissen.

Dem Kind hatte das eiskalte Wasser nichts geschadet, aber der alte Bauer mußte sich schon am Nachmittag legen, und am anderen Morgen konnte er nicht wieder aufstehen. Erst hatte der bisher noch so rüstig gewesene Mann, dem niemals etwas gefehlt hatte, Rheumatismus in den Füßen, dann ging es die Beine hinauf, es wurde schlimmer und schlimmer - jetzt war der Mann total gelähmt.

Er hatte sich in die Kirche tragen lassen, den Unterleib unförmig in Decken gewickelt. Ganz vorn saß er mit ebenso erregtem wie glücklichem Gesicht. Mochte es mit ihm stehen, wie es wollte - heute war sein Ehrentag! Natürlich wußten schon alle um seine wackere Tat, und wie waren dem Alten schon die Hände gedrückt worden, nicht nur von den Eltern des geretteten Kindes! - Aber in der Kirche, vom Pfarrer von der Kanzel herab lobend erwähnt zu werden - ja, das war doch etwas anderes! Es war sein Ehrentag, vielleicht der glücklichste seines Lebens.

Und der Pfarrer schilderte den Fall. Ganz kurz, ganz schlicht.

Dann betete er mit der Gemeinde für die Rettung des Kindes aus Todesgefahr. Der Name des menschlichen Retters wurde darin gar nicht erwähnt, das war ja vorher abgetan. Der war ja nur das Werkzeug Gottes gewesen - diesem allein die Ehre!

„Amen! Und nun, Kreuzbauer - weil du so kreuzbrav gewesen bist, will i dir auch was verkünden, was dir einen Spaß machen wird - wann du wieder gsund bist, darfst einen Gamsbock schießen - aber nur einen Bock - und nur einen. Verstehst?“

Der alte Bauer hatte schon immer mit verklärtem Gesicht dagesessen und gelauscht. Mehr als solch eine lobende Erwähnung hatte er ja gar nicht erwartet. Es war sein Ehrentag.

Was aber jetzt über sein Gesicht ging, das war schon mehr eine Überverklärung. Das bleiche Gesicht färbte sich ganz rot, und dann wieder ganz weiß, und dann ging wieder eine Blutwelle darüber.

„Einen Gamsbock darf i schießen?“ flüsterte er mit zitternden Lippen, und doch hörte man es in der ganzen Kirche. „Wann, Herr Pfarrer, wann?“

„Alsbald du wieder ganz gsund bist und auf deinen Füßen laufen kannst, so Gott will.“

Da schnellte der alte Bauer, der sich seit fünf Tagen nicht mehr rühren konnte, von seiner Bank empor, daß ihm gleich alle Decken herunterrutschten, und er machte noch einen weiteren Satz nach der Kanzel zu, und jauchzend erklang es:

„Herr Pfarrer, wann i einen Gamsbock schießen darf – alsbald bin i ganz gsund!" – – –

Seit einer Stunde wanderten die beiden bergauf, der Pfarrer und sein Gastfreund.

Ersterer hatte auch bei dieser Bergpartie sein geistliches Gewand an, und dieses behinderte ja auch nicht seinen weitausgreifenden Schritt, wobei immer die langschäftigen Jagdstiefel zu sehen waren.

Eine richtige Klettertour war es noch nicht, aber steil genug ging es schon bergauf. Wer nicht an tüchtiges Bergsteigen gewöhnt war, dem mußte bald der Atem ausgehen – aber diesem korpulenten Pfarrer war nichts von Kurzatmigkeit anzumerken, der schob seinen Riesenkörper mit federndem Schritt bergauf, und den langen, außergewöhnlich dicken Bergstock mit stählerner Spitze trug er die meiste Zeit spielend auf der Schulter.

„Ich geh Ihnen doch nicht zu schnell?" wandte der Pfarrer sich manchmal um.

„Nein, nein, durchaus nicht."

Das waren die einzigen Worte, die zwischen den beiden gewechselt wurden, immer dieselben.

Doktor Freimann schien auch wirklich ein ausgezeichneter, unermüdlicher Bergsteiger zu sein. Manch anderer, der sich dünkte, einer zu sein, hätte wohl schon solch einen Führer um Schonung gebeten. Nun, er mochte es im Himalaja gelernt und noch nicht wieder verlernt haben.

Da plötzlich warf sich der Pfarrer mit einem Satz hinter einem Felsblock nieder, gleichzeitig ließ er den dikken Bergstock, den er mit der Spitze nach unten über der Schulter getragen, vornüber in die linke Hand fallen, als wäre es ein Gewehr, das er schußbereit mache, und so lag er auf dem rechten Knie.

An irgendeine Gefahr denkend, hatte sich Felix schnell neben ihn geworfen. Etwas Auffälliges sah er nicht.

Da hörte er neben sich ein merkwürdiges Klappern, und als er seitwärts blickte, gewahrte er, daß das gebräunte, sonst so gesundheitsstrotzende Gesicht des Pfarrers ganz blaß geworden war, und das Klappern kam von seinen Zähnen her, die im Mund hörbar aufeinanderschlugen.

„Was gibt es denn?" fragte Felix, ob solch eines Ausdrucks des Schreckens selbst ganz erschrocken.

„Eine Gams!"

Ja, jetzt erblickte auch Felix sie – eine Gemse, die in etwa vierhundert Meter Entfernung auf einem Felskegel stand und in die Ferne äugte.

Wäre der junge Mann eines Lächelns fähig gewesen, er hätte gelächelt. Himmel, was für ein Nimrod mußte dieser biedere Pfarrer sein, daß er beim Anblick einer Gemse gleich ein derartiges Jagdfieber bekam! Das Zähneklappern hörte gar nicht wieder auf.

Er schob den Bergstock vorsichtig vor, visierte drüber hinweg nach der Gemse.

„Schieß i oder schieß i net?" brachte er unter Zähneklappern hervor, während seine Hände wie aus Erz gegossen waren. „Kruzifix, muß i grad Schonzeit diktiert haben! – Ob i die Schonzeit noch ein bisserl weiter hinausschieb? Die Gams steht zu fein."

Ja, sein Begleiter war doch noch eines Lächelns fähig – er lächelte.

„Schieben Sie die Schonzeit noch etwas hinaus. Hier, nehmen Sie meine Büchse, sie ist auf..."

„Naa, naa", wehrte aber der Pfarrer ab, ohne hinzusehen. „Wenn i die Gams schießen will, brauch i keine Büchs. Aber i tu's net. Die Gamsen sind gar gscheite Viecherl, die wissen ganz genau, daß der Pfarrer Loisl Sturzbacher von Wolfensee schon vor einer Wochen die Schonzeit diktiert hat, und die wissen's auch, daß der Pfarrer Loisl Sturzbacher die Gebote zuerst selber hält, die er andern diktiert. Naa, naa, mein liabs Viecherl, du brauchst nix zu fürchten - ja, wenn du ein Bock wärst - aber so eine elendigliche Malefizrick, die grad Schonzeit hat... Na, dann du wenigstens!“

Bei diesem letzten Ruf war er emporgeschnellt, hatte den unteren Teil des Bergstocks an die Wange gerissen, und - vorn heraus aus dem reichlich drei Meter langen Bergstock fuhr ein Feuerstrom - und mit dem Donnerkrach zugleich blieb jenseits einer Spalte ein Fuchs liegen, der dort gelaufen war.

Als Doktor Freimann mit noch etwas geöffnetem Mund dalag, darüber staunend, wie man mit solch einem Bergstock auch schießen kann, ging der Pfarrer auf die etwa fünf Meter breite Spalte zu, immer schneller, bis er zu laufen anfing, stemmte am Rande der Schlucht den Bergstock ein und schwang sich mit mächtigem Satz hinüber, daß die schwarze Kutte nur so flog.

Drüben nahm er den Fuchs beim Schwanz, schleuderte ihn herüber, ging etwas zurück, um einen Anlauf zu nehmen, und schwang sich mittels des Bergstocks abermals über die gähnende Tiefe.

Mit bewundernder Ehrfurcht empfing ihn der aufgestandene Doktor der Philosophie. Das Staunen über den schießenden Bergstock war durch etwas anderes verdrängt worden. Er hatte etwas viel Großartigeres gesehen. Er hatte einen germanischen Recken, einen jener alten Wikinger gesehen, die sich bekanntlich aus ihren Schiffen, wenn diese nicht dicht an den Strand konnten, an ihren langen Lanzen oder Ruderstangen an Land schwangen - womöglich mitten in die Feinde hinein.

Die Schlucht war ja nur fünf Meter breit. Das hat für einen gewandten Springer beim Weitsprung nicht viel zu sagen, von einer Springstange gar nicht zu sprechen. Aber man stelle einmal solch einen gewandten Turner aus der Turnhalle im Gebirge vor eine nur fünf Meter breite Spalte mit gähnender Tiefe, gebe ihm auch eine Stange in die Hand - so, nun springe! - der Jünger Jahns wird sich wohl lieber hinter den Ohren kratzen, anstatt zu springen. Springen und springen ist eben zweierlei.

Und überhaupt, wie der riesenhafte, dicke Herr Pfarrer in seinem schwarzen Kittel hoch über dem Abgrund geschwebt hatte - es war ein großartiger Anblick gewesen.

Doch hierüber wußte Felix kein Kompliment anzubringen.

„Wie? Ihr Bergstock ist zugleich ein Gewehr?"

„Ja, den habe ich mir noch daheim anfertigen lassen, in München, nach meinen eigenen Angaben, als ich noch - als ich noch - als i - als i..."

Der Pfarrer wurde mit einem Mal recht verlegen.

„Aah, das ist ja schon lang her - schauen S', hier ist die Kammer, hier der Auswerfer, hier der Drücker..."

Er erklärte die Einrichtung des Bergstocks, der Hauptsache nach aus einem starken Stahlrohr mit Zügen bestehend, näher. Ein Visier brauchte er nicht. Durch die enorme Länge hatte das Gewehr eine außerordentliche Durchschlagskraft, bot auch große Zielsicherheit, hatte aber dafür andere Nachteile, die nur der, der diesen Schießprügel täglich in Händen hatte, zu vermeiden wußte.

„Eine richtige Büchs wär mir ja lieber - ein Stutzen, ein Zwilling - aber schauen S' - so ein Pfarrerkittel und ein Stutzen - es paßt nimmer recht zusammen..."

„Nun, Sie brauchen doch Ihr Ornat nicht immer zu tragen."

„Naa, naa, der Pfarrer ist's, der net zum Stutzen paßt - und ein Pfarrer wird man net durch den Kittel - schauen S', und da habe ich mir eben schon damals in München diesen Bergstock machen lassen."

„Da sind Sie also schon in Ihren bayerischen Bergen so ein leidenschaftlicher Jäger gewesen?"

Erst wollte der biedere Pfarrer wohl freudestrahlend bejahen, mit einem Mal aber schaute er den anderen ganz erschrocken an.

„Als wie i? O naa, naa, was moanen S' denn! Ein Pfarrer darf doch net jagen bei uns daheim, was würd denn da die Gemeinde denken!"

„Ja, wozu haben Sie denn da diesen schießfähigen Bergstock schon in ihrer Heimat gebraucht?" fragte der harmlose Felix, der durchaus nicht begreifen wollte.

„Als wie i? Wozu i den Schießprügel schon in meiner Heimat gebraucht hab? In Oberammergau? Nun - nun - nun so manchmal zum Spatzenschießen - jawohl, wann mir die Malefizspatzen in meine Erbsen gingen."

Dabei hatte der würdige Pfarrer schon eine Patrone für seinen Schießstock in der Hand, so eine reichlich zöllige Kugelpatrone! Nun allerdings hatte er auch den Fuchs mit Schrot geschossen, und er konnte ja auch Vogeldunst haben - aber bei diesem Gewehrkaliber wäre da wohl von einem Spatzen nicht mehr viel übriggeblieben.

Und während er dies gesagt, hatte er auch den Doktor so eigentümlich von der Seite angeschaut, als wollte er fragen: Glaubst du's auch?

Die Sache war doch ganz einfach die, daß dieser biedere Pfarrer schon in den bayerischen Bergen zusammen mit seinen Bauern gewildert hatte.

Aber Doktor Freimann stellte gar keine solche Betrachtung an, er war wieder einmal ganz in Träume versunken.

„So, so", murmelte er und weiter nichts.

„Ja, schaun S'", fuhr hingegen der würdige Seelsorger fort, „das Jagen ist ja ein Laster, aber ein schönes - oder doch eine Leidenschaft - und das ist's eben - eine Leidenschaft, der net jedermann huldigen darf - und deswegen wenn i das liab Herrgottle wär, i hätt das Wild gar nimmer erst gschaffen - i net - dann hätt's auch nimmer einen Jäger geben - oder i würd das Jagen auch einem Pfarrer erlauben - und dann freilich, wenn i das liab Herrgottle wär, hätt i auch noch viel mehr Wild gschaffen -

und i hätt dafür gesorgt, daß sich das Wild vermehren tät wie die Karnickel - und die Gamsen im besondern müßten hecken wie die Flöh. - Ei, das wär eine Freud!"

Und der biedere Pfarrer, der alles ganz anders eingerichtet hätte, wenn er's ‚liab Herrgottle' gewesen wäre, und der auch wirklich seinen Beruf verfehlt hatte - oder aber auch nicht! - er schleifte den Fuchs, absichtlich auf dem Steinboden eine Blutspur ziehend, unter einen Felsvorsprung.

„So, mein liabs Viecherl, da magst ruhen, bis der Sepp dich auf dem Rückweg mitnimmt, und dein Pelz bringt dem Pfarrer Sturzbacher dann später wieder einen Taler ein und noch mehr."

Der Weg wurde fortgesetzt. Dieser Zwischenfall hatte doch das Gute gehabt, daß jetzt eine Unterhaltung eingeleitet war.

„Es ist noch ein anderer unterwegs?" fragte Felix.

Sogar drei. Zwei kamen hinterher, die dem Herrn Doktor das Gepäck hinauftrugen, und der Sepp war schon voraus, um die Schutzhütte in Ordnung zu bringen.

„Eine Schutzhütte haben Sie dort oben?"

„Es ist nur eine Höhle, aber wir nennen's Schutzhütten, weil die Jäger drin übernachten. Aber Sie brauchen keine Sorg zu haben, daß Sie drin gestört werden, es darf niemand mehr hinaufkommen. Da gibt's noch andere Höhlen genug. Sie brauchen nur etwas eingerichtet zu werden, und zu sehen bekommen werden Sie auch niemand, dafür sorg i, das verkünd i von der Kanzel."

„Aber wer mich nun versorgt, der muß täglich diesen weiten Weg zurücklegen?"

„Weiten Weg? Hohohoho! Wir sind hier in Afrika. Und Sie moanen, das wär eine Straf? Nur wer ganz brav ist, darf täglich da hinaus zu Ihnen. Der kann doch gleich mit jagen."

Nach den noch frischen Spuren im lockeren Boden mußte allerdings erst vor kurzem viel Wild den Berg hinaufgewandert sein, besonders auch Büffel. Zu erblicken war allerdings bisher keines der Tiere gewesen. Der Pfarrer erklärte, daß diese bis an die Grenzen des ewigen Schnees gingen, um dort den ganzen Sommer zu verbringen, selbst Gazellen aus der tropischen Steppe - eben aus einem noch ganz unbekannten Grund. Denn anderswo haben diese Tiere zu solch einem Klimawechsel gar keine Gelegenheit.

So erklärte der Pfarrer noch, als plötzlich um einen Felsvorsprung ein Mann hervorgestürzt kam, in bayerischer Gebirgstracht, und eilends auf die beiden zurannte.

„He, holla, Sepp, was ist dir denn in die Hosen gfahren?"

Ja, der Mann war ganz außer sich.

„Herr Pfarrer, Herr Pfarrer", ächzte er und blickte scheu hinter sich.

„Na, was gibt's denn? Hast den Deifi gesehn?"

„Naa, naa, den Deifi net, aber den Dscharo!"

„Ach was! Jetzt fangst du auch schon an mit dem alten Berggeist?" lachte der Pfarrer. „Na, Sepp, dir hätt ich das doch nimmer zugetraut."

Aber der Bursche blieb bei seiner Behauptung, er habe den Geist des Kilimandscharos gesehen.

Dort oben, eine Büchsenschußweite von ihm entfernt, habe er auf einem freien Felsblock gesessen.

„Wie hat er denn ausgschaut?"

Ein alter Mann, ganz in Pelze gehüllt, mit langem weißen Bart und mit ebensolch langen Haaren.

„Grad wie der Vater Rübezahl und wie der selbst ausgschaut hat, bis er sich Haar und Bart abschnitt."

„Ist er denn ruhig sitzen geblieben?"

„I woaß net, i bin gelaufen, was i laufen konnt."

„Was tat er denn, als du ihn sahst?"

„Er stocherte sich grad mit dem Finger in der Nasen rum."

„Sooo!" lachte der Pfarrer aus vollem Hals, und auch

Felix mußte wiederum lächeln. „Na, Sepp, einen Geist, der sich in der Nasen rumstochern tut, den braucht man net zu fürchten. Geh, Sepp, geh heim und erzähl's niemand net, sonst wirst tüchtig ausgelacht, weil dir im Kopf rumspuken tut, was uns der Vater Rübezahl vorgeschwatzt hat."

Sepp trollte sich.

„Was für ein Berggeist ist denn das?" fragte Felix im Weitersteigen.

Der Pfarrer berichtete über die uralte afrikanische Sage, wie wir sie schon früher wiedergegeben haben.

„Und mein Führer, den Sie Rübezahl nennen, will ihn gesehen haben?"

„Ja, nur der, aber gleich handgreiflich."

Der Pfarrer berichtete.

Vater Rübezahl kam ja oft genug nach diesem bayerischen Dorf, war aber wohl noch immer der Meinung, daß es Buren seien, weil sie aus Südafrika gekommen waren - Buren, Deutsche, Holländer, das gehört bei dem doch überhaupt alles in einen Topf.

Vater Rübezahl also war früher, als er noch so mörderisch fluchte, ein durchaus freigeistiger Mensch gewesen - das heißt, er glaubte nur an das, was er mit seinen Fäusten packen konnte - wozu übrigens höchst wenig Geist und Verstandeskraft gehört.

Vor vierzehn Tagen etwa war Vater Rübezahl ins Dorf gestürzt gekommen, zum Pfarrer, den er überhaupt gern besuchte, weil er sich von diesem mit Vorliebe seine Korrespondenz besorgen ließ, natürlich auf englisch - und der alte, damals noch langbärtige und langhaarige Mann war ganz verstört gewesen.

Die Neger hätten doch recht mit ihrem Ndjaro. Er selbst hatte ihn gesehen. Dort oben auf einer Felskuppe habe er gesessen. Ein riesig großer Mann, ganz in Felle gehüllt, mit einem weißen, mächtig langen Bart, mit ebensolch langen, weißen Haaren, die ihm in Strähnen bis auf den Gürtel fielen – überhaupt das völlige Ebenbild von Vater Rübezahl, sogar Zug für Zug dasselbe Gesicht, und dann ebenfalls dasselbe Gewehr über der Schulter hängen, dieselbe Axt im Gürtel – kurz und gut, das Spiegelbild von unserem Vater Rübezahl – und dieser Berggeist nun habe ihm mit Donnerstimme etwas zugerufen, was er aber nicht verstanden, habe drohend gegen ihn die Faust geschüttelt, und dann sei der Geist des Berges plötzlich verschwunden gewesen, wie im Nebel zerronnen.

Nach des Pfarrers Ansicht, wie er jetzt sagte, hatte Rübezahl einfach eine Vision gehabt, oder er hatte tatsächlich sein eigenes Bild gesehen, eine Spiegelung in einer Nebelwand, wie ja auch das bekannte Brockengespenst entsteht.

Der Pfarrer aber klärte den Mann lieber nicht auf, er hatte eine geniale Idee, und er ging von der vielleicht ganz richtigen Annahme aus, daß etwas Aberglaube dem Menschen gar nichts schadet.

Er hatte den alten Mann schon öfters von seinem gotteslästerlichen Fluchen zu kurieren versucht, hatte ihm auch ein etwas manierlicheres Aussehen geben wollen, daß er etwas mehr auf sich hielt, denn der alte Mann sollte wirklich in geradezu schrecklicher Weise verwildert gewesen sein. Durch Bart und Haar ging schon kein Kamm mehr, das war schon ein Weichselzopf[1] geworden, die Brutstätte von Insekten aller Art.

Da also hatte der Pfarrer eine geniale Idee gehabt. Denn der Mann schwor unter den fürchterlichsten Flüchen ‚hoch und heilig', daß er wirklich den Kilimageist gesehen habe, und der ließ sich davon nicht wieder abbringen.

„Siehst du", hatte da der Pfarrer zu dem noch zitternden Mann gesagt, „das kommt von dem gotteslästerlichen Fluchen, und weil du immer gesagt hast, du selbst

[1] Veraltet für verfilztes Haar

wärest der Geist vom Kilima. Du hast doch auch nur deshalb deinen Bart und dein Haar so lang wachsen lassen, um dem Geist, wie die Neger ihn beschreiben, ähnlich zu sehen. Nun ist er dir wirklich erschienen, um dir zu drohen, dich zu warnen. Du sollst deine Vermessenheit aufgeben und wieder ein richtiger Mensch werden. Denn warum soll es keinen solchen Berggeist geben? Natürlich ist der dann ebenfalls von Gott geschaffen, muß dem lieben Gott gehorchen, und der liebe Gott hat ihn dir zur Warnung geschickt. Also gib dein unchristliches Fluchen auf und laß dir Bart und Haare scheren."

Der noch immer ganz verstörte Mann versprach alles, alles. Mit eigener Hand schor ihm der Pfarrer sofort Bart und Haar ratzekahl ab.

Ja, das war leicht gemacht, aber nun das Fluchen aufgeben, das Fluchen!

Nun, auch dafür wußte der kluge Pfarrer Rat.

Wenn Vater Rübezahl fluchen wollte, dann sollte er vorläufig immer ein ‚pst' sagen und dabei denken, das sei ein Fluch, und wenn er mehrere Flüche auf der Zunge hatte, dann machte er einfach ‚pst pst pst' – das wurde vom Himmel einstweilen als ein Fluchen angenommen, und eben deswegen schadete es gar nichts, wenn er hin und wieder auch noch ein frommes Sprüchlein hinzufügte, und das beste sei wohl: ‚Gelobt sei die gebenedeite Jungfrau, in Ewigkeit, Amen.'

Der kluge Pfarrer, der manchmal also gar nicht so gegen den Aberglauben war, hatte für diesen Spruch lieber die dem alten Mann ganz unbekannte deutsche Sprache gewählt, hatte ihm das Verslein so oft vorgesagt, bis er es geläufig nachbeten konnte.

„Was für eine Sprache ist denn das?" hatte Vater Rübezahl gefragt.

„Das ist Chaldäisch", hatte der Pfarrer, der einen ganz tüchtigen Schalk im Nacken sitzen haben mußte, geantwortet.

So war es gekommen, daß sich Vater Rübezahl plötzlich so total verändert hatte, daß er immer ‚pst' machte und dann den frommen, ihm ganz unverständlichen Spruch herbetete, und nachdem der Pfarrer, der nicht nur einen Schelm im Nacken, sondern auch das Herz auf dem richtigen Fleck hatte - und das Gehirn ebenfalls an der richtigen Stelle - berichtet hatte, schüttelte er sich in einem Lachen, das die Felswände dröhnen machte und leicht eine Lawine hätte lösen können.

„Also Sie meinen, er hat nur sein eigenes Bild als Luftspiegelung gesehen?" fragte Felix dann.

„Anders ist es nicht gewesen."

Der joviale bayerische Pfarrer bewies, indem er das Phänomen näher erklärte, daß er sogar in der Physik bewandert war.

„Er will doch eine Stimme gehört haben."

„Das waren einfach ein paar herabpolternde Steine."

„Die Erscheinung drohte ihm doch auch mit der Faust."

„Da hat Vater Rübezahl eben selbst die Hand gehoben, oder es ist einfach Einbildung. Ja, was meinen denn Sie, daß Sie so fragen?"

„Ich dachte daran, daß hier ja doch vielleicht ein alter Mann als menschenscheuer Einsiedler hausen könnte, durch den diese Sage vom eisigen Ndjaro erst entstanden ist."

„I wo! Diese Sage ist ja schon uralt, und dann hätten doch auch wir in den fünf Jahren etwas bemerken müssen. Wir sind ja schon überall herumgekraxelt, kennen den ganzen Kilima ebenso gut wie unseren Wolfsberg daheim. Nein, hier lebt kein Einsiedler, Sie sind der erste."

Diesen ungeheuren Kilimandscharo so durch und durch kennen? Daran zweifelte Felix doch etwas. Aber er widersprach nicht, hatte auch gar kein Interesse weiter daran.

Außerdem mußte die Unterhaltung beendet werden,

denn jetzt wurde die Kletterpartie doch etwas anders, und dann kam ein Grat, auf dem sie sich gegen die Felswand schmiegen mußten.

Dann noch eine Viertelstunde steil bergab, um eine Felsenecke herum, und das Ziel war erreicht.

„So, hier werden S' hausen. Na, ist das nicht großartig hier oben? Wenn i das liab Herrgottle wär, i hätt Adam und Eva hier oben hinsetzt. Schaun S' nur, da haben S' so ziemlich ganz Afrika vor sich, mit seinen Urwäldern und Steppen – alles handgreiflich nah, net wahr? – und doch können S' auch mit dem besten Fernrohr keinen Elefanten net erkennen. Und was das Klima anbetrifft – im Sommer hübsch kühl und im Winter net zu kühl – hier möcht i selber wohnen."

Ja, es war eine herrliche Szenerie, die man von hier oben überblickte. Aber der moderne Anachoret schien nicht viel auf Aussicht zu geben, er besichtigte zunächst die Höhle, die ihm als zukünftige Wohnung dienen sollte.

Es war eine ganze Höhlenflucht – wenigstens drei, vier Stück, mit drei Ausgängen nach verschiedenen Himmelsrichtungen, diese Aus- oder Eingänge ziemlich klein, so daß man sie leicht verstopfen konnte, was sehr in Betracht kam, wenn man Luft haben oder sich gegen den Wind schützen wollte.

Alle Höhlen waren reichlich mit Fellen und Pelzen ausgestattet. Dann gab es noch einige Kessel und sonstige Hausgerätschaften, und gleich vor dem Haupteingang floß ein kleiner Quell mit köstlichem klaren, kalten Wasser. Hier also würde der Einsiedler hausen. Dort in jener kleinen Nebenhöhle, die er von hier aus gar nicht erblicken konnte, würde er täglich Punkt zwölf Uhr alles finden, was er zu seinem Lebensunterhalt brauchte, und was er sich sonst durch einen Zettel, den er dort rechtzeitig niederlegte, wünschte. Am nächsten Tag zu derselben Stunde sei es von dem unsichtbaren Diener gebracht – vorausgesetzt natürlich, daß man es in dem Dorf selbst hatte.

Weiter unten wuchs Buschholz genug, auch auf der anderen Seite, mit leichter Mühe heraufzuholen. Das besorgte, wenn er wünschte, auch der dienstbare Geist, dabei immer unsichtbar bleibend. Da konnte er sich die heraufgebrachten Speisen wärmen. Das hatte er aber gar nicht nötig. Die tägliche Mittagsmahlzeit wurde ganz heiß heraufgebracht - in einem Heukasten, in dem die Temperatur während des zweistündigen Marsches nur um wenige Grade sank.

Aber ach, das war dem jungen Mann ja alles so gleichgültig! Nur allein sein, nur allein sein! Er schien wieder einmal von seiner intensivsten Menschenscheu gepackt zu werden, er verkroch sich förmlich, als jetzt die beiden Träger mit seinem Gepäck erschienen.

Nachdem diese wieder verschwunden waren, gab der Pfarrer ihm noch Aufschluß, wie die Höhlen während des Winters sogar geheizt werden konnten. Dann brauchte bei verstopften Ausgängen nur ein tüchtiges Holzfeuer angemacht zu werden, der Rauch fand seinen Abzug durch natürliche Löcher, die sich oben in der Decke befanden, und zwar zogen sie ganz intensiv. Aber so kalt, daß man Feuer zur Erwärmung des Körpers brauchte, wurde es hier selten und dann auch nur für höchstens einige Wochen, wenn der Schnee bis hier herunter kam.

„Und bis dahin sind's noch gute sechs Monate - werden S' denn auch so lange hier oben aushalten?“

„Ich glaube, ja“, entgegnete Felix, und jetzt schaute er sich doch mit leuchtenden Augen um. „Ja, hier möchte ich immer leben - und ich glaube, hier werde ich es auch aushalten können.“

„Na, dann behüt Sie der liebe Gott!“

Man sah, wie dem jungen Mann das Herz überquoll, als er die Hand des biederen Pfarrers ergriff.

„Herr Pfarrer, eine Bitte...“

„Immer sprechen S'.“

„Wenn ich - kann ich..."

Er brachte die Bitte, die sich dann als so unschuldig erwies, gar nicht heraus.

„Ob S' mal runter zu uns kommen dürfen? Na, da brauchen S' doch net erst zu fragen..."

„Nein, nein!" rief indessen der junge Mann hastig. „Nein, nicht wieder unter andere Menschen, aber - wenn Sie mich einmal hier oben besuchen würden!"

Es war ein eigentümliches Aufleuchten in den Augen des Pfarrers.

„Na und ob! Wenn's Ihnen Spaß macht. Jeden Tag kann i freilich net..."

„Ach, nur aller Monate einmal..."

„Aller Wochen, des Sonntags, das kann i."

„Bitte, bitte!"

„Behüt Sie Gott!"

Er ging. Felix schaute der reckenhaften Gestalt im geistlichen Ornat nach, bis sie hinter einem Felsvorsprung verschwand.

Und dann legte der junge Mann die Hände vor die Augen und weinte bitterlich.

Aber es sollte noch nicht der letzte Abschied für heute gewesen sein.

„Holdiohohoho - juhu!" ertönte es da.

Erschrocken fuhr Felix empor, er schämte sich seiner Tränen.

Es war der Pfarrer, der dort auf einem Felsvorsprung stand, schon in weiter, weiter Entfernung.

„Herr Doktor, hören S' mich sprechen?"

Felix schrie aus Leibeskräften ein ‚Ja', war sich aber bewußt, von jenem nicht gehört zu werden, denn mit dessen Bärenstimme konnte sich die seine nicht messen.

„Ich wollt Ihnen nur noch fragen", brüllte der Pfarrer mit trichterförmig vor den Mund gelegten Händen, „essen S' gern Leberknödel? Verstehn S'? Leberknödel, Leberknödel, Leeeeebeeeeerknöööööödel! Die gibt's bei uns jeden Tag. Leeeebeeeerknöööööödel."

Der Pfarrer konnte also nicht verstehen, was jener zurückrief, er sah nur, wie Felix eine abwehrende Handbewegung machte und dann in seiner Höhle verschwand, und nachdem der Pfarrer den Kopf geschüttelt und die Achseln gezuckt hatte, setzte er seinen Abstieg fort.

„Wart, dich will i schon wieder gsund machen", murmelte er bei den ersten Schritten, „und wenn du erst so wie i dreißig bis vierzig faustgroße Leberknödel essen kannst, nachher wirst auch keine Melancholie mehr haben."

10.

Die Kurmethode, die der Pfarrer mit dem Melancholiker sicher vorhatte, sollte indes doch nicht glücken.

Die Tage vergingen. Tage? Vielleicht auch Wochen. Wenn man so ganz, ganz einsam lebt, und man hat keinen Kalender, in dem man jeden gewesenen Tag ausstreicht, sich sonst kein Zeichen macht, verliert man so schnell alle Zeitberechnung, und wer weitab in eine ihm ganz neue Gegend kommt, wird sich zuletzt sogar um Jahre irren können, weil er nicht einmal die Veränderungen der Jahreszeiten kennt.

Felix lag in oder vor seiner Höhle und träumte. Absolut für gar nichts Interesse. Wenn ihn dürstete, so trank er, und wenn ihn hungerte, so ging er nach jener Nebenhöhle und holte sich aus der mit Tragriemen versehenen Heukiste den Topf.

Aber nicht etwa, daß er da eine Zeit einhielt. Ob das Essen heiß war oder kalt, das war ihm ganz gleichgültig, das merkte er überhaupt nicht. Daß er dabei noch nicht mit dem sonst unsichtbaren Diener, der gleich die ganze Heukiste umwechselte, zusammengetroffen war, war nur ein Zufall. Seine Uhr, die er in Mombasa oder in Djulu zuletzt aufgezogen haben mochte, war schon längst stehengeblieben, und er dachte nicht daran, sie wenigstens nach der Sonne wieder zu regulieren.

Wenn ihm etwas sagen konnte, daß schon eine ziemliche Zeit verstrichen sein mußte, so war es das, daß er nach und nach einen Vollbart bekam.

Er hatte ein Rasiermesser und alle nötigen Utensilien, aber er benutzte sie nicht. Er wusch sich nur, wenn die Haut ihm unangenehm klebrig wurde, und bei dieser Gelegenheit wurde auch gleich einmal das Haar gekämmt, wahrscheinlich nur ganz gewohnheitsmäßig.

Wenn ein junger Mann körperlich sonst ganz gesund ist, was er dadurch beweist, daß er mit gutem Appetit ißt, daß er auch sonst über nichts zu klagen hat, und er treibt es wochenlang auf derartige Weise – dann muß er wahrhaftig seelisch oder geistig krank sein.

Man hätte es sich gefallen lassen, wenn er in seiner erhabenen Einsamkeit immer wieder den Sonnenauf- und -untergang bewundert hätte! Aber er blickte gar nicht hin.

Zwei Wochen waren nun mindestens schon vergangen, und der Pfarrer war noch nicht gekommen.

Und worauf nun hatte der eben seinen Plan gebaut? Offenbar darauf, daß der Einsiedler seinen Besuch herbeisehnte, und da dieser nicht käme, der Einsiedler einmal ins Dorf hinabstiege.

Wirklich, ein ganz kluger Plan! Aber die Sache war nur die, daß der junge Mann den Pfarrer gar nicht vermißte. Sonst hätte er doch wenigstens einmal den unsichtbaren Geist befragt, hätte ein Zettelchen hinabschicken können.

Felix der Glückliche schrieb jedoch überhaupt keine Zettelchen, weil er keine Wünsche hatte, keinen einzigen, also auch den nicht, den jovialen Pfarrer einmal wiederzusehen. Das war damals nur so ein Herzenserguß gewesen.

Und dennoch, der Pfarrer sollte recht behalten! Es geschah nur in ganz anderer Weise, die er allerdings ebenfalls schon angedeutet, aber doch nicht so gemeint hatte.

Nämlich durch Leberknödel sollte der junge Melancholiker geheilt werden. Oder eigentlich gerade durch keine Leberknödel, nämlich indem er die Leberknödel, die für ihn bestimmt waren, nicht bekam. Und das geschah folgendermaßen:

Verlassen hatte Felix die engste Umgebung seiner Höhlen also noch nicht. Holz brauchte er nicht, und der junge Mann war sogar schon über die Notwendigkeit jeder körperlichen Bewegung erhaben. Wenn ihm die eine Seite weh tat, legte er sich auf die andere, in der frischen Luft war er ja immer, und die drei Schritte nach der Quelle, wenn er durstig war, schienen ihm zum täglichen Spaziergang zu genügen.

Aus den hohlen Händen trank er noch nicht. Dazu war er zu faul. Denn unter den Wasserstrahl einen Becher zu halten, das ist doch offenbar viel einfacher.

Eines Tages passierte es ihm, daß der Zinnbecher seinen Händen entschlüpfte und den Abhang hinabkollerte, seinen Blicken entschwand.

Jetzt verwandelte sich Dr. phil. Felix Freimann in geistiger Hinsicht in ein Känguruh. Wenn er ein solches nicht schon immer gewesen war! Das Känguruh ist nämlich unbestreitbar das geistreichste warmblütige Tier mit vier Beinen, von denen es meist nur zwei zur Fortbewegung benutzt, die anderen beiden bloß zum Kratzen.

Aber ehe sich ein Känguruh kratzt, muß es sich erst reiflich überlegen, ob es sich kratzen soll oder nicht. Ein Känguruh überlegt überhaupt immer.

Also, so brauchte auch Herr Dr. Freimann geraume Zeit, bis er konstatiert hatte, daß ihm der Becher entfallen war. Reichlich zehn Minuten brauchte er, um zu der Erkenntnis zu kommen, daß der Becher dort den Abhang hinabgekollert war. Und nach einer weiteren Viertelstunde wußte er ganz bestimmt, daß der Becher von hier oben auch nicht mehr zu sehen war.

Nun war unterdessen aber auch sein Entschluß gereift. Er legte sich platt auf den Boden und blickte hinab, um zu sehen, wo denn der Becher geblieben war, ob man ihn überhaupt noch sehen konnte oder nicht.

Ja, da hing er auf einem Busch, keine zehn Meter unter ihm, und der Abstieg war durchaus nicht gefährlich.

Aber ob diesen Abstieg nun auch wirklich antreten, das war jetzt die große Frage!

Wenn seine Uhr noch gegangen wäre, und er hätte nach ihr gesehen, so hätte er konstatieren können, daß er genau zwei Stunden sechsundzwanzig und eine halbe Minute brauchte, bis er den Entschluß gefaßt hatte, sich hinabzubegeben und den Becher wieder heraufzuholen.

So lange hatte er immer platt auf dem Bauch gelegen, bald den Becher, bald die schiefe Ebene betrachtend. Also der kecke Edelknab' wollte zuletzt doch wagen, nach dem Becher zu tauchen.[1]

Er erhob sich, setzte die Füße auf die schiefe Fläche... Sapperlot, jetzt brauchte er keine Sekunde Überlegung mehr, um hinab neben den Becher zu kommen.

Es war loses Geröll gewesen, es hatte nachgegeben – mit Vehemenz war der kühne Rittersmann hinabgesaust.

Geschadet hatte er sich nicht, es hatte überhaupt nichts zu sagen. Er brauchte nur den Busch nach rechts zu verfolgen, so kam er an einen ganz bequemen Aufstieg, den er immer benutzt haben würde, wenn er sich Feuerholz geholt hätte.

Aber dieser Sturz hatte jedenfalls keinen wohltätigen Einfluß auf sein Gemüt gehabt, denn er brauchte noch immer beträchtliche Zeit, ehe er sich mit dem zurückeroberten Becher auch wirklich auf diesen Weg machte, und inzwischen hatte er wieder vor sich hingedöst.

Nun aber war er unterwegs, und bei dieser Gelegen-

[1] Anspielung auf Schillers Ballade „Der Taucher“

heit gelangte er auf eine andere Seite, bekam eine Aussicht, die er von seinen drei Höhlen aus niemals hatte. Von hier aus konnte er nämlich den zu seiner Einsiedelei führenden Weg erblicken, und da sah er etwas, was er doch einmal mit Interesse betrachtete.

Es war sein sonst unsichtbarer Diener, den er gerade erblickte. Er hätte dem Mann unter anderen Umständen sicher keine Beachtung geschenkt, hätte sich vielmehr schnell abgewandt, nur um ihn nicht zu sehen, wenn der Mann sich nicht so auffällig betragen hätte.

Der Bursche in Kniehosen und Wadenstrümpfen stand auf dem Weg, hatte den umfangreichen Holzkasten vom Rücken genommen, ihn auf den Boden gesetzt, und mit diesem Kasten trieb er nun irgendeinen Hokuspokus.

Die Entfernung war eine solche, daß Doktor Freimanns gute Augen noch jeden Zug in dem braunen Gesicht erkennen konnten, und es war ein etwas dummes Gesicht mit der großen, gebogenen Nase, der niedrigen, zurücktretenden Stirn und dem verschwindenden Kinn, wozu auch der dicke, etwas gekröpfte Hals gehörte - und dieses dumme Gesicht nun mit den runden Eulenaugen war in ständiger Bewegung, und der Mann selbst mit dem ganzen Körper immer um den Kasten herum, und jeder einzelne Finger machte diese Bewegung mit.

Dem versteckten Beobachter fiel gleich das Gedicht vom Glockenguß zu Breslau ein, wie der Lehrling von einer unwiderstehlichen Lust befallen wird, den Hahn des Kessels zu öffnen, in dem das glühende Metall wallt - es zieht an allen Fingern ihn nach dem Hahn hin - ganz unverkennbar ging es diesem bayerischen Hiesel hier ebenso mit dem geschlossenen Holzkasten. Er wollte ihn angreifen, ihn jedenfalls öffnen, aber er wagte es nicht, - er rang mit sich - er fing an, mit gefalteten Händen zu beten und sich zu bekreuzigen - und die Wirkung des Gebets und des Kreuzzeichens war die, daß er plötzlich auf den Kasten losstürzte, den Deckel aufschlug und mit einer gleichzeitig irgendwo hervorgezogenen Gabel in den aufsteigenden Qualm hineinstach.

Er brachte einen faustgroßen Kloß aus dem Qualm zum Vorschein, und den führte er alsbald zum Mund. An sich war die Sache einfach genug. Der Bote war kurz vor dem Ziel - wenn er es nicht schon mehrmals getan hatte - der Versuchung unterlegen, von dem Mittagsmahl des Einsiedlers einmal zu naschen.

Die Hauptsache aber war doch die, wie er das tat! Schon diese Vorbereitung, dieser Kampf mit der Versuchung oder seinen Begriffen nach wohl mit dem Teufel, wie er sich dagegen stemmte, und schließlich doch nur gar zu gern unterlag, wie sich das alles in dem dummen Gesicht widerspiegelte und sich selbst noch in jeder Fingerspitze markierte - es war einfach göttlich gewesen, leider nicht zu beschreiben, auch nicht bildlich wiederzugeben, höchstens durch lebende Fotografie, und ebenso dann das, wie er nun einen Kloß nach dem anderen verschlang.

Der Kerl mit dem verschwindenden Kinn hatte nämlich ein ungeheures Maul, er konnte solch einen faustgroßen Kloß gleich mit einem Mal darin verschwinden lassen - nun aber waren die Klöße offenbar glühendheiß - und der Mann hatte es mit seiner heimlichen ‚Nascherei' doch sehr eilig - und wie er unter Verbrennungsschmerzen schluckte und druckte - dieses Arbeiten des Mundes und des ganzes Gesichts - wie er dabei die Augen rollte - und nun kam immer noch einmal der Kampf mit dem Teufel daran - er wollte es bei dem ersten Kloß belassen, aber der Teufel zwang ihn trotz allen Betens und Kreuzeschlagens, immer noch einmal mit der Gabel in den dampfenden Kasten zu stechen - und nun fing wieder der Kampf mit dem glühenden Kloß an - eben eine unbeschreibliche Szene!

So verhielt sich der Mann dort unten im Kampf mit Teufel und Kloß.

Wußte denn aber der Mann dort oben, wie er sich verhielt?

Der unglückliche Felix krümmte sich wie ein Wurm, nämlich, um das ihn anwandelnde Lachen zu unterdrükken, er pfropfte selbst seine Faust in den Mund - und das paßte sich doch eigentlich gar nicht für einen unheilbaren Melancholiker.

Beim Kampf um den vierten Kloß unterlag der Teufel, die Tugend des bayerischen Hiesels siegte. Man sah ganz deutlich, wie er einen sogenannten moralischen Anlauf nahm, und der Sprung bestand darin, daß er den Deckel des Kastens zuklappte und diesen auf den Rücken nahm.

Aber beim Weitergehen fing der Kampf mit dem Teufel schon wieder an, nur in anderer Weise, doch mit demselben Endziel.

Diese unentschlossenen Schritte, dieses Zögern und Stehenbleiben und Weitergehen - und diesmal siegte wieder der Teufel - herunter mit dem Kasten vom Buckel und noch einmal losgestochert, einen Kloß nach dem anderen im Maul verschwinden lassend.

Dann stocherte die Gabel recht lange in dem Kasten herum, der Mann versuchte den Qualm mit den Augen zu durchdringen, griff sogar hinein und schlenkerte ganz eklig die verbrühte Hand - und immer ängstlicher wurde das dumme Gesicht - und da, mit einem Mal warf er den Kasten wieder auf den Buckel, seinen ängstlichen Blick nach der Höhe hinauf, wo der Einsiedler hauste, und plötzlich fing der Kerl mit einem jämmerlichen Geschrei zu laufen an.

Hallo, solch ein Ende hatte Felix nicht erwartet! Was hatte der Kerl denn plötzlich so mordsmäßig zu schreien? Der brüllte ja, als ob er am Spieß steckte.

Daß er sich die Hand verbrannt hatte, konnte nicht daran schuld sein. Da hatte er nur einmal schmerzhaft das Gesicht verzogen, die Finger geschlenkert und ans Ohrläppchen gehalten, nichts weiter. Und der Kerl brüllte und brüllte, wie er jetzt bergauf lief, was er laufen konnte.

Da mußte Felix auch oben sein, diesmal wollte er seinen unsichtbaren Diener kennenlernen.

Also schnell hinauf, nach jener kleinen Höhle geeilt, die gewissermaßen als Servierzimmer diente, und da traf er auch schon mit dem Hiesel zusammen, der noch immer aus Leibeskräften brüllte.

„Koooooo - uuuuuhhhh..."

„Mensch, Mensch, was hast du denn? Was ist denn passiert?"

„Huuuuuuhhh - der Dscharo, der Dscharo!"

„Was? Du hast den Berggeist gesehen?"

„Jaaa, jaaa", heulte der Hiesel nach wie vor und wakkelte mit den weit auseinanderstehenden Knien, „der Dscharo ist mir begegnet - ein alter Mann in einem Pelzgewand mit weißem Bart und Haar - und in seiner Nasen hat er sich auch gestochert - und da hat er mi angschnauzt - ‚Lausbub dalkerter, mach dein Kästl auf und laß schaun, was du drin hast!' hat er geschrien - und da hat er das Heukästl selber aufgmacht - und wie er sich nochmal in seiner Nasen gestochert hat, hat er ins Heukästl und in den Topf gestochert - und da hat er alle Leberknödel aufgefressen - alle mit einem Mal verschluckt - dreißig bis vierzig Stück - und dann hat er sich noch einmal in seiner Nasen gestochert, und dann ist er verschwunden - huuuuuhh, und nun hab i keine Leberknödel mehr, keinen einzigen - huuuuu!"

So hatte der Mann hervorgebrüllt.

Einen starren Blick noch auf den Mann, und dann lehnte sich der unglückliche Melancholiker, der kaum noch eines Lächelns fähig war, zurück an die Wand, und jetzt brach es hervor, was er vorhin zurückgehalten hatte - er lachte und lachte, daß ihm die Tränen herunterkugelten, wie er selbst in seinen besten Tagen nie gelacht hatte.

Der bayerische Hiesel wurde etwas perplex. Was hatte der Herr da so zu lachen?

Endlich hatte Felix sich wieder beruhigt.

„Der verhungerte Berggeist bist du wohl selbst gewesen, was?"

„Als wie i?"

Der Mann wollte sein Märlein noch einmal und noch ausführlicher auftischen.

„Es ist schon gut. Ich habe selbst zweimal beobachtet, wie du den Kasten geöffnet und die Knödel herausgeholt hast, und so wirst du wohl alle dreißig bis vierzig Leberknödel selbst verschluckt haben. Das sehe ich doch überhaupt gleich deinem Wanst an, die obersten beiden Knöpfe sind ja schon abgeplatzt. Na, ich verzeihe dir. Ich weiß schon, Leberknödel sind für echte Bayern ein ganz besonderer Fraß, schon eher so eine Art Opium. Aber tu das nicht wieder. Für mich brauchst du nicht zu sorgen, ich habe noch von gestern genug. Wenn du deinen Mund hältst, nicht wieder von dem Berggeist erzählst – von mir soll niemand etwas erfahren. Nun trolle dich. Hier hast du ein Stück Brot, damit kannst du auch die Brühe auftitschen. Aber nicht hier, setze dich unterwegs hin. Marsch!"

So ungefähr hatte Felix gesprochen, und der bayerische Hiesel trollte sich, glückselig, mit vorgerecktem Bauch, schmunzelnd.

Endlich konnte er sich wieder beherrschen.

„Ei ei ei, das hat mir wohlgetan, so habe ich doch seit anderthalb Jahren nicht mehr gelacht, seit damals, als ich... Hm."

Er wurde jetzt sogar sehr ernst, blickte nach jener Richtung, in der der Hiesel verschwunden war.

„Hm, eigentlich hätte ich den Kerl gleich fragen sollen, weshalb denn der Pfarrer gar nicht einmal heraufkommt. Wie lange mag ich denn überhaupt schon hier oben sein? Ich werde morgen doch einmal einen Zettel mit einigen Fragen hinlegen - oder ich kann ihn ja dem Boten auch gleich selbst geben, ihn selbst einiges fragen. Ja, warum nur der Pastor gar nicht heraufkommt? Er hat es mir doch versprochen. Und acht Tage muß ich doch wenigstens schon hier oben sein. Na, ersetzen wir erst einmal die vom Berggeist geraubten Leberknödel durch etwas anderes."

Brot, Käse, Butter, Wurst und dergleichen, was das Dorf liefern konnte, hatte der Einsiedler genug in seiner Vorratskammer, das hatte sich nach und nach so angehäuft, und eben deswegen würde es kaum noch genießbar sein.

„Ich muß doch endlich einmal reine Wirtschaft machen, da wird ja sonst zuletzt eine Schweinerei daraus."

Von dem Mittagessen konnte deshalb niemals etwas übrigbleiben, weil Felix einfach immer gleich aus dem Topf aß und dann diesen in die Heukiste zurücksetzte, die am anderen Tag wieder abgeholt und mit der neuen Wärmekiste vertauscht wurde.

Das war nun heute nicht geschehen. Der Hiesel hatte dieselbe Heukiste mit zurückgenommen.

Gestern hatte es Nudeln mit Kalbfleisch gegeben, der Topf war noch reichlich halbvoll, und in der kühlen Höhle hatte sich alles tadellos gehalten. Nur gewärmt brauchte es zu werden.

„Da will ich mir einmal ein Feuerchen anmachen - ich glaube, zum ersten Mal - gewiß, es ist das erste Mal."

Erst aber mußte er sich dazu Holz holen, und er tat es mit Hilfe seiner kleinen Axt.

Bald loderte in der mittleren Höhle ein Feuerchen, über dem der eiserne Kessel hing. Felix beobachtete, wie kräftig der Rauch in die Deckenlöcher gezogen wurde.

„Wohin mag der Rauch wohl abziehen?" dachte er. Also er fing schon an zu beobachten.

„Das muß ich dann einmal untersuchen, irgendwo muß der Rauch doch ins Freie kommen", war sein zweiter Gedanke, und der war noch mehr wert.

Zunächst aß er mit bestem Appetit, den er allerdings immer hatte, auch wenn er den ganzen Tag auf dem Rükken gelegen hatte, dann wusch er sich die Hände und wie gewöhnlich auch gleich das Gesicht mit, um sich dann gewohnheitsmäßig zu kämmen.

„Ich könnte mich eigentlich auch einmal baden."

Und er entkleidete und badete sich.

„Donnerwetter, ich muß doch schon länger als acht Tage hier sein, mir ist ja schon ein ordentlicher Vollbart gewachsen! Weshalb der Pastor nur nicht heraufkommt? Er wird doch nicht etwa krank geworden sein? Ich könnte schließlich noch heute einmal hinunter..."

Er vollendete den Satz nicht, sondern suchte sein Rasiermesser hervor und begann sich zu barbieren.

Dabei dachte er immer an den Pfarrer, warum der nicht käme, zugleich aber beobachtete er auch den starken Qualm, der sich aus dem niedergebrannten Holz entwickelte, wie intensiv die Löcher an der Decke ihn aufsogen.

„Das muß ich doch erst einmal untersuchen."

Gedacht, getan – der Anachoret machte sich auf die erste Entdeckungsreise, um seine Umgebung zu erforschen.

„Nach solch einem Bad fühlt man sich doch wie neugeboren", sagte er, als er über Stock und Stein kletterte.

Er stieg hinter seinen Höhlen etwas bergauf. Von Rauch war nichts zu bemerken, so viele Höhlen es hier auch sonst noch gab.

Doch, dort aus jener schien ein schwacher Dunst zu dringen. Felix kroch hinein.

Er hatte in der ziemlich dunklen Höhle erst einige Schritte getan, als plötzlich der Boden unter seinen Füßen wich und er sofort in die schwarze Tiefe zu rutschen begann.

Sein Schreck war nicht gering. Sollte er es auch nicht

sein! Es war kein direkter Sturz, sondern er rutschte auf einer schiefen Fläche hinab, das aber auch immer schneller und schneller.

„Himmelbombenelement, wie ist doch gleich die Formel über die Beschleunigung des Falles, die man aber auch auf ein Gleiten anwenden kann, zumal die Gleitfläche so spiegelglatt ist wie diese?"

Diese an sich selbst in Gedanken gerichtete Frage hatte er aber durchaus nicht humoristisch gestellt. Ihm steckte der Schreck noch immer in allen Gliedern, und dieser Schreck nahm nur immer zu. Denn das Hinabrutschen ging fortwährend schneller. Das war nur ein Zuckgedanke gewesen. Und um ihn her war es pechfinster.

Bei solchen Situationen kann man in einem Augenblick viel denken, kann sogar an sich Fragen stellen und sachgemäß beantworten – alles in einem Augenblick. Bekannt ist es ja, daß besonders Menschen, die in Todesgefahr sind, in einem Augenblick noch einmal ihr ganzes Leben regelrecht durchträumen, alles noch einmal durchmachen.

„Ja, wo bin ich denn nur eigentlich? Das muß doch ein Schacht sein, der schräg nach unten führt? Und so spiegelglatt!"

Wenn Felix auch so vernunftgerecht denken konnte, so hatte er doch noch nicht einmal Zeit gehabt, seine Hände nach einem Halt auszustrecken. Vorläufig ruhten diese noch auf dem Boden und fühlten dessen Glätte. Es war eben erst ein Augenblick seit dem Sturz vergangen, oder sagen wir eine Sekunde.

In der nächsten freilich spreizten sich die Arme des Doktors auch schon aus, die rechte Hand bekam auch wirklich Fühlung mit einer Wand, aber diese war zwar etwas rauh, konnte jedoch nicht den geringsten Halt bieten.

Da indessen verlangsamte sich die Fahrt auch schon, ganz deutlich zu merken, immer langsamer ging es, was nur davon herrühren konnte, daß die Fläche jetzt weniger schräg wurde, und da gewahrte Felix, der, mit den Füßen abwärts gerichtet, aufrecht saß, unter, aber auch so halb vor sich, einen Lichtschein, der sich schnell vergrößerte und verstärkte.

Das Licht wurde so hell, daß er seine Umgebung mustern konnte, dabei allerdings noch immer bergab schusselnd.

Es war ein richtiger Schacht, etwa einen Meter hoch und einen Meter breit. Während Wände und Decke noch etwas rauh waren, etwa wie Zement, war der sich senkende Boden glatt wie geschliffener Achat. Die Neigung war jetzt gar keine bedeutende mehr, selbst einem Radfahrer hätte sie bergauf gar keine Schwierigkeiten gemacht, aber bei dieser unheimlichen Glätte war an ein Halten gar nicht zu denken, der menschliche Körper rutschte, wie eine Kugel gerollt wäre.

Und da wußte Felix sofort, wohin er geraten war. In einen Eisschacht war er gestürzt! Auch die asiatischen Gebirge haben solche Schächte, besonders der Himalaja, während man in Amerika und Europa etwas derartiges gar nicht kennt. Oder in Amerika hat Alexander von Humboldt derartiges auf dem Chimborasso gefunden, er beschreibt wenigstens etwas Ähnliches.

Diese mehr oder weniger senkrechten Schächte sind ehemals, so vor einigen hunderttausend oder auch Millionen Jahren, einfach Risse gewesen, die sich durch das feste Gestein des Gebirges zogen. Regen- und Schmelzwasser benutzten diese Risse als Abfluß nach unten. Schon dieses einfache Wasser mag sie ja im Laufe der Jahrtausende immer mehr erweitert haben. Dann aber kam vor allen Dingen das Eis hinzu. Auf den mit Schnee bedeckten Gipfeln bildet sich solches genug, unter der Sommersonne bricht es, und geraten die Stücke in solch eine Ritze, dann müssen sie eben dem Zug der Schwerkraft folgen.

In einigen hunderttausend Jahren kann da nun etwas geschaffen werden. Immer und immer wieder machen jeden Sommer kleinere und größere Eisschollen durch die schon breiter und tiefer gewordenen Risse die Rutschpartie nach unten - und so wird eben zuletzt ein Schacht daraus, dessen Boden spiegelglatt geschliffen ist.

Daher kommt es wohl, daß man solche Eisgleitschächte nur in höchsten Bergen der heißesten Gegend findet. Das Eis muß öfter Gelegenheit haben, sich lokkern zu können, und nach unten nimmt die Wärme rapid zu, so daß es sich nirgends wieder festsetzen kann.

In den europäischen Gebirgen genügt der Unterschied der Jahreszeiten nicht, um das fertigzubringen. Das in eine Spalte geratene Eis sackt sich einfach fest und bleibt dort sitzen, schmilzt nur ganz, ganz langsam ab.

Also das hatte Doktor Freimann im Himalaja kennengelernt. Untersucht hatte er freilich keinen solchen Gleitschacht, war auch nicht unfreiwillig einen hinabgepurzelt. Das mußte ihm erst hier in Afrika passieren.

Übrigens darf man nicht denken, daß diese Gleitschächte so häufig sind. Oder man kannte sie überhaupt gar nicht. Da ist ein Loch im Boden, und niemand hat eine Ahnung, daß das bis auf die Sohle des Berges reicht. Es braucht jetzt dort auch keinen ewigen Schnee mehr zu geben, selbst im Winter kommt vielleicht keine Schneeflocke mehr hin. Das kann sich in der Urzeit gebildet haben. Andere Gleitlöcher hingegen befördern noch heute zahllose Eisschollen hinab.

Nur schade, daß diese Erkenntnis, wo er sich befand, dem jungen Doktor der Philosophie gar nichts nützte! Der schusselte mit all seiner Gelehrsamkeit immer ruhig weiter taleinwärts.

Auch mit dem lichtspendenden Loch kam er nicht in nähere Berührung - jedenfalls zu seinem Glück, sonst hätte er vielleicht ohne Gleitbahn einen Salto mortale so gegen tausend Meter durch die freie Luft machen können, vielleicht gleich 4.000 Meter in die Djuluschlucht hinunter!

Der Tunnel machte auch Biegungen. Das Schneewasser und die Eisschollen waren eben den natürlichen Ritzen gefolgt, und Doktor Felix Freimann wiederum folgte gehorsam dem Weg der Eisschollen.

Solch eine Biegung kam auch jetzt, wobei sich der Tunnel durch die seitliche Reibung nur sehr verbreitert hatte, und Felix hatte die Lichtöffnung neben und dann sogar hinter sich.

Weiter ging es in die schwarze Nacht hinab und zwar – jubb! – mit einem Mal ganz schnell – und dann nach dem physikalischen Gesetz des Falls immer schneller und schneller – erst als sich unserem Felix die langen Haare zu sträuben begannen und er schon Abschied von dieser Welt nahm, kam wieder ein Buckel, dem eine mäßigere Neigung der schiefen Fläche folgte.

So ging das immer weiter. Gerade wie auf einer Rutschbahn ‚Über Berg und Tal'. Bergauf ging es allerdings niemals. Aber ganz horizontale Flächen waren sicher dabei. Sie waren nur immer zu kurz, und dann war der menschliche Rutschbahnwagen auch immer gerade so schön in Schwung, daß er niemals zum Stillstand kam. Das darf ja auch auf einer Rutschbahn nicht vorkommen, sonst ist sie nicht richtig konstruiert.

Da – aber jetzt, jetzt! – jetzt ging es einmal ganz langsam und immer langsamer! Wohl war noch eine Neigung vorhanden, aber sie konnte nur ganz, ganz gering sein. Felix versuchte sich, da ihm die Wände gar nichts nutzen konnten – mit beiden Armen konnte er sie zugleich nicht erreichen – wie eine Mauereidechse oder wie eine Fliege mit beiden Händen an der glatten Fläche festzukleben, und zu dieser Berührung hatte es noch eine ganz besondere Ursache.

Wieder schimmerte ihm ein Lichtschein entgegen, diesmal aber aus der Seitenwand kommend, auch nur sehr schwach, und zugleich vernahm er pochende Töne, gerade als ob Teppiche ausgeklopft würden.

Woher konnte dieses seltsame Geräusch stammen? Da verstummte es. Und da – eine menschliche Stimme!

„Nun haltet mal ein, vespert erst ein bisserl, hier hab i euch ein Maßkrügerl mitbracht."

Bei allem was lebte, das war kein anderer als der Baß des Pfarrers!

Rettung, die Rettung war nahe! Denn noch immer langsamer wurde die Fahrt, und wenn er sich dort an die Kante des Loches klammern konnte...

Jawohl, aber dieses Loch war, allerdings noch in der rechten Seitenwand, ganz oben an der Decke, bis dahinauf konnte der sitzende Rutschkünstler, der sich nicht aufzurichten vermochte – kein Gedanke daran! – nicht reichen!

Er klebte und klebte mit den Händen – es ging nicht – und als er eben den Mund zum Hilferuf öffnete, da – jubb! – und wieder schoß er in die Tiefe hinunter.

„Alle guten Geister, wie soll das noch enden, wo wird mich diese Rutschpartie noch landen lassen!" ächzte der Melancholiker, der bisher nur deshalb keinen Selbstmord begangen hatte, weil das seinen philosophischen Ansichten widersprach, unter Todesschweiß.

Wie lange die ganze Rutschpartie währte? Für den unglücklichen Felix eine Ewigkeit – wenigstens eine kleine Ewigkeit. Wir aber wollen gleich verraten, daß sie noch nicht einmal ganze zehn Minuten dauerte.

Vorläufig ging es noch immer bergab, bald schnell, bald langsam.

Und dann war aller Grund vorhanden, daß sich des Rutschkünstlers langes Haar kerzengerade emporrichtete.

Er hörte Wasserrauschen. Und da plötzlich war er mitten drin im Wasser, und dennoch ging es noch immer bergab. Nur war es jetzt kein Rutschen mehr, sondern jetzt wurde er fortgespült.

„Das ist der Tod!“ dachte der unglückliche Felix und hielt den Atem an, um dieses kurze Leben unter Wasser womöglich noch recht lange zu genießen.

Und da mit einem Mal war es ganz hell um ihn, er saust mit einem Wasserstrahl durch die Luft und...

Felix der Glückliche lag am jungfräulichen Alabasterbusen einer Wassernixe, die ihn erwartet zu haben schien, denn sie schlang gleich beide Arme um ihn und drückte ihn noch fester an sich.

11.

Die Indianerkarawane hatte ihr Lager am Rande des Urwalds aufgeschlagen. Ein gegrabenes Loch spendete ziemlich trinkbares Wasser, das auch der erfahrenste, hier einheimische Neger nicht zu finden gewußt hätte, weil er hier eben solches gar nicht vermutete.

Die ehemalige Kunstreitertruppe hatte sich verkleinert. Stahlherz und der Große Bär fehlten, ebenso zwei der jungen Weiber, und mit ihnen ihre Pferde und Waffen.

Die übrigen Weiber waren mit Kochen und Braten am Feuer beschäftigt, die beiden anderen Indianer, die als kriegstüchtige Männer in Betracht kommen konnten, Büffelhuf und der Kleine Bär, hockten, wie die unbrauchbar gewordenen Männer, irgendwo am Boden und rauchten ihr Kalumet, den starren Blick in die Steppe hinausgerichtet.

Käthe nähte an einem Mokassin, Reinhold lag unter einem Baum und betrachtete eine Spezialkarte dieses Landes, freilich nicht anders dargestellt als durch einen weißen Fleck, durch den eine Linie lief, der Schienenstrang, und nur an diesem waren die Ortschaften durch Kreise markiert und benannt. Viel erforschter sah der Kilimandscharo und seine Umgebung aus, aber auch nur deshalb, weil man da so viele Strichelchen eingezeichnet hatte, die verschiedenen Gebirgszüge darstellend. Sonst hieß es auch hier: terra incognita - unbekanntes Land - noch unerforscht.

„Uff!" sagte da der Kleine Bär und spuckte in weitem Bogen nach der Richtung, wo in der Steppe ein Reiter aufgetaucht war.

Deswegen nicht die geringste Aufregung in diesem Lager, auch nicht, als man erkannte, daß es ein Fremder war, der dieses Lager zum Ziel gewählt hatte. Bei diesen Navajos hatten sogar die kleinen Kinder sich schon in strenger Zucht geübt - waren erhaben über alles.

Es war ein amtlicher Wildhüter, durch die silberne Schnalle und Agraffe als Unteroffizier ausgezeichnet. Aber auch das machte hier gar keinen Eindruck, jeder blieb bei seiner Beschäftigung oder starrte weiter ins Leere - mit diesen starren Indianeraugen hatte es freilich eine besondere Bewandtnis, das hatte ja schon vorhin der Kleine Bär bewiesen, der kaum den Kopf des Reiters in der Steppe hatte auftauchen sehen können, als er ihn auch schon meldete - und erst als der Reiter nur noch dreißig Schritte von den beiden Wigwams entfernt war, stand Reinhold nachlässig auf, faltete die Karte zusammen, steckte sie in seine umgehängte Ledertasche und begab sich langsam dorthin, wo die Ankunft des Reiters zu erwarten war.

Käthe blickte ebenfalls gar nicht hin, stichelte ruhig an ihrem Lederschuh weiter - ein Zeichen, daß auch sie schon ganz zur Indianerin geworden war oder sogar sich die männlichen Tugenden der roten Rasse angeeignet hatte.

Der Forester parierte seinen mageren Klepper und begrüßte den ihm entgegentretenden weißen Häuptling mit der Hand am Schlapphut. Es war ein noch junger Mann mit germanischen Zügen, und zwar machten diese trotz der Verwitterung einen recht guten Eindruck.

„Ich komme als Freund."

„Freut mich", entgegnete Reinhold mit leise durchklingendem Spott.

„Mr. Reinhold Richter?"

„Bin ich."

„Der neuernannte Marshal-Forester des Reservats?"

„Bin ich."

„Möchte mit Euch sprechen."

„Steigt ab!"

Der Mann glitt aus dem Sattel, sah sich suchend um.

„Solltet Ihr ohne Wasser lagern?"

„Seht Euer Pferd an, das beantwortet bereits Euere Frage."

Der Gaul sah starr nach einer Richtung, blähte die Nüstern und scharrte ungeduldig – er witterte schon das Wasser.

„Gebt ihm die Zügel frei!"

Das freigelassene Pferd eilte sofort dem Wasserloch zu, das aber zur Vorsicht verdeckt war, auch wurde es schnell von einigen halbwüchsigen Indianerjungen, die nur darauf gelauert hatten, abgefangen und aus dem Eimer getränkt.

„Nun?"

„Ihr habt von mir nichts zu fürchten."

„Was fürchten?"

„Ich komme nicht als Verräter."

„Was Verräter?"

„Nicht als Spion."

„Das ist etwas anderes."

„Weil ich noch immer die Abzeichen der Forester-Kompanie trage."

„Ich verstehe."

Der Mann nahm seinen Hut vom Kopf, riß die Kokarde und die die Krempe festhaltende Agraffe ab, warf beides auf den Boden und trat verächtlich darauf. Er hatte sich deutlich genug ausgedrückt. Die Schnalle, ebenfalls die Wahrzeichen seines Amtes tragend, konnte er nicht vom Gürtel abmachen, sonst wären ihm die Hosen heruntergerutscht.

„Ich verstehe", wiederholte Reinhold.

„Ihr versteht?"

„Ja."

„Trotzdem komme ich als Verräter."

„Ihr seht nicht aus wie ein Judas."

„Als Verräter meiner Kollegen. Doch sie sind es nicht mehr."

„Ich verstehe."

„Die hundertfünf Foresters haben sich verbündet und einen blutigen Schwur getan, sich an Euch furchtbar zu rächen."

„Weshalb?"

„Weil ihr sie entlassen und damit brotlos gemacht habt."

„Es waren hundertsechs Foresters."

„Der hundertsechste bin ich."

„Und Ihr wolltet da nicht mitmachen?"

„Nein."

„Weshalb nicht?"

„Herr, als ich hörte, wie Ihr gegen den Gouverneur aufgetreten seid, wie Ihr die Treibjagden verboten habt, da – da kam mir einmal voll und ganz zum Bewußtsein, was für ein Schuft ich doch bisher gewesen bin."

„Weil Ihr immer mit bei den Treibjagden geholfen habt?"

„Ja. Gedämmert hatte es schon immer bei mir, daß das doch eine verflucht blutige Tierschlachterei ist, aber..."

„Genug, ich verstehe Euch. Ihr seid also Eueres Weges gegangen?"

„Ja. Um Euch zu warnen. Mr. Marshal-Forester, Ihr seid nicht mehr mein Vorgesetzter."

„Nein, indem Ihr Euere Abzeichen von Euch geworfen

und mit Füßen getreten habt."

„So ist es, und da Ihr nicht mein Vorgesetzter seid, darf ich auch Euere..."

„Nein, ich, ich möchte Euch zuerst meine Hand geben."

Der Mann hatte die seine noch gar nicht ausgestreckt gehabt, aber der amerikanische Jäger hatte ihn doch sofort verstanden, und jetzt schüttelten sich die beiden Männer kräftig die Hände.

„Wie heißt Ihr?"

„Paul Steffens."

„Ein Deutscher?"

„In Deutschland geboren, kann mich aber nicht mehr meiner Heimat entsinnen, bin hier im Reservat groß geworden..."

„Genug, genug! Verzeiht, daß ich Euch überhaupt erst nach noch etwas anderem gefragt habe als nach Euerem Namen. Dieser fiel mir nur so auf. Kommt, Paul Steffens, das Essen ist fertig."

Zunächst trank der Angekommene mit Gier aus dem Wasserbehälter, dann ließ er sich mit an dem Feuer nieder, an dem außer Reinhold auch Büffelhuf und der Kleine Bär Platz nahmen.

Es waren die beiden einzigen Krieger, die auf diesen Titel Anspruch machen durften. Greise, Weiber und Kinder, überhaupt alle, die sich und die Ihren nicht durch Jagd ernähren und verteidigen können, sind nach indianischen Begriffen gar keine richtigen Menschen, gehören deshalb auch an besondere Feuer.

Die beiden Krieger verschlangen unglaubliche Mengen von gerösteten Fleischstreifen, denn beim Essen gilt die Tugend der Mäßigkeit nicht. Wer nicht viel verschlingen kann, der ist kein Mann.

Endlich waren auch die beiden Indianer gesättigt. Schweigend rauchte erst jeder seine Pfeife, und wenn der afrikanische Jäger diese Sitte nicht kannte, so fügte er sich doch drein.

Auf einen Wink Reinholds ließ sich jetzt auch die Schwester, die an einem anderen Feuer mit einigen jungen Weibern gesessen hatte, mit in diesem Kreis nieder.

„Lange geritten?" eröffnete Reinhold die Unterhaltung.

„Eine halbe Nacht und einen ganzen Tag."

„Immer unserer Spur gefolgt?"

„Ja."

Dazu war keine besondere Fährtenkunst nötig gewesen, zumal da der Forester doch gewußt hatte, wo die große Treibjagd stattgefunden, wo auch das Indianerlager gestanden hatte, und der von dieser großen Karawane zurückgelassenen Spur hätte jedes Kind folgen können.

„Die Foresters haben sich gegen mich verschworen?"

„Ja."

„Was haben sie vor?"

„Einen bestimmten Plan hatten sie noch nicht, als ich sie verließ. Sie ergingen sich nur in Flüchen und Redensarten. Der eine schlug vor, Euch lebendig die Haut abzuziehen, ein zweiter hielt langsames Rösten für besser, ein dritter will Euch bis an den Hals in einen Termitenhügel vergraben. Die Hauptsache aber ist, daß sie Ernst machen werden, und deshalb ritt ich lieber so bald wie möglich ab, um Euch zu warnen."

„Und Mr. Shaw?"

„Der Gouverneur steckt dahinter."

Die beiden in der Wildnis aufgewachsenen Männer verstanden sich immer sehr schnell.

„Er forderte die Leute dazu auf, mich zu töten?"

„O nein, so offen machte er es nicht, dazu ist er viel zu schlau!"

„Wie sonst?"

„Er spendierte ihnen an jenem Abend, als sie ihre Versammlung abhielten, ein Faß Rum. Als Abschiedstrunk.

Und Mr. Shaw ist sonst durchaus nicht so. Das genügt."

„Ja, das genügt."

„Und dann hatte er noch mit dem General-Forester eine lange Unterredung."

„Es genügt", wiederholte Reinhold, den Rauch von sich blasend. „Nun, sie mögen kommen."

„Herr, seht Euch vor! Dieser General-Forester ist wirklich der tüchtigste Kerl – und er hat den Teufel im Leib – und es gibt noch ein gutes Dutzend, die ihm gleichen. Bedenkt, das sind afrikanische Jäger, hier geboren, sie kennen jeden Schlich!"

„Sie mögen kommen, sie sollen die Navajos mit ihrem weißen Häuptling kennenlernen, und die von meiner Schwester ausgebildeten Weiber – ja, sie mögen kommen, aber..."

Reinhold blies den Rauch noch nachdenklicher vor sich hin.

„Die alten Leute und Kinder hätte ich gern erst in Sicherheit gebracht, um alle meine Krieger freizubekommen."

„In ein Versteck?"

„Ja, in einen Schlupfwinkel. Ich wollte sie in die Djuluschlucht bringen, dort erst unser Hauptlager aufschlagen."

„Kennt Ihr denn in der Djuluschlucht solch einen unauffindbaren Schlupfwinkel?"

„Ich kenne die Schlucht so gut wie gar nicht. Und – sie eignet sich nicht recht, dort unten unser Hauptlager aufzuschlagen. Wir, die wir immer die Steppe zu durchstreifen haben, können nicht hinab mit den Pferden, es ist überhaupt ein zu langer, beschwerlicher, zeitraubender Weg dorthinab."

„Natürlich, die Djuluschlucht eignet sich zu so etwas gar nicht. Die Foresters können Euch dort unten noch leichter überfallen als in der freien Steppe."

„Ja, das ist es eben."

„Ich komme deswegen zu Euch, um Euch einen sicheren Schlupfwinkel zu zeigen."

„Ihr wißt einen?"

„Ja."

„Wo?"

„Kennt Ihr die... Ich darf doch hier ganz offen sprechen?"

„Ganz frei."

„Kennt Ihr die Njirisümpfe?"

„Dem Namen nach, von der Karte her."

„Sie liegen am nördlichen Abhang des Kilimandscharos."

„Das weiß ich."

„In diesen Sümpfen wüßte ich für Euch einen Lagerplatz."

„Die Sümpfe sollen nicht sehr gesund sein."

„Durchaus nicht. Das ist ein Aberglaube. Es ist gar kein richtiger Sumpf, vielmehr ein ungeheurer See, freilich so seicht, daß selbst ein Floß darin steckenbleibt – und dann allerdings ist der Grund so schlammig oder vielmehr sandig, daß man den eingesunkenen Fuß nicht wieder herausziehen kann. Wer nur mit einem Fuß hineingerät, ist unrettbar verloren. Nur aus diesem Grund haben die Neger einen höllischen Respekt vor den Njiris, und die Njiris sind böse Geister, und die ersten Europäer haben das falsch verstanden, sie glaubten, solch ein seichtes Wasser müsse Fieberdünste aushauchen. Doch das ist durchaus nicht der Fall. Außerdem ist das Wasser zwar stark salzig, aber doch mit einem Bitterstoff durchsetzt, so daß es zur Salzgewinnung untauglich ist. Ferner ist es auch in steter Bewegung. Nein, gerade dort ist die gesündeste Gegend. Wir haben doch jahrelang darin gewohnt, ich bin darin aufgewachsen."

„Wer, wir?"

„Meine Eltern und meine Geschwister. Meine Eltern, die aus Deutschland auswanderten, waren hier die ersten

Kolonisten, das heißt, sie wollten sich hier als solche niederlassen. Daran war damals aber nicht zu denken. Fortwährende Kämpfe mit den Eingeborenen. So wurde der Vater Jäger, und seine Familie brachte er in jenem Versteck unter, wohin ich Euch führen will. Es ist wie geschaffen für Euch. Einen halben Tag muß man freilich durch den Sumpf reiten, aber wenn es Euch darauf ankommt, Euer Lager mit Euren Angehörigen ohne Verteidiger zurückzulassen, weil Ihr die kampfgeübten Männer braucht - einen besseren Platz könnt Ihr in ganz Afrika nicht finden."

„Der Sumpf ist also sonst unpassierbar?"

„Vollständig. Wie gesagt, wer irgendwo mit nur einem Fuß bis ans Gelenk in den Treibsand gerät, wird wie mit eisernen Klammern festgehalten, er sinkt tiefer und tiefer, bis er verschwunden ist."

„Und Ihr kennt eine Furt nach jenem Platz, wo es möglich ist, ein Lager aufzuschlagen?"

„So ist es, und mir allein ist diese Furt bekannt."

„Wie kommt Ihr zu dieser Kenntnis?"

„Mein Vater war eng befreundet mit dem Häuptling der Kaleles. Sie waren Blutsbrüder. Habt Ihr von den Kaleles gehört?"

„Nein."

„Das war einst ein mächtiges Negervolk. Als mein Vater hierherkam, war es aber schon durch ewige Kämpfe mit allen Nachbarstämmen bis auf wenige Familien zusammengeschmolzen. In der Häuptlingsfamilie der Kaleles vererbte sich das Geheimnis dieser Furt fort. Das wurde wie eine Art von Zauberei betrachtet, als ob jedem Mitglied der Häuptlingsfamilie, wenn es dessen würdig befunden worden war, ein guter Geist zur Seite stehe, der es durch den Sumpf leite, ihm Schritt für Schritt den Weg zeige, wo sein Fuß nicht sank. Es scheint denn auch fast wirklich so zu sein, denn durch eigenes Suchen wird kein anderer Mensch jemals die Furt finden. Nun, wenn man öfters hin- und hergewandert ist, hat man seine zwar kleinen, aber untrüglichen, weil unverrückbaren Wegweiser. Mein Vater lernte die Furt mit der Zeit kennen, und ich bin an jenem festen Ort in dem Sumpf geboren."

„Und jetzt kennt die Furt niemand außer Euch?"

„Kein einziger Mensch. Verraten wurde das Geheimnis niemals. Die letzten Kaleles fielen durch die Lanzenschwerter der Massai. Mein Vater flüchtete sich mit Frau und Kindern an den süßen Quell. So nannten wir jenen Ort. Dort wurde ich als letztes Kind geboren, blieb dort bis zu meinem zehnten Jahr. An Nahrung fehlte es nicht. Wasservögel aller Art im Überfluß, auch Wald ist vorhanden, der Brennholz liefert.

Als die Mutter starb, wurde der Vater von der Sehnsucht nach der deutschen Heimat ergriffen. Er verließ mit der ganzen Familie den einsamen Ort, an dem er die letzten zehn Jahre wie auf einer Insel gehaust hatte. Wir waren fünf Brüder und drei Schwestern. Wir wurden in der Steppe von Massai überfallen. Alles wurde niedergemacht, bis auf meinen ältesten Bruder Henry und mich.

Wir beide entkamen, konnten unser Versteck wieder erreichen. Zwei Jahre brachten wir noch am süßen Quell zu. Dann brach bei meinem Bruder die schlechtgeheilte Wunde auf. Er starb daran. Ich zwölfjähriger Knabe begrub ihn, konnte die Einsamkeit nicht lange ertragen, machte mich auf den Weg. Ich traf die ersten englischen Soldaten, welche dieses Gebiet den Negern für England abnehmen sollten, schloß mich ihnen an – zuletzt wurde ich hier Forester, habe es bis zum Unteroffizier gebracht. Es ist vorbei. – Ich habe das englische Gouvernement zur Genüge kennengelernt."

„Habt Ihr jenes Versteck noch einmal besucht?"

„Einmal vor acht Jahren, das letzte Mal vor kaum drei Monaten. Alles war noch wie früher, keines Menschen Fuß hatte den festen Boden betreten, den der süße Quell bewässert."

„Ihr wart allein dort?"

„Allein. Ich habe das Geheimnis der Furt immer wie ein Heiligtum bewahrt, weil... Ich weiß selbst nicht warum. Zum Andenken an meine Eltern und Geschwister – nun, weil ich selbst immer so ein Asyl haben wollte. Keinem Menschen habe ich auch nur gesagt, daß ich in dem als unpassierbar geltenden Njirisumpf geboren wurde."

„Gut. Ich glaube Euch. Aber nun sagt, Mann, wie kommt es, daß Ihr solchen Anteil an mir nehmt, daß Ihr mir so ohne weiteres Euer heiliges Geheimnis offenbart?"

„Warum? Weil ich Euch retten möchte."

„Das erklärt doch nicht Eure Teilnahme für mich."

„Ach so, ja – weil Ihr dem Gouverneur eine hineingehauen habt."

Diese so naive Erklärung stellte diesem Mann doch das allerbeste Zeugnis für seine Ehrlichkeit aus, kürzer hätte er wirklich gar nicht für sich sprechen können.

Reinhold sagte auch deswegen kein Wort weiter, er lächelte nur und schüttelte jenem die Hand.

„Ihr sollt einen dankbaren Freund in mir kennenlernen. Wann brechen wir auf?"

„Offen gestanden – ich muß erst einige Stunden schlafen."

„Morgen."

„Um zwei Uhr, wenn der Mond aufgeht."

„Gut!"

„Es ist nur... Ihr habt doch Leute draußen?"

„Woher wißt Ihr das?"

„Es wird doch so viel von Euch gesprochen, es müssen mehr Indianer sein, als ich hier sehe – und dann sind auch indianische Reiter in der Steppe erblickt worden."

„Ja, vier durchstreifen das Reservat nach allen Richtungen. Habt Ihr etwas davon gehört, ob bald wieder eine Treibjagd stattfindet?"

„Die englischen Herren sind noch in Nairobi. Es war

eine große Elefantenjagd geplant, auch auf Strauße. Durch Euer Dazwischentreten wurde das verhindert. Aber ich glaube doch, daß sie noch gemacht wird, sonst hätten die Herren Nairobi wohl schon verlassen. Man will Euch wohl gerade bei dieser Gelegenheit einen Streich spielen."

„Inwiefern?"

„Das weiß ich nicht, ich denke nur so."

„Was wolltet Ihr vorhin sagen – weil Leute von mir draußen sind?"

„Wann kommen sie zurück?"

„Wenn Sie mir etwas Wichtiges zu melden haben."

„Und wenn Ihr nun das Lager abgebrochen habt und weitergezogen seid?"

„So folgen Sie meiner Spur."

„Das ist es eben. – Sie werden Euch bis an die Sümpfe folgen, sie werden auch einmal in das klare Wasser reiten und – dort umkommen."

„Daß dies nicht geschieht, dafür kann ich sorgen."

„Auf welche Weise?"

„Ich kann sie benachrichtigen, daß sie mir nicht von hier aus folgen, daß wir uns anderswo wieder treffen."

„Dann tut das."

Paul Steffens hatte schon seit einiger Zeit verdächtig mit den Augen geblinzelt, und plötzlich war er eingeschlafen.

Verächtlich blickten die beiden roten Krieger auf den Mann, der nicht einmal eine Nacht im Sattel aushalten konnte, der sich überhaupt von der Müdigkeit angesichts anderer Männer überwältigen ließ – Reinhold aber hob den Schläfer auf und trug ihn in den Wigwam.

Ehe er selbst zur Ruhe ging, nahm er ein Stück ganz dünnes Leder, malte darauf mit einem besonderen Hölzchen, das er in Farbe tauchte, Hieroglyphen, wickelte das Leder, nachdem die Farbe schnell getrocknet war, ganz eng zusammen und schob die Rolle in ein eisernes Rohr, jedenfalls ein Stück von einem ehemaligen Flintenlauf, das auf beiden Seiten mit großen Patronenkapseln zu verschließen war.

Hierauf begab er sich wieder in den Männerwigwam und begann, von dem eingerammten Zeltpfahl mit seinem Jagdmesser am Boden zu messen, sich immer weiter von dem Pfahl entfernend, kroch zuletzt unter der etwas losgepflöckten Lederwand hindurch, noch einige Messerlängen weiter, und er teilte das vertrocknete Gras, schnitt die Grasnarbe sorgfältig vom Boden los, vertiefte das Loch noch etwas, legte die Büchse mit dem beschriebenen Leder hinein und deckte das Loch wieder mit der Erde, Wurzelnarbe und Gras zu.

Kein Mensch, auch das schärfste und kundigste Auge nicht, hätte etwas entdecken können. Die abwesenden Indianer und Indianerinnen aber wußten, wo sie an dem letzten Lagerplatz zu suchen hatten, auch sie würden von dem Loch an, das der Zeltpfahl zurückgelassen, mit ihrem Messer zu zirkeln beginnen, und zwar genau nach Süden hin, und dazu war nicht nötig, daß sie sich erst nach der Sonne orientierten oder gar erst die Mittagsstunde abwarten mußten.

Als sich der Mond über dem Horizont erhob, weckte Büffelhuf, der die letzte Wache gehabt hatte, die Schläfer. Die Wigwams wurden abgebrochen, die Maultiere beladen, und in langer Reihe wanderte die Karawane unter Steffens Führung dem Südosten zu.

Das herrschende Schweigen war bei diesen Indianern selbstverständlich.

Erst als gegen sechs Uhr die alles zum Leben bringende Sonne aufging, ließ sich Reinhold, der bisher stumm neben Steffens geritten war, mit diesem in ein Gespräch ein.

Ob er über die Wilderer, die vom deutschen Gebiet herüberkamen, etwas Besonderes erzählen könne.

Nein, dieser Förster wußte nicht mehr über sie, als

Reinhold bisher erfahren hatte.

Daß sie mit Vorliebe in der Djuluschlucht verschwanden, war ja allgemein bekannt, ebenso, daß sie dort unten Pferde hatten. Aber sie tauchten mit ihren Pferden oft genug plötzlich in der Steppe auf, und ihnen in der Djuluschlucht aufzulauern, das hatte gar keinen Zweck, dann kam sicher keiner, oder sie bewerkstelligten ihren Rückzug eben auf einem anderen Weg, der den Wildhütern unbekannt war.

„Die sind mit dem Teufel im Bunde, die müssen mit ihren Pferden geradezu durch die Luft fliegen können", sprach auch Paul Steffens die hier allgemein herrschende Meinung aus.

„Es sind Buren?"

„Man nimmt so an."

„Aus welchem Grund?"

Nur deshalb, weil sich in Deutsch-Afrika viele aus Südafrika durch den Krieg vertriebene Buren angesiedelt haben, und man hielt es für selbstverständlich, daß sie den Engländern so viel wie möglich zu schaden suchten. Das war eigentlich der einzige Grund zu der Annahme, daß es Buren sein müßten.

„Hat denn der, den Ihr gefangengenommen habt, wenigstens gestanden, bevor der Gouverneur ihn zu Tode peitschen ließ?"

„Ich weiß es nicht, ich verschmähte, den Gouverneur deshalb zu fragen, so will ich es auch nicht von Euch wissen, falls Ihr..."

„Nein, ich habe auch nichts davon gehört."

„Desto besser. Aber wißt Ihr vielleicht, wie diese Wilderer bewaffnet sind? Aus was für Gewehren sie ihre Kugeln schießen?"

„Es ist ein ziemlich großes Kaliber, ein Gewehr hat man ihnen noch nicht abnehmen können, aber ohne Zweifel sind es deutsche Stutzen."

Paul Steffens, der als Kind fast nur Deutsch gesprochen hatte, es immer noch konnte, aber doch nicht mehr so ganz, weil man durch die englische Sprache, wenn man sich ihrer fortwährend bedient, mit der Zeit eine ganz andere Mundbildung bekommt, hatte das letzte Wort mit schwerer Zunge ausgesprochen.

Reinhold war nicht wenig überrascht. Er hatte schon durch den Stutzen ganz besondere Schlüsse gezogen, allerdings auch gleich in der Voraussetzung, daß diese ganz falsch sein könnten, und nun sagte dieser Förster, daß bei den Buren solche Stutzen, wie sie in Tirol, in der Schweiz und auch in den bayerischen Bergen gebraucht werden, sehr beliebt seien.

Das ist Tatsache. Eine Schweizer Waffenfabrik hatte die glückliche Idee, ein besonderes Gewehr herzustellen, welches heute als Schußwaffe von allen Jägern und Kolonisten Amerikas, Afrikas, Australiens und Sibiriens bevorzugt wird, obgleich es nicht mehr allein aus der Schweiz kommt. Natürlich hat England sich dieses genialen Gedankens sofort bemächtigt, vor allen Dingen versorgt es alle kanadischen Pelzjäger mit solchen Stutzen.

Also, es ist eine kurze Büchse mit Doppellauf, und die Hauptsache ist, daß man sie sowohl als Hinter- wie als Vorderlader gebrauchen kann. Für Leute, die sich nicht überall Patronen kaufen können, auch nicht immer Gelegenheit haben, solche selbst anzufertigen, ist das natürlich von größtem Vorteil.

Die glücklichste Idee aber war mehr eine Art von Spielerei, die bei diesem Modell angebracht wurde. Der Kolben ist nämlich hohl, mit einer Klappe, die nur durch einen geheimen Mechanismus zu öffnen ist, durch Verschieben oder Herausziehen einiger harmlos aussehender Stifte, was bei jedem Stutzen anders sein soll. Dieses Vexiergeheimnis bekommt nur der Käufer der Waffe zu erfahren, in einem von der Fabrik versiegelten Kuvert. Um dem Kolben die nötige Schwere zu geben, so daß man mit ihm eventuell auch einem Gegner die Schädeldecke einschlagen kann, ist er mit einem Bleimantel umgeben, dieser wieder mit einem Stahlmantel, und etwas renommistisch versichert die Fabrik, daß dieser ‚Diamantstahlmantel' weder durchschlägt noch durch irgendwelche irdische Kraft wie eine Nuß aufgeknackt werden kann.

Nun muß man diese Jäger der Wildnis kennen. Sie haben samt und sonders etwas Kindliches an sich. Diese geheime Brieftasche in der Lieblingswaffe, die sie nicht aus den Händen lassen, von deren Vorzüglichkeit ihre Existenz, oft Leben und Tod abhängt - wie ihnen nun das Geheimnis des Vexierverschlusses mitgeteilt wird - das ist eben so etwas für diese Leute.

Und jeder echte Jäger ist auch abergläubisch. Jeder hat sein großes oder doch kleines Geheimnis, der sibirische Jäger sowohl wie der kanadische, der afrikanische wie der arabische Wüstenjäger. Hauptsächlich ist es immer ein Talisman, der für die Treffsicherheit im besonderen und für das Jagdglück im allgemeinen bürgt. Und da ist ja solch eine geheime Kolbenkammer im Gewehr selbst wie geschaffen dazu. Der Neger tut seinen kleinen Fetisch aus Holz oder Knochen oder Elfenbein hinein, der Mohammedaner einen vom heiligen Derwisch geweihten Koranspruch, der russische Jäger das Bildnis seines katholischen Schutzheiligen, und so hat wohl auch jeder weiße Jäger Amerikas und Afrikas seinen kleinen Talisman, einen ihm ausgeschlagenen Backenzahn oder einen getrockneten Eidechsenschwanz oder sonst eins von den hundert Millionen Dingen, unter denen man da eine Auswahl hat. Und sonst wird die hohle Kammer eben als Brieftasche benutzt.

Fürwahr, es ist eine glückliche Idee gewesen! Wer das ausgeheckt hat, und er hat es durch Patent zu schützen verstanden, der muß ein schwerreicher Mann geworden sein. Da sieht man doch, daß die guten Gedanken noch immer auf der Straße liegen. Ein Neger verkauft Frau und

Kinder, um solch einen Stutzen mit hohlem Kolben zu bekommen, und der Cowboy hat dieselbe Einrichtung an seinem Revolver, für den er jeden geforderten Preis bezahlt, den Jahresverdienst seiner schweren Arbeit hingibt, und dann läßt er diesen Revolver bei Gelegenheit noch mit Gold und womöglich mit Edelsteinen auslegen.

So hatten sich auch die Buren, als sie noch unter Präsident Krüger standen, eine ganze Ladung solcher Stutzen nach Südafrika kommen lassen, damals noch aus der Schweizer Waffenfabrik.

Nun darf man aber doch nicht glauben, daß sich dieser Stutzen wegen seines hohlen Kolbens und seiner sonstigen guten Eigenschaften gleich die ganze Welt erobert hätte. Die ganze Welt ist ein bißchen groß. Reinhold hatte in Amerika noch keinen solchen Stutzen zu sehen bekommen, von dem hohlen Kolben erfuhr er jetzt zum ersten Mal.

Er holte die dem Wilderer abgenommene Waffe, die oben auf dem Gepäck eines Maultieres festgeschnallt war, Steffens nahm und betrachtete sie mit Kennerblikken.

„Jawohl, das ist ein Burenstutzen", sagte er mit Überzeugung.

Er hatte nämlich nicht etwa Reinhold den Sachverhalt so erzählt, wie wir ihn wiedergegeben haben. Dieser Afrikaner wußte nur, daß solche Gewehre, Stutzen genannt, kurz vor dem Krieg mit England, wozu er nach Südwestafrika kommandiert worden war, von den Buren in ziemlicher Menge aus Deutschland bezogen worden waren - nicht einmal von der Schweiz wußte er etwas, und noch weniger, daß derartige Stutzen schon in aller Welt zu finden waren. Nach seiner Ansicht hatten nur die Buren solche Waffen, und andere, Weiße und Schwarze, hatten sie erst von ihnen bekommen. Durch den Krieg waren ja überhaupt viele Gewehre der Buren in fremde Hände übergegangen, nicht nur in die der Sieger. Die

Hottentotten und Buschneger mögen ja damals die Schlachtfelder nicht schlecht geplündert haben.

„Jawohl, das ist solch ein Burenstutzen mit hohlem Kolben. Seht, hier auf jeder Seite sind vierzehn Stifte. Manchmal sind es mehr, manchmal weniger, meistenteils aber achtundzwanzig, auf jeder Seite vierzehn. Nun muß man die gelben Stifte herausziehen und in die freigewordenen Löcher einige wieder hineinstecken, daß gewisse Figuren entstehen, und wenn es die richtigen sind, und man macht dann noch etwas Besonderes, mit dem Hahn oder sonstwie, dann läßt sich hinten das Kolbenblech aufmachen."

Jetzt betrachtete Reinhold den Stutzen mit noch ganz anderen Augen. Die vielen Messingkuppen hatte er nur für einen Zierrat gehalten.

„Da läßt sich keiner herausziehen", sagte er jetzt.

„Das ist es eben. Schon hierzu ist erst ein besonderer Griff nötig. Doch das ist ja bei jedem Stutzen wieder anders. Ihr braucht Euch keine Mühe zu geben, das kann man nicht probieren, und dann, um Gottes willen, seid vorsichtig!"

„Vorsichtig, weshalb?"

„Ihr könntet in Stücke zerrissen werden, und wir alle mit."

„Was sagt Ihr da? In Stücke zerrissen werden? Wie denn?"

Ja, da konnte Steffens auch noch etwas erzählen.

Also, die Buren waren in jenem Krieg gegen die Engländer vielfach mit solchen Stutzen bewaffnet gewesen. Das heißt nicht etwa alle. Am liebsten war ihnen das englische Infanteriegewehr, schon wegen der Munition, die man den Toten und Gefangenen abnahm. Aber derartige Stutzen wurden trotzdem häufig auf den Schlachtfeldern gefunden. Ihre Eigenschaften waren bekannt. Hin und wieder wollte doch einmal jemand wissen, was der Bure denn in dem hohlen Kolben habe. Durch Probieren war der Kolbendeckel nicht zu öffnen. Die vielen Stifte ergaben in Verbindung mit den anderen geheimen Griffen gar zu zahlreiche Kombinationen, das wäre ein großer Zufall gewesen, hätte man einmal die richtige Stellung gefunden – das große Los unter hunderttausend Nieten. Aber der ‚Diamantstahlmantel' war doch nicht so unverwüstlich, wie die Fabriken in ihren Garantiescheinen behaupteten. Jede scharfe Metallsäge halbierte den Kolben, wenn sie dabei auch ganz stumpf wurde. Noch einfacher war es, ihn mit einem Hammer aufzuknacken. Es mußte allerdings ein ordentlicher Hammer sein, ein großer Schmiedehammer – dann aber brach der Mantel aus Hartstahl wie Glas.

Man fand in den Kolben meist Bibelsprüche, Namen und sonstige Angaben über den Eigentümer, den Besitzer der Waffe, und war dieser ein junger Bursche, so wohl auch eine Locke von der Braut und dergleichen.

Das Interesse, diesen hohlen Kolben aufzuknacken, ließ bei den Engländern ganz nach. Hierdurch wurde das Gewehr auch wertlos, da war es doch besser, man nahm den Stutzen als ziemlich wertvolles Andenken mit, verkaufte ihn.

Hin und wieder aber wurde doch noch der Kolben solch eines Stutzens mit Gewalt geöffnet. Besonders wenn es drin klapperte. Und da passierte es, daß man in solch einem Kolben einmal acht Hundertpfundnoten fand. Die Folge davon war, daß man auf derartige Stutzen förmlich Jagd machte, in der Meinung, die Buren, die ja möglichst alles zu Geld gemacht hatten, höben ihre Barschaft in den hohlen Kolben ihrer Gewehre auf. Und daß man bisher darin nur immer Bibelverse und wertlosen Tand gefunden hatte, konnte die englischen Soldaten in dieser Meinung nicht irremachen.

Also, die Kolben der Stutzen wurden nach wie vor aufgesägt oder noch öfter zertrümmert. Da aber geschah es einmal, daß es, als der Schmiedehammer darauffiel, einen furchtbaren Knall gab, und die Menschen, die herumgestanden hatten, wälzten sich mit zerrissenen Leibern in letzten Zuckungen am Boden - und gleichzeitig war anderswo noch ein ganz ähnlicher Fall passiert, da war der hohle Kolben eines Stutzens unter der Säge explodiert, Tod und Vernichtung unter den Umstehenden verbreitend.

Die Buren hatten eben von dieser eigenartigen Schatzgräberei gehört, bei den zur Verzweiflung getriebenen Menschen hatte die Rachsucht über die Frömmigkeit gesiegt, sie hatten die Bibelverse durch Dynamit ersetzt!

Ein dritter Fall ereignete sich nicht, einmal, weil niemand so leicht mehr wagte, in der Hoffnung, einige tausend Mark in dem Kolben zu finden, ihn zu öffnen und dabei zerrissen zu werden, und außerdem sorgte auch das englische Kommando dafür, daß solche Stutzen bei strengster Strafe gleich abgeliefert wurden. Sie wurden in anderer Weise unschädlich gemacht oder verschwanden sonstwie.

„Und diesen Wilderern ist doch alles zuzutrauen, zumal es gottverdammte Buren sind", schloß Steffens seinen Bericht, der die Buren in Südwestafrika von einer wenig angenehmen Seite kennengelernt haben mochte.

Trotzdem fingerte Reinhold noch immer an der Büchse herum, bis in der Ferne der unübersehbare Spiegel eines Sees auftauchte.

Er war mit zahlreichen grünen Inseln durchsetzt, die aber nach Steffens Erklärung nicht von festem Land, sondern nur durch Anhäufung von Schilf gebildet wurden, und je mehr man sich dem Rand näherte, desto mehr mußte man zugeben, daß man es doch eher mit einem Sumpf zu tun hatte.

Das Steppengras trat vor einer Schilfart zurück, bis diese den immer feuchter werdenden Boden allein beherrschte.

„Nun gebt acht!" sagte Steffens. „Hier beginnt die

Furt, und wenn Ihr Euch nicht schon jetzt die Zeichen merkt, werdet Ihr auch diesen Anfang niemals wiederfinden können."

Die beiden schneeglitzernden Gipfel des Kilimandscharos konnten als Wegweiser nicht in Betracht kommen. Die Hauptmerkmale waren kleine und große Felsblöcke, die hin und wieder aus dem Wasser emporragten oder unter ihm in ihrer dunkleren Farbe auf dem weißen Grund deutlich zu erblicken waren.

Nach diesen Felsblöcken über und unter Wasser richtete sich also Steffens. Gleich der Anfang ergab eine ganz komplizierte Erklärung. Einmal links, einmal rechts, einmal geradeaus, und als Richtschnur diente immer einer der Felsen, die sich doch alle so ähnlich sahen.

„Ich werde Euch wohl oftmals hin und her führen müssen, ehe Ihr den Weg selbst finden könnt."

„Oh, in dieser Hinsicht bin ich leicht von Begriff. Sprecht immer unbeirrt, ich und die beiden roten Krieger merken schon auf."

Im Gänsemarsch ging es durch das Schilf, neben dem Führer Reinhold, dann die beiden Krieger, ihnen nach die ganze übrige Karawane, den Schluß bildeten die Weiber und Mädchen, die man als Kriegerinnen bezeichnen konnte.

Kreischend flogen ungeheure Scharen von Wasservögeln auf. Wildspuren dagegen hatten gänzlich gefehlt.

Immer weicher wurde der Boden. Es spritzte unter den Hufen der Tiere auf, und diese schienen die Gefahr mit ihrem Instinkt zu wittern, weil jedes so ängstlich in die Spuren des anderen trat.

Schließlich ging das Wasser den Tieren bis an die Kniegelenke, weiter aber, erklärte Steffens, würde es ihnen nicht gehen.

So bewegte sich die Karawane im Zickzack durch Schilf und Wasser, immer von Stein zu Stein, und jeder einzelne mußte von Steffens als Wegweiser bezeichnet werden. Dabei wurde die Furt so schmal, daß sich zwei Reiter nicht mehr nebeneinander halten durften, und dennoch war von diesem Strich, auf dem allein der Fuß und der Huf nicht einsank, absolut nichts zu merken. Es war ein völlig ebener Sandgrund, hier wie dort ganz der gleiche. Und wie eng begrenzt dieser feste Weg war, das zeigte sich, als ein Maultier, auf dessen Rücken zwei Kinder saßen, vor einem vorüberschießenden Fisch scheute und einen kleinen Seitensprung machte. Sofort sank es bis zur Hälfte der Beine in den Sandgrund ein und konnte trotz der krampfhaftesten Anstrengungen keinen Fuß mehr hervorziehen.

Hier, wo so viele Männer vorhanden, war eine Rettung noch möglich. Aber die Helfer, drei dicht zusammenstehende Männer, mußten sich mit dem einen Arm gegenseitig umschlingen, um mit dem anderen arbeiten zu können.

Zunächst wurden die beiden kleinen Reiter, die sich noch in erreichbarer Nähe befanden, herabgeholt, noch zwei Lassos um den Hals des Tieres geworfen - und das mußte alles gar fix geschehen, das Maultier versank zusehends - ein großes Fell auf dem sandigen Grund ausgebreitet, und so gelang es den vereinten Kräften der drei Männer, das Maultier wieder aus dem Treibsand zu ziehen und auf die feste Furt zu bringen.

Jedenfalls waren die Mitglieder der Karawane nun gewarnt, falls sie die von Steffens geschilderte Gefahr unterschätzt hatten, und auch die klugen Tiere schnoben nun das bittere Wasser, das aber dennoch Fisch beherbergte, noch ängstlicher an.

Vor Betreten des Sumpfes hatte man auf festem Boden noch einmal gerastet, von dem getrockneten Fleischproviant gegessen und die Tiere aus Lederschläuchen getränkt, und das war auch sehr nötig gewesen, denn nicht weniger als sechs Stunden währte dieser Marsch durch den Sumpf, immer durch Wasser.

Steffens hatte es ja auch gleich gesagt, daß man, um nach jenem Ort zu gelangen, einen halben Tag brauche.

Dann aber näherte man sich der hohen Felswand, die in schnurgerader Linie das südliche Ufer des Sumpfes bildete. Auch die Vegetation änderte sich dort. Es kam wieder viel mehr Schilf, und hinter diesem erhoben sich grüne Bäume, die sich längs der ganzen Felswand hinzogen.

„So, das war der letzte Stein, der gemerkt werden muß“, sagte Steffens, der während der sechs Stunden ununterbrochen geredet hatte, jeder einzelne Stein mußte ja charakterisiert werden, „von hier aus geht die Furt direkt dort auf den großen, allein stehenden Affenbrotbaum zu.“

Die Pferde und Maultiere schnoben das immer seichter werdende Wasser in ganz anderer Weise an, und plötzlich begannen sie während des Gehens zu saufen.

„Ja, hier wird das salzige Wasser schon von dem der süßen Quelle verdrängt“, erklärte Steffens.

„Und was für eine Felswand ist das?“ fragte Reinhold.

„Ja, was soll ich da sagen? Sie gehört eben mit zum Kilimandscharo.“

„Daß sie nicht von dieser Seite aus zu ersteigen ist, glaube ich schon; aber auch nicht von einer anderen Seite aus?“

„Das weiß ich nicht, ich bin noch nicht von dorther gekommen, würde den Weg auch gar nicht finden. O Herr, was für ungeheure Strecken kommen da in Betracht! Um diese ganze Felswand zu umgehen, muß man vielleicht eine ganze Woche marschieren, und dann weiß man doch gar nicht mehr, wo sich diese Wand hinabsenkt.“

„Wer aber sich dort oben befindet, der kann doch auf diesen mit Bäumen bestandenen Landstreifen herabblikken.“

„Nein, das kann er nicht.“

„Weshalb denn nicht?“

„Ihr werdet das selbst erkennen, sobald ihr dort seid. Die Felswand hängt über, gar nicht so sehr, ungefährlich, aber sie ist doch so hoch, daß diese Neigung genügt, um den etwa fünfundzwanzig Meter breiten Streifen festen Landes vollständig zu überdecken. Bei Südwind wird er von keinem Regentropfen getroffen. Doch direkter Südwind ist hier sehr selten. – Nein, von dort oben könnte man nur Wasser und Schilf sehen.“

Das feste Land war erreicht, man kam gleich in einen Urwald hinein, hauptsächlich aus Brotbäumen bestehend, und auch sonst war es ein ganz anderer Urwald, als der, welcher dort an der Djuluschlucht begann, und wie man ihn überall in Afrika findet.

Es war ein wirklich paradiesisches Fleckchen Erde, das sich also in etwa fünfundzwanzig Metern Breite und nach Steffens weiterer Aussage ziemlich zwei Kilometer weit nach links und rechts erstreckte, um dann auf beiden Seiten wieder in Sumpf überzugehen.

Von der Morgen- und Abendsonne wurde es genügend getroffen, von der versengenden Mittagssonne dagegen blieb es gänzlich verschont. Dazu kam die feuchte Luft, welche die riesige Wasserfläche eben unter dieser sengenden Sonne spendete, und so hatte sich hier eine Vegetation entwickelt, die mehr an die des von reichlichem Regen gesegneten Indiens erinnerte.

Vierfüßige Tiere fehlten nach Steffens Erklärung gänzlich. Dagegen lebte hier Wassergeflügel aller Art in zahlloser Menge. Aber die Brotbäume hätten auch schon genügt, von denen jeder einzelne, der in der Blüte seiner Tragfähigkeit steht, eine zehnköpfige Familie jahraus, jahrein ernähren kann, und dann kamen noch viele andere Arten von Fruchtbäumen und -sträuchern hinzu, und nicht wenige davon waren erst durch den alten Steffens hier angepflanzt worden.

„Dort unten ist auch eine Kaffeeanpflanzung, eine

ganze Plantage von Kakaobäumen, alles von meinem Vater angelegt. Wir selbst haben nicht viel davon genießen können, aber als ich vor einem Vierteljahr hier war, stand alles in schönster Blüte, die Früchte müssen jetzt schon reifen. Und hier überall dieses Kraut, das sind Erdnüsse, die das beste Öl liefern, und die Frucht soll so nahrhaft wie Ochsenfleisch sein."

Die Mitglieder dieser Karawane freilich brachen in keine Rufe des Entzückens aus, dessen waren sie nicht fähig, oder vielmehr, sie verachteten so etwas. Nur Reinhold und Käthchen schauten sich mit leuchtenden Augen an. Sonst aber stellten auch sie nur sachgemäße Fragen.

Der Führer wandte sich nach links, und nach einigen Minuten hatte er die Stelle erreicht, wo das Blockhaus noch stand, in dem er das Licht der Welt erblickt hatte.

Aus einer Öffnung der Felswand, in einer Höhe von vier Metern sprang ein Wasserstrahl, oder man müßte richtiger von einem Wasserfall sprechen, obgleich man sich unter einem solchen gewöhnlich etwas anderes vorstellt.

Das ziemlich kreisrunde Loch hatte wenigstens einen halben Meter im Durchmesser, und es wurde von dem hervorbrechenden Wasser vollständig ausgefüllt, als sei es das Ende einer Röhre, durch die das Wasser unter Druck strömte.

Der mächtige Wasserstrahl ergoß sich in weitem Bogen in ein Bassin, und so kristallklar war dieses Wasser, daß trotz der starken Wellenbewegung auf dem Grund noch jedes Körnchen des feinen, weißen Sandes zu erkennen war.

Dazu kam nun die ganze Umgebung. Jede Spur von Menschenwerk schon längst wieder vernichtet, auch das Blockhaus unter Schlingpflanzen ganz verschwindend, und da verriet Käthchen, daß sie in ihrem Busen doch noch etwas ganz anderes hatte als nur solch ein starkes Herz nach indianischen Begriffen.

„O Reinhold, Reinhold, ist das herrlich hier, hier wollen wir bleiben!" rief sie in hellem Jubel mit gefalteten Händen.

Mochte der Bruder vielleicht ebenso denken, was auch seine leuchtenden Augen verrieten, er hatte sich doch besser in der Gewalt.

Er nickte nur zufrieden, dann fragte er, wo der Zugang zu dem Blockhaus sei, zerschnitt die Schlingpflanzen an der betreffenden Stelle, stieß die Tür auf.

Die Hütte bestand aus zwei geräumigen Kammern, die noch das selbstgefertigte Mobiliar der einstigen Ansiedler enthielten.

Reinhold gab Befehl, die Maultiere zu entladen und die Wigwams aufzuschlagen. Selbstverständlich war das allein die Arbeit der Weiber, da hatten die Geschwister an den indianischen Sitten noch nichts ändern können. Die Kinder halfen höchstens spielend dabei, die alten Männer, welche gar nicht mehr als Männer galten, schauten zu, ihre Pfeife rauchend, und das hätten auch die Krieger getan, wenn sie nicht von Reinhold aufgefordert worden wären, ihn noch weiter zu begleiten. Man wollte erst den ganzen Landstreifen besichtigen, und ihnen schlossen sich nach gegebener Erlaubnis auch die vier halbwüchsigen Knaben an, die sich schon auf ihr zukünftiges Kriegerexamen vorbereiteten, zwölf- bis vierzehnjährige Burschen. Jünglinge unter zwanzig Jahren fehlten unter diesen letzten Navajos ganz, Mutter Natur hatte dem durch menschliche Schuld aussterbenden Indianerstamm offenbar durch viele Mädchen nachhelfen wollen.

Die Männer setzten ihren Weg zu Fuß fort.

„Reinhold, ich werde mich erst einmal baden!" rief Käthchen ihm nach.

Der Bruder nickte zurück.

Während die übrigen Weiber mit den Tieren beschäftigt waren und die Wigwams aufschlugen, die als Jägerinnen ausgebildeten Mädchen schon Wasservögel erlegten, hierbei Pfeil und Bogen benutzend, entkleidete sich Käthchen, und bald plätscherte sie lustig in dem klaren Wasser des Bassins.

Immer größer wurde ihre Lust, und immer mehr verriet sie, daß ihre Eltern aus dem Land der gefühlvollsten Dichter gestammt hatten.

Bis nicht ganz an die Brust im Wasser stehend, watete sie auf den Wasserstrahl zu, wie sehnsüchtig die Arme ausbreitend.

„Ach, du göttlicher Quell", fing sie zu deklamieren an, „laß dich umarmen und an mein Herz drücken..."

Und ihr Gebet sollte sofort erhört werden, und zwar ebenfalls in ganz poetischer Weise.

Wie in noch manch anderer Mythologie, so hatte auch in der germanischen jeder Quell und jeder Fluß seinen Gott.

Auch an oder in diesem aus der Felswand hervorbrechenden Quell wohnte einer, und er ließ sich nicht lange nötigen, sich von dem schönen Mädchen umarmen und ans Herz drücken zu lassen – freilich nicht so wie vor tausend und noch mehr Jahren so gut wie gar nicht bekleidet, sondern er hatte eben die Mode mitgemacht, und da er sich hier in Afrika niedergelassen hatte, trug er auch ein dementsprechendes Jagdkostüm, hatte sich sogar eben erst rasiert.

Jedenfalls aber warf er sich, wie es verlangt wurde, aus seinem feuchten Element direkt in die Arme der schönen Maid.

12.

Was Käthchen dachte, als ihr Wunsch so schnell Erhörung fand, vermögen wir nicht zu schildern. Nur, was sie tat.

Nun, sie griff ebenfalls herzhaft zu. Das lag in der Natur der Sache. Und dann fing sie herzhaft an zu schreien, und das war ebenso natürlich.

Die indianischen Weiber hörten den Schrei, sie sahen ihre Herrin da im Wasser mit einem Mann in inniger Umarmung stehen, sie hörten ihre Gebieterin nochmals schreien, und nun gab es bei den Indianerinnen keinen Aberglauben mehr, wenigstens nicht bei den jungen – diese, vier Frauen und Mädchen, sprangen sofort in das Bassin, wateten und schwammen aus Leibeskräften hin und nahmen Käthchen den ledernen Gott ab, um ihm noch im Wasser auch lederne Manschetten anzulegen, und so wurde er an Land geschleppt, wo ihm noch die Füße gebunden wurden.

Käthchen hatte sich ebenfalls schleunigst an Land begeben und schlüpfte noch schleuniger in ihre Kleider, und dabei griff sie manchmal an ihre Oberlippe, die etwas aufzulaufen begann, und ganz das gleiche war auch bei dem Wassergott der Fall, auch er bekam eine etwas geschwollene Oberlippe.

Es war nämlich nicht nur bei der Umarmung geblieben, sondern es war auch gleich zum Kuß gekommen, und zwar zu einem ganz nachdrücklichen Kuß. Im übrigen konnten die beiden froh sein, daß es noch so abgelaufen war. Sie hätten sich vor Liebe gegenseitig auch gleich die Köpfe eindrücken können.

Also, Felix mit der geschwollenen Lippe saß aufrecht im Gras und hätte sich so gern mit den Händen die Augen gerieben.

„Ja, wohin bin ich denn hier geraten? Bin ich denn oben vom afrikanischen Kilimandscharo durch den Gleitschacht direkt nach Amerika gerutscht? Das sind doch indianische Wigwams? Gewiß, das sind Indianer und Indianerinnen, ganz waschechte!"

Die Indianerinnen standen mit ziemlicher Teilnahmslosigkeit um ihn herum, die alten Indianer ließen sich überhaupt nicht im Genuß der Pfeife stören.

Jetzt aber trat die naß in ihre Kleider geschlüpfte Käthe vor ihn hin.

„Mann, wer seid Ihr denn?"

„Ich - ich - ich... Freimann ist mein Name", stotterte der gänzlich Verwirrte.

„Ihr kamt doch aus dem Wasserloch heraus?"

„Ja, ich - ich - ich - weiß selber nicht, wie ich da hineingekommen bin."

„Wohnt Ihr denn hier?"

„Dort in dem Wasserloch? Nein, nein, o nein!"

Da kamen die Krieger schon wieder von ihrer Expedition zurück. Ein Blick genügte, und mit einem Sprung stand Reinhold ebenfalls vor dem Gefangenen.

„Ein Fremder! Was ist denn das?"

„Reinhold, denke dir - ich bade mich, stehe im Wasser, besehe mir den Wasserstrahl - da kommt mit diesem plötzlich ein Mann hervorgeschossen - stürzt auf mich, umarmt mich, küßt mich..."

„Was? Geküßt hat er dich?" rief Reinhold mit drohenden Augen.

„Na, nun guck doch bloß meine Lippe an, die wird immer dicker."

„Ja, aber meine wird noch viel dicker", ergänzte Felix, wenn auch nicht mit absichtlichem Humor.

Der Bruder betrachtete abwechselnd die Schwester und den Gefangenen.

„Er hat dich wohl nicht mit Absicht geküßt, sondern er ist auf dich gestürzt? Wie?"

„Ja, natürlich, natürlich..."

„Na, das ist doch etwas anderes. Ja, Mann, wie kommt Ihr aber nur hierher?"

„Dort - dort - dort durch das Wasserloch!"

„Ihr habt Euch dadrin aufgehalten?"

„In dem Wasserloch? O nein, o nein!"

„Mann, so erzählt doch nur!"

„Aber ich bitte Sie, lassen Sie mich nur erst einen Augenblick verschnaufen! Wenn Sie das durchgemacht hätten wie ich, Sie könnten auch nicht gleich erzählen. Wo bin ich denn nur hier?"

„Im Njirisumpf."

„Liegt denn der in Afrika?"

„Na, wo denn sonst. Stellt Euch doch nicht irrsinnig."

„Also ich bin hier in der afrikanischen Steppe?"

„Gewiß doch!"

„Im Flachland am Fuße des Kilimandscharos?"

„Nirgends anderswo."

„So ungefähr 3.000 Meter über dem Meeresspiegel?"

„Das dürfte stimmen."

„Na, ich wohne eben vier Etagen höher - oder nein - ich hause 4.500 Meter über dem Meeresspiegel - rechnen wir die Etage rund zu fünf Metern Höhe - ich komme aus der dreihundertsten Etage."

Jetzt aber brach bei unserem Felix doch richtiger Humor hindurch. Den ersten Stimmungswechsel hatten die Leberknödel hervorgebracht, die er nicht gegessen hatte, und das gegenwärtige Abenteuer hatte auch den letzten Rest von Melancholie noch hinweggeblasen.

Der junge Mann war genesen, hoffentlich für immer, und Felix hatte ja selbst gesagt, was für ein lebensfroher Mensch er früher gewesen war, und wir wollen noch hinzufügen, daß er in jeder Gesellschaft für den besten Humoristen gegolten hatte, mit übersprudelndem Witz.

„Nun seid endlich vernünftig! Woher kommt Ihr? An Zauberei glauben wir doch alle nicht."

„Tatsache, ich wohne hier in demselben Haus in der dreihundertsten Etage. Ich hause als Einsiedler oben auf dem Kilimandscharo - nicht ganz oben, aber doch so 4.500 Meter über dem Meeresspiegel - ich bin vorhin bei Untersuchung einer Höhle in einen Gleitschacht gestürzt, bin hinuntergerutscht, zuletzt wurde aus dem sonst trockenen Schacht eine Wasserröhre, und die hat mich ganz einfach hier am Fuße des Kilimandscharos ausgespien."

Der amerikanische Jäger war leicht von Begriff, er verstand sofort.

„In eine Spalte seid Ihr gestürzt?"

„Jawohl."

„Und seid hier herabgerutscht?"

„So ist es."

„War denn die Spalte immer schräg?"

„Immer ganz schräg."

„Konntet Ihr Euch nirgends festhalten?"

„Nein. Boden und Wände waren glatt wie ein Spiegel."

„Woher kommt das?"

„Das sind sogenannte Eisschächte. Da sind seit ungezählten Jahrtausenden Eisschollen hinabgeschusselt."

„So, so. Schon möglich. Wie lange habt Ihr zu der unfreiwilligen Wanderung gebraucht?"

„Fünf Minuten oder fünf Stunden, das kann ich unmöglich sagen."

„Ja, ja, das kann ich mir erklären, habe selber schon ähnliche Situationen durchgemacht, wo man die Zeit nicht mehr berechnen kann, wo einem jede Minute zur Ewigkeit wird. Wann seid Ihr abgestürzt?"

„Vielleicht um ein Uhr."

„Heute mittag?"

„Ja."

„Na, dann könnt Ihr wirklich nicht lange unterwegs gewesen sein. Und zuletzt kamt Ihr also in eine Wasserröhre?"

„Ja."

„Wie lange seid Ihr da im Wasser gewesen?"

„Jedenfalls nicht länger, als ich den Atem anhalten kann."

„Richtig! Nun, Paul Steffens, was sagt Ihr dazu?"

Der Forester war vollständig verblüfft.

„Habt Ihr während Eures Hierseins einmal so etwas erlebt?"

„Nie, nie!"

„Was für Löcher sind das dort oben?"

Außer dem Wasserloch waren nämlich noch einige andere in der Felswand, doch viel kleiner, nur eins so groß wie jenes, aus dem Felix hervorgeschossen war, aber kein Tropfen Wasser kam heraus.

„Das weiß ich nicht", entgegnete der gefragte Forester.

„Habt Ihr diese Löcher niemals untersucht?"

„Nein."

„Auch Euer Vater nicht, keiner Eurer Brüder?"

„Nicht, daß ich mich entsinnen könnte."

„Aus diesen anderen Löchern kommt kein Wasser hervor?"

„Ich habe niemals einen Tropfen herauskommen sehen, Herr Richter."

Da fuhr Felix hoch empor, soweit es seine Fesseln erlaubten.

„Wie nannte Sie dieser Mann? Richter?"

„Ja, ich heiße Richter, und ich denke doch, das ist kein so ungewöhnlicher Name."

„Und diese junge Dame, die doch so unverkennbar Ihre Schwester ist, nannte sie Reinhold?"

„Ich heiße Reinhold Richter."

„Reinhold Richter... Wo sind Sie geboren, wenn ich fragen darf?"

„In Arizona."

„In Amerika, in Arizona! Stimmt, stimmt!" fuhr Felix immer lebhafter fort. „Stammten Ihre Eltern vielleicht aus Oberammergau in Bayern, aus Wolfensee?"

„Mann, woher ist das Euch bekannt?" begann der Examinierte jetzt wie die Schwester zu staunen.

„Heißt Ihre Schwester vielleicht Käthchen?"

„Woher wissen Sie das? Ich kenne Sie doch gar nicht!"

„Warten Sie nur! Und auch Ihr Großvater hieß Reinhold?"

„Nach dem ich benannt wurde."

„Und Ihr Vater Gottfried?"

„Nun lassen S' mi außi!" fing jetzt Reinhold sogar im bayerischen Dialekt an.

„Und Ihr Vater hatte einen jüngeren Bruder..."

„Eine ganze Masse."

„Der allerjüngste hieß Matthias."

„Der wurde Lehrer."

„Und seine Tochter hieß..."

„Genoveva. Das ist uns alles geschrieben worden. Das war aber auch so ziemlich der letzte Brief, und ich konnte damals überhaupt noch nicht lesen. Nun aber sprecht, Mann, wer seid Ihr?"

Da streckte Felix die ihm vorn gefesselten Hände aus.

„Gevatter, Vetter, Bäschen - oder was ihr sonst von mir seid - ich habe Heraklit den Dunklen verstanden, aber in solchen Verwandtschaftsverhältnissen finde ich mich nicht zurecht, das geht mir ab - na, ich habe doch die Genoveva aus Wolfensee geheiratet!"

Erst etwas ungläubiges Staunen, bis daraus das freudigste wurde.

Die beiden Geschwister wußten, daß dem jüngsten Onkel, dem Lehrer, eine Tochter geboren worden war, die in der heiligen Taufe den Namen Genoveva erhalten hatte, und sie wußten sogar noch Jahr und Tag der Geburt.

Man braucht dabei nicht an ein erstaunliches Gedächtnis zu denken. Sie hatten es eben überhaupt mit wenig Namen und mit sonstigem Kram beschwert, der unseren modernen Kindern von klein auf eingebläut wird. Das ist der Grund, warum auch alle Wilden, das heißt unkultivierte Menschen, Neger, Indianer usw., fremde Sprachen so fabelhaft schnell erlernen, auch sonstiges, was wir uns nur mit schwerer Mühe aneignen. Ihr Gedächtnisvermögen ist eben ein noch unbeschriebenes oder doch ganz wenig beschriebenes Blatt, es hat noch gar vieles Platz darauf. Ist es freilich einmal vollgeschrieben, dann hört auch diese zauberhafte Gedächtniskraft auf, es werden wieder normale Menschen. Da darf man sich also nicht täuschen lassen.

Man liest einem von der Kultur unbeleckten Neger oder einem sonstigen Wilden einige Seiten aus der Bibel vor, in seine Sprache übersetzt, und der Kerl kann alles Wort für Wort nacherzählen. Das ist ein Fall, den jeder Missionar bestätigt. Aber an einen Wunderknaben darf man deshalb nicht glauben. Es geht nur bis zu einer gewissen Grenze, dann hört diese Gabe wieder auf.

Immerhin ist das höchst interessant, und hoffentlich entschließen sich maßgebende Männer bald einmal zu einem Massenexperiment, daß sie nämlich eine Anzahl von Kindern erst mit dem zehnten Jahr in die Schule schicken, sie vorher von aller ‚Gelehrsamkeit' ganz unberührt lassen, und man wird sehen, daß sie in den letzten vier Jahren ganz genau dasselbe und wahrscheinlich sogar noch viel mehr lernen, als andere in acht Jahren, daß sie also mit dem vierzehnten Jahr dasselbe Ziel erreicht haben, und die ersten vier Jahre, vom sechsten bis zum zehnten, könnten viel, viel nützlicher angewandt werden, und sei es auch nur, daß sie im Wasser und in der Sonne liegen und im Wald Räuber und Gendarmen spielen. – – –

Sie saßen am Feuer, aßen Brathendl und erzählten einander.

Wir können nicht alles wiedergeben, denn sie erzählten sich bis Mitternacht, und in zehn Stunden kann der Mensch doch gar zuviel reden. So sei nur das Wichtigste hervorgehoben.

Die Geschwister erfuhren erst jetzt, daß ihr Onkel von einem unbekannten Dorfschulmeisterlein zu einem berühmten Professor geworden war.

Also Doktor Felix Freimann hatte dessen einzige Tochter geheiratet, bei der es geblieben war. Und vor etwa zwei Jahren war sie gestorben, im Wochenbett.

Nun aber hätte unser Felix einen schweren Stand gehabt, wenn er von seiner Melancholie hätte erzählen wollen, und was er in diesem Zustand alles getrieben hatte.

Denn von Melancholie war dem jungen Mann jetzt durchaus nichts anzumerken, er sprudelte über vor Lustigkeit und witzigen Einfällen, und nur bei Erwähnung des Todes seiner Frau hatte er naturgemäß etwas anders gesprochen. Aber das war dann schnell wieder vorbei. In zwei Jahren kann der Mensch viel vergessen.

Also, Felix erwähnte seine Melancholie gar nicht - aber furchtbar getroffen hatte ihn der Tod seines Weibes doch, und da es ihm die Mittel erlaubten, war er sofort auf Reisen gegangen, und jetzt war er eben hier im Kilimandscharogebirge.

Felix hatte gesprochen, und ehe die anderen noch eine Frage an ihn stellen konnten, fuhr er schnell fort:

„Und was meint ihr wohl, wen ich da oben im Gebirge getroffen habe?"

„Hier am Kilimandscharo? Nun, wen denn?"

„Na, ratet doch mal. Es liegt ja eigentlich so nahe."

„Doch nicht etwa den - Franzl Stadelmann?"

„Ich kenne diesen Herrn leider nicht persönlich. Wie kommt ihr auf den?"

„Weil der einmal an den Vater schrieb, er möchte wohl auch auswandern, aber lieber nach Afrika. Das ist freilich nun schon an die zwanzig Jahre her."

„Das ist schon möglich, daß der Franzl Stadelmann ausgewandert ist, und zwar wirklich nach Afrika - und ganz Wolfensee ist mit ihm ausgewandert."

Reinhold machte sich schon bereit emporzuschnellen.

„Was sagst du? Ganz Wolfensee? Ist doch nicht möglich!"

„Ganz Wolfensee wohnt dort oben auf dem Kilimandscharo - in der zweihundertvierundfünfzigsten Etage."

Reinhold kam doch nicht zum Aufspringen, die Überraschung war eine gar zu große, sie lähmte ihn.

„Ganz, ganz Wolfensee?"

Ja, nun mußte Felix erzählen.

Endlich sprang Reinhold doch empor.

„Da sitzen wir hier und schwatzen! Was brauche ich dich denn erst lange zu fragen, wie es denen geht? Ich kann sie doch selbst aufsuchen! Du hast nur eine Viertelstunde gebraucht, um bis hier herunterzurutschen?"

„Wenn ich mir die Sache recht überlege - nein, länger sicher nicht."

„Nu, da brauchen wir doch bloß..."

Reinhold brach ab und kratzte sich hinter dem Ohr, während er nach dem dicken Wasserstrahl blickte.

„Du willst wohl an dem Wasserfall hinaufklettern?" lachte denn auch gleich die Schwester.

„Na, hinaufzuklettern braucht man ihn deshalb noch nicht. - Wie lange bist du denn im Wasser gewesen, Felix?"

„Du denkst daran, die Wasserröhre hinaufkriechen zu können?" lächelte auch Felix. „Nein, Vetter, das dürfte dir wohl nicht gelingen."

„Aber da ist doch noch ein anderes Loch vorhanden, groß genug, um einen Menschen durchzulassen."

„Vorwärts, benutzen wir den Tag noch, um dieses Loch zu untersuchen!"

Die große Öffnung - die anderen in der Wand befindlichen Löcher kamen nicht in Betracht, da konnte man nicht einmal den Kopf hineinstecken - befand sich nicht mehr über dem Wasserbassin, sondern seitwärts davon, aber es war ersichtlich, daß auch sie einst Wasser ausgesprudelt und daß dieses im Boden eine Vertiefung ausgehöhlt hatte, allerdings nicht zu vergleichen mit jenem tiefen Bassin.

In kürzester Zeit war von geschickten Händen eine Leiter hergestellt, ein starker Stamm mit eingekerbten Stufen, sie wurde gegen die Felswand gelehnt, Reinhold erklomm sie als erster, mit einer Laterne ausgerüstet, zu der er sich die Talglichter selbst zu fabrizieren verstand.

Ja, es war ebenfalls ein Schacht. Die Wände waren rauh, der etwas nach oben führende Boden glatter, aber doch nicht spiegelglatt. Offenbar waren auch hier einst kleine Eisschollen durchgeglitten, aber der Felsen hatte sich durch Witterungseinflüsse schon wieder gekörnt.

Ein Hinein- und Emporkriechen bot keine Schwierigkeit, zumal man sich hier auch noch mit den Händen oder sogar mit den Ellbogen gegen die Seitenwände stemmen konnte, die gespreizten Knie wirkten vollends als Bremse.

Reinhold war hineingekrochen, und Käthe ließ es sich nicht nehmen, ihm zu folgen. Dabei kam nicht in Betracht, daß sie eine Evastochter war, denn Paul Steffens war auch schon auf der Leiter unterwegs, und Felix machte wenigstens Miene, sie zu erklimmen.

Als Steffens in dem Loch verschwunden war, tat es Felix auch, klomm ebenfalls hinauf. Das Lichtchen der Laterne war, wenn es nicht von den Nachkriechenden verdeckt wurde, in ziemlicher Entfernung nur noch als schwach leuchtender Punkt zu erkennen, und jetzt schien es hinter einer Ecke zu verschwinden.

„Jawohl, hier mündet der Schacht in einen anderen", meldete dumpf Reinholds Stimme.

„Ohne Wasser?" schrie Felix hinein.

„Ich höre Wasser rauschen, kann aber nichts sehen. Scheint ganz trocken zu sein."

„Ist der Boden sehr glatt?" fragte Felix wieder.

„Der andere Schacht ist viel tiefer, ich kann den Boden mit der Hand nicht erreichen, ihn nur undeutlich sehen. Ich lasse mich hinab."

„Um Gottes willen, sei vorsichtig!"

„Keine Bange. So, jetzt bin ich schon unten – jawohl, es ist ganz trocken und..."

In diesem Augenblick kitzelte es Felix, der also noch

vor dem Loch oben auf der Leiter stand, in der Nase, er mußte niesen, anstandshalber wollte er nicht gerade in das Loch hineinniesen, oder er wandte gewohnheitsmäßig den Kopf dabei zur Seite, dorthin, wo der dicke Wasserstrahl aus der Felswand hervorsprang - und in demselben Augenblick, da Reinhold seinen Satz unterbrach, sah Felix inmitten des Wasserstrahls eine menschliche Gestalt, die also aus der Felswand herausgespült wurde, den Kopf und noch mehr die Arme und Hände voran, und es war kein anderer als Reinhold Richter, der, in der Hand noch die Laterne, jetzt freilich nicht mehr brennend, inmitten des Wasserstrahls einen eleganten Kopfsprung in das Bassin hinabmachte.

Es war so schnell gegangen, daß Felix erst meinte, nur eine Vision gehabt zu haben - aber nein, da auf dem Grund des Bassins lag wirklich sein neuentdeckter Vetter, lag da unten wie ein geprellter Frosch, Arme und Beine weit von sich gestreckt, in der linken Hand krampfhaft seine Laterne.

Noch einen Blick, und dann überkam Felix ein furchtbarer Schreck.

„Um Gottes willen, der hat sich..."

Die Sache war nämlich die, daß Reinhold schon längst wieder an der Oberfläche des Wassers hätte sein können. Aber der blieb dort unten ganz gemütlich liegen, das Gesicht in dem weißen Sand vergraben.

Felix vollendete seinen Satz nicht, sondern er glitt blitzschnell an der Leiter hinab und war mit einem Satz im Bassin, wollte schon zugreifen - da plötzlich kam wieder Leben in den geprellten Frosch, er stand schnell auf und pustete mächtig.

„Du hast dir doch nicht Schaden getan?"

„Ich? Nicht im geringsten."

„Weil du so regungslos auf dem Grund lagst."

„Na ja, ich überlegte mir, was eigentlich mit mir passiert war. - He, hallo, he!"

Auch Felix hatte es gesehen – die zweite menschliche Gestalt, die jetzt mit dem Wasserstrahl herabgeschossen kam, und er stand direkt davor, hatte keine Zeit mehr, zur Seite zu springen, streckte schützend beide Hände vor, und – Fräulein Käthe lag heute zum zweiten Mal in seinen Armen, jetzt aber in vollständiger Toilette, und diesmal kam es nicht wieder zu solch einem nachdrücklichen Kuß – zum Glück für die beiden, sonst hätten sie ihre Lippen nur gleich in Futterale legen können.

„Hallo, Bäschen!“ lachte Felix. „Das Schicksal scheint uns durchaus einander in die Arme führen zu wollen!“

Käthe brachte es fertig, auch in dem ziemlich kalten Wasser wie eine Klatschrose zu erröten.

„Nein, das ist doch wirklich zu dumm“, sagte sie ärgerlich, wenn der Ärger wohl auch etwas gekünstelt war, „ich habe mich gerade in den anderen Schacht hinabgelassen, da rutschen mir auch schon die Füße fort...“

Schreiend flüchtete sie davon, auch Felix sprang schleunigst zurück, denn da kam schon wieder eine menschliche Gestalt mit dem Wasserstrahl herabgeschossen, und diesmal sah es so aus, als würde die Begrüßung Kopf auf Kopf erfolgen, und da konnte es doch vielleicht zerbrochene Eierschalen geben.

Es war Paul Steffens, der gehorsam die nasse Rutschpartie seiner Vorgänger nachgemacht hatte.

Die Sache war einfach die, daß einer nach dem anderen in den zweiten Schacht hinabgeklettert war, in der Meinung, daß sich seine Vorgänger ganz wohlbehalten dort unten befänden, und so war es auch Steffens gegangen wie seinen beiden Vorgängern – kaum hatten seine Füße den spiegelglatten, hier ziemlich schrägen Boden berührt, als er auch schon abglitt, zum Sturz kam, und dann ging alles so schnell, daß man gar nicht mehr Zeit hatte, sich noch an dem Rande des Loches festzuhalten, und dann ging eben die Rutschpartie weiter, erst einige Meter auf dem Trockenen, und dann eine etwas größere

Strecke durch die Wasserleitung. Das Wasser kam einfach durch einen senkrechten Schacht herab.

Als nun auch Paul Steffens pustend wieder auftauchte, da war es mit Käthes Schamröte und Ärger vorbei, sie lachte wie toll - und dann legte sie sich auf den Rücken und strampelte mit den Beinen, sich so ans Ufer paddelnd.

Diese Ausgelassenheit mußte natürlich anstecken, wenn sich nicht schon jeder von ganz allein in dieser Laune befand.

„Na, denkt ihr denn, das könnt ihr alleine?" rief Felix. „Was ihr könnt, das kann ich auch!"

Er schwamm eiligst ans Ufer, kletterte heraus, die Leiter hinauf, verschwand in dem finsteren Loch und - schwupp! - wurde wie ein Korken von dem Wasserstrahl wieder ausgespien.

Die indianischen Krieger hielten es unter ihrer Würde, irgendein Staunen zu äußern, schenkten scheinbar diesen Vorgängen nicht die geringste Aufmerksamkeit - diesen starren Augen entging freilich nichts - die Frauen und erwachsenen Mädchen aber kamen schon an das Ufer heran, um sich die Sache näher zu betrachten, mit vor einer gewissen Begier funkelnden Augen - und bei den Kindern vollends hielt die anerzogene Gleichgültigkeit nicht lange stand, seitens Käthes bedurfte es nur eines Wortes, und wie die Eichhörnchen kletterten die rotbraunen Kinder und Kinderchen, wenn sie nur schon laufen konnten, die Leiter hinauf, die ersten unter Käthes Führung, und als diese zum ersten oder vielmehr zum dritten Mal mit dem Wasserstrahl einen eleganten Hechtsprung ausgeführt hatte, mußte sie schnell machen, daß sie weiterkam, denn jetzt spie das Wasserloch in der Felswand vom afrikanischen Kilimandscharo kleine Indianerkinder aus Amerika in schwerer Menge aus, und da sie immer schnell wieder die Leiter hinaufkletterten, war diese Kinderquelle einfach unerschöpflich. Und jetzt war es mit der erkünstelten Zurückhaltung vollends vorbei, alles kreischte vor Entzücken, und wenn sie auch einmal einander auf die Köpfe fielen, das hatte bei diesen weichen Kinderschädeln nicht viel zu sagen, desto größer wurde nur die Lust.

„Vorwärts, Wasserhuhn, beweise, daß du diesen Namen mit Recht führst", sagte Käthe, die selbst die Rutschpartie fortwährend wiederholte, zu einer jungen Indianerin, und Wasserhuhn ließ sich nicht zum zweiten Mal nötigen. Trocken kroch sie in das eine Loch hinein und kam aus dem anderen naß wieder zum Vorschein, und sie war die Vorläuferin aller anderen Indianerweiber geworden, und bei denen brach der Jubel ebenfalls hervor.

Dabei gab es keinen Unterschied im Alter mehr.

„Nein, nein, Zuckersack, für dich ist das nichts mehr, und ein Zuckersack darf überhaupt nicht ins Wasser kommen, sonst bleibt nichts mehr von ihm übrig", sagte Reinhold zu einer steinalten Indianerin, die auf Krücken nach der Leiter gehumpelt war und auf eine mitleidige Seele wartete, die ihr hinaufhelfen würde. Ihren ‚Ehrennamen' hatte sie daher, weil sie einmal einem Indianerhändler von seinem Wagen einen ganzen Zentnersack Zucker stibizt und ihn allein aufgegessen hatte.

„Wer war denn das Mädchen, das soeben in das Loch kroch?" rief da Felix, und es klang fast erschrocken.

„Das war Lizzard, aber kein Mädchen, sondern eine junge Frau", erklärte Käthchen, die die letzte noch gesehen hatte.

„Ja, die hatte doch ein Kind an der Brust..."

„Ein Baby hat Lizzard allerdings, aber die wird doch nicht das Kind, das kaum sechs Wochen alt ist, mit in das..."

Jawohl, da kam die fast noch kindlich junge Indianerin schon wieder mit dem Wasserstrahl hervorgeschossen, und wenn sie das sechs Wochen alte Baby während der nassen Rutschpartie auch nicht mehr an der Brust gehalten hatte, so hatte sie es doch im Arm, und das Kindchen jauchzte und strampelte vor Lust. Die Mutter mußte durch ein ernstes Verbot von der Wiederholung solch spartanischer Erziehungsexperimente abgehalten werden.

„Fürchtet sich Büffelhuf, es den Weibern nachzutun?" redete Reinhold, den mit unerschütterlichem Gleichmut dasitzenden und ganz mit seinem Kalumet beschäftigten Indianer an.

„Uff, Büffelhuf ist ein Krieger", sagte der Indianer, drückte das Feuer der Pfeife aus, legte sie weg, erhob sich, stieg die Leiter hinauf, verschwand in dem Loch und kam aus der Fontäne wieder zum Vorschein.

Er hatte es ja nur gar zu gern getan, und so war es nicht nur, um zu zeigen, daß er ein furchtloser Krieger war, daß er dies immer und immer wieder machte, und da durfte der Kleine Bär nicht zurückbleiben, und dann machten auch die mit, welche wegen ihres Alters und ihrer sonstigen Körperbeschaffenheit keine Krieger mehr waren, der älteste Greis, wenn er sich nur noch auf den Beinen halten konnte.

Es war die alte Geschichte von der Rutschbahn, wie sie durch die Ausstellung eingeführt worden ist, trocken und naß, wie das Allermodernste in dieser Richtung, wie beim Rodeln. Bis noch vor kurzem hat man das allein den Kindern überlassen, es ist eben ein kindliches Vergnügen, so auf einem Schlitten einen beschneiten Berg hinabzurutschen, neunzig Prozent von allen Menschen waren sogar ungehalten über dieses dumme Vergnügen der Kinder – und heute? Wenn ein Narr viele Narren machen kann, dann ist sicher auch die Kindlichkeit ansteckend, und Gott sei Dank, daß dem so ist. Und Kindlichkeit hat ja mit Narrheit viel Verwandtschaft, so ungefähr wie Genie mit Wahnsinn, weshalb auch, wie das Sprichwort sagt, Kinder und Narren die Wahrheit sprechen.

Erst die mit tropischer Schnelligkeit anbrechende

Nacht machte dem kreischenden Jubel ein Ende. Die drei männlichen Blaßgesichter, die freilich von der Sonne ebenfalls kupferbraun gebrannt waren, saßen wieder zusammen am Feuer, und Käthe gesellte sich als weibliches hinzu.

„Wenn wir so weiter immer nur den Wasserfall herunterrutschen, werden wir wohl schwerlich zu unseren Verwandten und Bekannten hinaufkommen“, nahm sie zuerst das Wort, während man noch auf das Abendessen wartete, das eine ganz bedeutende Verzögerung erlitt.

„Heute ist nichts mehr zu machen“, sagte Reinhold.

„Und durch diesen Schacht kommen wir auch niemals hinauf“, erklärte Felix.

„Die Steigung ist manchmal noch viel, viel stärker als auf dieser kurzen Strecke. Die senkrechte Höhe beträgt mindestens tausend Meter, und wenn wir erst Eisen einrammen wollen oder sonstige Hilfsmittel anwenden, um die Steigung und vor allen Dingen die Glätte zu überwinden, da sind wir ja in einem halben Jahr immer noch nicht oben.“

Die anderen stimmten ihm bei, sie hatten diese Glätte ja zur Genüge ausprobiert.

Reinhold zog einmal seine Karte zu Rate. Man redete noch lange hin und her. Schließlich aber sah man ein, daß man durch solche Erwägungen auch nicht weiterkam.

Reinhold wollte noch mehr über die afrikanischen Wolfenseer erzählt haben, und am allermeisten interessierte er sich für den Pfarrer, über den er schon aus den an die Eltern und Großeltern gerichteten Briefen ganz Außerordentliches gehört haben mußte.

Nun, da konnte Felix ja auch erzählen, und er schilderte seinen ersten Anblick, wie er in die Schenke geschaut hatte.

„Ja, das ist der Pfarrer Sturzbacher, wie ihn unsere Eltern und alle anderen geschildert haben!“ lachte Reinhold unter Tränen. „Wildert er denn auch noch so?"

„Wildern?"

Kaum war unserem Reinhold dieses Wort entfahren, als er zusammenzuckte, starr erst nach der Schwester und dann nach dem afrikanischen Jäger blickte - aber diese lachten ruhig weiter, nur gespannt, von Felix mehr zu hören. Und Reinhold hatte sich sofort wieder in der Gewalt.

Felix hatte nur das eine Wort wiederholt, sprach gleich noch weiter.

„Wildern? Ob er jagt, meinst du? Ei, und was für ein Nimrod er ist!"

Er schilderte, wie die Wolfenseer aus der Jagd eine einträgliche Erwerbsquelle machten, beim Zubereiten der Felle mit der Zukunft rechneten, und dann, wie der Pfarrer beim Anblick eines Gemsbocks schon mehr das Jagddelirium bekommen hatte als nur ein einfaches Jagdfieber.

„So, so", sagte Reinhold. „Also ein guter Teil ihrer Arbeit besteht in der Jagd."

„Jawohl, und die gegerbten Felle heben sie bis zu ihrer Rückwanderung auf, um sie dann mit einem Mal zu verkaufen, und es dürfte gar nicht so unklug sein, wenn sie sie mitnehmen und erst in Deutschland verkaufen."

„Ja, das wäre wohl ganz vorteilhaft. Ach so, da fällt mir ein - Steffens, wir sind doch hier noch auf englischem Gebiet?"

„Jawohl, diese Felswand hier dürfte die Grenze sein."

„Richtig, das ist auch hier auf der Karte angegeben. Die Wolfenseer haben sich jedoch auf deutschem Gebiet angesiedelt, nicht wahr, Felix?"

„Gefragt habe ich sie deshalb gar nicht, aber das ist doch ganz sicher."

„Na, und da gehen sie wohl auch manchmal nach..."

Reinhold vollendete seinen Satz nicht, er stieß in das Feuer, daß die Funken sprühten, und dann erkundigte sich Käthchen gleich, ob denn auch noch des Pfarrers Wirtschafterin lebe, die Annemarie - jawohl, darüber konnte Felix berichten - und so war Reinholds angefangene Frage vergessen worden.

Nur noch einmal stellte er eine besondere Frage, die hätte erkennen lassen können, womit sich seine Gedanken im stillen beschäftigten.

„Also Kühe und Ochsen haben sie auch oben?"

„Alles, alles - wie in der Heimat."

„Aber Pferde haben sie nicht."

„Nein, und die sollen doch auch schon im bayerischen Wolfensee gefehlt haben."

„Das stimmt, davon haben uns oft der Vater und die anderen Farmer erzählt, wie sie in ihrem Heimatdorf keine Pferde gehabt hätten, und wie sie doch alle reiten konnten, weil sie alle bei den bayerischen Dragonern gedient hatten. Ich meine, sie hätten sich aber doch hier in Afrika Pferde zulegen können."

„Sie haben keine, und mit Pferden wäre dort oben auch wenig anzufangen, das Terrain ist doch sehr gebirgig."

Reinhold schien sich mit dieser Erklärung zufriedenzugeben.

„Es wird gleich Mitternacht sein", sagte er. „Wir wollen noch keinen Beschluß fassen, sondern die Sache erst beschlafen, wie wir denen dort oben zu Leibe rücken. Hei, das soll aber eine Überraschung geben!"

So wurde die Sitzung aufgehoben.

13.

Am nächsten Morgen in aller Frühe hielten Reinhold und Steffens eine Beratung ab. Es galt jetzt, die draußen gebliebenen Steppenwächter zu benachrichtigen, und auch diese Männer und ebenso die meisten der jüngeren Weiber wollten ja nicht etwa untätig hier liegenbleiben, sondern ihrem Amt als Wildhüter und Förster nachkommen.

Felix und Käthchen wohnten dieser Unterredung nicht mit bei, beide hatten sich gemeinsam entfernt, um dieses Eiland, das zu einer Hälfte aber durch eine natürliche Mauer begrenzt war, näher kennenzulernen. Denn gestern hatte Käthchen ja ein Bad der Erforschung dieses Fleckchens Erde vorgezogen.

Soeben behauptete Reinhold, daß er den Weg durch die Furt allein zurückfinden könne, was Paul Steffens noch zu bezweifeln wagte, oder jener Geist, welcher der Sage nach der Häuptlingsfamilie der Kaleles als Führer zur Seite gestanden habe, müsse auch über ihn gekommen sein, als Käthe angesprungen kam - wirklich laufenden Fußes und mit glühenden Wangen.

„Hallo, was ist denn mit dir los?" lachte ihr der Bruder sorglos entgegen.

Denn er wußte, daß, wenn die Schwester irgendeine Gefahr zu melden hätte, weswegen sie so rannte, sich dieses unter allen Gefahren der Wildnis aufgewachsene Mädchen ganz anders benommen hätte. Aber ihre Augen leuchteten so, und außerdem werden wir gleich erfahren, daß Reinhold noch einen besonderen Grund hatte, sie so lachend zu empfangen.

„Denke dir, Reinhold, wir haben ein Loch gefunden!" sprudelte Käthe hervor.

„Ein Loch? So?" lachte der Bruder nach wie vor, während Steffens das Mädchen nur verwundert anstarrte. „Wo ist denn das Loch? Hast du es mitgenommen?"

„Ein Loch in der Felswand."

„Und da bist du wohl hineingekrochen?"

„Ja, mit Felix zusammen, und da..."

„Du, das Loch ist wohl ein Farbentopf, in den du den Kopf hineingesteckt hast?"

Jetzt war es Käthe, die den noch immer lachenden Bruder anstarrte, und auch Steffens begann wenigstens zu lächeln.

„Farbentopf?" wiederholte Käthe verwundert. „Was willst du denn damit sagen?"

„Na, du bist doch ganz voll Farbe. Du willst wohl den Kriegspfad betreten?"

Käthe betrachtete die gespreizten Finger, die allerdings Spuren der verschiedensten Farben zeigten, schwarz und grün und rot und blau.

„Ach so - ich hatte unserem Vetter erzählt, wie sich die Indianer bemalen, wenn sie in den Kampf gehen", fing auch sie jetzt zu lachen an, wohl an etwas recht Angenehmes zurückdenkend, „jeder Stamm anders, und da hab ich ihm die Kriegsmalerei der Navajos erläutert, an seinem eigenen Gesicht - ich hatte Farbe einstecken - und nun sollst du Felixen sehen, wie ich den angemalt habe, wie der göttlich aussieht, hahaha!"

„Und da hat er auch dich angemalt, aber nur um den Mund herum, wie?"

„Mich? Wo denkst du denn hin, Reinhold, mich hätte er angemalt? Das ließe ich mir doch nicht gefallen!"

„Na, dein Gesicht schillert ja aber in allen Regenbogenfarben, ganz besonders um den Mund herum!"

So war es nämlich wirklich. Käthe hatte lauter Flecken im Gesicht, schwarze, grüne, rote und blaue, keine kunstvolle Malerei, sondern nur einzelne Tupfen, und das ganz besonders in der Umgebung der Lippen.

Was hier vorlag, war ja nur allzu klar, zumal Käthe in ihrer Unschuld noch behauptet hatte, sie selbst sei im Gesicht nicht angemalt worden, sie habe die Farbstifte nur in des Vetters Gesicht probiert. Da hatte der gute Vetter ganz einfach sein bemaltes Gesicht auf dem seines Bäschens abgedrückt - und das besonders um ihren Mund herum oder wohl richtiger direkt auf ihre Lippen.

Daß sie verraten war, kam dem Mädchen nun schnell genug zum Bewußtsein, ihre Verlegenheit war grenzenlos, und sie wußte sich nur einen Rat - die Aufmerksamkeit von dieser vertrackten Farbenkleckserei abzulenken!

„Wirklich, Reinhold, wir haben ein Loch gefunden, und wir sind hineingekrochen…“

„Und in diesem Loch ist wohl die Malerei von Felixens Gesicht auf das deine gewandert, so durch Zauberei, wie?“

„…es ist ein Schacht, der sich ganz bequem begehen läßt, und wir haben ihn weit, weit verfolgt, bis wir schließlich wieder umkehrten“, fuhr Käthe in ihrer Verzweiflung hastig fort. „Aber da war er noch lange nicht zu Ende, wir müssen Licht holen – der führt ganz sicher dorthinauf.“

Jetzt wurde Reinhold doch aufmerksam, er vergaß das Zwischenspiel, das dort in dem Loch passiert sein mochte. Übrigens war seine Schwester selbständig genug, um zu wissen, was sie tat, und wenn er ihr Hüter war, so doch in ganz anderer Weise.

„Wahrhaftig, der Schacht führt nach oben?“ rief er überrascht.

Da aber hatte Käthe in ihrer Verlegenheit doch etwas zuviel behauptet, und Reinhold verlangte auch gleich etwas zuviel zu wissen.

Es sei eben ein Schacht, so wie der dort, aber ganz trocken und mit sehr rauhem Boden. Die beiden waren so weit eingedrungen, bis sie wegen der Steigung die lichtspendende Öffnung nicht mehr erblicken konnten, dann waren sie umgekehrt, um Licht zu holen, um die anderen zu benachrichtigen.

„Das muß selbstverständlich zuallererst untersucht werden!“

Reinhold sprang auf, holte seine Laterne und versah sich mit einigen Lichtern.

„Felix meinte, es wäre wohl besser, gleich an alles zu denken, also auch ein Seil, Proviant und Wasser mitzunehmen.“

„Und er hat recht, wir wollen uns gleich ausrüsten wie

zu einer größeren Expedition, daß wir nicht erst noch einmal umzukehren brauchen, falls wir den Schacht wirklich sehr weit verfolgen können."

Nach der rechten Seite dieses Eilands war Reinhold gestern noch gar nicht gekommen, aber das Loch in der Felswand sollte sich auf der linken Seite befinden, eine ganz große Öffnung. Davon hatten Reinhold und seine roten Krieger gestern gar nichts bemerkt, und auch Steffens, der hier doch zu Hause war, jeden Fußbreit kennen wollte, wußte nichts davon.

Nun, man würde ja sehen.

„Es ist ganz, ganz versteckt, wir haben es nur durch einen Zufall gefunden", sagte Käthe.

Nach nur fünf Minuten hatte man das Ziel erreicht, ein dichtes Gebüsch an der Felswand, in dem Felix ein schon geschnittenes Loch noch mit seinem starken Messer erweiterte, und nun sah man dahinter in der Felswand, ziemlich dicht über dem Erdboden, auch die metergroße Öffnung.

„Wahrhaftig, davon haben wir niemals eine Ahnung gehabt, daß sich hier so ein Schachtloch befindet!" rief Steffens.

„Ja, und wir haben schon viel von dem Busch ausschneiden müssen, ehe wir nur hineinkriechen konnten", meinte Felix, den Kommenden sein Gesicht zuwendend.

Na, wie dieses Gesicht aussah! Käthe hatte es von oben nach unten mit lauter Streifen in allen Farben des Regenbogens bedeckt, aber diese zuerst scharf begrenzten Streifen waren durcheinandergewischt worden - die reine Malerpalette.

„Ja, wie seid ihr denn nur überhaupt auf den Gedanken gekommen, hier in den Busch zu kriechen?" fragte Reinhold verwundert.

„Wir - wir - wir - wollten - wollten - wollten mal sehen, ob - ob - ob... Na nur so", stotterte Käthe, während sich Felix eiligst wieder an das Beschneiden der Zweige machte.

Und Reinhold war jetzt viel zu sehr von dieser Entdekkung selbst eingenommen, um sich viel um ihre Ursache zu kümmern.

„So, wir wären bereit. Aber, Steffens, wäre es nicht besser, wenn Ihr sofort durch die Furt zurückrittet, falls die in der Steppe Befindlichen nach meinem letzten Lagerplatz zurückgekommen sind, um mir eine Meldung zu machen?“

Der junge Mann war sofort bereit dazu; die Dienstwilligkeit überwog seine Neugier.

„Schließlich wird uns ja auch dieser Schacht nun nicht gleich tausend Meter empor oder gar direkt nach jener Kolonie führen, es handelt sich nur um eine Untersuchung. Aber wir müssen doch auch an die anderen denken.“

„Ich reite sofort zurück.“

„Die Erkennungsworte habt Ihr, und sie sprechen alle Englisch.“

„Gut. Es ist nur, wenn mir etwas passiert...“

„Was soll Euch passieren?“

„Was jedem Menschen passieren kann, nicht nur in der Steppe und im Urwald, wo kriegerische Eingeborene hausen.“

„So geht mit Gott!“

„Dann seid Ihr wie gefangen, Ihr könnt nicht wieder heraus aus dem Sumpf.“

„Ich habe Euch doch schon gesagt, daß ich den Rückweg allein wiederfinde.“

„Herr, das kann ich nicht glauben!“

„Verlaßt Euch darauf, es ist so. Ich habe Stein für Stein noch in meinem Gedächtnis, und mich soll es nicht wundern, wenn auch Büffelhuf, unser bester Pfadfinder, dasselbe leisten könnte. Also unsertwegen seid ganz unbesorgt.“

Paul Steffens entfernte sich.

Reinhold kroch einmal in den Schacht hinein, überzeugte sich, als er sanft aufstieg, daß der Boden sehr rauh war, verfolgte den Tunnel, sich nur sehr gebückt halten müssend, bis ihn vollständige Finsternis umgab. Da zündete er seine Laterne an, drang noch etwas weiter vor, und als er noch immer keine geschlossene Wand sah, kehrte er zurück.

„Ja, dieser Schacht setzt sich sehr weit fort."

„Er muß doch auch irgendwo einen anderen Ausgang haben", entgegnete Felix, „nämlich dort, wo das durchfließende Wasser, respektive die Eisschollen, die ihn im Laufe der Jahrtausende gebildet haben, eingedrungen sind."

„Du meinst, daß dieser Schacht ebenfalls auf diese Weise entstanden ist?"

„Ganz ohne Zweifel."

„Der Boden ist ganz rauh."

„Zeigt aber doch sonst nicht die geringsten Unebenheiten. Er ist rauh und dennoch glatt wie eine Kegelbahn."

„Woher mag das kommen?"

„Er ist einfach schon wieder etwas verwittert."

„Nehmen wir den Schacht, wie er ist, wir dringen ein. Es handelt sich nur darum, ob wir den Proviant und das Wasser sofort mitnehmen, falls wir doch gleich wieder umkehren müssen."

Man beschloß, alles gleich mitzunehmen. Es handelte sich ja nur um Jagdtaschen und Korbflaschen, die Seile waren Lederlassos, die man sich um den Leib wickelte. Die beiden Revolver, die Käthe und Reinhold am Gürtel hängen hatten, legten sie nie ab, und im Notfall konnte Felix einen davon bekommen, deshalb brauchte er nicht erst wieder zurück.

Für alle Fälle schnitt sich jeder aus dem Busch noch einen langen, starken Stock ab, und die Expedition konnte beginnen.

Reinhold voran, dann die Schwester, den Schluß bildete Felix, so drang man in den Felsen hinein.

Nebenschächte kamen nicht, der Boden blieb immer rauh, aber die Steigung wurde immer stärker, bis man auf Händen und Füßen zu kriechen gezwungen war. Doch nach der langen, gebückten Haltung, die man in dem nur wenig über einen Meter hohen Schacht einzunehmen gezwungen war, empfand man dies nur als eine Wohltat, und als die Knie zu schmerzen begannen, nahm die Steigung wieder ab, so daß man sich wieder aufrichten konnte, und zwar wurde der Gang nun immer höher, außerdem auch breiter.

Für diese Veränderung der Dimensionen hatte Doktor Freimann eine Erklärung, mit der er nicht zurückhielt.

Jedes Gestein, jede Substanz wird vom Wasser gelöst, und sei die Menge auch noch so minimal. Selbst Gold löst sich in einfachem Wasser auf. Man hat berechnet, daß das Meerwasser der ganzen Erde für ungefähr fünf Billionen Mark Gold gelöst enthält, eine Summe, fünf Millionen mal Million, von der wir uns gar keine Vorstellung machen können. Aber an eine Gewinnung dieses Goldes aus dem Meerwasser ist nicht zu denken.

Nun löst Wasser natürlich um so weniger aus jedem Stoff, als es schon Stoffe gelöst enthält, von dem betreffenden oder von anderen. Fließt Wasser durch einen hundert Meter langen Kalkschacht, so wird es beim Eintritt gar keinen oder doch weniger Kalk enthalten als beim Austritt. Das läßt sich heute durch chemische Analyse und mit der Milligrammwaage schon nachweisen. Was aber von dem Wasser gelöst wird, das muß doch an der Substanz, also an den Schachtwänden, fehlen.

Und hier, muß man immer bedenken, hatte das Wasser wahrscheinlich viele, vielleicht ungezählte Jahrtausende gearbeitet. Da kann schon etwas gelöst werden. Also mußte der Schacht nach unten immer enger, nach oben immer weiter werden, weil sich das herabfließende Wasser immer mehr mit Lösungsstoff sättigte, seine Lösungsfähigkeit daher von oben nach unten zu abnahm.

So ging das fort, immer mehr und weniger steil, dazwischen immer ein Absatz, und der Boden wurde nur immer rauher.

„Es ist ja auch gar nicht nötig, daß hier Eisschollen herabgeglitten sind, dann hat eben nur Wasser gearbeitet", meinte Felix.

Unserem Reinhold war das höchst egal. Die Schwester hingegen ließ sich von dem jungen Doktor der Philosophie sehr gern belehren, und das war etwas eigentümlich. Käthe hatte doch bisher nicht das geringste Interesse für Geologie und dergleichen wissenschaftlichen Kram gehabt, mit dem man keinen Hund hinter dem Ofen vorlocken kann. Aber das ist nun einmal so, wenn sich zwei Menschen – usw. usw.

„Na, nun haltet einmal ein bißchen die Luft an", ließ sich jetzt Reinhold brummend vernehmen. „Ich glaube, wir gehen immer etwas im Bogen, müssen schon eine große Biegung hinter uns haben, marschieren längst mehr nach rechts."

„Einen Kompaß hast du wohl nicht bei dir?" fragte Felix.

„Kompaß, Kompaß? Nun höre mir auf mit solchem Firlefanz. Aber du Stadtmensch wirst wohl eine Uhr bei dir haben?"

„Das freilich, doch sie ist stehengeblieben", entgegnete Felix, seine goldene Uhr in den Schein der Laterne bringend.

„Ach, was für eine schöne Uhr!" rief Käthe enthusiastisch.

Wäre es eine vergrünspante Tombakuhr[1] gewesen, sie hätte sie freilich ebenso wunderschön gefunden, denn sie gehörte ja ‚ihm'.

[1] Tombak: eine Legierung, Goldimitat

„Stehengeblieben? Dann haue sie gegen die Wand!" zürnte dagegen der Bruder. „Was nützt ein Messer, das nicht schneidet, und eine Uhr, die nicht geht? Immer gegen die Wand!"

„So? Wirfst du auch gleich dein Gewehr weg, wenn dir einmal die Patronen ausgegangen..."

„Still!"

Ein surrendes Geräusch wurde hörbar, es währte etwa zehn Sekunden, verstummte wieder.

„Was war das?"

„Wie das Schnarren eines Räderwerks."

„Oder bringt ein Wasserlauf solch ein eigenartiges Geräusch hervor?"

„Dann müßte es doch immer fortdauern."

„Eine herunterrutschende Eisscholle."

Das war wohl die richtigste Erklärung, wenn man durchaus eine haben wollte.

„Dann muß es hier aber noch einen anderen Schacht geben."

„Das Schnarren klang so deutlich, förmlich handgreiflich."

„Weiter!"

Sie setzten den Weg fort, und nicht lange, so fiel das Licht der Laterne auf eine Öffnung in der Seitenwand, viel enger als dieser Schacht.

Es war selbstverständlich, daß dieser Nebengang erst untersucht wurde. Wenigstens eine Strecke wollte man ihn verfolgen.

Man mußte hier auf Händen und Knien kriechen, doch nur wenige Meter, so hielt der führende Reinhold.

„Hier ist der Schacht zu Ende, wenigstens der Länge nach, er geht plötzlich senkrecht hinab."

„Kannst du etwas sehen?"

„Warte, ich werde die Laterne hinablassen."

Er befestigte sie an seinem Lasso, ließ sie hinab.

„Hallo!" erklang es erstaunt.

„Was gibt es?“

„Ich sehe ein - ein... Käthe, Felix, kommt doch mal her, betrachtet Euch das Ding!“

Der Gang war so schmal, daß nur zwei nebeneinander Platz hatten, und Felix schmiegte sich zuerst neben Reinhold, legte sich platt auf den Boden und spähte hinab.

Die heruntergelassene Laterne beleuchtete einen sehr schrägen, spiegelglatten Boden und ferner ein Seil, das sich längs der Wand hinzog. Dieser Boden war etwa vier Meter unter ihnen, von dem Seil konnten sie nicht mehr sehen, als der Durchmesser dieses senkrechten Kamins betrug, und das war kaum ein Meter.

Käthe brachte es fertig, ebenfalls hinabzuschauen, indem sie auf den Bruder kroch und seinen Rücken als Kissen benutzte.

„Das ist doch ein Seil!“

„Nichts anderes.“

„Und es macht noch gar keinen so alten Eindruck.“

„Hier hausen Menschen!“

Die Pause des Nachdenkens war gerechtfertigt.

„Ob das Seil weitergeht?“

„Das müssen wir untersuchen.“

„Du meinst, wir sollen hinab?“

„Unbedingt.“

„Und, wenn das Seil etwa weiterläuft, es verfolgen?“

„Ich bin dafür.“

„Wir alle drei?“

Nach einer kurzen Beratung, schon im leisesten Flüsterton geführt, hielt man es für das beste, sich nicht zu trennen.

Es war ein Glück, daß man die Bergstöcke mitgenommen hatte. Sonst hätte wenigstens der letzte gar keine Möglichkeit gehabt, dahinabzugelangen, oder er hätte eben springen müssen. Wie sollten sie dann aber alle zusammen wieder hinaufgelangen? Denn alles fehlte, woran man den Lasso hätte befestigen können.

So wurde einfach ein Bergstock über den Kamin, wie wir den senkrechten Schacht nennen wollen, gelegt, der Lasso daran befestigt.

„Nein, nicht befestigen, sondern nur darüberhängen!" rief Reinhold.

„Weshalb?"

„Wenn er festgeknüpft ist, muß er doch hängenbleiben, und - es könnte doch hier Menschen geben, denen es wenig angenehm wäre, hier ein herabhängendes Lederseil zu erblicken. Ist es aber nur darübergelegt, ziehen wir es wieder herunter, nur der Stock bleibt liegen, und der ist nicht so leicht zu erblicken."

„Ja, wie bekommen wir den Lasso aber wieder hinauf?"

„Einfach mit unseren beiden anderen Stöcken. Wenn die zusammengebunden werden, genügt ihre Länge doch vollständig, um den Lasso wieder über den anderen zu legen."

Der Lasso wurde also über den Stock gelegt. Reinhold glitt zuerst hinab, ihm folgte Käthe, dann Felix.

„Vorsichtig, es ist mörderisch glatt!" wurde ihm zugezischt, als er noch in der Luft schwebte, und doch nützte diese Warnung nichts, Felix hatte zuletzt, als er sich auf dem Boden befand, nur noch das eine Ende des Lassos in der Hand, und sofort schusselte er mit Vehemenz bergab, den über den Stock rutschenden Lasso mitnehmend.

Zu seinem Glück kam bald wieder so ein Absatz, wie wir ihn schon kennengelernt haben, hier mäßigte sich die Fahrt bedeutend, Felix bekam das an der Wand entlanglaufende Seil zu fassen, in einer Minute hatte er sich an diesem wieder emporgearbeitet. Jedenfalls war man jetzt gewarnt, man durfte das Seil lieber gar nicht fahren lassen.

Also, dieses setzte sich fort, nach oben wie nach unten, und es war nicht nur dieses eine, sondern an der anderen Wand befand sich ein zweites.

Die Seile waren reichlich einen Daumen stark, aus bestem Hanf gefertigt, lagen am Boden, aber waren ziemlich straff gespannt.

„Sie werden von Menschen benutzt, um in diesem Gleitschacht hinauf- und hinabzugelangen“, sagte Felix.

„Ohne Zweifel.“

„Was für Menschen mögen das sein?“

„Das wollte ich eben dich fragen.“

„Ich habe keine Ahnung.“

„Haben den die Wolfenseer nichts von solch einer Verbindung mit dem Tiefland geäußert?“

„Mit keinem Wort, und ich glaube auch nicht, daß...“

„Weshalb glaubst du nicht, daß diese Bayern solch einen Gleitschacht benutzen?“ fragte Reinhold, als Felix schon von selbst stockte.

„Einen Grund dafür kann ich allerdings nicht anführen. Ich wüßte nur gar nicht, weshalb sie mir das verschwiegen haben sollten.“

Der amerikanische Jäger hob die Laterne und leuchtete dem anderen ins Gesicht, blickte ihn scharf an.

„Felix - es ist hier eine unpassende Zeit, um darüber zu sprechen - und doch, wir wollen die Sache gleich hier erledigen.“

„Was hast du denn, Reinhold?“ fragte Felix überrascht.

„Ich habe dir meinen und meiner Schwester Lebenslauf erzählt, wie wir zuletzt Kunstreiter wurden, wie uns Lord Warwick, der Gouverneur von Englisch-Ostafrika, engagierte, mit unseren Indianern in das Reservat zu gehen, nicht wahr?“

„Ja, das hast du mir alles ausführlich erzählt, aber was soll das, daß du hier davon noch einmal beginnst?“ staunte Felix nur immer mehr.

„Als was bin ich hier engagiert worden?“

„Als Wildhüter, als oberster Förster.“

„Ja, so sagte ich dir, weil ich dich zunächst... Doch lassen wir das. Du hast doch natürlich schon von den Wildschützen gehört?"

„Wildschützen? Was meinst du damit?"

„Von den Wilderern."

„Wilderer? Du meinst Wilddiebe?"

„Ja, die von dem deutschen Gebiet aus in das englische Tierreservat einbrechen und alles zusammenschießen. Du hast doch von diesen Wilderern natürlich schon gehört?"

„Mit keinem Wort!" staunte Felix noch immer.

Er hatte es schon gehört, und dennoch sprach er nicht die Unwahrheit.

Rübezahl hatte ihm ja unterwegs davon erzählt, die Sache aber war die, daß der seelenkranke junge Mann, der er damals noch gewesen war, gar nicht hingehört hatte. Ebenso hatte er ja auch von dem Eisenbahnfenster aus schon einmal das Indianerlager erblickt, hätte es wenigstens müssen, aber seine Augen waren eben gar nicht dafür empfänglich gewesen, in Wirklichkeit hatte er das Indianerlager gestern zum ersten Mal gesehen.

„Du hast noch nichts von diesen Wilddieben gehört?"

„Mit keinem Wort", konnte Felix mit bestem Gewissen wiederholen.

„Dann ist freilich schwer mit dir zu sprechen. Aber ich begreife schon, wie das möglich ist - wir sind eben in Afrika, was noch etwas mehr zu bedeuten scheint als selbst Amerika - weiß doch auch Paul Steffens nicht, daß dort oben bayerische oder überhaupt deutsche Kolonisten hausen. Dann nur noch eine Frage: Hast du vielleicht einen Verdacht, daß unsere guten Wolfenseer von dort oben aus vielleicht als Wildschützen manchmal in das englische Gebiet hinuntergehen?"

Langsam hatte Reinhold diese Frage gestellt, und plötzlich schlug sich Käthe vor die Stirn, daß es klatschte.

„Himmelherrgott ja!" rief sie lauter, als es die Vorsicht gebot. „Ja, das sähe diesen Oberammergauern ähnlich -

die haben ja schon in der Heimat immer gewildert – und unser Vater war stets der Anführer – wenn der Pfarrer nicht mitging, der verstand's Wildern noch besser."

Felix sah unterdessen den Frager starr an.

„Reinhold, jetzt kommt auch mir ein Verdacht – und dennoch, ich kann nicht anders sagen: Auf mein Ehrenwort, ich habe auch nicht die leiseste Spur davon gemerkt, daß diese Bauern im englischen Gebiet wildern könnten, und wie sollten sie denn auch von dort oben immer so herabkommen..."

„Durch diesen Gleitschacht."

„Na ja, aber... Nein, ich weiß von nichts."

„Und du hast auch nicht bemerkt, daß sie Pferde haben?"

„Keine Spur davon."

„Gut, prüfen wir weiter. Wir können uns ja überhaupt schwer irren, vielleicht diesen unseren Landsleuten bitteres Unrecht zufügen..."

„Und wenn's nun doch so wäre, was würdest du da tun, Reinhold?" fragte die Schwester, und es klang fast angstvoll.

„Laß das jetzt, ich habe meinen Plan."

„Nein, nein, das muß ich erst wissen, sonst habe ich keine Ruhe."

„Und ich sage es noch nicht. Jedenfalls wirst du sehr, sehr zufrieden mit mir sein."

Lächelnd, heiter hatte es der Bruder gesagt, und eben deswegen gab sich Käthe sofort zufrieden.

„Hinauf oder hinab?"

„Dem unteren Ausgang dieses Schachts sind wir doch jedenfalls näher."

„Selbstverständlich, wir sind ja noch gar nicht so hoch gestiegen."

„Dann schlage ich vor, wir untersuchen erst, wo der Schacht unten mündet."

„Gut, also gehen wir bergab."

„Daß wir aber hier diesen Kamin wiederfinden."

Dieser war wirklich sehr schwer wiederzuerkennen. Wenn man nicht mit der Laterne ganz direkt hinaufleuchtete, sah man gar nichts von der Öffnung, weil die Basaltdecke so schwarz war wie das Loch selbst, und die drei sprachen schon davon, es sei sehr leicht möglich, daß die Menschen, welche in diesem Schacht auf und ab fuhren, vielleicht gar nichts von dem Vorhandensein dieses Kamins an der Decke wußten.

Käthe hatte also von jenen trockenen Farben mit, welche die Indianer zum Bemalen des Gesichts benutzten – sie werden stets trocken aufgetragen, niemals naß – auch weiße, mit dieser wurde an der Wand unterhalb des Kamins ein kleines Zeichen gemacht, und wenn man dies an der nächsten Krümmung oder bei sonst einer Gelegenheit wiederholte, so genügte das für die Jäger, um jene Stelle wiederzufinden.

Der Weg talein wurde angetreten, vornweg Reinhold mit der am Gürtel hängenden Laterne. Ein Gehen gab es auf der spiegelglatten Fläche natürlich nicht, nur ein Rutschen, es war ein Rodeln, nur daß man auf dem festen Schnee oder Eis direkt mit dem Hosenboden saß. Erblickte Reinhold vor sich eine Schräge, so ließ er rechtzeitig sein Zischen hören, dann erfaßte man das Seil und bremste.

Dieses Gleiten geschah so geräuschlos, daß man sich im leisesten Flüsterton unterhalten konnte.

„Wenn wir nun auf Menschen stoßen, wie wollen wir uns verhalten?" fragte der in der Mitte sitzende Felix.

Denn Reinhold schien bei solchen Gelegenheiten den Fähigkeiten seiner Schwester mehr zu trauen, deshalb mußte sie den Schluß bilden.

„Das wird die Gelegenheit ergeben", entgegnete Reinhold.

„Und wenn man nun dein Licht erblickt?"

„Ich werde auf der Hut sein, und was nicht zu ändern

ist, muß man eben hinnehmen."

Sie rutschten, manchmal sehr langsam, manchmal sehr schnell, immer über Berg und Tal, wenn auch natürlich wirkliche Aufstiege und selbst ganz ebene Strecken fehlten.

„Eigentlich könnten wir jetzt schon wieder unten sein, in einer Linie mit der Steppe", meinte Felix nach etwa fünf Minuten.

„Wir sind es aber noch nicht."

Eine starke Biegung kam. Gerade hier waren auch die Wände sehr glatt geschliffen – von den Eisschollen, die sich hier gestaut hatten, und wenn das auch auf der anderen Seite der Fall war, die sie doch eigentlich nicht mehr als sonst berührt hatten, so kam das daher, weil hier der Gang eben durch sich stauende Eisschollen sehr eng geworden sein mußte.

„Vorsichtig, ein Licht, ein Licht hinter uns!" zischte da Käthe.

„Bremsen, auf den Boden nieder!" kommandierte Reinhold sofort, gleichzeitig seine Laterne verlöschend.

Sie legten sich platt auf den Boden und schmiegten sich an die Wand, und sie brauchten sich ja nur umzudrehen, so konnten sie nach oben blicken.

Das Licht kam schnell näher, förmlich auf sie losgeschossen.

„Nur im höchsten Notfall!" ließ sich Reinhold noch einmal vernehmen, und es genügte, er wurde verstanden.

Es war ein Mann, der auf einer Art von Schlitten saß – oder es war vielmehr ein richtiger Schlitten, die Kufen glitten auf dem geschliffenen Steinboden wie auf Eis; es war eben ein Rodeln, und so ging es bergab, bald blitzschnell, bald langsamer, und in den Händen hatte der Mann einen Stock, mit dem er sich von den Wänden abhielt, wenn er diesen zu nahe kam.

An seinem Gürtel hing ebenfalls eine Laterne, die voraus einen sich verbreiternden Strahl warf, ihn selbst nur in ganz schwaches Licht bringend.

Gerade hier war die Neigung wieder eine sehr starke; wie ein Blitz schoß der Rodler vorüber und war im Finstern verschwunden.

„Habt ihr den gesehen?" flüsterte Reinhold, noch am Boden liegenbleibend.

„So ganz deutlich nicht", entgegnete Felix.

„War es einer von den Wolfenseern?"

„Das kann ich nicht beurteilen, so genau bin ich unter den Leuten nicht bekannt, und sein Gesicht konnte ich überhaupt nicht sehen."

„Die bayerische Gebirgstracht trug er nicht", sagte Käthe.

„Nein, er war ganz wie ein afrikanischer Jäger gekleidet, seine Hosen steckten in Gamaschen, er hatte die Hemdsärmel aufgekrempelt. Nun vorwärts, weiter, wir sind gewarnt, dieser Schacht wird tatsächlich noch benutzt. Käthe, du richtest jetzt den Blick so oft wie möglich nach hinten, daß wir nicht überrascht werden."

„Gut, ich werde mein Gesicht im Genick haben."

Weiter ging die Rutschpartie.

Da plötzlich wieder das surrende Geräusch!

Reinhold griff, um die Fahrt aufzuhalten, sofort nach dem Seil, die beiden anderen taten unwillkürlich dasselbe, und in demselben Augenblick vollführten alle drei eine Drehung.

Das Seil befand sich in Bewegung, es lief nach oben, und zwar mit merkbarer Zunahme der Schnelligkeit.

Schleunigst ließen sie es gleichzeitig los, und hier senkte sich der Boden einmal so wenig, daß sie sitzen blieben. Aber das kam nur daher, weil sie sich schon in Ruhe befanden. Wären sie im Rutschen gewesen, nur in der allergeringsten Bewegung, so hätten sie sich auch hier nicht halten können.

Das surrende Geräusch war gleich wieder verstummt,

aber das Seil, das sie zu ihrer linken Hand hatten, lief noch immer nach oben, vielleicht mit einer Geschwindigkeit von einem Meter in der Sekunde, das ist ungefähr die Schnelligkeit eines Spaziergängers.

„Und auf der anderen Seite geht das Seil bergab!"

So war es, das andere Seil lief mit derselben Geschwindigkeit hinab.

„Sie benutzen es, um auf diese Weise wieder hinaufzukommen."

„Ohne Zweifel."

„Und das surrende Geräusch entsteht, wenn es in Bewegung gesetzt wird."

„Ja, aber was ist die treibende Kraft?"

„Wir werden es entdecken."

„Wenn das Seil länger als tausend Meter ist, so gehört dazu doch eine ungeheure Kraft..."

„Wer sagt, daß es tausend Meter lang sein muß? Außerdem gleitet es doch auf der anderen Seite hinab, dadurch ist ein Gegengewicht geschaffen, die Kraft braucht also gar nicht so bedeutend zu sein, wenigstens kommt das Seil als Gewicht kaum in Betracht, selbst wenn es aufliegt. Dieser spiegelglatte Boden erzeugt gar keine Reibung. Vorwärts, wir wollen alles mit eigenen Augen erkennen!"

An der nächsten Krümmung des Schachts sahen sie, wie sich das eine Seil an der Wand rieb. Aber hier war die Wand eben so glatt, daß diese Reibung dem Seil nichts schadete, auch gar kein Hemmnis bedeutete.

Und so war es bei allen anderen Biegungen, und dann sei noch bemerkt, daß diese immer so gering waren, daß niemals beide Seile zusammenkamen. Oder hatte der ursprüngliche Riß, dem Wasser und Eisschollen gefolgt waren, früher einmal eine stärkere Krümmung gemacht, sogar scharfe Ecken, dann hatten die Eisschollen eben im Laufe der Jahrtausende durch ihre Reibung weite Ausbuchtungen geschaffen und die Ecken erst recht abgerundet.

„Ein Licht voraus!" meldete Reinhold.

Jetzt war guter Rat teuer, nämlich, wie man einhalten sollte, um sich platt auf den Boden werfen zu können. Das Rutschen war gar nicht so schnell, aber ein Einhalten doch unmöglich, wie man auch mit den Bergstöcken sich gegen die Wand zu stemmen suchte, dadurch verlor man nur die Balance, und faßte man das rechte Seil, so wurde man nach oben gerissen, ohne beim Loslassen in Ruhe zu kommen, sondern dann ging es sofort wieder bergab, und beim Erfassen des linken Seils wurde man ja nur noch schneller bergab geführt.

„Vorwärts, schusseln wir weiter, wie es auch kommen mag!"

Die Gefahr, entdeckt zu werden, sollte vorübergehen. Es war überhaupt gar keine Gefahr vorhanden.

Beim Näherkommen zeigte es sich, daß es ein Schlitten war, an dem aufsteigenden Seil befestigt, mit frischen Fellen und Pelzen bepackt. Vorn war eine Laterne angebracht, aber ein Mensch war nicht dabei.

Sie waren langsam genug daran vorübergerutscht, um alles deutlich erkennen zu können.

„Da haben wir unsere Wilderer!" sagte Reinhold. „Das ist die Beute aus dem englischen Reservat, die sie auf diese Weise in ihr deutsches Gebiet hinaufbefördern."

„Aber das brauchen doch nicht gerade die Wolfenseer zu sein."

„Das habe ich ja auch gar nicht behauptet, die Wahrheit werden wir schon noch erfahren."

Immer weiter ging es bergab. Noch zwei andere, mit ganz frischen Tierhäuten bepackte Schlitten begegneten ihnen, jeder mit einer brennenden Laterne ausgestattet, aber von keinem Menschen begleitet.

„Die Laternen sind nötig, damit kein herabsausender Mensch mit diesen Schlitten zusammenstößt", sagte Reinhold.

„Ja, aber in welche Tiefe segeln wir eigentlich hinab?

Wir müßten doch schon längst, längst in der freien Steppe sein."

„Vielleicht geht's nach dem Mittelpunkt der Erde. Irgendwo aber werden wir landen und... Still!"

Wenn sie selbst keinen Lärm mit Absicht verursachten, so brachte das Schusseln nicht das geringste Geräusch hervor, und in dieser Stille vernahmen sie Menschenstimmen - und jetzt wieherte auch ein Pferd.

Wieder ging es um eine Ecke herum, und plötzlich war es ganz hell vor ihnen, gleichzeitig aber wurde der Boden auch ganz eben, sie kamen zum Stillstand, konnten aufstehen.

Das Licht kam aus einer großen, türähnlichen Öffnung, die sich vor ihnen in der linken Wand befand. Die Seile selbst liefen noch weiter geradeaus und verschwanden wieder in der Finsternis. Eben kam aus dieser auch wieder ein mit Fellen bepackter Schlitten hervor, und war der Boden hier auch schon etwas gekörnt, so konnten die Kufen doch noch immer ohne Schwierigkeit darüber hinweggleiten.

Es waren Menschenstimmen, aber die Worte selbst konnte man nicht verstehen.

Also, die drei waren aufgestanden. Reinhold hatte das Beispiel dazu gegeben, und unverzagt, wenn auch mit aller Vorsicht, schlich er sich nach jener Tür.

Vorsichtig blickte er um die Ecke, ein Wink, und die beiden anderen folgten ihm, so daß ihnen Reinhold dann nicht erst zu erzählen brauchte, was er geschaut hatte.

Es war ein ziemlich weiter Raum, aus dem Felsen herausgehauen, oder wohl richtiger einst eine natürliche Höhle, in der der Meißel noch nachgeholfen hatte. An den Wänden waren viele Säcke aufgetürmt, und verstreute Körner verrieten, daß sie mit Hafer gefüllt waren.

Die menschlichen Stimmen waren noch immer vernehmbar, jetzt unterschied man auch das Stampfen von Pferdehufen.

Reinhold betrat den Raum, die anderen folgten ihm, sie suchten hinter den Hafersäcken Deckung.

Von hier aus konnten sie durch eine andere Tür in einen weit größeren Raum blicken, in dem neun Pferde an einem in der Mitte befindlichen Göpelwerk[1] gingen. Die Tiere gehörten der hier einheimischen Rasse an, aber es waren keine solchen mageren Klepper, sie sahen vielmehr sehr gutgenährt aus, strotzend vor Kraft - natürlich, Haferfütterung, das kennt man sonst in Afrika nicht, wenigstens nicht außerhalb der paar großen Städte, die es besitzt. Bei den Beduinenpferden ist das etwas anderes, das ist eine ganz andere Rasse, die brauchen keinen Hafer, um dennoch jeder Anstrengung gewachsen zu sein und auch immer ein schönes, glattes Aussehen zu haben - und außerdem füttern die Beduinen ihre edlen Pferde mit kleingehacktem Fleisch, sobald die Jagd solches geliefert hat. Hier geht die Theorie der Vegetarier in die Brüche.

Die Maschinerie des ganzen Göpelwerks bestand ausschließlich aus Holz, also auch das Zahnradgetriebe, welches die Bewegung seitlich fortpflanzte - wohin, das konnten die Lauscher aus ihrem Versteck nicht sehen - und in Afrika gibt es ja auch eisenhartes Holz genug, man muß es nur zu bearbeiten verstehen.

Die neun Pferde wurden von vier Männern beaufsichtigt, oder diese gingen doch ab und zu; einmal ließ sich auch noch ein fünfter erblicken.

Es waren Europäer, offenbar Germanen, wenn auch einige schwarzes Haar und schwarze Schnurr- und Backenbärte hatten, sie trugen sich wie afrikanische Jäger, sonst fehlte jedes Merkmal zur weiteren Charakterisierung. Gerade jetzt schwiegen sie auch, jeder ging seiner Beschäftigung nach, trieb die Pferde an, aber ohne Zuruf, oder war mit Kontrollierung des Göpelwerks beschäftigt.

[1] Drehvorrichtung zum Antrieb von Maschinen durch im Kreis gehende Menschen oder Tiere

Nun erblickten die drei Beobachter aber auch noch etwas anderes, was ihre Aufmerksamkeit nicht minder fesselte.

Von jenem Raum aus, dessen Beleuchtungsquelle sie nicht erkennen konnten, ging es noch wie eine Schlucht ab, indem man nämlich die beiden engzusammenstehenden und wahrscheinlich sehr hohen Felswände erblicken konnte, und jenseits dieser etwa dreißig Meter langen Schlucht schimmerte ein weiter Wasserspiegel, der auf der einen Seite von einer bewaldeten Felswand begrenzt war. Die anderen Seiten konnte man nicht sehen.

Die im Kreis gehenden Pferde machten genug Geräusch, daß man zusammen zu sprechen wagen durfte.

„Weißt du, Käthe, was für ein Wasser das ist?“ flüsterte Reinhold.

„Wir sind in der Djuluschlucht, das ist der seichte See.“

„Anders ist es nicht, deshalb auch sind wir so tief hinabgefahren.“

„Also hier ist der Schlupfwinkel der Wilderer!“

„Wenigstens die untere Station.“

Reinhold reckte sich auf den Fußspitzen empor, kletterte dann sogar auf einen Hafersack.

„Auch der Boden der Schlucht ist noch mit Wasser bedeckt“, meldete er, als er wieder herabgeklettert war.

„Um so besser können sie ihre Spuren verbergen“, meinte Käthe.

„Und das um so mehr, wenn man annimmt, daß es noch viele solcher Schluchten gibt“, ergänzte der Bruder.

Was die beiden meinten, wie scharfsinnig sie sofort das Richtige erkannt hatten, wird sich später zeigen.

„Kennst du diese Leute?“ wandte sich dann Reinhold an Felix.

„Keinen einzigen.“

„Erinnert nichts an eine Ähnlichkeit mit den Wolfenseern oben?“

„Nichts. Die trugen alle ihre bayerische Tracht, Kniehosen, Wadenstrümpfe und so weiter."

„Alle?"

„Ich erinnere mich nicht, eine andere Tracht dort oben gesehen zu haben."

„Wenn sie nur einmal wieder sprächen!"

Das sollte alsbald geschehen.

Ein sechster Mann tauchte auf.

„Es werden drei Schlitten angehängt, ziemlich schwer bepackt."

„Da wollen wir doch erst einmal die Pferde wechseln."

„Ja, das wollte ich eben sagen."

„Es wird überhaupt höchste Zeit, daß auch der andere Part Bewegung bekommt, die Tiere stehen zu lange, werden ganz lahm sein, wenn wir sie wieder brauchen."

Das Göpelwerk blieb stehen, die Pferde wurden ausgespannt.

Die Männer hatten ein nicht gerade sehr gutes, aber doch perfektes Englisch gesprochen. Männer aus dem Volk, deren Heimatsprache Englisch war.

Neun andere Pferde trabten heraus, wurden vor die Stangen gespannt, lauter solche kraftvollen, gutgepflegten Tiere. Die beiden Geschwister erkannten sofort aus gewissen Kennzeichen, daß sie auch viel zum Reiten benutzt wurden.

„Kommt!" flüsterte Reinhold.

„Du willst es wagen?"

„Mich den Männern zu zeigen? Nein, ganz im Gegenteil, wir wollen unauffällig wieder verschwinden, erst müssen wir auch oben Umschau halten, und dort hinaufzukommen, dazu ist jetzt die beste Gelegenheit."

„Du denkst an die Schlitten?"

„Ja, die wollen wir benutzen, wir machen die Fahrt mit."

Sie schlichen wieder hinaus, in den Gang zurück.

„Go ahead, get up, get up!“ erklang drinnen der Ruf der Treiber, und nicht lange dauerte es, so kamen aus der Finsternis drei mit Fellen bepackte Schlitten heraus, ziemlich dicht hintereinanderhängend.

Die drei Kundschafter hatten sich natürlich vorsichtig außerhalb des Lichtkreises gehalten, den die Tür verbreitete, und zwar noch vor diesem, und als die Schlitten so weit waren, schwang sich Reinhold auf den ersten, und die anderen beiden folgten seinem Beispiel, jeder kletterte auf seinen eigenen Schlitten, es ging bergauf.

„Get up, get up!“ hörten sie noch einmal die Treiber ärgerlich rufen.

Die Pferde fühlten die vermehrte Last. Doch das war nur ein Augenblick. Sobald sie wieder im Zuge waren, gingen sie ihren gewohnten Schritt weiter. Das konnten sich die drei vorstellen, ohne es gesehen zu haben.

Also die Fahrt bergauf begann. Felix zog schnell seine Uhr auf und stellte sie auf zwölf, gleichgültig, ob das stimmte oder nicht. Er wollte die Fahrzeit kontrollieren.

Weich gebettet lagen sie auf den Fellen und Pelzen, konnten sich unterhalten; in dem Schein der auf jedem Schlitten angebrachten Laterne ließ sich die nächste Umgebung erkennen.

„Vorsicht, ein Licht kommt uns entgegen!“

Sie schmiegten sich auf die Felle nieder und ließen den zweiten Rodler an sich vorübersausen. Eine dritte Begegnung sollten sie nicht haben.

„Hier ist das erste unserer Zeichen“, meldete Reinhold, und bald darauf wurde der Kamin passiert, in dem sie abgestiegen waren.

Felix konstatierte, daß sie bisher nicht weniger als sechsunddreißig Minuten gebraucht hatten, das Emporsteigen dauert eben doch viel länger als das Hinabrutschen, und da der Schlitten eine Kleinigkeit mehr als einen Meter in der Sekunde machte, so hatten sie also schon etwa 2.500 Meter zurückgelegt, und wenn man die Steigung in Betracht zog, so konnte es schon stimmen, daß sich die Djuluschlucht ziemlich 2.000 Meter unterhalb des Steppenniveaus befand.

Wieder war eine Viertelstunde vergangen, ohne daß etwas Besonderes passiert oder zu sehen gewesen wäre, als sich voraus ein Lichtschein bemerkbar machte, und gleich darauf waren oben wiederum Pferde am Göpelwerk und Menschen zu erblicken.

„Jetzt werden wir entdeckt, hier fahren wir direkt hinein!" flüsterte Käthchen erschrocken.

„Abspringen und uns...", wollte Felix raten.

Ja, aber wo sich dann festhalten?

„Halt, noch einen Augenblick!" rief Reinhold, so laut er es durfte. „Dort kommt offenbar ein Seitenschacht, der bringt uns vielleicht Rettung!"

Ein Seitenschacht kam wirklich, noch weit genug von oben entfernt, daß sich die Schlitten noch in ziemlicher Dunkelheit befanden, von oben aus wenigstens nicht erblickt werden konnten, und aufs Geratewohl sprang Reinhold in den Seitengang hinein, vielleicht aber doch schon gesehen habend, daß hier kein Abgleiten zu befürchten war. Er fand denn auch festen Halt, und die beiden anderen folgten ihm nach, die Schlitten fuhren ohne sie weiter.

14.

Eines schönen Morgens befand sich das neue Wolfensee im afrikanischen Oberammergau in großer Aufregung.

Eine Karawane war gemeldet worden, und da kam sie auch schon.

Sie bestand aus einem Dutzend belasteter Neger, aus drei oder vier Europäern, denen man nicht nur gleich ansah, daß es gute Deutsche, sondern auch sofort, daß es

Soldaten von der Schutztruppe waren, obgleich sie keine Uniformen trugen, sondern Tropenanzüge ohne jedes Abzeichen. Sie ritten Maultiere, und voraus trabte gleichfalls auf einem Maultier eine kleiner, sehr dicker Mann, dessen weißes Kostüm wie aus dem Wasser gezogen war. Es tropfte wirklich davon herab, dermaßen schwitzte das dicke Männchen, obgleich die Sonne noch gar nicht hoch stand.

Ein Bauernjunge, der mit offenem Maul bei den ersten Häusern des Dorfes stand, wurde zuerst passiert, und der kleine Dicke zügelte sein Eselroß.

„What's that for a town or village?“ wurde in tadellosem Englisch gefragt.

„This is Wuolfensee Sir“, entgegnete der Junge, nachdem er zunächst sein Maul zugeklappt hatte, um es dann in normaler Weise zum Sprechen zu öffnen, und der Junge hätte auch weiter in gutem Englisch antworten können.

Jetzt aber änderte der kleine Dicke seine Redeweise.

„Dies ischt Wolfensee?“ fing er jetzt in einem Deutsch an, das sofort verriet, daß die Wiege dieses Männchens so bei ‚Schtuegert‘ herum gestanden hatte.

„Freili, des ist halt Wolfensee“, wurde dem schwäbischen der bayerische Dialekt entgegengesetzt.

Der kleine Dicke zog bedächtig eine Karte hervor, faltete sie auseinander.

„Hier auf meinem Kärtle schteht awer gar nix von Wolfensee darauf, was ischt das für eine Sach, wo zu wohne, wo gar nix auf dem Regierungskärtle schteht, he?“

Ja, was sollte der Junge darauf erwidern?

Konnte der etwas dafür, daß Wolfensee noch von keinem Geometer besucht worden war, also noch nicht auf der Generalstabskarte stand?

Der kleine Dicke steckte seine Karte wieder ein.

„Wer ischt der Bürgermeischter von Wolfensee?“

„Des ist der Pfarrer.“

„I mein den Gemeindevorschtand."

„Des ist aa der Pfarrer."

„I mein den Gemeindeälteschten."

„Des ist aaa unser Pfarrer", sagte jetzt der Junge stolz mit möglichster Betonung seines ‚auch'.

„Ihr habt gar kein Gemeindevorschtand?"

„O mei, einen Gemeindevorstand haben mir schon."

„Wer ischt das?"

„Der Pfarrer."

„Nun machscht gleich, daß du wegkommscht, Lausbub infamigter", zürnte jetzt das dicke Männchen und setzte sein Maultier wieder in Gang.

Doch da, ehe er noch die Mitte des freundlichen Dorfs erreicht hatte, nahte schon eiligen Schrittes, oder vielmehr eben wie ein Hüne weitausschreitend, der Pfarrer, als solcher gleich an seinem geistlichen Gewand erkenntlich.

Wieder hielt das dicke Männchen seinen Eselgaul an, und diese Gestalt mußte doch einen gewaltigen Eindruck auf ihn machen, das sah man ihm gleich an.

„Ich bin der Pfarrer Sturzbacher, zugleich der Vorstand der Gemeinde Wolfensee. Womit kann ich dienen?"

Das Männchen war seiner Befangenheit Herr geworden, er warf sich in die Brust, und in würdevollem Ton begann er:

„I bin der Kaiserliche Regierungskommischonär Schtieble vom deitschen Gouvernement von Deitsch-Oschtafrika. Herr Paschtor Schturzbacher, i hab schon von Ihne gehört, und zwar hab i von Ihne immer nur das Allerbeschte gehört, awer es ischt uns zu Ohre komme, daß... Awer i will net gleich mit der Tür ins Haus falle – zuerscht muß i ein bißle was zu trinke haben."

Und als ob der Pfarrer diesen allerersten Begehr des Herrn ‚Regierungskommischonärs Schtieble von Deitsch-Ostafrika' schon im voraus geahnt hätte, so war bereits ein Bursche unterwegs, den überschäumenden Holzkrug in beiden Händen.

Beim Anblick des schäumenden Krugs ging es wie eitel Sonnenschein über das rote, aufgedunsene Gesicht, von dem der Schweiß nur immer so herabtropfte.

„Wollen Herr Kommissionär nicht erst absteigen?" fragte der Pastor sehr höflich, wie er ja überhaupt ein ganz anderer sein konnte, als wir ihn bisher kennengelernt haben.

Der Krug war noch nicht ganz heran, und die blauen Froschaugen in dem aufgeschwemmten, knallroten Gesicht schienen sich magnetische Kraft zu wünschen - das heißt, einen Magnetismus, der Holzkrüge anzieht.

„Nein, i kann net abschteige, i bin schteif wie ein Holzbock, i muß zuerscht ein bißle trinke. Das sieht ja fascht grad aus, als ob das Bier wär."

Der Pfarrer nahm dem Burschen den Krug ab, reichte ihn hinauf, und seine ehrlichen Augen leuchteten.

„So heiße ich Sie herzlich willkommen, Herr Stiefel, zunächst nicht als Kaiserlichen Beamten, sondern nur als deutschen Landsmann, und dennoch soll Ihr erster Zug unserem Kaiser und unserem deutschen Vaterland gelten - gesegne's Ihnen unser liabs Herrgottle."

Mit zitternden Händen ergriff Herr Stiefel den Maßkrug, der wohl zwei Liter faßte.

„I dank Ihne sehr, Herr Paschtor, proscht", sagte er, brachte mit zitternden Händen den Krug an den Mund - der erste Zug, mit dem er Kaiser und Vaterland ehrte, bestand darin, daß er den Krug nicht eher wieder absetzte, als bis er ihn geleert hatte, und dazu brauchte er keine lange Zeit.

„Aaaaaaahhh", brachte er dann hervor, „i hab in meinem Leben schon viel trunke, i hab auch immer sehr Gutes trunke, awer so was Gutes hab i noch net trunke. Das schmeckt grad, als wenn's Bier wär."

„Das ist auch Bier, Herr Stiefel."

Der Herr Kommissionär blickte den Pfarrer an, blickte

den Maßkrug an, blickte hinein, steckte fast den ganzen Kopf hinein, jedenfalls auch seine Zunge, und dann blickte er wieder den Pfarrer an.

„Herr Paschtor, wenn Sie kein Paschtor wären, dann würd i sagen, Sie wären ein Lügner. Das ischt wirklich Bier?"

„Gewiß, das ist Bier."

„Wo kriegen Sie denn dieses Bier her?"

„Das brauen wir selbst."

„Das brauen Sie selbscht?"

„Jawohl, Herr Stiefel, dieses Bier brauen wir selbst."

„Wenn Sie dieses Bierle selbscht brauen, dann muß i sage, daß..."

Er vergaß seine Rede beim Anblick noch einiger anderer solcher schäumender Maßkrüge, die von einigen Burschen, jeder vier Stück tragend, für alle Mitglieder der Karawane gebracht wurden, und auch für den Herrn Kommissionär war gleich noch einer bestimmt.

Die verdursteten Weißen und Neger saugten wie die Bienen, aber zu allererst fertig war doch wieder der Herr Kommissionär Stiefel.

„Aaaaaahhhh", machte er wieder, „na, nun kann i auch abschteige."

Er tat's, sein Tier wurde ihm abgenommen, und er wandelte, ganz breitbeinig vom langen Reiten, neben dem Pfarrer her.

„Wo war i denn vorhin gleich schtehnbliebe?" eröffnete er das Gespräch.

„Daß Sie nicht mit der Tür ins Haus fallen wollten, Herr Stiefel", entgegnete der Pfarrer, der zu dem kaiserlichen Beamten durchaus reines Hochdeutsch sprechen wollte.

„Ja, richtig, awer ehe i als kaiserlicher Beamter aufzutreten gezwungen bin, muß i Sie zuerscht noch was anderes frage: Weswegen nenne Sie mich denn immer Herr Schtiefel?"

„Verzeihen Sie, Herr Kommissionär, wenn ich Sie nicht immer mit Ihrem Titel angeredet habe, ich bin das hier so...“

„Davon ischt gar keine Red - i mein, weswegen heißen Sie mich immer Herr Schtiefel?“

„Nun, Sie nannten doch diesen Namen als den Ihren - Regierungskommissionär Stiefel.“

„Daß i Kaiserlicher Regierungskommischonär bin, das ischt schon ganz richtig, awer i heiß Schtieble.“

„Nun ja, Herr Stiefel...“

„Net Schtiefle, sondern Schtieble: esch - te - üüühh - be - el - e! Schtüüüühble.“

„Ah so, Herr Stüble!“

„Jetzt haben Sie's verschtanden. - Schtieble tu i heiße. Also, Herr Paschtor, wo war i denn vorhin in meiner Ekschplikaschon schtehebliebe?“

„Daß Sie net gleich mit der Tür ins Haus fallen wollten.“

„Ach so, Sie haben recht, Sie haben ein sehr gutes Gedächtnis - ja, Herr Paschtor, Sie sind im Gouvernementsbüro von Deitsch-Oschtafrika, was sich in Sansibar befindet, sehr wohlbekannt, und es wird allda vom Paschtor Schturzbacher nur das Allerbeschte geschprochen, awer es ischt uns zu Ohre komme, daß Sie allhier... Na, warten Sie erscht ein bißle, eh i als Kaiserlicher Regierungskommissar von Deitsch-Oschtafrika schpreche - i bin schon seit früh um sechse unterwegs und hab noch gar nix gefrühschtückt...“

„Aber ich bitte Sie, Herr Kommissar, warum haben Sie das nicht gleich gesagt? - Doch wir befinden uns ja auf dem Weg nach meinem Haus - das Mittagessen wird bereits fertig sein - es gibt heute Spätzle, die meine Annemarie ausgezeichnet herzustellen versteht. So, da ist schon mein Häuschen. Bitte, treten Sie ein - mit Gott!“

In allen Tropengegenden wird sehr zeitig zu Mittag gegessen, zwischen zehn und elf Uhr - oder man kann es auch als das zweite Frühstück bezeichnen, das den ganzen Tag vorhalten muß. Die eigentliche Hauptmahlzeit wird dann erst am späten Abend eingenommen.

Doch der kleine, dicke Mann aus Schwaben hatte überhaupt nur eins gehört. Er blieb an der Haustürschwelle plötzlich wie angewurzelt stehen, ein seliges Lächeln verklärte das fette Gesicht, nur etwas Unglaube mischte sich bei.

„Was? Hab i recht gehört? Schpätzle gibt's?"

„Echt schwäbische Spätzle."

„Und Ihre Köchin kann die auch richtig machen? Mit dem heiße Löffel abschteche, daß sie net klunkern?"

„Meine Köchin ist sogar aus Schwaben."

„Nun awer da! Da hab i das ja hier ganz ausgezeichnet getroffe!"

Also mit der ‚Ekschplikaschon', warum der Herr Kommissar eigentlich hierhergekommen war, wurde noch immer nichts. Herr Schtieble vertiefte sich mit ganzer Seele in die Spätzle, zu denen zu seinem Entzücken noch eine warme Schlachtschüssel gehörte, und der Pfarrer, der ja schon einige Andeutungen bekommen hatte, mußte ein ganz reines Gewissen haben, sonst hätte er wohl nicht ebenfalls mit solchem Appetit den Schüsseln zugesprochen, und er forderte den Beamten nicht auf, nun endlich mit der Sprache herauszurücken.

Erst das Bier brachte das Gespräch wieder auf den Kernpunkt.

„Euer Bier ischt wirklich sehr gut", sagte der Kommissar mit schäumendem Mund. „Awer das ischt doch kein Gerschtenbier. Woraus braut ihr denn das?"

„Aus Hafer."

„Aus Hafer, so. Da habt ihr wohl auch Pferde hier oben?"

Ruhig blickte der Pfarrer auf.

„Pferde? Naa, wir haben hier oben keine Pferde."

„Es ischt uns zu Ohre komme, daß hier oben so viel

Hafer gebaut wird."

„Den gebrauchen wir allein zur Bierbrauerei - und auch etwas zur Hafergrütze."

Gesättigt lehnte sich das dicke Männchen zurück und faltete die Hände über dem Bauch.

„Nun, Herr Paschtor, kann i mit meiner Mission net länger zurückhalte. Es ischt uns zu Ohre komme, daß allhier die Gemeinde Wolfensee Wilddieberei treibt."

Ganz erstaunt blickte der Pfarrer den anderen an.

„Wilddieberei?"

„Ja, die Englischen drüben haben sich beschwert, daß aus unserm deitschen Kolonialgebiet Wilddiebe in das englische Reservat breche und alles zusammenschieße."

„Davon habe ich auch schon gehört, das ist ja allgemein bekannt, aber i bitt Sie, Herr Kommissar, wir sind doch keine..."

Der Pfarrer sprang auf, daß er fast den Tisch umwarf, und eilte ans Fenster.

„Herr Doktor, Herr Doktor, kommen S' rein, kommen S' rein!"

Es war Felix gewesen, der am Fenster vorübergegangen war, und sein Ziel war ja überhaupt die Haustür des Pfarrers gewesen.

Er wurde von diesem im Hausflur empfangen. Vermißt worden konnte er noch nicht sein; der Mann, der das Essen hinauftrug, mußte noch unterwegs sein, und die Rutschpartie war doch erst gestern nachmittag geschehen.

„Ja, was ist denn mit Ihnen los?"

Der Pfarrer mußte ja auch höchst erstaunt sein, schon daß der Einsiedler überhaupt plötzlich herunterkam - seiner Ansicht nach - und vor allen Dingen mußte es auffallen, daß er sich rasiert hatte. Durch die Rutschpartie war sein Anzug gar nicht mitgenommen worden, auch nicht durch den Aufstieg im Schacht, und so etwas wäre ja hier überhaupt gar nicht aufgefallen.

Die Hauptsache aber war, daß der unglückliche Melancholiker dem Pfarrer jetzt lachend die Hand hinhielt, die ihm herzlich geschüttelt wurde.

„I glaub gar, Sie sind kuriert!"

„Ja, Gott sei Dank, das bin ich, und zwar gänzlich und für immer."

„Ja, wie ist denn das so schnell kommen?" staunte sogar der Pfarrer.

„Durch Ihre Leberknödel."

„Durch meine Leberknödel?"

„Die Sie mir gestern schickten, und die ich nicht gegessen habe. Ihnen kann ich's ja erzählen, Sie werden's den Sepp nicht entgelten lassen."

„Kommen S' rein, erzählen S' mir drinnen, i hab einen Gast, einen deutschen Kommissar. - Denken S' sich, wir sollen hier Wilddieberei treiben."

Die letzten Worte hatte er schon in der offenen Stubentür gesagt.

Die Herren wurden einander vorgestellt - Felix als ein deutscher Landsmann und Gelehrter, der sich teils aus Liebhaberei, teils der Wissenschaft wegen seit zwei Wochen oben auf dem Kilimandscharo angesiedelt habe.

Von dem eigentlichen Grund, von des Doktors unglücklicher Melancholie sprach er natürlich nicht, hätte es auch gar nicht tun dürfen, man hätte ihm einfach nicht geglaubt, denn der junge Gelehrte war ja plötzlich ganz umgewandelt, zeigte sich dem deutschen Beamten gegenüber als gewandter Weltmann von der liebenswürdigsten, heitersten Seite.

Von dem ‚Kommischonär' muß aber nun auch erwähnt werden, daß er sich gleichfalls als ein durchaus gebildeter Mann bewies. Sein stark schwäbischer Dialekt, wie seine sonstige Erscheinung, machte ihn wohl zu einer etwas komischen Figur, sonst aber war er durchaus nichts derartiges, seine vorgesetzte Behörde wußte schon, wem sie diesen verantwortlichen Posten übergeben hatte, wer sie in Deutsch-Ostafrika repräsentierte. Es war dem Mann vorhin nur so schwergefallen, dem ihm jedenfalls sehr sympathischen Pfarrer eine böse Offenbarung zu machen.

Und der Pfarrer bewies sein reines Gewissen dadurch, daß er sofort eine Fortsetzung der nun mehr gemachten Eröffnungen wünschte.

„Denken S' sich, wir sollen hier Wilddieberei treiben!"

So gezwungen, fuhr der Kommissar denn auch fort. Wir wollen ihn jetzt nicht mehr schwäbeln lassen, wenn es nicht die Gelegenheit verlangt.

Die englische Behörde von Ostafrika hatte bei der deutschen Beschwerde eingereicht, eben weil bestimmt angenommen wurde, aus dem deutschen Gebiet brächen unausgesetzt Wildschützen ins englische Reservat ein, und zwar immer beritten, wenn sie die Treibjagden selbst auch zu Fuß betrieben.

„Aber wir haben ja gar keine Pferde!" verteidigte der Pfarrer sich und seine ganze Gemeinde. „Und wenn wir welche hätten, wie sollten wir denn von hier hinunter in das englische Jagdgebiet kommen, oder da brauchten wir doch mindestens immer zwei Tage hin und zwei Tage zurück, und zwar müßte man da Tag und Nacht reiten."

„Nein, nein", beschwichtigte der Kommissar, „niemand von uns denkt ja auch daran, daß die Gemeinde des Pfarrers Sturzbacher im fremden Gebiet Wilddieberei treiben könnte, zumal da es hier im deutschen Kilimandscharo ja Wild genug gibt, und es ist uns ja auch bekannt, wie stark Sie hier die Jagd betreiben. Aber doch nicht unten im englischen Reservat! Indes müssen wir die Beschwerde Englands doch aufnehmen, müssen der Ordnung wegen den Fall doch untersuchen, und so bin ich jetzt hier, um den deutschen Kilimandscharo zu kontrollieren, und bei Ihnen mache ich den Anfang. Gibt es denn noch andere Kolonien hier?"

Also nicht einmal das wußte der deutsche Regierungsbeamte. Der Kilimandscharo ist eben gar groß, noch größer das ganze zu ihm gehörende Gebiet, und noch sehr wenig davon ist bekannt.

Ja, Negerdörfer gab es noch genug, auch einige kleinere Ansiedlungen von Europäern, von Deutschen - der Pfarrer konnte ungefähr ihre Lage angeben, weiter nichts, hatte sie nur ein einziges Mal besucht.

„Haben sich denn hier Buren niedergelassen?"

Davon wußte der Pfarrer nichts.

So ging die Unterhaltung noch einige Zeit weiter. Der Beamte war fest überzeugt, an eine ganz falsche Adresse gekommen zu sein, sprach dies oft genug offen aus.

Und daneben saß Felix und hörte zu, ganz unbefangen, oftmals lachend, wofür er aber immer einen zur Unterhaltung gehörenden Grund gehabt hätte.

Auch davon wußte der Kommissar schon, daß der englische Gouverneur eine in London als Kunstreiter auftretende Indianerbande unter ihrem weißen Häuptling als Wildhüter für das Reservat engagiert hatte - natürlich, das stand ja in allen Zeitungen, die nun auch schon nach Sansibar gekommen waren. Aber der Pfarrer hörte etwas ganz Neues. Wer hätte ihm davon auch erzählen sollen? Nach dem deutschen Doktor war noch kein Fremder oder sonst ein anderer hierhergekommen.

Natürlich interessierte sich der Pfarrer höchlichst dafür - Indianer nach Afrika verpflanzt!

Viel mehr konnte aber auch der Kommissar nicht erzählen. Wie sich die Indianer bewährt hatten, wußte er nicht, hatte noch nicht einmal etwas davon gehört, wie die neuen Wildhüter schon einen der Wilderer erwischt hatten, der von dem Vizegouverneur zu Tode geprügelt worden, wonach es zwischen ihm und dem weißen Häuptling zum Bruch gekommen war.

„Wie heißt denn dieser weiße Häuptling?"

„Richter - warten Sie, es war noch ein anderes R dabei - Rrrr - jawohl, Rrrrobert Rrrrichters Rrrreitertruppe -

Robert Richter."

Jetzt begann der Kommissar von etwas anderem zu sprechen, und da zeigte es sich, daß dieses Männchen das Herz an dem richtigen Fleck hatte.

„Wenn i net Kaiserlicher Regierungskommissar von Deitsch-Ostafrika wär – i würd auch so ein Wildschütz werden und den Englischen das Wild wegschieße. Es ischt doch eine Gemeinheit..."

Und er charakterisierte das englische Regiment, wie dieser ganze Tierschutz nur eine nichtswürdige Heuchelei sei, um dieses geheiligte Tierasyl zu einer Goldquelle zu machen.

Der Pfarrer stimmte ihm aus ganzem Herzen bei – aber deshalb selbst Wilddieberei zu treiben – naa, nimmer!

Dem Kommissar drohten die Augen zuzufallen. Er wurde von dem Pfarrer in das Fremdenzimmer geleitet.

Als dieser zurückkehrte, brannte sich Felix eine lange Pfeife an. Die vorhin offen gewesenen Fenster waren jetzt verschlossen.

„Nun sind wir unter uns. Na, wie ist's Ihnen denn halt gangen?"

Mit diesen Worten ging der Pfarrer freudestrahlend auf den jungen Mann zu, mit ausgestreckten Händen.

Aber gleich stutzte er. Schon deshalb, weil jener gar keine Anstalten traf, die Hand zu nehmen. Er machte auch so ein eigentümliches Gesicht.

„Das ist ja eine nette Geschichte!"

„Was?"

„Wissen Sie, wie ich hierherkomme?"

„Wie S' hierherkommen? Na, den Berg sind S' runterkraxelt."

„Ganz im Gegenteil, hinaufgekraxelt bin ich ihn."

„Was sagen S' da?"

„Lassen Sie sich's ganz kurz erzählen. Ich bin... Hier können wir doch nicht belauscht werden?"

„Von keiner Maus", wurde der würdige Pfarrer immer

unsicherer.

„Wie ich von meiner Melancholie kuriert worden bin, davon später ausführlich. Jetzt erst zur Hauptsache. Ich will gestern mittag, gleich nach dem Essen, das ich aber gar nicht bekam..."

„Was, der Sepp hat Ihnen das Essen net gebracht?"

„Lassen wir das jetzt! Also ich will mir die Umgebung meiner Höhle einmal etwas näher besichtigen, zum ersten Mal, will untersuchen, wohin der Rauch abzieht, finde noch viele andere Höhlen, und wie ich in die eine hineingehe, verliere ich plötzlich den Boden unter den Füßen, komme ins Rutschen - rutsche wohl eine Viertelstunde lang hinab. - Und was meinen Sie, wo ich wieder ans Tageslicht gekommen bin?"

Der Pfarrer hatte die Hände über dem Bauch gefaltet, er wollte offenbar recht erstaunt dreinschauen, blickte aber nur immer unsicherer, was sich auch durch ein starkes Augenblinzeln bemerkbar machte.

„Was, ins Rutschen sind S's kommen?"

„Unten in den Njirisümpfen habe ich wieder das Licht der Welt erblickt."

„Unten in den Njirisümpfen? Ja, wie kommen S' denn dahin? Und - und - was ist das überhaupt, die Njirisümpfe?"

„Na, nun stellen Sie sich mal nicht so, als ob Sie da unten nicht ganz genau Bescheid wüßten", konnte Felix, der zuerst ein ernstes Gesicht machte, schon wieder lächeln.

„Ich Bescheid wissen? Ja, wie sind S' denn nur da hinabkommen?"

„Ich bin einen Gleitschacht hinabgerutscht."

„Ein Gleitschacht? Was ist denn das nun wieder?"

„Wenn Sie mich durchaus nicht verstehen wollen, so muß ich doch deutlicher sprechen. Dort unten an einer festen Stelle lagerte der neue Wildhüter, der weiße Häuptling, mit seiner ganzen Indianerbande. Ich traf in ihm und seiner Schwester Verwandte. Doch davon später. Wir untersuchten das Loch, aus dem ich herausgekommen, konnten es nicht aufwärts verfolgen, fanden einen anderen Tunnel, der besteigbar war - diese Expedition machten wir heute früh, erst vorhin, kamen an einen Seitenschacht, der führte wieder in einen anderen Gleitschacht, in diesem waren zwei Seile angebracht, wir glitten hinab, unterwegs wurden wir von einem Schlitten überholt, auf dem ein Mann saß, andere Schlitten begegneten uns, die mit Fellen bepackt waren. Zuletzt gelangten wir in eine Höhle, in der neun Pferde ein Göpelwerk trieben, dann benutzten wir einige aufwärtsgehende Schlitten, um wieder emporzugelangen - und auf diese Weise bin ich hierhergekommen."

Zoll für Zoll war der Pfarrer während dieser Schilderung zusammengesunken, und jetzt brach seine hünenhafte Gestalt vollends zusammen, bis er ächzend auf einem Haufen Felle saß.

„Ach du liabs Herrgottle, nun hast meine Sünd doch endlich an den Tag bracht!"

So erklang es stöhnend und sogar schluchzend hinter den vor das Gesicht geschlagenen Händen.

Doch nicht lange, so wurde er sanft an der Schulter gerüttelt. Felix stand vor ihm, die qualmende Pfeifenspitze zwischen den Zähnen, und das war schon ein gutes Zeichen.

„Lassen Sie's gut sein, Herr Pastor, es bleibt unter uns, Sie müssen nur dafür sorgen, daß es nicht von anderer Seite entdeckt wird, und da ist es allerdings wohl das beste, wenn Sie diese Art von Jagd in fremdem Gebiet aufgeben und alle Spuren dieser Schleichwege vernichten. Wie ich sonst über die Wilddieberei oder richtiger über das Wildschützentum denke, darüber habe ich mich Ihnen doch wohl schon zur Genüge ausgesprochen."

Aber der Pfarrer beruhigte sich nicht so leicht. Der starke Mann war ganz gebrochen, weinte wie ein Kind.

Er legte gleich eine Generalbeichte ab, wobei sich zeigte, daß er selbst eigentlich frei von aller Schuld war.

Vor fünf Jahren also hatten sich diese Bayern, aus Südafrika kommend, hier angesiedelt. Gleich in den ersten Tagen war einer von ihnen, ebenfalls beim Untersuchen einer Höhle, in solch ein Loch gestürzt, das sich als der Anfang eines Gleitschachts erwies, und der zweite, der ihm, um den Verschwindenden noch zu ergreifen, unfreiwillig nachfolgte, war der Pfarrer selbst gewesen.

Auch so nach zehn bis fünfzehn Minuten Fahrt hatte die Rutschpartie der beiden gleichfalls im Wasser geendet. Es war der Njirisumpf, von dem diese neuen Ansiedler damals aber noch gar nichts wußten. Nach stundenlangem Waten im flachen Wasser, gelangten sie endlich wieder auf festen Boden...

„Da muß ich Sie erst einmal unterbrechen“, lachte Felix. „Es war der Njirisumpf, den Sie durchwateten?“

„Jawohl.“

„Der ist aber doch unpassierbar, der Fuß sinkt überall in den feinen Sand ein.“

„Ganz richtig, das erfuhren wir auch schon damals. Wir wollten zuerst die Felswand entlanggehen. Aber der Boden wurde immer weicher, bis er uns zu verschlingen drohte. Am Endloch dagegen war er ganz fest. Als wir dann auf der anderen Seite der Wand entlangwandern wollten, gerieten wir wiederum in immer weicher werdenden Treibsand, aus dem wir nur mit Mühe den Rückzug antreten konnten. Einer allein wäre verloren gewesen. Wir gaben uns überhaupt schon für verloren. Da probierten wir es noch einmal geradeaus, mitten durchs Wasser, und siehe da, Gott war uns gnädig – wir fanden immer harten Boden, wenn er auch ebenfalls mit Sand bedeckt war, aber er trug uns, und das ungefähr zwei Stunden lang, bis wir das Ufer erreichten.“

„Sprechen Sie denn nur wirklich vom Njirisumpf?“

„Jawohl, den meine ich.“

„Also, Sie sind nicht unten in der Djuluschlucht herausgekommen?"

„O nein, die liegt viel weiter westlich. Ich meine die Njirisümpfe in der Steppe, am Fuße des Kilimandscharos."

„Also, da wissen auch Sie eine Furt?"

„Jawohl – das heißt, unter einer Furt versteht man wohl gewöhnlich einen ganz schmalen Streifen, der sich eben begehen läßt. Dort aber ist der begehbare Weg durch den Sumpf mindestens einen Kilometer breit."

„Und das ist sonst gar nicht bekannt? Auch nicht den umwohnenden Negerstämmen?"

„Dort herum wohnen gar keine Eingeborenen, und eine Breite von einem Kilometer hat bei den ungeheuren Sümpfen schließlich auch nicht viel zu bedeuten, außerdem hat ihn noch niemand untersucht, er gilt eben für unpassierbar – nein, ich glaube nicht, daß noch ein anderer Mensch um dieses unser Geheimnis weiß, das wir damals, aufs Geratewohl losmarschierend, zufällig entdeckt haben. Kommt man von diesem breiten Streifen ab, dann freilich versinkt man im zähen Treibsand auf Nimmerwiedersehen."

So handelte es sich also um eine ganze andere Furt als jene, welche Steffens geführt hatte, auch von ganz anderer Beschaffenheit.

„Nun fahren Sie mit Ihrer zusammenhängenden Erzählung fort, bitte."

An jener Stelle, wo die beiden wieder das feste Land betraten, mündete ein Flüßchen mit süßem Wasser in den salzigen Sumpf, das ungeheure Scharen von Wild anlockte.

Den beiden Bayern gingen gleich die Jägerherzen über. Nur schade, daß sie zu der Rutschpartie nicht ihre Gewehre mitgenommen hatten! Aber einen Plan faßten sie doch sofort.

Zunächst mußten sie wieder in ihre Heimat zurück.

Wie weit sie sich von dieser entfernt hatten, ahnten sie gar nicht.

Nicht weniger als sechs Tage brauchten sie, um wieder auf ihre Höhe von 4.500 Meter zurückzugelangen, fast ohne Möglichkeit, sich Nahrung zu verschaffen, ohne einem Menschen zu begegnen, nur einmal auf der Flucht vor sie verfolgenden Negern, und wären sie nicht geborene Jäger gewesen, die sich instinktiv zu orientieren wußten, so hätten sie ihre Heimat überhaupt niemals wiedergesehen.

Also erst nach sechs Tagen kamen die schon als Tote Betrauerten, von denen man aber gar nicht wußte, auf welche Weise sie plötzlich verschwunden waren, wieder in der Kolonie an. Sie konnten viel erzählen. Besonders von dem ungeheuren Wildreichtum - dort unten in der Steppe, die durch den Gleittunnel schon in einer Viertelstunde zu erreichen war. Und da entstand erst recht der Plan.

Zunächst mußte ein Mittel geschaffen werden, um auf ungefährlichere, willkürlichere Weise dort hinabzurutschen. Die neuen Kolonisten hatten zur Überwindung von Terrainschwierigkeiten sowieso viele Seile gebraucht, die sie aus Schlingpflanzen vortrefflich anzufertigen verstanden. Einige hundert Meter waren schon vorhanden, was noch fehlte, wurde in kürzester Zeit hergestellt. Und jetzt konnte man den spiegelglatten Schacht nicht nur hinunterrutschen, sondern in ihm mit Hilfe des Seils sich auch wieder hinaufarbeiten.

Auf diese Weise hatte man sich ein neues Jagdrevier erschlossen, das in zweieinhalb Stunden bequem zu erreichen war, wobei auf dem Weg durch den Sumpf zwei Stunden kamen. Man hatte ja allerdings dort oben in den Bergen schon zu schießen genug, aber da kamen doch mehr Pelztiere in Betracht, Antilopen kamen ganz selten hinauf, während es dort unten von solchen wimmelte. Und dann vor allen Dingen lockte auch das Abenteuerliche der ganzen Sache!

Nun aber muß vor allen Dingen bemerkt werden, und der Pastor betonte es auch nachdrücklich, daß er der festen Meinung gewesen sei, dieser Sumpf und die ganze Umgebung dort unten am Fuße des Kilimandscharos gehöre noch zum deutschen Gebiet. Eine Karte war damals noch gar nicht herausgekommen, die Grenzen sind ja überhaupt in dieser Wildnis so schwer zu bestimmen, die bayerischen Ansiedler hatten keine Ahnung gehabt, daß sie ganz dicht an der englischen Grenze wohnten - eine Grenze, die man sich freilich oben am Himmel gezogen denken muß.

„I will deshalb net schwören - aber Sie können's auf mein Ehrenwort glauben", versicherte der noch immer fast weinende Pfarrer mit der Hand auf dem Herzen, „i hab's mir nimmer träumen lassen, daß da unten schon englisches Gebiet ist..."

„Schon gut, schon gut", lächelte Felix, „ich glaube es schon Ihrer einmaligen Versicherung."

Dann fanden die afrikanischen Bayern durch Zufall noch einen zweiten solchen Gleitschacht, der aber noch viel tiefer hinabging, ehe er ins Freie mündete, in der Djuluschlucht.

Auch dieser wurde mit einem Seil ausgestattet. Der Pfarrer selbst war auf die geniale Idee gekommen, ob man die Beförderung nach oben nicht bequemer gestalten könne, etwa durch Pferdekraft.

Gut, einige Klepper waren bald aufgetrieben, sie brauchten nicht erst auf kolossalen Umwegen hinaufbefördert werden, sie blieben eben gleich unten, einige Höhlen wurden durch Pulversprengungen und Meißel erweitert, ein Göpelwerk aus Holz hatten die geschickten Waldbauern schnell geschaffen - und so war noch kein Jahr vergangen, als schon die beiden Förderschächte sich im Betrieb befanden, wie sie es jetzt noch waren...

„Also da haben Sie zwei solche Förderschächte!" mußte Felix wieder einmal unterbrechen.

Jawohl. Der eine mündete unten in der Djuluschlucht, das war der, den Felix und seine Gefährten kennengelernt hatten, der zweite mündete etwa acht englische Meilen östlich in den Njirisümpfen, und zwar an einer Stelle, die, wie sich später herausstellte, wieder gegen zehn Meilen westlich von Reinholds neuem Lagerplatz entfernt war.

Von jener breiten Furt aber wußte Steffens, wie schon erwähnt, durchaus nichts.

Nun aber kommt die Hauptsache. In der bayerischen Kolonie wurde endlich auch schon in jenem ersten Jahr doch bekannt, daß dort unten das englische Gebiet begann. Gerade in jener Zeit wurde es zum Reservat, zum Tierasyl erklärt, und da hatte der biedere Pfarrer nichts mehr von einer Jagd dort unten wissen wollen, hatte es den jagdlüsternen Männern seiner Gemeinde direkt verboten. Sie hätten hier oben genug zu jagen.

Der Pfarrer sprach das so feierlich aus, daß ihm Felix sofort glaubte.

Doch was half da alles Verbot, was half es, daß der Pfarrer in einer Nacht alle die Seile durchschnitt? Das war bald wieder repariert. Und in der Gemeinde, in der sonst immer Friede und Eintracht geherrscht, drohten die bösesten Zwistigkeiten auszubrechen, brachen auch wirklich aus. Die Gemeinde kündigte ihrem sonst so geliebten und hochrespektierten Pfarrer einfach den Gehorsam. In diesem Fall war es einmal mit seiner Autorität vorbei. Die Bauern wurden jetzt erst recht vom Jagdfieber erfaßt, und das ist beim echten Wildschützen noch etwas ganz anderes als beim gewöhnlichen Jäger. Wer freilich kein Wildschütz ist, kann so etwas gar nicht begreifen. Da kommt die Wahrheit des alten Spruchs, daß verbotene Früchte die süßesten sind, mit wahrhaft teuflischer Macht zum Vorschein.

Die Moral des Pfarrers Sturzbacher war größer als sein Jagdfieber. Allerdings hätte sie das schon in seiner bayerischen Heimat sein sollen. Denn in Oberammergau hatte er gewildert, das gestand er jetzt in seiner Generalbeichte ganz offen.

„Wir sind nun aamal halt schwache Menschen", schluchzte der zerknirschte Sünder.

Daß er hier überhaupt jagen durfte, das genügte ihm indessen auch. Hatte er deswegen doch schon das Trinken, Rauchen, Schnupfen und alle übrigen ‚Laster' aufgegeben, so schön sie auch sind, und ‚so schwer' es ihm auch geworden war. Aber nun, da er freie Jagd hatte, wollte er sich nicht an fremdem Eigentum vergreifen, so sehr ihm auch selbst Wildschützenblut durch die Adern rollte. Da war seine Moral eben stärker.

Die Bauern freilich wollten da ihren Pfarrer nicht verstehen. Hatte er in der bayerischen Heimat nicht selbst gewildert?

Kurz und gut, ein gewisser Fluch lastete auf dem sonst so braven Pfarrer – in dieser Hinsicht war er seiner Gemeinde gegenüber ganz machtlos, die Bayern wilderten in dem englischen Reservat ruhig weiter.

Und endlich wurde der Pfarrer, der schon sein Amt hatte niederlegen wollen, selbst anderer Meinung. Die Erkenntnis kam ihm, was für eine Bewandtnis es mit diesem ‚heiligen Tierasyl' hatte, wie das die Engländer auszunutzen wußten. Nur für den, der kein Geld hatte, waren die harmlosen Tiere geschützt, sogar die weniger harmlosen – wer genügend mit Gold bezahlte, konnte die unschuldigen Antilopen in Herden zusammentreiben lassen und mit Schrot und Sprengpatronen hineinpfeffern.

„Als ich das erfuhr, mich mit meinen eigenen Augen davon überzeugte, da – ist in meinem Herzen etwas gerissen. Geweint hab i und auch wieder aufgejauchzt. Und da hab i meine Leut nun erst recht hinuntergeschickt –

schießt, was ihr schießen könnt, nur schießt mir keinen Menschen tot - und dann hab i ihnen wegen der Sünd, die sie getan, immer Absolution erteilt bis heut - und das liab Herrgottle würd's auch net anders getan haben - wenigstens wenn i das liab Herrgottle wär, i würd's ihnen auch net als Sünd anrechnen - i net."

„Und da sind also auch Sie wieder mit hinunter ins englische Reservat gegangen?" mußte Felix nur immer mehr lächeln.

Nein, das hatte der Pastor denn doch nicht getan. Er hatte nie wieder gewildert - und zuerst hatte er es ja auch ganz unbewußt getan - er hatte seine Jagdlust allein hier im deutschen Kilimandscharogebiet befriedigt.

Zuletzt, als er über die englische Mißwirtschaft und Heuchelei gesprochen hatte, war er ins Feuer gekommen.

„Gut, mögen s' uns mit Schand zum Land hinausjagen!" rief er mit blitzenden Augen, seine Hünengestalt hoch aufrichtend. „Wir haben die Schand getan, so müssen wir die Schand halt auch fressen. Die Hauptsach ist, daß der Adlerfranz uns nimmer verraten hat."

„Wer ist denn das, der Adlerfranz?" fragte Felix.

„Der alte Bauer, den der neue Wildhüter, der Marshal-Forester, wie der Dalk sich schimpfen tut, gefaßt hat, und den der Vizegouverneur, der Haderlump, dann hat zu Tode prügeln lassen, um aus ihm was rauszukriegen. Aber der Adlerfranz hat sich lieber die Zungen abbissen, ehe er ein Sterbenswörterl hat verlauten lassen, darauf nehm i einen heiligen Eid und meinetwegen auch ein Gift."

„Wie? Das ist Ihnen schon bekannt?"

Jawohl, auch hierin hatte der Pastor vorher den Kommissar angelogen.

Nur das sei hier gleich noch bemerkt, daß der schreckliche Tod dieses Mannes sonst auf die Gemeinde sehr wenig Eindruck gemacht hatte, auch auf den Pastor. Es waren eben Wildschützen oder überhaupt Jäger, noch dazu Gemsjäger, die es für eine selbstverständliche Voraussetzung hielten, daß man bei Ausübung dieses von einer unbezähmbaren Leidenschaft diktierten Sports sein Leben aufs Spiel setzt. Das gibt der ganzen Sache ja erst den richtigen Reiz - ich oder du! - für den einfachen Jäger wie für den zu jeder Tat der Verzweiflung fähigen Wildschützen geltend - und die Gemeinde hatte ja schon in ihrer bayerischen Heimat bei Ausübung der unerlaubten Jagd so manchen Mann verloren, ohne daß davon viel Aufhebens gemacht worden wäre. Eine Totenmesse, und die Sache war erledigt - genauso, als hätte der Mann den Tod in seinem ehrlichen Beruf gefunden. Für die hinterlassene Familie wurde dann gemeinschaftlich gesorgt.

Und das hatte sich in der neuen afrikanischen Heimat natürlich nicht geändert. Auch hier konnte man von einem fallenden Baum zermalmt, von der Kreissäge zerschnitten werden, auf der Jagd verunglücken, und ob der Wilderer nun von einem Forstgehilfen erschossen oder im Gefängnis langsam zu Tode gefoltert wurde, das war für die anderen schließlich gleichgültig. Die Hauptsache war, daß er nichts verraten hatte, und je heroischer er in Treue gegen die Freunde gestorben war, desto mehr wurde sein Andenken natürlich in Ehren gehalten. So etwas kann sich sogar leicht bis zum gesuchten Märtyrertod steigern.

Also nicht etwa, daß das fürchterliche Schicksal ihres Kameraden, des ersten, der den Engländern in die Hände gefallen war, die anderen nun abgeschreckt hätte. Es war in den letzten zwei Wochen im englischen Reservat ruhig weitergewildert worden - trotz aller Gegenvorstellungen des Pfarrers, die aber doch ebenfalls eine ganz andere Ursache hatten.

„Woher haben Sie denn erfahren, daß der Mann von dem Vizegouverneur totgeprügelt worden ist?" fragte Felix.

„Von Rübezahl."

„Von meinem Führer? Ja, da muß der doch unterdessen schon einmal fort und wieder hier gewesen sein, sonst ist das doch gar nicht möglich."

„Ja, so ist es auch, erst vor drei Tagen war er wieder hier, und er hat uns alles erzählt, hat uns vor dem neuen Wildmeister gewarnt..."

„Wie? Gewarnt hat dieser Rübezahl Sie vor dem neuen Wildmeister?"

„Das hat er getan, weil..."

„Ja, so steckt dieser Rübezahl mit euch wohl gar unter einer Decke?"

Gewiß, anders war es nicht.

„Ich denke aber, er ist so stolz darauf, ein guter Engländer zu sein?" mußte Felix immer mehr staunen.

„I wo", lachte der Pfarrer, allerdings sehr grimmig. „Der gibt sich nur für einen guten Engländer aus, um desto besser für uns spionieren zu können, und das tut er unentgeltlich, nur weil er dieses elende Lumpengesindel haßt, das da für die Tierchen solche Liebe heuchelt und sie gegen Gold zusammenschießen läßt. Er bedauert nur, daß er keine andere Sprache kann als Englisch - einige Negerdialekte ausgenommen - und um Deutsch zu lernen, dazu ist er schon zu alt. Jaja, dieser Rübezahl hat trotz seines Fluchens das Herz auf dem rechten Fleck - der brauchte nicht erst immer die heilige Jungfrau im Munde zu führen."

So hatte der Pfarrer mit zornig sprühenden Augen gesprochen - und plötzlich brach der starke Mann doch wieder zusammen.

„Oh, die Schand, die Malefizschand!" fing er wieder wie ein Kind zu jammern an. „Das aber ist die gerechte Straf, die der liebe Herrgott uns Malefizbuben geschickt hat - und i hab's ja immer gesagt, daß es noch einmal so kommen wird - sogar von der Kanzel herab hab i's gesagt."

Sinnend blickte Felix auf den Weinenden herab. Hier lag doch eigentlich ein großes Rätsel vor, der Leser wird es auch schon empfunden haben.

Ganz abgesehen davon, daß sich der kraftvolle Gottesmann plötzlich wie ein Kind betrug - er hatte doch schon in seiner bayerischen Heimat gewildert, mußte ebenfalls Beamte und alle Welt belogen haben, und das schien ihm doch bisher sehr wenig aufs Gewissen geschlagen zu sein.

Viel konnte man ihm und der ganzen Gemeinde deswegen ja überhaupt nicht tun. Zwischen zwei Grenzstaaten gilt doch erst recht das stillschweigend anerkannte Gesetz, daß das Stehlen erlaubt ist, man darf sich dabei nur nicht erwischen lassen, nämlich nicht direkt. Der Gemeinde wenigstens konnte man von der deutschen Regierung aus absolut nichts anhaben. Nur vielleicht, daß ihr Gemeindevorstand und Seelsorger von Rechts wegen abgesetzt werden würde.

Hatte sich der Pfarrer aber nicht auch in seiner deutschen Heimat ständig dieser Gefahr ausgesetzt? Hatte er es nicht im vollen Bewußtsein riskiert? Und war das nun eine Sache, daß er deswegen jetzt so flennte?

Doch der junge Doktor der Philosophie, der seine Seele so lange mit göttlicher Einsamkeit genährt hatte, wußte tiefer in das Herz des weinenden Mannes zu blikken.

Weshalb eigentlich hatte der Pfarrer in seiner bayerischen Heimat so sträflich gewildert? Sicher nicht, um seiner Tafel einen Braten zu liefern, um durch das Fell des erbeuteten Wildes Geld zu verdienen. Nicht aus Lust am Übertreten des Gesetzes, was ja sonst so oft die Haupttriebfeder des Wildschützen und Wilddiebs ist - an sich schon ein edleres Motiv - nicht allein den natürlichen Gefahren der Jagd zu trotzen, sondern auch der des menschlichen ‚Erwischtwerdens'. Daß der Pfarrer hierauf gar nicht so erpicht war, bewies er ja dadurch, daß er auch nicht im englischen Reservat gewildert hatte. Er war mit der Jagd zufrieden gewesen, die ihm der deutsche Kilimandscharo geboten hatte. Er hatte also in der deutschen Heimat nur gewildert, um überhaupt der unwiderstehlichen Jagdlust zu frönen, der er alle anderen Leidenschaften, die harmlosesten, geopfert, und eben weil er dazu in der deutschen Heimat sonst keine Gelegenheit gehabt, er es auch als Pfarrer nicht gut konnte, wenn es ihm nicht direkt verboten worden war, hatte er heimlich zum Stutzen gegriffen.

Ganz anders hier. Der Pfarrer schämte sich nicht für sich selbst, sondern für die Männer seiner Gemeinde, die aus der Wilddieberei ein gewinnbringendes Gewerbe gemacht hatten. Das war direkter Diebstahl, den er vergebens zu verhindern gesucht hatte, und das also war es, was ihm schon immer am Herzen gefressen hatte und was den starken Mann nun plötzlich ganz niederwarf.

So dachte der junge Doktor der Philosophie, als er sinnend auf den Weinenden niederblickte, und daß er richtig kalkuliert hatte, sollte sich alsbald zeigen.

Plötzlich richtete sich der Pfarrer wieder auf, vorbei waren Tränen und Jammern, er reckte seine Riesengestalt noch höher empor, seine Augen begannen im Trotz zu leuchten.

„Gut, gut!“ stieß er hervor, während er seine Kutte abzuziehen begann, sie förmlich vom Leib reißend. „I weiß, was i zu tun hab. Jetzt geh i rauf zum Kommissar und sag ihm die Wahrheit - und daß i net wert bin, das geistliche Gewand zu tragen, i zieh's schon selber aus - i hab getan, was i konnt - aber i bin net wert, noch länger Diener des Herrn zu sein...“

„Halt, halt!“ fiel ihm Felix in den Arm. „Ich will gar nicht mit Ihnen rechten, es ist auch wahrhaftig nicht nötig, sondern - wollen Sie nicht erst einmal mit dem Marshal-Forester sprechen? Vielleicht hat der Ihnen noch etwas Besonderes zu sagen.“

Der Pfarrer stutzte, hielt in seinen Bewegungen inne.

„Was? Ist der auch schon da?“

„Ich habe Ihnen doch schon gesagt, daß er mit mir gekommen ist.“

„Richtig, richtig! Wo ist er denn jetzt?“

„Sehen Sie dort das Loch in der Felswand? Das zweite, dritte in der ersten Reihe.“

Felix deutete dabei durch das Fenster in die felsige Landschaft hinein, und das sagt schon genug, wie er die Stelle gar nicht beschreiben konnte, zumal sich überall Höhlen zeigten.

„Dort sind wir durch einen Seitentunnel herausgekommen. Sie hätten diese Seitenschächte näher untersuchen sollen.“

„Die sich alle von dem Hauptschacht abzweigen? Ja, da hätten wir etwas zu tun gehabt! Hier oben ist der ganze Felsen wie ein Ameisenhaufen durchlöchert.“

Felix öffnete das Fenster, winkte mit der Hand. Ein Schnupftuch besaß dieser Einsiedler schon längst nicht mehr, und es ist überhaupt schwer zu sagen, wie wirkliche Waldläufer, Trapper und dergleichen mit sauberen Taschentüchern fertig werden sollen.

„Dort oben steckt er?“

„Ja, dort wartet er auf mein Zeichen, bis ich ihn und seine Schwester rufe.“

„Recht so, recht so!“ sagte der Pfarrer höhnisch. „Holen Sie auch noch die englischen Förster herbei. Sie können gleich mit den deutschen Beamten sprechen, auf daß unsere Schande voll werde.“

Jäh wandte sich Felix dem Sprecher zu.

„Herr Pastor, wofür halten Sie mich eigentlich?“

„Na, was soll's?“

„Haben Sie noch nichts über den neuen Wildhüter gehört?“

„Rübezahl hat mir genug über ihn erzählt.“

„Nun?“

„Daß er ein tüchtiger Kerl ist."

„Ein tüchtiger Jäger?"

„Davon gar nicht zu sprechen. Nein, ein Mann, der das Herz auf dem rechten Fleck hat."

„Wieso?"

„Na, er hat doch dem Haderlump von Vizegouverneur eine Watschen gegeben, daß der gleich in den Papierkorb geflogen ist."

„Und warum hat er dem Vizegouverneur die Maulschelle gegeben?"

„Weil er ihm den gefangenen Wilderer abgenommen hat."

„Und wissen Sie auch, was der neue Wildhüter sonst noch dem Gouverneur gesagt hat?"

„Nein, so genau konnte mir Rübezahl das nicht erzählen."

„Er ist durchaus nicht damit einverstanden, daß im englischen Reservat von allen denen, die es bezahlen können, das Wild zusammengeschossen wird."

„Ja, daß er das gesagt hat, habe ich schon gehört. Er soll ja auch ein Deutscher sein. Aber wäre er ein echter Deutscher, so hätte er sich zu solch einer Stellung in englischen Diensten gar nicht hergegeben."

„Lassen wir das. Oder gerade! Sie tun dem Mann bitter unrecht. Wissen Sie, daß der neue Wildhüter keine Treibjagden mehr dulden wird?"

„Das kann er ja gar nicht verbieten."

„Er hat es dem Gouverneur ins Gesicht verboten."

„Verbieten kann er's wohl, aber niemand wird sich darum kümmern."

„Er wird seinem Verbot Nachdruck verleihen."

„Ich möchte wissen, wie er das anfangen will. Das zeigt ja alles von einem recht guten Herzen, aber die Hauptsache ist doch immer die Tat."

„Nun, ist es nicht schon Tat genug, wenn er dem allmächtigen Vizegouverneur eine herunterhaut?"

„Das allerdings", konnte der Pfarrer schon lächeln. „Das wird er aber noch bitter zu bereuen haben, und um so weniger hat er jetzt Aussicht, seinen Plan zu verwirklichen."

„So sprechen Sie, der Pfarrer Sturzbacher? Das wundert mich sehr."

„Ich spreche aus Erfahrung - leider."

„Ihre Erfahrung wird Sie aber täuschen. Wissen Sie, daß der neue Marshal-Forester alle anderen Wildhüter entlassen hat, im ganzen hundertsechs Mann, auch den General-Forester?"

„Ja, auf dem Papier - oder doch nur mit seinem Mund."

„Sie können nicht glauben, daß er mit seinem Willen durchdringt?"

„Niemals!"

„Weshalb nicht?"

„Daß er die Vollmacht hat, Wildhüter zu entlassen und neue anzustellen, weiß ich, aber das kann er nicht durchsetzen."

„Weshalb nicht, muß ich da immer wieder fragen?"

„Die alten Wildhüter gehen einfach nicht."

„Der neue Forester hat Indianer mitgebracht, die werden die Widerspenstigen schon Mores lehren."

„Das sind aber nur vier Krieger, die noch wirklich als Männer gelten können."

„Auch das ist Ihnen schon bekannt?"

„Darüber hat mir Vater Rübezahl recht viel erzählen können."

„Dann sind da auch noch sechs Weiber..."

„Ich weiß es - alle Hochachtung vor ihnen - warum soll es denn nicht heute noch Amazonen geben - aber das sind erst zehn Personen, und die entlassenen Wildhüter sind hundertsechs."

„Doch der Vizegouverneur ist gezwungen, ihre Entlassung durch den Marshal-Forester anzuerkennen."

„Ja, aber nur formell."

„Was meinen Sie damit?"

„Diese entlassenen Wildhüter werden sich jetzt im Land herumtreiben und auf eigene Faust gegen den neuen Forester Krieg führen, ihn als ihren Todfeind betrachtend. Oder sie werden sich doch überhaupt an ihm rächen wollen."

„Hat Ihnen auch hierüber Rübezahl Näheres erzählt?"

„Das nicht, aber das liegt doch ganz klar auf der Hand."

„Und Sie meinen, der neue Forester wird sich mit seinen Indianern nicht ihrer erwehren können?"

„Nein, hundert Mann gegen zehn, das ist doch gar zuviel, und so tüchtige Jäger die in Amerika auch sein mögen, sie sind nicht wie die anderen hier geboren oder doch groß geworden, die sind mit allen Hunden gehetzt und kennen die teuflischsten Listen."

„So muß der neue Forstmeister eben andere Wildhüter anstellen, die hier gleichfalls ganz zu Hause sind."

„Die findet er aber nicht!"

„Weshalb nicht?"

„Dazu ist der Vizegouverneur, Mr. Shaw, doch viel zu allmächtig. Wer den kennt, der wagt nicht, sich gegen ihn aufzulehnen, und er macht doch natürlich mit den entlassenen Wildhütern gemeinschaftliche Sache."

„Da sollte es keine Ausnahme geben?"

„Nein. Wer hier zu Hause ist, der wagt nicht, dem Vizegouverneur zu trotzen – das ist alles kriecherisches Gesindel. Ich kenne doch diese afrikanischen Jäger."

„So engagiert der neue Forester eben andere, die nicht hier geboren sind."

„Sie meinen, er soll aus einem anderen Land welche kommen lassen?"

„Ja."

„Weiße Jäger?"

„Ja."

„Die sind aber doch wieder hier nicht zu Hause, müßten erst wieder jahrelang lernen, ehe sie gegen diese erfahrenen Wildhüter etwas machen könnten."

„Meinen Sie?"

„Anders ist es nicht."

„Ich wüßte doch einige Dutzend Männer, welche die tüchtigsten Jäger sowie hier ganz zu Hause sind und sich den Teufel etwas um den Zorn und um die Allmacht dieses Vizegouverneurs scheren."

„Sie kennen solche Männer?"

„Ja, einige Dutzend sind es mindestens, vielleicht auch hundert."

„Da möchte ich doch wissen, woher Sie die nehmen wollten!"

„Sie ahnen es nicht?"

„Durchaus nicht. Sie sprechen in Rätseln."

„Nun, kümmern Sie und alle Ihre Oberammergauer sich etwa viel um den Zorn des allmächtigen Vizegouverneurs?"

Hoch horchte der Pfarrer auf.

„Oder", fuhr Felix fort, „wären Sie nicht vielleicht geneigt, in die Dienste des neuen Foresters als Wildhüter zu treten, Sie mit allen Männern der Gemeinde, soweit sie abkommen könnten, gegen gute Bezahlung, um diesen Treibjagden der Engländer einen Riegel vorzuschieben?"

Mit leuchtenden Augen schnellte der Pfarrer von dem Haufen Felle, auf dem er zuletzt gesessen, empor.

„Wahrhaftig, das wäre eine Idee! Und da könnten wir auch unser Unrecht in etwas wieder gutmachen. Ja aber", des Pfarrers Freude schien etwas nachzulassen, „in fremde Dienste treten, das ist nix für meine Bauern, bei so einem wildfremden Menschen..."

„Wildfremden Menschen? Hat Ihnen Rübezahl sonst nichts über den neuen Forester erzählt?"

„Erzählt hat er ja genug von ihm, auch über seine Schwester, aber er selbst hat die beiden ja noch gar nicht gesehen und..."

„Hat er nicht seinen Namen genannt?"

„Nun - Richter - und Rübezahl spricht das so aus, daß man es kaum verstehen kann."

„Und sein Vorname?"

„Den wußte Rübezahl nicht. Erst von dem Kommissar habe ich ihn vorhin zu hören bekommen."

„Nun?"

„Robert Richter."

„Zeitungen lesen Sie wohl nicht?"

„Vor fünf Jahren habe ich in Sansibar die letzte in Händen gehabt."

„Wissen Sie auch nicht, woher der Forester mit seiner Schwester kommt?"

„Aus London - mit der ganzen Indianerbande."

„Aber vorher noch."

„Nun, aus Amerika. Das mußte ich freilich selbst erraten, dieser Rübezahl ist ja schrecklich unwissend, für den brauchte Kolumbus nicht gelebt zu haben. Doch wegen der Indianer konnte ich es von allein schließen, daß sie aus Amerika stammten."

„Dieser neue Forstmeister ist mein Vetter - oder mein Schwagervetter - oder wie man diese Art von Verwandtschaft sonst nennt."

„Was sagen Sie da?" fragte der Pfarrer mit großen Augen.

„Und er heißt nicht Robert Richter, sondern Reinhold Richter. Er selbst ist zwar wie seine Schwester in Amerika geboren, aber... Was wollen Sie sagen?"

„Doch nicht - doch nicht - in Arizona?" stotterte der Pfarrer.

„Nirgends anders."

„Dann hieß - dann hieß - sein Vater - doch - nicht - Gottfried?"

„Jawohl, und sein Großvater hieß ebenfalls Reinhold. Da sind sie ja schon selbst!"

Draußen nur wenige Worte mit der Wirtschafterin, und herein traten die beiden hinterwäldlerischen Gestalten, Bruder und Schwester.

„Grüß Gott, Herr Pfarrer Sturzbacher!" lachte Reinhold und hielt jenem die Hand hin.

Der Pfarrer aber nahm sie nicht, nur einen Blick in die Gesichter der Geschwister, dann schloß er Reinhold gleich in seine Arme und drückte ihn an seine Hünenbrust.

„Das ist ja ganz der Vater!" rief er mit tränenerstickter Stimme. „Und du willst gegen die Wildhüter zu Felde rükken, die du entlassen hast? Dann wirst ja also selbst ein Wilderer, ein Wildschütz. Ja, dann bist halt ganz dein Vater!"

15.

Der Kommissar war mit seinen Leuten wieder abgereist, um auch die anderen Ansiedlungen im Kilimandscharogebirge zu inspizieren, ohne die beiden Geschwister gesehen oder überhaupt etwas von ihrer Anwesenheit gewußt zu haben.

Der Pfarrer hätte sich mit den Nachkommen seiner Taufkinder gar viel zu erzählen gehabt, die ganze Gemeinde mit ihm, aber Reinhold drängte, wieder in sein Lager hinabzukommen. Das konnte ja alles später geschehen, jetzt war unten und oben ja auch gar nicht mehr so weit getrennt. Parterre und die zweihundertvierundfünfzigste Etage, wie sich einst Felix ausgedrückt hatte, waren ja durch einen Lift verbunden.

Auch keine großen Kriegsräte sollten jetzt abgehalten werden. Erst mußte das überhaupt den Männern der Gemeinde vorgetragen werden, ob sie auch damit einverstanden waren, dem Marshal-Forester als Wildhüter zu dienen.

Und ob sie damit einverstanden waren! Es kam doch etwas Rachegefühl gegen die einstigen Wildhüter, die sie so oft im besten Jagen gestört hatten, mit ins Spiel. Es wäre gar nicht nötig gewesen, daß ihnen Reinhold dieselben Löhne versprach, welche die englischen Wildhüter bisher erhalten hatten - die Ernennung zu den einzelnen Chargen behielt er sich vor - sie hätten es gern auch ganz umsonst getan.

Ihren Zweifel, ob er auch wirklich jemand zum Wildhüter im englischen Reservat anstellen könne, sogar aus dem deutschen Gebiet heraus, so ganz ohne weiteres, befestigte ein Wort des Pfarrers, der in die ganz ausführliche Vollmacht Reinholds Einblick genommen hatte.

Es waren vierundsechzig Männer, die von der gegenwärtigen Feld- und sonstigen Arbeit abkommen konnten, darunter allerdings viele halbwüchsige Burschen, die aber ihren ganzen Mann stellten. Wer bei der Arbeit und zum Schutz der Ansiedlung zurückbleiben sollte, wurde ausgelost.

Diesen vierundsechzig Mann standen dreiundvierzig Pferde zur Verfügung, in jenen beiden Stationen untergebracht, die eine in der Djuluschlucht, die andere oben in der Steppe im Njirisumpf gelegen. Wenn man wollte, konnten auch die Pferde aus der Schlucht hinaufgebracht werden, auf einem einzigen für Pferde begehbaren Pfad.

Die Station, auf der sich das Indianerlager befand, war also die dritte. Doch es handelte sich eigentlich nicht um Stationen für die neuen Wildhüter, Reinhold hatte ja nur einen Fleck gesucht, auf dem er die indianischen Weiber, Kinder und Greise ruhig zurücklassen konnte, um dann mit all seiner wehrhaften Kraft gegen das ihm feindliche Element vorzugehen. Jetzt hätte man schließlich die überflüssigen Indianer auch gleich hinauf in das Dorf bringen können.

Die neuen Wildhüter würden sich ja ständig in der Steppe aufhalten, diese nach allen Seiten durchstreifend, nur ihren gewissen Sammelpunkt habend. Immerhin war es gut, auch solche Stationen zu haben, von denen aus man jederzeit wieder hinauf ins Gebirge gelangen konnte, besonders wenn Munition und dergleichen zu ergänzen war oder auch, falls man vor einer Übermacht zurückweichen mußte. Die den Bayern in den Njirisümpfen bekannte Station hatte noch den besonderen Vorzug, daß man hier den Sumpf in nur zwei Stunden durchqueren konnte, während man von der von Steffens, wo jetzt das Indianerlager stand, erst in sechs Stunden wieder trockenes Land erreichte.

„Vorwärts!" rief Reinhold. „Zunächst in mein Lager hinab, daß ich die untätig dort liegenden Krieger und Amazonen in die Steppe hinausschicken kann! Wer will mich nun begleiten, also seinen Dienst sofort antreten?"

Bereit waren dazu sofort alle vierundsechzig Mann. Sie brauchten ihren Rucksack nur mit Proviant zu füllen, wenn er nicht schon fix und fertig am Nagel hing.

„Nehmen wir nur die Hälfte mit", riet der Pfarrer, der sich seines Talars entledigt hatte, denn auch er wollte seine Kraft zur Verfügung stellen, jetzt freilich im Jägerkostüm.

„Und die andere Hälfte?"

„Die verteilen wir wieder auf die uns schon bekannten Stationen."

„Dann sind wir aber getrennt."

„Das muß sowieso geschehen."

„Ja, aber die Verbindung ist dann sehr umständlich – immer über den ganzen Kilimandscharo hinweg."

„O nein, das haben wir viel einfacher!" lachte der Pfarrer.

„Wie das?"

„Wir nehmen von jeder Station ein paar Brieftauben mit."

„Brieftauben?" fragte Reinhold verwundert.

Er hatte in seiner amerikanischen Wildnis nichts von

solch einer geflügelten Post gehört, auch später auf seinen Reisen, als sich seine Bildung schnell erweiterte, hatte er darüber nichts zu hören und zu lesen bekommen.

Der Pfarrer erklärte es ihm mit kurzen Worten, und die Geschwister begriffen es rasch genug.

„Die Brieftauben müssen aber doch immer aus einem Schlag der Station sein, wohin sie wieder sollen."

„Gewiß, und solche haben wir hier oben vorrätig, die unten wieder welche, die hier oben zu Hause sind, und gehen sie aus, so können sie in einer Stunde in Käfigen, die auf Schlitten gepackt sind, wieder ausgewechselt werden."

„Und wie lange braucht solch eine Taube zu dem Weg?"

„Keine fünf Minuten."

„Auf der dritten Station ist aber kein Schlag."

„Zum Ablassen ist das ja auch nicht nötig, und zum Empfangen errichten wir sofort einen. Da nehmen wir nur einige Kästen mit jungen Tauben mit, die noch nicht flügge sind."

Reinhold sah die Vortrefflichkeit dieses Vorschlags ein.

Dreißig Bauern, wozu noch der Pastor kam, schlossen sich den Geschwistern an, und auch Felix wollte nicht zurückbleiben.

Doch zunächst sollten sie unter Reinholds Führung erst einmal die neue, ihnen noch unbekannte Furt kennenlernen.

So trat die ganze, aus vierunddreißig Köpfen bestehende Knappschaft die Reise in die Tiefe an, teils zu zweit und zu dritt auf einem Schlitten sitzend, teils, da diese nicht langten, wenn auch für die anderen noch genügend oben bleiben sollten, einfach auf dem Hosenboden.

Nicht der Pfarrer, kein anderer übernahm die Führung, sondern Reinhold, indem nur dieser wußte, wo sich der abzweigende Gang an der Decke befand, von welcher Öffnung wirklich keinem der Bauern etwas bekannt war. Das Loch war eben gar zu schwer zu erblikken, und außerdem gab es, wenn man mit dem Blendstrahl die Wände und Decke ableuchtete, hier gar zu viele Löcher. Das war auch Reinhold gar nicht aufgefallen.

Er lugte also scharf nach jenem Kreidezeichen aus.

Vorher aber noch gab der Pfarrer das Zeichen zum allgemeinen Stoppen, seine Bergstockflinte mit Macht gebrauchend, und er hatte es rechtzeitig getan, so daß auch der vorauseilende Reinhold noch nicht über das Ziel hinaus war.

„Was gibt es?“

„Hier zweigt sich noch ein Seitenschacht ab.“

So war es. Gleichfalls zur rechten Hand.

„Wo führt der hin?“

„Durch diesen kommt man in den Schacht, der in den Njirisümpfen mündet.“

„Wo sich eure zweite Station befindet?“

„Jawohl, mit fünfundzwanzig Pferden.“

„Ah, das ist ja vortrefflich!“

„Willst du sie gleich jetzt besichtigen? Der Kriechweg ist gar nicht weit, keine zehn Minuten. Die beiden Gleitschächte laufen fast rechtwinklig auseinander, daher unten die großen Entfernungen ihrer Ausmündungen.“

„Nein, jetzt erst in mein Lager zurück!“

Die Fahrt wurde fortgesetzt, und Reinhold hatte gut ausgelugt, er erblickte das Kreidezeichen früh genug, um alle Schlitten und sonstigen Rutscher rechtzeitig zum Halten zu bringen.

„So, hier geht es hinein, und in einer Viertelstunde sind wir in meinem Lager. Wo bleiben inzwischen die Schlitten?“

„Die hängen wir einfach an das Seil und lassen sie

nach oben befördern."

„Da muß aber doch erst ein Mann nach unten rutschen und Bescheid sagen, daß die Maschinerie in Bewegung gesetzt wird."

„Nun, sollten wir nicht ein Mittel haben, um die am Göpelwerk gleich von oben zu benachrichtigen?"

„Das allerdings - aber sicher nicht durch Rufen, es müßte denn gerade ein Sprachrohr angebracht sein..."

Der Pfarrer nahm aus seiner Tasche zwei Bleikugeln, schnitt in jede mit dem Messer ein Kreuz und ließ sie kurz hintereinander hinabrollen.

„Unten ist an günstiger Stelle, wohin aber die Schlitten nicht mehr kommen, über dem Tunnel ein Messingblech angebracht, gegen dieses schlagen die beiden Kugeln nacheinander mit hellem Klang an, und das ist das Zeichen, daß die Seile in Bewegung gesetzt werden sollen. Eine einzige Kugel sagt, daß die Maschinerie wieder stehenbleiben soll."

„Sehr praktisch! Weshalb machten Sie in die Kugeln erst ein Kreuz?"

„Nicht etwa als frommes Zeichen. Damit, wenn einmal versehentlich jemand eine Bleikugel fallen läßt, die hinabrollt, nicht ein Irrtum passiert, der vielleicht sehr verhängnisvoll werden könnte."

„Da könnten Sie doch sicher auch ganze Botschaften hinunterexpedieren."

„Ja, und zwar ohne daß sich erst ein Mann auf den Schlitten setzt. Dazu haben wir größere Kugeln aus Holz, innen hohl, der Hohlraum nimmt die geschriebene Botschaft auf."

„Und von unten nach oben?"

„Da muß sich allerdings einer unten auf den Schlitten setzen und sich vom hinaufgehenden Seil emporziehen lassen."

Schon setzten sich die Seile in Bewegung, das hinaufgehende nahm die leeren Schlitten mit.

Noch keine halbe Stunde später hatte die Expedition das indianische Lager erreicht. Eine Erklärung war hier gar nicht nötig. Aber da es bald vier Uhr war, konnte heute auch nichts mehr geschehen. Kurz nach sechs Uhr brach die mondlose Nacht an, und Reinhold brauchte, um die Furt wiederfinden zu können, volles Tageslicht, mindestens während der ersten Male.

Steffens hatte natürlich schon längst wieder festen Boden erreicht, und es konnte auch sein, daß er einen oder den anderen der indianischen Steppenwächter getroffen und mit diesen, wenn er eine wichtige Nachricht zu überbringen hatte, schon wieder unterwegs war. Aber vor Anbruch der Nacht konnte man ihn schwerlich zurückerwarten.

Man ließ drei Brieftauben fliegen, eine nach der Station in der Djuluschlucht, eine nach jener anderen in den Njirisümpfen, die dritte hatte ihren Schlag oben im Dorf.

Im Nu waren die freigelassenen Tiere verschwunden. Sie meldeten nichts weiter als die glückliche Ankunft dieser Expedition.

Solange es noch Tag war, wurde diese von Sumpf und Felswand umschlossene Insel näher untersucht, ohne daß man etwas Bemerkenswertes fand. Der Pfarrer und auch einige der Bauern glaubten, schon einmal dort oben auf der 400 Meter hohen Felswand gewesen zu sein, sie erkannten es an gewissen Vorsprüngen. Aber dieses bewaldete Land hier unten hatten sie nicht erblicken können, die Wand neigte sich viel zu sehr vor.

Dennoch glaubten sie angeben zu können, daß sich ihre Station in den Njirisümpfen mit der nur zweistündigen Furt etwa zehn englische Meilen westlich von hier befand, was sich später auch als richtig erwies.

Es waren einige Taubenpaare mitgenommen worden, die noch Junge zu füttern hatten, für diese wurde ein Schlag gebaut – die übrige Zeit verging mit Gesprächen über die deutsche Heimat wie über die nach Amerika ausgewanderten Oberammergauer und mit Kriegsberatungen.

In der Nacht wurde Reinhold von keiner Wache geweckt, die ihm mitzuteilen gehabt hätte, daß Steffens zurückgekehrt sei.

Er war auch noch nicht bei Tagesanbruch zurück, als sich alles zum Marsch durch den Sumpf rüstete.

Also nur die Kinder, die älteren Weiber und Greise des Indianerlagers blieben zurück, ferner auch die schon öfters erwähnte Lizzard - wegen ihres Kindes. Sie war die einzige Person, die als vollwertig anzusehen war. Doch dieses Lager im Sumpf brauchte ja keinen Verteidiger, und schließlich konnten doch auch die Greise und anderen Weiber, selbst die Kinder, ein Gewehr abdrücken.

Sonst schlossen sich der Expedition außer den beiden zurückgebliebenen roten Kriegern auch noch zwei weitere junge Indianerinnen an.

Die Sonne zeigte den ersten glühenden Punkt über dem Horizont, als sich der Zug unter Reinholds Führung in Bewegung setzte, den Weg durch das Wasser antrat. Nur die Personen aus dem Indianerlager waren beritten, alle übrigen mußten zu Fuß waten. Doch ging das Wasser niemals bis an den Unterleib, meist nicht einmal bis an die Knie.

Er hatte etwas zu bedeuten, dieser sechsstündige Marsch durch mindestens kniehohes Wasser, das nicht einmal trinkbar war, in einer immer fürchterlicher werdenden Sonnenglut.

Nein, als Station konnte jenes feste Land niemals benutzt werden, nur als letzter Rückzug im Falle einer Gefahr.

Die Hauptsache aber war jetzt, daß Reinhold wirklich noch jeden einzelnen der Felsblöcke und kleinen Steine im Gedächtnis hatte, wie Steffens als Wegweiser sie ihm gezeigt hatte. Und dieselbe Erklärung gab Reinhold jetzt mit lauter Stimme den ihm im Gänsemarsch Folgenden, manchmal auch leiser seine Schwester und die beiden Indianer wie auch die Indianerinnen fragend, ob sie noch die Richtung wüßten, wobei sich zeigte, daß die Navajos in der Tat keinen Besseren zu ihrem Häuptling hätten wählen können, denn auch diese Kinder der Wildnis irrten sich oft genug trotz ihrer scharfen Sinne und ihres in solchen Sachen außerordentlichen Gedächtnisses - ihr weißer Häuptling allein war darin unfehlbar.

So war man schon fünf Stunden gewatet, als grünes Schilf die Nähe des Ufers ankündigte. Aber auch dieser Schilfrand war erst in weiter, weiter Ferne zu erblicken, man konnte fast noch mit einer Stunde rechnen.

Reinhold wandte sich an den dicht hinter ihm reitenden Büffelhuf.

„Wird Büffelhuf dort das Ufer allein erreichen können?"

„Büffelhuf wird es erreichen."

„So reite voraus. Wir folgen langsamer. Der scharfe Schrei des Kauzes, der sich sonst nur bei Nacht hören läßt, und du bist auf falschem Weg, dann bleibst du stehen."

„Der weiße Häuptling wird nicht zu krächzen brauchen", entgegnete Büffelhuf und lenkte sein Pferd an dem Reinholds vorbei, trieb es zu etwas größerer Eile an, während die anderen den Schritt ihrer Tiere mäßigten.

Keine Frage war nötig, sie alle wußten, weshalb der Indianer vorausgeschickt wurde - das war schon alles gestern abend beraten worden.

Wenn nun die entlassenen Wildhüter, von Rache getrieben, schon auf der Spur des wandernden Indianertrupps gewesen waren? Bis an das schilfige Ufer hatten sie die Spur doch verfolgen können. Und wenn sie nun ganz richtig kalkulierten, daß hier eine Furt vorhanden war, welche die spurlos im Wasser Verschwundenen auch wieder rückwärts benutzten? Wenn sie sich nun hier in den Hinterhalt gelegt hatten?

Damit hatte schon Steffens rechnen müssen, er war bereits ein Todeskandidat gewesen - jetzt ging als solcher Büffelhuf ab.

Nach einer halben Stunde war Büffelhuf den anderen 500 Meter voraus und noch anderthalb Kilometer von dem Ufer entfernt.

Da hielt er sein Roß an, blickte rückwärts. Reinhold glaubte natürlich, der Indianer, der sich bisher immer ganz richtig im Zickzack bewegt hatte, könne sich nicht mehr nach den Steinen orientieren, sei im Zweifel, obgleich gerade hier die zu nehmende Richtung eine ziemlich einfache war.

So setzte Reinhold seine Hände trichterförmig vor den Mund.

„Etwas links nach dem großen Felsen mit der doppelten Spitze!“ rief er mit Aufgebot all seiner Lungenkraft.

Aber der rote Krieger schwenkte wie abwehrend seine Lanze, machte noch ein besonderes Zeichen in der Luft.

„Er hat etwas Auffallendes gefunden, wir müssen schnell hin.“

Das Wasser war hier so flach, daß die Pferde in Trab gesetzt werden konnten, und schon aus einiger Entfernung konnte erkannt werden, was Büffelhufs Rekognoszierungsritt gehemmt hatte.

Ein ebenso seltsamer wie schauerlicher Anblick erwartete die Näherkommenden.

Etwas abseits von der Furt, die man sich aber nur in Gedanken als Linie vorstellen konnte, ragte ein Menschenkopf über das Wasser empor, unter demselben war noch der Oberkörper bis zur Brust erkennbar, sonst waren auch die Arme bis zu den Ellbogen im Treibsand vergraben, offenbar konnte der Mann seine Hände schon nicht mehr aus dem zähen Sand herausziehen, sonst hätte er es sicher getan, und in der dazu gehörigen Entfernung ragten vor ihm unter Wasser aus dem Sand auch die Ohren und die Mähne eines Pferdes heraus.

Und dieser bis an den Hals, bis dicht ans Kinn im Wasser versenkte Menschenkopf war noch lebendig.

„Steffens!“ rief Reinhold in tödlichem Schreck.

Aber im nächsten Augenblick sah er seinen Irrtum ein.

Dieser Kopf trug allerdings einen ebensolchen Schlapphut, auch an diesem fehlte die Agraffe, aber sollte denn Steffens, der nur einen Schurrbart gehabt hatte, innerhalb vierundzwanzig Stunden einen Vollbart bekommen haben?

Nein, es war ein anderes Gesicht, und zwar ein schreckliches Gesicht, von Todesangst entstellt, von ganz unnatürlichen Furchen durchzogen, fürchterlich rollten die schwarzen Augen.

„Mann, wer seid Ihr?“

Da öffneten sich die verzerrten, total aufgesprungenen Lippen.

„Wasser, Wasser!“ kam es in röchelndem, kaum verständlichen Ton hervor.

„Ihr seid einer der Wildhüter!“

„Wasser, Wasser, oder seid barmherzig und jagt mir eine Kugel durch den Kopf!“

Alle sieben Reiter hatten ihre Lederschläuche, die sie schon in Arizona bei langen Ritten mit sich geführt hatten, mit Wasser gefüllt. Geöffnet war während der sechs Stunden noch keiner geworden, so sehr wohl auch alle nach einem Trunk geschmachtet hatten.

Jetzt wurde ein Lederbecher mit Wasser gefüllt, mittels eines Riemens an einer Lanze befestigt und so dem Mann zum Mund geführt. Anders war der Unglückliche gar nicht zu erreichen, und wäre er noch weiter als eine Lanzenlänge von der Furt entfernt gewesen, so hätte man überhaupt keine Möglichkeit gehabt, ihn zu tränken.

Der Kopf faßte den Becher am Rand mit den Zähnen, stürzte ihn hinter, das wiederholte sich wohl noch ein dutzendmal, dann war der Mann erst fähig zum Sprechen.

„Verflucht soll dieser Hund von Steffens sein!"

„Ihr seid einer der entlassenen Wildhüter?"

„Wasser, mehr Wasser!" erklang es immer wieder mit heiserer Stimme.

Reinhold ahnte fast schon alles, und jetzt erkannte er seinen Vorteil.

„Nicht eher, als bis Ihr meine Fragen beantwortet habt. Fähig dazu seid Ihr!"

„Fragt und seid verdammt!"

„Ihr seid einer der Wildhüter?"

„Ja."

„Ihr seid unserer Spur gefolgt und habt Euch dort in den Hinterhalt gelegt, um auf unsere Rückkehr zu warten?"

„Ja."

„Ihr habt Paul Steffens abgefangen?"

„Verflucht, daß wir's taten! Wasser!"

„Ihr wolltet Steffens zwingen, Euch durch den Sumpf zu führen, er ging, um nicht Martern ausgesetzt zu werden, darauf ein – da hat er Euch von der Furt abgeführt, daß Ihr im Treibsand versinken mußtet."

„Ihr wißt ja alles selbst, was fragt Ihr denn da erst? Wasser!"

Nach noch einem Becher Wasser begann der Mann, in der Hoffung, noch mehr des Labsals zu bekommen, zusammenhängender zu erzählen. Wir wollen es wiedergeben, als seien wir selbst dabeigewesen.

Als Reinhold gestern früh mit Steffens den Plan beraten hatte, wie letzterer in die Steppe zurück sollte, um die indianischen Patrouillen über die neuen Verhältnisse zu benachrichtigen, hatten sie schon den Fall erwogen, daß die entlassenen Wildhüter bereits auf der Spur der Indianerkarawane sein könnten, ihr bis an den Sumpf gefolgt wären, sich dort im Schilf in den Hinterhalt gelegt hätten.

Dann also wäre Steffens diesen in die Hände gefallen.

Aber was war dagegen zu machen? Es mußte eben gewagt werden. Man befand sich im Krieg, wo man nur hoffen kann, daß nicht jede Kugel trifft. Und Paul Steffens war ein alter afrikanischer Jäger und Kriegsmann, der erwog nicht lange solch eine Möglichkeit.

Er war abgeritten, um seinen Auftrag zu erfüllen. Und richtig, als er nach sechs Stunden den festen Boden betrat, sprangen aus dem Schilf eine Menge wilder Gestalten empor, die ihm nur zu wohlbekannt waren, rissen ihn vom Pferd, und da hätte keine Vorsicht genügt, um diesem Hinterhalt zu entgehen.

Der Verräter wurde nicht so behandelt, wie er vielleicht erwartet hatte, bekam keinen einzigen Fußtritt. Der Grund zu dieser Schonung lag freilich nur allzuklar zutage.

„Du kennst in den Njirisümpfen ein festes Stück Land und eine Furt dorthin, die man sicheren Fußes begehen kann."

Steffens verschmähte eine Antwort. Aber was nützte ihm das? Die Indianerkarawane war in den Njirisümpfen verschwunden, und man hatte Steffens auf weite, weite Entfernung hin durch das Wasser, das sonst jeden anderen verschlang, reiten sehen.

„Du wirst uns diese Furt führen."

Keine Antwort.

„Du willst uns nicht führen?"

„Nein."

„Oho, Bursche, mit dir wollen wir bald fertig werden."

Und der General-Forester, der selbst den aus fünfzig Mann bestehenden Trupp führte, zog seinen Revolver und setzte die Mündung gegen Steffens Stirn.

„Besinne dich, ob du uns die Furt führen willst, aber rasch, ich zähle bis drei, bei drei bist du ein toter Mann – eins – zwei..."

Der General-Forester besann sich, als jener nur die Lippen zusammenpreßte, eines anderen, setzte den Revolver wieder ab.

„Nein, das wäre für dich Schuft doch ein gar zu leichter Tod. Und da gibt es auch noch andere Mittelchen, um einem Menschen die Zunge zu lösen. Sucht mal ein bißchen trockenes Schilf zusammen!“

Das Schilf wurde angebrannt, man zog dem Gefangenen die Stiefel aus; er wurde mit den nackten Sohlen auf die glühende Asche gestellt.

„Ich will, ich will!“ schrie er jammernd, sobald nur die Glut seine Sohlen berührte.

Kann man unter solchen Verhältnissen einem Menschen ansehen, ob er noch einen Hintergedanken hat? Der Ausdruck des furchtbaren Schmerzes war jedenfalls doch ungekünstelt.

Ebenso aber dachte auch schon der General-Forester und jeder andere, der nicht ganz und gar auf den Kopf gefallen war, daß Steffens doch einen verräterischen Hintergedanken haben könnte oder einen solchen doch noch fassen würde.

„Du willst uns diese Furt führen?“

„Ja, ich will“, jammerte der Unglückliche.

„Gut. Aber merke dir: Ich reite mit schußfertigem Revolver hinter dir, und sobald ich sehe, daß du mehr, als nötig ist, im Sand versinkst, und sobald ich sehe, daß mein eigenes Pferd den Boden verliert, jage ich dir eine Kugel durch den Kopf.“

„Ach, so ein Held ist dieser Schuft ja gar nicht“, meinte einer.

Über die Länge des Ritts, wo sich das Indianerlager jetzt befand, wie er zur Kenntnis dieser Sumpfinsel und der Furt gekommen war, darüber gab Steffens noch ganz sachgemäße Auskunft, war auch bei dem Kriegsplan behilflich.

Wenn man jetzt sofort aufbrach, würde man gegen acht, also schon bei vollkommener Dunkelheit, die Lagerstelle erreichen, und das war gerade die beste Zeit, denn da brannten noch alle Kochfeuer, das ganze Lager erleuchtend, jeder Mensch bot die beste Zielscheibe, während sich die Angreifer in völliger Finsternis befanden.

„Aber die Indianer stellen doch Wachen aus."

„Gestern nacht sind keine ausgestellt worden, sie fühlen sich dort total sicher, und Zweck haben solche Wachen überhaupt nicht, sehen können sie uns jedenfalls nicht, auch nicht unsere Annäherung hören."

Gut, es wurde noch einmal von dem getrockneten Fleisch gegessen, vornehmlich aber die Pferde gefüttert, ihnen das letzte Wasser aus den Schläuchen gegeben, und vierzig Mann brachen sofort auf, zehn blieben als Sicherheitswache zurück.

Eigentlich hätte sich der General-Forstmeister selbst sagen können, daß sie alle in den unrettbaren Tod gingen, wenn Steffens beabsichtigte, sie irrezuführen. Er brachte sie einfach bis in die Mitte des Sumpfes, ließ sie nach drei Stunden stehen, verweigerte die Weiterführung, konnte ja durch einen Sprung in den Schlingpfad Selbstmord begehen.

Dann wußten die entlassenen Wildhüter, die wir jetzt aber lieber Banditen nennen wollen, weder vorwärts noch rückwärts, sie waren eben unrettbar dem Tode verfallen.

Dies war ja auch tatsächlich Steffens Absicht. Und der General-Forester oder der Räuberhauptmann mußte geradezu mit geistiger Blindheit geschlagen sein, daß er sich dieser Führung anvertraute. Oder aber, er unterschätzte die Gefährlichkeit dieser Furt ganz und gar, hoffte, den Rückweg allein zurückfinden zu können.

Oder aber, er hatte noch einen ganz besonderen Plan, wollte Steffens erst einmal prüfen, denn es sollte auch wirklich alles bald ganz anders kommen.

Also, die aus vierzig Mann bestehende Karawane trat den Wasserweg an, an der Spitze Steffens, mit der festen Absicht, die Nachfolgenden alle in den Tod zu führen, zwar dabei seinen eigenen findend, aber doch einen ziemlich schmerzlosen.

Der Zug aber sollte nicht weiter kommen als bis hierher, etwa anderthalb Kilometer vom Ufer entfernt.

Ob der Banditenhauptmann plötzlich die furchtbare Gefährlichkeit dieses Marsches einsah, oder ob er plötzlich einen anderen Plan gefaßt hatte - kurz, er befahl, daß alle wieder umkehrten.

„Nein, ich habe etwas anderes vor. Zurück!"

Der sich schon dem Tod geweiht habende Steffens konnte nichts Unangenehmeres zu hören bekommen.

Doch was half es? Er mußte sich an die andere Spitze des Zuges setzen. Seinen Vernichtungsplan gab er deshalb freilich noch nicht auf, nur mußte der jetzt in aller Schnelligkeit ausgeführt werden, jede Minute, jede Sekunde konnte dem und jenem noch das Leben retten, man war ja noch gar nicht so weit vom Ufer entfernt, die Furt war hier auch ziemlich gerade.

„Hund, du führst mich falsch!" schrie der Oberförster, als Steffens' Pferd immer mehr zu versinken begann.

„O nein, das ist hier gerade eine etwas weiche Stelle."

„Die haben wir aber doch vorhin nicht passiert!"

„Doch, ihr habt vorhin nur nicht darauf geachtet."

„Nein, nein, schon kann mein Pferd kaum noch die Beine heben!"

Steffens bewies aber, daß die Sache doch nicht so gefährlich war, sein Pferd watete schon viel tiefer im Sand, und dennoch konnte er es, dem Befehl gehorchend, wieder zurückgehen lassen.

Nun aber hatte er den ganzen Zug trotzdem so weit, wie er ihn haben wollte - hatte ihn trotzdem etwas abseits der sicheren Furt geführt.

Plötzlich riß Steffens sein Roß herum und warf es mit Wucht gegen den ihm folgenden Förster. Dessen Pferd scheute natürlich gleichfalls zurück. Nun warf sich Steffens auch noch mitten in den ganzen, schon in Unordnung gekommenen Zug, und da war die Verwirrung eine allgemeine.

Links und rechts sah man Rosse und Reiter die verzweifelsten Anstrengungen machen, sich aus dem zähen Treibsand zu befreien – vergebens! Was der einmal in seinen Klammern hatte, gab er nicht wieder frei, und zusehends sanken Tiere und Menschen ein, letztere nur um so schneller, wenn sie aus dem Sattel gesprungen waren.

Alle aber hatte Steffens doch nicht so dem Untergang weihen können. Das Ufer war hier eben noch viel zu nahe, die Furt gerade hier schnurgerade und nach einem sehr großen Stein leicht erkenntlich.

Wohl der Hälfte gelang es, wieder die rechte Richtung zu finden, in wilder Flucht jagten sie dem Ufer zu, dieses auch wirklich erreichend. –

So hatte der aus dem Wasser sehende Kopf berichtet. Auch diesen Mann, einen gewöhnlichen Wildhüter, hatte das Schicksal ereilt – er aber war der einzige, der auf eine Stelle gekommen war, die nach einer gewissen Tiefe wieder festen Grund unter dem Sand hatte, er stand also wohl auf einem Stein – aber der Sand, der das Pferd schon verschlungen hatte und ihn selbst bis zur Brust einhüllte, genügte, um ihn nicht wieder fahrenzulassen. Nicht einmal seine bis an die Ellbogen vergrabenen Arme konnte er wieder freibekommen, und so umklammerten seine Hände noch immer unter dem Sand die Zügel.

In dieser Stellung verharrte der Mann nun schon seit vierundzwanzig Stunden, und was er gelitten hatte, kann sich jeder selbst ausmalen. Ein Wunder war nur, daß sein schwarzes Haar nicht schneeweiß geworden war.

„Hat auch Steffens dabei seinen Tod gefunden?" fragte Reinhold.

„Den habe ich dort ganz, ganz langsam versinken sehen, und bis zum letzten Augenblick, da sich sein Mund mit Wasser füllte, hat der Halunke mich und alle anderen verhöhnt und verlacht, die wir alle so langsam versanken. Oh - ooooh - und nicht einmal die Möglichkeit haben, den Revolver zu ziehen und sich eine Kugel durch den Kopf zu jagen!"

Der Mann schüttelte sich unter Wasser vor Grauen.

Und Reinhold neigte das Haupt. Er gedachte ehrend des Mannes, der in Treue gegen seine Freunde den Heldentod gestorben war, indem er sich für sie geopfert hatte.

Dann hob er wieder den Kopf.

„Die Hälfte des Trupps ist hier im Sand versunken, sagt Ihr?"

„Mindestens. Gezählt habe ich sie freilich nicht. Es ging doch alles drunter und drüber. Und versetzt Euch nur in meine Lage."

„Aber die andere Hälfte hat das feste Land wieder erreicht?"

„Sicher."

„Und der General-Forester? Ist der hier mit versunken?"

Das konnte der Mann nicht sagen, so weit war sein Unterscheidungsvermögen nicht gegangen.

„Wohin haben sich die Überlebenden begeben?"

„Ja, wie soll ich das wissen? Zieht mich lieber heraus aus dem Sumpf."

„Wir werden gleich unser möglichstes tun. Liegen die anderen im Schilf versteckt?"

„Ich habe keine Ahnung."

„Hat man denn nicht versucht, Euch aus dieser Lage zu befreien?"

„Da müssen sie doch erst wissen, daß ich hier stecke."

Der Mann hatte recht. Vom Ufer aus konnte man den über Wasser sehenden Kopf gar nicht erkennen, dazu war die Entfernung viel zu groß, auch mit dem Fernrohr hätte man ihn nicht so leicht entdecken können, und nicht einmal durch Schreien konnte sich der Versunkene bemerkbar machen, man hätte es gar nicht gehört.

„Ihr habt die anderen nicht wegreiten sehen?“

„Habe wirklich nicht darauf geachtet, hatte zuviel mit mir selber zu tun.“

„Ihr habt auch sonst nicht bemerkt, daß die anderen dort noch im Schilf liegen?“

„Nein doch, nein - und nun helft mir lieber heraus!“

Reinhold beriet mit seinen Gefährten, wie das zu ermöglichen sei. Die Indianer durfte er deswegen nicht erst fragen, oder er hätte den Rothäuten sagen müssen, es geschähe nur deshalb, um den Geretteten dann an den Marterpfahl zu stellen.

Aber auch viele der Bayern begriffen gar nicht so recht, warum man dem Mann, der nun schon alles berichtet hatte, was er berichten konnte, noch heraushelfen sollte.

„Schießt dem Schuft doch eine Kugel durch den Kopf“, meinte einer, der deshalb von dem Pfarrer einen strengen Verweis zu hören bekam.

Vielleicht war es aber doch das beste, denn man wußte wirklich gar nicht, wie man den Versunkenen wieder herausbekommen sollte. Sein Kopf konnte gerade mit der Spitze der langen Lanze erreicht werden, und es gab keine Möglichkeit, näher an ihn heranzukommen. Ein auf dem Grund ausgebreitetes Fell blieb wohl liegen, aber es versank sofort, wenn man mit einem Fuß darauftrat, man bekam dann kaum wieder den Fuß durch eigene Kraft heraus, und da hatte man sich doch erst einen einzigen Schritt von der Furt entfernt.

„Bretter holen und erst einen festen Untergrund herstellen, das ist das einzige Mittel“, meinte der Pfarrer. „Und es ist noch immer sehr die Frage, ob die Geschichte auch hält, ganz abgesehen davon, daß wir dann erst zurück müssen.“

Reinhold wußte noch ein anderes Mittel, das er gleich probierte.

Er warf die Schlinge seines Lassos dem Mann um den

Kopf, weit genug, daß sich die untersinkende Schlinge um die ganze Brust legte, im rechten Moment wurde sie zugezogen, mit vereinten Kräften spannte man sich davor.

Und wirklich, es schien zu glücken. In die Höhe kam der Mann allerdings dadurch nicht, wohl aber ließ er sich seitwärts fortbewegen, und zwar mit ihm das ganze Pferd, wie sich an dessen aus dem Sand noch hervorstehenden Ohren erkennen ließ.

Das heißt, diese seitliche Verschiebung ging nicht so schnell vor sich, sondern ganz, ganz langsam, kaum zu merken, erst nach längeren Zeiträumen war der Unterschied bemerkbar.

„Wenn wir so weiterziehen, haben wir ihn heute abend glücklich einen Zoll von der Stelle gerückt", meinte ein ungeduldiger Bauer.

So lange sollte es nicht dauern. Plötzlich geschah das Entsetzliche.

Die Pferdehufe mußten auf einem ganz schmalen Felsrand festen Halt bekommen haben, durch die seitliche Verschiebung rutschten sie davon herunter, jetzt konnte es tiefer sinken – und mit ihm natürlich der Reiter!

Und so hatten die Zuschauenden Gelegenheit, einen Menschen vor ihren Augen langsam ertrinken zu sehen, wie sich die Lippen mit der letzten Kraftanstrengung rüsselförmig nach oben reckten, bis sie den Wasserspiegel nicht mehr erreichten – der Tod des Ertrinkens einen Millimeter unter Wasser, während die Nase mit ihrem Rükken noch darüberragte.

Ein schauderhafter Anblick! Und niemand konnte helfen. Es kam auch niemand dazu, noch einen Gnadenschuß abzugeben, denn es ging schnell genug.

Kaum eine Minute, dann sank der Kopf, der bisher so furchtbar emporgereckt worden, hintenüber – es war vorbei.

Aber dieses schauerliche Muskelspiel in dem verzerrten Gesicht, das Hervorquellen der Augen – das würde wohl niemand zeit seines Lebens vergessen können.

„Dort steht ein Reiter, der uns winkt!" rief der Pfarrer.

Dieser hatte ihn zuerst erblickt, weil er seine Augen mit gefalteten Händen zum Himmel hatte richten wollen, und auf dem Weg nach dort oben hatten sie über die Steppe hinweggleiten müssen.

Der Reiter hielt auf einer Anhöhe, und war das Ufer von hier noch anderthalb Kilometer entfernt, so jener Hügel mindestens noch drei. Aber die Luft war so klar, daß sich die Konturen von Roß und Reiter ganz scharf vom Horizont abzeichneten, und ein gutes Auge konnte sogar noch die Lanze erkennen, die der Reiter hin und her schwenkte, vielleicht sogar noch die im Wind nikkende Skalplocke.

„Das ist der Große Bär!" rief Reinhold sofort, sich nur die Augen beschattend und dann mit den Armen lebhafte Bewegungen besonderer Art machend.

„Er warnt uns vor einer Gefahr – da schwingt er die Lanze – Zeichen – im Hinterhalt liegen Feinde – im Schilf – wie viele? – mehr als zwanzig."

„Wie? So deutlich kann er sich Ihnen durch Schwingen der Lanze verständlich machen?" fragte der Pfarrer verwundert.

Ja, die Indianer Nordamerikas haben schon längst eine allgemeine Weltsprache erfunden, wenigstens unter sich – eine Zeichensprache, durch die sich der nördlichste Schwarzfußindianer mit dem südlichsten Apachen verständigen kann, soweit die Zeichen zu erkennen sind. Außerdem hat jeder Indianerstamm noch seine eigene Zeichensprache, die geheimgehalten wird. Diese Art der Unterhaltung ist dem Charakter des wortkargen nordamerikanischen Indianers auch ganz entsprechend.

„Also, die Wildhüter liegen noch immer im Schilf versteckt, und zwar mehr als genug, um, wenn jeder Mann einen Doppelschuß abgibt, uns alle zusammen in einer

Sekunde niederzuknallen."

Nun war guter Rat teuer. Zum Angriff vorzugehen, daran war nicht zu denken, das wäre heller Wahnsinn gewesen. Die Furt bildete hier eine ziemlich gerade Linie, auf ihr nur konnte man sich bewegen, jedes Abweichen von ihr hätte den Tod bedeutet, da gab es also kein Schleichen und gar nichts, und daran konnte auch das Dunkel der Nacht nichts ändern.

„Wenn wir nicht die Gleitschächte hätten", sagte Reinhold ärgerlich, „säßen wir in diesem Sumpf so gut wie in einer Mausefalle. Diese Banditen hindern uns einfach, wieder aus dem Sumpf herauszukommen."

„Ja, hat denn Steffens hiermit nicht schon gerechnet, als er Sie hierherführte?" fragte der Pastor.

Dieser Vorwurf hätte ebensogut Reinhold selbst treffen können, aber dieser wußte noch eine andere Antwort.

„Oh, so unvorsichtig bin ich denn nun doch nicht gewesen!"

„Was für eine Vorsichtsmaßregel haben Sie getroffen?"

„Nun, da sind doch noch zwei Indianer und zwei Indianerinnen da, und der eine steht schon auf seinem Posten, hat uns rechtzeitig gewarnt."

„Das stimmt allerdings. Mich wundert nur, daß die Wildhüter dort den Feind so ruhig signalisieren lassen."

„Ja, was wollen sie denn dagegen tun? Der steht doch außer Büchsenschußweite, und wird er davongejagt, so ändert er einfach seinen Standort, abgesehen davon, daß sich so ein roter Krieger gar nicht so leicht verjagen läßt. Außerdem würden sich die Wildhüter dann doch selbst uns gegenüber verraten. Warten Sie, ich will ihn gleich näher fragen."

Reinhold bewegte in nicht weiter zu beschreibender Weise die Arme, Fragen stellend, der Indianer antwortete durch Schwingen der Lanze.

Der Große Bär, Stahlherz und das Eichkätzchen hatten

sich in der Prärie getroffen, waren der Spur des wandernden Lagers gefolgt, bis hierher.

Das sagte die Lanze durch einige Schwingungen, auch Zeitangaben und dergleichen wären möglich gewesen, blieben aber vorläufig aus.

Dann waren die Spuren von fünfzig Reitern hinzugekommen, die ebenfalls der Indianerkarawane gefolgt waren.

Von der Katastrophe wußte der Große Bär nichts, er war also später angekommen, erst heute früh, wie Reinhold durch weiteres Befragen erfuhr.

Daß sich hier jene entlassenen Wildhüter, wenigstens die Hälfte aller, in den Hinterhalt gelegt hatten, das war nur allzuklar.

Heute früh, als sich die drei Beobachter nicht gezeigt, hatten dreißig Mann das Schilfversteck verlassen, waren nach Westen geritten.

„Und wie viele liegen dort noch auf der Lauer?“ fragte Reinhold an.

„Fünfzig weniger dreißig macht zwanzig“, drückte die geschwungene Lanze aus.

„Das stimmt nicht“, erklärte Reinhold gegenüber dem Pfarrer. „Die Sache ist eben die, daß der Indianer noch nichts davon weiß, daß so viele Wildhüter ihren Tod im Wasser gefunden haben.“

„Wenn aber der General-Forester mit vierzig Mann die Furt beschritten hat, die Hälfte dabei umgekommen ist, so bleiben dann nur noch dreißig Mann übrig, und dreißig sollen ja nach Westen geritten sein. So läge also überhaupt gar kein Mann dort mehr versteckt.“

„Dieses Rechenexempel stimmt allerdings, vorausgesetzt, daß sich jener Berichterstatter nicht um das Doppelte geirrt hat. Vielleicht sind nur zehn versunken, dann lägen also noch immer zehn versteckt, und die genügen vollkommen, um uns zusammenzuschießen. Aber ich kann ja noch einmal anfragen.“

Er tat es, und die geschwungene Lanze versicherte auf das bestimmteste, daß viele der Wildhüter im Schilf versteckt lägen.

„Da - da - da!“ riefen einige Bauern.

Ein Pferdekopf hatte sich über dem Schilf gezeigt. Das ungeduldig gewordene Tier hatte aufstehen wollen, fand von den Kameraden schnell Nachahmung - sie wurden mit Gewalt wieder niedergerissen, wobei auch einige Menschenköpfe sichtbar geworden waren.

„So, das hat genügt. Ob zwanzig oder zehn, darauf kommt es nicht an. Wir können jetzt jedenfalls nicht weiter.“

„Ja aber was dann?“

„Lassen Sie mich den Großen Bären selbst fragen.“

Arme und Lanze fragten und antworteten.

„Stahlherz, der andere rote Krieger, ist den dreißig Wildhütern, die sich nach Westen gewandt haben, gefolgt, natürlich heimlich, ist ihnen nachgeschlichen, und der Große Bär fragt jetzt an, ob er mit Eichkatze die Wildhüter angreifen soll oder nicht“, erklärte Reinhold.

„Eichkatze ist eine Indianerin?“

„Ganz richtig. Mit der zweiten, die noch draußen in der Steppe ist, scheinen sie sich noch nicht getroffen zu haben.“

„Und diese beiden allein wollen die zwanzig oder meinetwegen auch nur zehn Wildhüter angreifen, sie etwa von hier vertreiben?“

„Zweifeln Sie, daß diese beiden Kinder der amerikanischen Wildnis das fertigbringen werden?“ fragte der weiße Häuptling stolz. „Ha, lernen Sie diese Navajos erst kennen, und die Weiber sind nicht umsonst bei meiner Schwester in die Schule gegangen!“

„I hab Indianerschmöker genug gelesen, net nur als Bub, i glaub schon, daß die was können, aber - was zuviel ist, ist halt zuviel.“

Der Große Bär hatte unterdessen weiter seine Lanze

geschwenkt.

„Sie werden bald Wassermangel leiden“, erklärte Reinhold, „aber die beiden werden keinen lebendig aus dem Schilf herauslassen.“

„Ja, insofern können sie sich allerdings höchst unangenehm bemerkbar machen“, pflichtete der Pfarrer bei, „wenn die Wildhüter aber zum Massenangriff übergehen, können die auch nichts machen.“

„Das würde sich finden.“

„Ja, wollen wir denn hier untätig im Wasser stehenbleiben?“ fragte Käthe.

Sie hatte recht, irgend etwas mußte geschehen.

Ehe sie aber noch einen Plan fassen konnten, geschah etwas anderes.

Die Wildhüter waren des Signalisierens zwischen den beiden Parteien des Feindes überdrüssig, zu ihrem Vorteil konnte das ja niemals sein - plötzlich sprangen vier Pferde auf, gleichzeitig saß auf ihren Rücken je ein Reiter, sie jagten in die Steppe hinein, um der Rothaut den Garaus zu machen, mindestens sie zu vertreiben.

„Jetzt wäre es an der Zeit, zum Angriff vorzugehen“, flüsterte der Pfarrer mit kirschrotem Kopf, „jetzt, wo aller Augen auf den Indianer und seine Verfolger gerichtet sind!“

„Ihr meint, deshalb ließen die anderen uns aus den Augen?“ fragte aber Reinhold. „O nein, da taxiere ich diese afrikanischen Jäger doch höher, und außerdem ist die Entfernung noch viel zu groß.“

Er hatte recht, an einen Angriff war unter solchen Verhältnissen nicht zu denken. Der bayerische Pfarrer mochte der tüchtigste Jäger sein - aber auf Menschen hatte er gewiß noch nicht gejagt, das heißt, ein Kriegsmann war er nicht.

Der Indianer floh vor den vier Verfolgern, die sich vorläufig noch zusammenhielten, in die Steppe hinaus, ließ sein Roß voll ausgreifen.

„Er muß hinter einem Hügel Deckung suchen!" rief der Pfarrer ganz erregt.

„Und meint Ihr denn, die Verfolger würden nicht noch rechtzeitig außer Büchsenschußweite haltmachen?" fragte Reinhold. „Nein, ich ahne etwas ganz anderes, die wissen noch nicht, daß noch ein zweiter Gegner... Da ist es ja!"

Hinter dem ersten Hügel, nur eine unbedeutende Erderhöhung, der sich die vier Verfolger genähert hatten, blitzte es zweimal kurz nacheinander auf, dann noch zweimal - und ehe der Knall noch die zwei Kilometer durcheilt hatte, galoppierten schon vier herrenlose Pferde in der Prärie herum, alle vier Wildhüter waren sofort aus dem Sattel gestürzt!

„Bravo, bravo!" jubelte Reinhold. „Das war die Doppelbüchse und der Revolver meiner Eichkatze. Diese afrikanischen Steppenjäger sind wirklich auf den Leim gegangen, und da - da..."

Während in dem Binsengestrüpp ein Wutgeheul erscholl, galoppierte hinter jener Erderhöhung ein Pferd hervor, auf dem Rücken ein Weib, als solches noch deutlich zu erkennen, auch war zu unterscheiden gewesen, wie das Pferd aus einer ganz platten Lage aufgesprungen war, die Reiterin hatte im Nu eins der herrenlosen Tiere eingefangen und war auch schon wieder hinter jener Erhöhung verschwunden, wie im Boden versunken, mit beiden Tieren, und das eine von ihnen, das gefangene, war recht unnatürlich gestürzt.

Die Gegner ließen es nicht bei dem Wutgeheul, sie waren hochgesprungen, rissen ihre Pferde empor.

Aber wie konnten sie einen Angriff wagen? Der Große Bär kehrte schnellstens zurück, jetzt wären sie von zwei Doppelbüchsen und vier sechsläufigen Revolvern bedroht gewesen, und nun konnte man auch sehen, daß noch sieben Mann in dem Hinterhalt gelegen hatten - wenn sie alle aufgesprungen waren.

Sie warfen sich in ihrer Ohnmacht wieder hin, es war alles beim alten, nur daß dem Gegner eben vier Mann fehlten.

Jetzt sah man, wie der Indianer in aller Gemütsruhe vom Pferd stieg und sich mit einem der Toten oder Schwerverwundeten nach dem anderen beschäftigte.

„Was tut er mit ihnen?“ fragte der Pastor.

„Er wird ihnen die Waffen abnehmen“, meinte ein Bauer.

„Und vor allen Dingen den Skalp“, ergänzte Reinhold kaltblütig.

Erschrocken blickte der Pfarrer ihn an.

„Skalpieren? Ihnen die Kopfhaut abziehen?“

Phlegmatisch zuckte Reinhold die Schultern.

„Ich hätte meine roten Untertanen zu Christen machen, ihnen aber nicht das Skalpieren abgewöhnen können. Lassen wir das, darüber werden wir uns nie einigen. Ein Glück nur, daß die roten Weiber durch ihre kriegerische Erziehung nicht auch die Lust am Skalpieren bekommen haben.“

Der Große Bär fing noch zwei herrenlose Pferde mit leichter Mühe ein, das dritte machte ihm mehr Schwierigkeiten, es hatte einen gellenden Pfiff gehört, es wollte nach dem Schilfufer zurück, aber der Indianer erreichte es mit Hilfe seines viel schnelleren Rosses noch rechtzeitig, brachte es ebenfalls hinter jenen Hügel, auch diese drei Pferde wurden anscheinend gezwungen, sich niederzulegen, wahrscheinlich wurden ihnen die Füße gekoppelt, daß sie zum Sturz kamen.

„So“, sagte Reinhold zufrieden, „diese Banditen werden bald Wassermangel leiden, wenn sie nicht schon dursten – meine Leute aber sind vor dem Verschmachten geschützt.“

„Wodurch denn?“

„Nun, sie öffnen, wenn sie es nötig haben, einfach einem der Pferde eine Ader und trinken das Blut. Das ist immer besser als nichts."

Der Pfarrer blickte dem Sprecher nur starr ins Gesicht – aber er sagte nichts. Ja, er bekam von diesem amerikanischen Jäger doch verschiedenes zu hören, was er vielleicht schon einmal in Reise- und Abenteuergeschichten gelesen, aber nie geglaubt hatte.

Der Große Bär stand kaltblütig wieder auf seinem Posten, neue Signale von seinem Häuptling erwartend.

„Ja, was nun?" begann Käthe wieder.

„Hier können wir nicht stehenbleiben", erklärte der Bruder. „Meine beiden Leute dort halten zwar die übrigen Banditen im Schach, diese aber ebenso uns, und so töricht, sich noch einmal einer tödlichen Kugel auszusetzen, werden sie wohl nicht sein. Ich schlage vor, wir reiten zurück."

„Nach der Station mit der süßen Quelle?"

„Nach dem Indianerlager. Wir haben doch gar keinen anderen Rückweg."

„Und was sollen wir da?"

„Wir begeben uns durch den Tunnel nach jener zweiten Station in den Njirisümpfen, passieren diese und gehen dann von der Steppe aus zum Angriff über, falls es noch nötig ist."

Die immer ungeduldiger werdenden Bayern zeigten ihr germanisches Blut – sie wollten von hier aus angreifen, mochte es kommen, wie es wollte.

Hiervon aber wollte Reinhold nichts wissen.

„Die schießen uns einfach wie auf dem Anstand ab."

„Sie sollten's nur versuchen!" erklang es trotzig im Chor zurück.

„Pah, das sind Redensarten! Sie werden's nicht versuchen, sondern sie werden's tun! Ja, Leute, haltet ihr denn etwa mich und meine roten Krieger für Feiglinge? Das sind wir wahrhaftig nicht – aber was ihr da vorhabt, das wäre ja heller Wahnsinn. Nein, wir müssen zurück, es bleibt uns nichts anderes übrig."

Die Bauern sahen die Richtigkeit seines Vorschlags ein, sie schwiegen beschämt.

Reinhold signalisierte noch einmal mit dem Großen Bären, dann trat die ganze Karawane den Rückzug an. Dieser war ja nicht gerade sehr rühmlich, aber es sollte ja auch nur ein Umgehungsmarsch sein, und sollten die Bauern nicht eine bestimmte Absicht gehabt haben, als sie lieber den Feind in dieser schwierigen Position angreifen wollten, auch wenn drei Viertel von ihnen dabei den Tod fanden?

Denn fürwahr, es gibt doch noch ganz andere Schrekken für den Soldaten als das blutigste Schlachtfeld, als den hoffnungslosesten Sturm auf eine Batterie - es gibt Strapazen, wo der Soldat sehnlichst die erlösende Kugel wünscht - und solch eine Strapaze war dieser abermals sechs Stunden währende Rückmarsch durch den Sumpf, in der fürchterlichsten Sonnenglut.

Wir wollen die Einzelheiten nicht beschreiben.

Die Pferde wurden noch einmal getränkt, der letzte Rest Wasser aus den Lederschläuchen an die Mannschaft verteilt. Reinhold und seine roten Leute genossen überhaupt keinen Tropfen, und auch Käthe behauptete, nicht den geringsten Durst zu empfinden.

Genug, sie hielten aus, kein Mann blieb zurück. Wer zusammenzubrechen drohte, dem wurde für einige Zeit ein Pferd abgetreten, bis er sich wieder erholt hatte. Denn es mußte ein Eilmarsch sein, um die feste Insel noch vor Anbruch der Nacht zu erreichen, sonst hätte auch Reinholds Orientierungssinn nichts mehr genützt.

Möglich war es. Sie hatten die Nähe des anderen Ufers kurz vor Mittag erreicht, der Aufenthalt hatte höchstens eine halbe Stunde gedauert.

Die Sonne näherte sich dem Horizont, als die total erschöpfte, dem Verschmachten nahe Mannschaft wieder das Grün der bewaldeten Station deutlich vor sich liegen sah, und da flackerte noch einmal die Lebenskraft auf;

auch der Schwächste watete mit weitausgreifenden Schritten durch das Wasser, das man ja doch nicht trinken konnte. Dort aber wartete ihrer herrliches, kaltes Wasser.

Fast in diesem Augenblick, da Reinhold, der sein Pferd einem anderen überlassen hatte, den Fuß auf den festen Boden der Sumpfinsel setzte, verschwand der letzte Sonnenstrahl, und - wie es in den äquatorialen Gegenden ist - sofort herrschte vollkommene Finsternis.

„Daß die noch kein Nachtfeuer angezündet haben!"

Eigentlich ging ein Lagerfeuer ja nie aus, und ein solches mußte man schon zwischen den Bäumen flackern sehen.

„Reinhold, Reinhold, was hat das zu bedeuten?" flüsterte die sich hinter ihm haltende Schwester mit erstickter Stimme.

„Nun, was soll denn das zu bedeuten haben, die sind eben..."

Da stieß sein Fuß an einen Gegenstand, und schon so konnte er dessen weiche Beschaffenheit und die Umrisse fühlen.

„Hier liegt ein Mensch!"

Er bückte sich, tastete mit den Händen.

„Der Oberkörper ist nackt - Leggins - ein Indianer - kalt - starr - ich fühle klebriges Blut - tot!"

Hastig arbeitete Reinhold mit Stahl und Feuerstein. Im Schein des glimmenden Zunders war noch nichts zu erkennen, aber nur eine halbe Minute, die freilich die anderen, die nun schon wußten, daß hier eine Leiche lag, eine Ewigkeit dünkte, und ein trockener Zweig flammte auf.

Er beleuchtete einen uralten Indianer mit mehrfachen Schüssen in Kopf, Brust und anderen Körperteilen, die skelettartige Faust umklammerte einen Tomahawk, an dessen Schneide blutige Haare klebten.

„Die Alte Tanne!" stöhnte Reinhold.

Er raffte mehr trockene Zweige auf, und das Licht

wurde heller.

Ja, hier hatte ein Kampf Mann gegen Mann getobt, aber andere Leichen fehlten.

„Mir nach!“ schrie Reinhold, vorwärts stürzend, in der Faust den Revolver.

Mit schußbereiten Gewehren stürmte ihm alles nach, vergessen war Durst und alles andere.

Sie stießen auf keinen Feind, konnten getrost große Feuer anmachen, auf daß sie alles im rechten Licht sahen.

Mit entsetzten Augen schauten die Männer - die weißen Männer - um sich.

Das Indianerlager war von einem Feind überfallen worden.

Tot, alles tot!

Die alten Männer und Weiber und Kinder - alles tot!

Erschossen, erstochen, abgeschlachtet, die kleineren Kinder an Baumstämmen zerschmettert.

Auch Lizzards Pferd hatte man nicht vergessen abzutun. Es hatte zurückgelassen werden müssen, weil es etwas hinkte. Es war abgestochen worden.

Wie gelähmt standen die weißen Männer da.

Nicht die roten.

Schon verfolgte Büffelhuf mit Hilfe eines brennenden Zweigs eine blutige Spur.

„Uff!“ sagte der Kleine Bär.

Er stand vor der Leiche seines Weibes, der jungen Lizzard. Das danebenliegende Etwas war wahrscheinlich ihr zerschmettertes Kind, zur Unkenntlichkeit entstellt. Sie selbst lag wie schlafend da, aber eine fürchterliche Wunde in der Mutterbrust, und sie lag da in einer Art, auch an ihrem Gewand erkenntlich, die nur zu deutlich sagte, daß sich die Unholde nicht damit begnügt hatten, sie nur zu töten.

Gewehrt hatte sie sich allerdings bis zum letzten Atemzug, ihre Rechte umklammerte ein blutiges Messer, aber was hatte es ihr geholfen?

Ganz ruhig, mit unerschütterlichem Gesicht kniete der Kleine Bär neben ihr nieder, öffnete ihre linke Hand, die sie krampfhaft zur Faust geschlossen, mit Gewalt.

Die Finger hatten ein menschliches Ohr umklammert gehalten, mit einigen Haaren vom Kopf gerissen.

Ganz ruhig, mit unerschütterlichem Gesicht betrachtete es der kleine Bär, steckte es in seinen Medizinbeutel, erhob sich.

Ein Hut wurde gebracht, in einem Gebüsch gefunden. Der lederne Schlapphut trug die silberne Schnalle und Agraffe der englischen Wildhüter.

Büffelhuf rief den Häuptling.

Er stand am Ufer, leuchtete mit seiner Fackel auf das Wasser. Aus dem weißen Grundsand sah man eine Hand emporragen.

Auch die Wildhüter hatten Verluste gehabt, und sie hatten ihre Toten in den alles verschlingenden Sumpf versenkt.

Wie aber waren die Wildhüter hierhergekommen?

Diese Frage war bereits gelöst.

Am äußersten Ende der langgestreckten Insel, wenn man diese Station so nennen darf, zeigten sich an der glatten Felswand Fußspuren, von Schmutz und Blut gefärbt. Es sah gerade aus, als wären Menschen die senkrechte Wand ganz ordentlich hinaufgelaufen.

Diese Jäger hatten natürlich sofort eine Erklärung dafür.

Die Wildhüter hatten sich dort oben von der Felswand an einem Seil herabgelassen, waren an ihm nach vollbrachter ‚Arbeit' wieder emporgeklettert, dabei zur Erleichterung des Körpergewichts sich mit den Füßen gegen die Felswand stemmend, vorwärtsschreitend.

Daß dies jene dreißig gewesen waren, die heute früh das Schilfwerk am nördlichen Uferrand verlassen hatten, daran war wohl kein Zweifel. Wie aber waren sie so schnell um die ungeheuren Sümpfe herumgekommen, wie dort hinauf, wie hatten sie überhaupt diese Insel, die von oben aus doch gar nicht zu erblicken war, zu finden gewußt?

Diese Frage war noch zu lösen - und schließlich war das auch ganz Nebensache.

Jedenfalls hatten sie keinen der bekannten Tunneleingänge benutzt, das konnte aus dem Fehlen von Spuren konstatiert werden.

Reinhold stand mit seiner Schwester etwas abseits vom Lager, sie ruhten etwas aus von der nächtlichen Untersuchung.

Da brach es bei Käthe einmal hervor, sie zeigte, daß sie doch noch nicht so ganz zur Indianerin geworden war.

„Reinhold, Reinhold!" jammerte sie in herzzerreißendem Ton.

Dort im Lager erscholl aus mehr als dreißig rauhen Kehlen ein einziger Schrei - doch es war nichts weiter, die Oberammergauer Bauern legten einmütig einen Racheschwur ab.

Dann wurde Reinhold von einem anderen Gedanken beherrscht.

„Vielleicht ist es gut, daß auch Paul Steffens seinen Tod gefunden hat", sagte er mit tiefer Stimme. „Zwar trägt er keine Verantwortung, aber - es ist doch besser so. Komm, Schwester, wir dürfen noch nicht rasten - ich muß beweisen, daß ich wirklich der Häuptling von Indianern bin - eines nun bedingungslos dem Aussterben geweihten Stammes - ich muß den letzten der Navajos zu ihrem Recht verhelfen - und wenn auch die Rache dem Herrn sein mag, so wollen wir Menschen ihm doch dabei als Werkzeug dienen."

16.

Die Sonne eines neuen Tages war emporgestiegen, als etwa zwei Dutzend Männer am Ufer der Njirisümpfe dem Osten zuritten.

Es waren die von dem neuen Forester entlassenen Wildhüter, aber bis auf einen trugen sie alle noch ihre Abzeichen, und die des an der Spitze Reitenden schimmerten golden an Hut und Gürtel - es war der General-Forester Butler.

Halb schaute der untersetzte Mann, der mit herkulischen Kräften begabt sein mußte, siegesbewußt, halb sehr verdrießlich drein, und daran mußte der Umstand schuld sein, daß er um den Kopf von oben nach unten, die Ohren verdeckend, einen weißen Verband trug, auf dessen linker Seite das frische Blut dort, wo das Ohr saß oder sitzen sollte, noch immer durchsickerte.

Auch einige der anderen Männer trugen Verbände, und zwar immer aus weißem Leinen. Man mußte geradezu annehmen, daß diese afrikanischen Jäger immer reine Verbandsstoffe mit sich führten, während sie nicht einmal Hemden anhatten, das heißt, wenn man ihr baumwollenes Hemd als Oberkleid betrachtete.

Also nur der eine trug keine solchen Abzeichen eines Wildhüters - einfach deshalb nicht, weil er überhaupt kein Wildhüter war. Wir erkennen in der verwetterten und zerlumpten Gestalt mit dem gelbbraunen Spitzbubengesicht einen alten Bekannten wieder - Massante, den afrikanischen Zigeuner, der Reinholds Truppe zuerst als Führer gedient hatte.

„Dort kommt Colonel Raven!“

Ein zweiter, noch stärkerer Reitertrupp war am Horizont aufgetaucht.

Diese hier wußten, daß es nur die andere Hälfte der

Wildhüterkompanie sein konnte, die bis gestern einhundertsechs oder doch einhundertfünf Mann gezählt hatte.

Nach einer halben Stunde waren die beiden Trupps zusammengestoßen. Der Anführer jener anderen Abteilung trug ebenfalls goldene Abzeichen, aber kleiner gehalten als die des Generals, wie der einfach genannt wurde. Es war der Colonel-Forester. Dann gab es noch zwei Leutnants mit noch kleineren goldenen Abzeichen, und es hatte auch bis gestern noch einen dritten Leutnant gegeben, der aber jetzt fehlte, wie noch manch anderer Mann mit silbernen oder bronzenen Agraffen und Gürtelschnallen.

Ein guter Morgen wurde hier nicht gewünscht, höchstens Flüche wurden zur Begrüßung ausgetauscht. Ebenso ging es auch nicht militärisch zu, obgleich diese Wildhüter als Militär galten. Jeder Untergebene konnte mit dem Vorgesetzten ganz ungeniert sprechen, mit der Ausnahme, wenn der letztere eben den Vorgesetzten herauskehrte.

„Wen habt ihr da?“ war des Generals erster Ruf, als er zwischen den Reitern eine besondere Gestalt erkannte.

Es war eine Indianerin, die auf einem mageren Klepper festgeschnürt war, ein junges Mädchen, fast ein Kind noch, jedenfalls die jüngste der weiblichen Mitglieder des Navajostammes, und auch jetzt noch war es eine reizende Erscheinung in ihrem buntgestickten, fast kokett zu nennenden Lederröckchen, alles auf Unverwüstlichkeit berechnet, denn wäre sie mit diesem Kostüm in den Schlamm gestürzt, so brauchte sie doch nur einmal ins Wasser zu gehen, und die Zierlichkeit wäre wiederhergestellt gewesen.

Gleichmütig saß die Gefangene auf ihrem Pferd, das große, dunkle Auge starr geradeaus gerichtet, das schöne, bronzefarbene Gesicht unbeweglich.

Der Colonel berichtete, und er unterdrückte nicht seinen Stolz über diesen Fang.

Gestern nachmittag hatten sie die einsame Reiterin in der Steppe erspäht. Wen sie vor sich hatten, darüber konnte man ja nicht lange im unklaren bleiben.

Man wollte sie fangen. Das war leichter gesagt als getan. Obgleich das Gelände sehr hügelig war, ließ sich die Indianerin doch nicht umgehen, witterte jeden Hinterhalt und jeden anderen Trick, und ihr prächtiges Roß spottete jeder direkten Verfolgung.

Da aber, als sie doch einmal gejagt wurde, stürzte ihr Pferd, es war in den Bau eines Uguy getreten, eines karnickelähnlichen Tiers, das in Afrika für Pferdehufe sehr gefährliche unterirdische Löcher gräbt. Das Roß überschlug sich gleich, konnte sich nicht mehr erheben, und die Indianerin lag unter seinem Leib begraben.

Hatte der Colonel bisher stolz erzählt, so wurde er jetzt grimmig.

„Nur mit dem Oberkörper sah sie noch hervor, machte die verzweifeltsten Anstrengungen, sich zu befreien oder doch wenigstens ihre Büchse zu ergreifen, die weiter weggeschleudert worden war. Das gelang ihr nicht, aber sechs meiner Leute hat sie doch noch kaputtgeschossen, alle durch den Kopf, immer fast mitten zwischen die Augen, mit dem Revolver, und ein Glück nur, daß sie nicht zu dem anderen Revolver kommen konnte, und daß ihr der Patronengürtel geplatzt war, sonst hätten wir gar alle dran glauben müssen, oder wir hätten sie eben von weitem erschießen müssen - dieses Teufelsweib - eigentlich noch ein Kind - und sechs meiner Leute gleich so im Handumdrehen totgeschossen!“

Der General musterte das schöne Kind mit finsteren Augen, in denen es aber immer mehr begehrlich aufleuchtete.

„Ich hoffe, Ihr habt sie geschont, Colonel“, wandte er sich dann hastig an diesen.

„Was meint Ihr mit dem Schonen? Wir mußten sie doch fest...“

„Fragt nicht so dumm! Das ist doch kein unreifes Kind mehr."

„Ach so - ja - ich mußte auch höllisch aufpassen, als wir diese Nacht am Büffelloch lagerten - durfte sie nicht aus den Augen lassen."

„Dann wundert mich nur, daß Ihr sie geschont habt", sagte der General mit einem bösen Lächeln.

„Ja, wißt, ich dachte - ich dachte..."

„Was dachtet Ihr?"

„Der Gouverneur ist doch auch kein Verächter von so etwas - und das ist doch einmal etwas ganz Besonderes - wenn es hier auch Farbige in allen Schattierungen genug gibt - aber so eine Indianerin, so ein bildhübsches Mädchen - und da dachte ich, wenn ich - oder vielmehr wir ihm das Mädchen anböten, dürfte der Gouverneur uns vielleicht wieder gnädiger sein..."

„Gnädiger? Was meint Ihr damit?"

„Nun, ich dachte..."

„Colonel, denkt nicht so viel, handelt lieber mehr! Mann, wenn Ihr glaubt, der Gouverneur sei uns ungnädig, so habt Ihr ja noch ganz und gar nicht erfaßt, wie der Gouverneur selbst zu diesen amerikanischen Hunden steht! Nun ja, Ihr seid unterdessen draußen gewesen. Habt Ihr noch andere Indianer und Indianerinnen in der Steppe gesehen?"

„Keinen anderen, nur die eine hier, die ich denn auch gefangen habe."

„Und dennoch müssen noch zwei andere draußen sein", meinte der General sinnend, dabei mit etwas schmerzverzogenem Gesicht an die blutige Stelle seines Verbands greifend.

„Ja, Ihr habt wohl gar schon mit den Amerikanern ein Gefecht gehabt?"

„Ich erzähle es Euch dann, was ich unterdessen alles schon geleistet habe - diese Hunde sind für uns bereits abgetan."

„Was sagt Ihr da?“ fuhr der Colonel empor.

„Ich erzähle es Euch dann. Jetzt kommt es mir erst darauf an, zu wissen, ob... Hat das Mädchen noch nicht von seinen Kameraden gesprochen?“

„Die hat den Mund noch nicht aufgetan - scheint überhaupt taubstumm zu sein.“

Der General drängte sein Pferd näher an die Gefangene heran.

„Wie heißt du, mein schönes Kind?“ fragte er so freundlich wie möglich, was sich freilich nicht anders ausnahm, als wenn ein verhungerter Wolf beim Anblick eines Lämmleins zu lächeln versucht.

Keine Antwort. Die großen Augen des schönen Mädchens blickten starr an ihm vorbei.

„Wieviel von euch waren von der Karawane getrennt?“

Keine Antwort, nicht die geringste Beachtung.

„Du willst mir überhaupt nicht antworten?“

Das Schweigen war auch eine Bejahung.

„Hm. Ich kenne euch rotes Volk schon etwas. Nun, auch dich werde ich zum Sprechen bringen. Vorwärts, wir haben noch einen weiten Weg!“

Während die vereinigten Trupps weiterritten, und zwar im Trab, berichtete der General dem zweithöchsten Vorgesetzten über seine Heldentaten - über die vollständige Vernichtung der neuen Wildhüter.

Da er, wie schon hieraus ersichtlich, wenn nicht direkt log, so doch furchtbar übertrieb, die ganze Sache überhaupt von einer falschen Seite ansah, so wollen wir seinen Bericht nicht mit anhören, sondern die letzten Vorgänge mit eigenen Augen verfolgen.

Nachdem die entlassenen Wildhüter genug geflucht und gesoffen und ihre verschiedenen sinnlosen Räusche ausgeschlafen hatten, waren sie endlich ernstlich an die Verfolgung ihrer Todfeinde gegangen.

Wenn sie auch den Spuren Reinholds und seines roten

Begleiters, mit dem er nach Nairobi gekommen war, nicht folgen konnten, so wußten sie doch, wo das Indianerlager zuletzt gestanden hatte. Übrigens waren unter diesen afrikanischen Jägern ja doch einige, die es im Spürsinn schließlich auch mit einer Rothaut aufnehmen konnten, und sie hatten festgestellt, daß sich die Indianerkarawane in zwei Hälften getrennt hatte. Das konnte eine List sein oder auch einen anderen Zweck haben.

Colonel Raven war mit der einen Abteilung der Wildhüter den nach Norden führenden Spuren gefolgt, der General mit den übrigen den nach Nordosten gehenden.

Es sei gleich bemerkt, daß Colonel Raven den vier Indianern und Indianerinnen gefolgt war, die unterdessen die Steppe nach allen Richtungen durchstreifen sollten, und als diese sich dann nach den verschiedensten Himmelsrichtungen getrennt, ihre Spuren verborgen hatten, hatte der Colonel bald weder aus noch ein gewußt, war planlos in der Steppe hin und her gezogen, bis er sich entschlossen hatte, wieder nach dem ehemaligen Standort des Lagers zurückzukehren, um dem General zu folgen, und er hätte diesem sein vollständiges Fiasko melden müssen, wenn er nicht noch am letzten Tag das Glück gehabt hätte, eine Indianerin zu erblicken und sich ihrer durch Zufall zu bemächtigen.

Nun konnte er ja ganz anders auftreten.

Der General war mit seinen Leuten dem anderen Teil der Karawane gefolgt, der auch immer zusammenblieb.

Wohl liefen manchmal Spuren davon ab, die aber immer wieder zurückkamen. Das waren eben Späher gewesen. So wurde auch nicht die Spur eines fremden Reiters gefunden – die von Steffens. Dessen Verschwinden war aber natürlich bemerkt worden. Man hielt es für ganz selbstverständlich, daß er den neuen Forstmeister warnen würde – nach Ansicht der anderen einfach deshalb, um Verrat zu begehen, um sich Geld oder eine Stelle zu verdienen – und man schwor dem Verräter die fürchterlichste Rache.

Man fand die letzte Lagerstelle, wo man wegen der Pferde ebenfalls längere Rast machen mußte, verfolgte die Spur weiter, die nach den Njirisümpfen führte, bis dicht ans Ufer, wo sie verschwand - die Karawane war ins Wasser gegangen.

Diese Wildhüter kannten die Njirisümpfe. Hier war eben eine Furt. Aber da brauchte man nicht erst lange zu suchen. Was der Sand einmal hatte, das ließ er nicht wieder los, und da wollte man sich also nicht auf gefährliche Experimente einlassen.

Woher kannten diese Amerikaner die Furt. Wohin führte dieselbe?

Doch das war schließlich ganz gleichgültig, und dann dachte man auch schon an Paul Steffens, der ja in dieser Gegend geboren sein sollte. Viel mehr wußte man nicht von ihm, diese Leute beschäftigten sich sehr wenig mit der Vergangenheit.

Ob die Gesuchten hier vielleicht wieder zurückkommen?

Das war die erste Hauptfrage. Zunächst wurde an Ort und Stelle gelagert, wenn es auch an trinkbarem Wasser fehlte. Man war auf den Inhalt der Lederschläuche angewiesen, die an der letzten Wasserstelle frisch gefüllt worden waren.

Erst gegen Mittag hatte der General einen Plan gefaßt. Da er nicht zur Ausführung kam, brauchen wir ihn auch nicht zu wissen. Übrigens war es gerade die glühendste Mittagszeit, die man erst vorüberlassen wollte.

„Da kommt ein Reiter durch den Sumpf!"

Versteckt hatten sie schon immer gelegen, auch die Pferde in das Schilf hineingedrückt.

Wie groß aber war erst die Erregung, als man in dem Reiter, der sein Tier schnellen Schrittes durch das seichte Wasser trieb, den Verräter Paul Steffens erkannte!

Wie er empfangen wurde, haben wir schon geschildert. Von Schmerzen gefoltert, oder um diesen zu entgehen, war Steffens geständig, sprach im Grunde genommen immer die Wahrheit.

Nachzutragen ist noch, daß der General von ihm auch erfuhr, daß sich von der Karawane nur zwei Indianer und zwei Indianerinnen getrennt hatten.

Weshalb hätte Steffens das auch verschweigen sollen? Und um sich erst irreführende Antworten zurechtzulegen, dazu hatte er gar keine Zeit gehabt.

Die Hauptsache war für den General, zu hören, daß sich bei der Karawane, die in den Sumpf gedrungen war, der Anführer und der größere Teil der Streitmacht befanden, aus zwei Indianern und drei Indianerinnen bestehend, wozu noch des Anführers Schwester kam, und daß diese Weiber ernst zu nehmen waren, darüber hatte ihn schon Massante belehrt.

Aber wohlgemerkt, Massante hatte sich dieser Verfolgungsexpedition nicht mit angeschlossen, der afrikanische Zigeuner war zur Zeit des Aufbruchs aus Nairobi unsichtbar gewesen.

Dann war die zweite Hauptsache, daß es zu jenem Versteck in dem Sumpf, an der Grenzwand gelegen, wie jene Felsenmauer genannt wurde, keinen anderen Weg gab als diese Furt.

Von dem Tunnel hatte Steffens nichts erzählt, davon wußte er ja selbst noch nichts.

„Vorwärts, führe uns durch die Furt!“ hatte der General mit den anderen nachdrücklichen Ermahnungen gesagt.

Ungefähr fünfzig Mann hatte er bei sich, vierzig nahm er mit, zehn blieben zurück.

Er war dem Führer zuerst gefolgt, bis er die furchtbare Gefährlichkeit dieses Marsches, der sechs Stunden währen sollte, voll und ganz erkannte. Sein Entschluß, die Indianer auf diese Weise anzugreifen, war übereilt gewesen.

Und wenn es zu diesem Versteck nur diesen einzigen Weg gab, war es denn da nicht viel einfacher, man lagerte sich am Zugang der Furt und wartete auf die Rückkehr der Feinde, ob diese nun einzeln oder zusammen kamen?

„Es gibt wirklich keinen anderen Weg als diese Furt?"

„Keinen anderen."

„Ist denn die Grenzwand von dort nicht zu besteigen?"

„Das ist ganz ausgeschlossen."

„Drehe um, führe uns zurück!"

Da hatte Steffens seinen Plan, die sämtlichen ihm folgenden Wildhüter zu vernichten, sofort ausgeführt.

Er war ihm nur zum vierten Teil geglückt. Der Mann, der darüber berichten konnte, hatte sich geirrt, hatte doppelt gesehen. Nicht zwanzig, sondern nur elf waren vom Schicksal, vom Treibsand erfaßt worden, die anderen erreichten glücklich wieder das feste Land, freilich von solch einem Todesschreck erfaßt, die sie den fremden, ihnen aber doch wohlbekannten Reiter erst gar nicht sahen und hörten, der ihrer spottete.

„Das hätte ich euch auch sagen können, wenn ihr nur fünf Minuten länger gewartet hättet."

Es war Massante, und schließlich schenkte der General dem Mann Gehör, der ihm mit einem besseren Rat dienen wollte.

Der braungelbe Mischling mit dem höhnischen Spitzbubengesicht war kein junger Mensch mehr. Er hatte schon den ersten Kolonisten als Führer gedient, die sich unter dem alten Steffens hier hatten ansiedeln wollen, woraus dann ein beständiger Kampf mit den Eingeborenen geworden war.

Damals mochte Massante noch ein besserer Charakter gewesen sein. Jedenfalls hatte er an die deutsche Familie ziemlichen Anschluß gefunden. In Gefahr, verfolgenden Negern in die Hände zu fallen, war er auch einmal mit in jenes Versteck genommen worden, wurde dann allerdings zurückbefördert, ohne über die Wegweiser der

Furt instruiert worden zu sein.

Schon dies war etwas, wovon Paul Steffens, damals noch gar nicht geboren, nichts erfahren hatte, auch später nicht. Das war eben alles schon viel zu lange her.

Und Paul ahnte auch nicht, was für Anstrengungen dieser ihm sonst wohlbekannte Massante gemacht hatte, um jene Furt oder einen anderen Weg nach dem Versteck im Sumpf zu finden - ahnte nicht, wie Massante ihn darüber auszuforschen versuchte, wie oft dieser ihm deshalb auf den Fersen gesessen hatte.

Dieser Mulatte war eben mit allen Hunden gehetzt, wiederum aber war auch Paul so schlau gewesen, sich beim Besuchen der alten Heimat nicht beobachten zu lassen, und übrigens war das im Laufe langer Jahre, eines ganzen Menschenalters, nur zweimal geschehen.

Massante jedoch ließ unterdessen nicht locker mit dem Spionieren nach jenem Sumpfversteck. Und der Zufall war ihm günstig. Zunächst fand er eine andere Furt, die freilich nicht nach jener Stelle, sondern ganz anderswohin - nur nach jener Felswand - führte. Außerdem war es gar keine Furt zu nennen, sondern dort fehlte dem Sumpf, oder richtiger diesem ungeheuren, nur ganz seichten See, der Treibsand. Man konnte ihn sicheren Fußes durchwaten, ohne viel auf die Breite des Weges achten zu müssen.

Die Njirisümpfe sind ja etwa fünfundzwanzig deutsche Meilen lang, da kommt es auf eine Meile passierbaren Bodens nicht an, solch ein Streifen braucht gar nicht bekannt zu sein.

Also Massante watete durch den Sumpf, und da dessen Ufer gerade dort eine tiefe, meilenweite Einbuchtung machte, so brauchte er kaum drei Stunden, um an die Felswand zu gelangen.

Und gerade hier war diese weniger abschüssig, oder zeigte doch Vorsprünge, war zu erklettern - Massante tat es ohne besondere Schwierigkeiten.

So befand er sich jetzt oben auf der Felswand. Aber das, was man von unten aus für den Rand hielt, zeigte sich hier nur als ein sehr breiter Grat, dahinter setzte sie sich weiter nach oben fort, bis in den Himmel hinein.

Nun vor allen Dingen besaß dieser afrikanische Zigeuner ein viel besseres Orientierungsvermögen als alle die Wildhüter, auch als die bayerischen Jäger - er konnte recht wohl bestimmen, wo er sich befand, wußte daher auch die Lage jener Station im Sumpf, die er nur ein einziges Mal besucht hatte.

Und der Grat führte wirklich bis dorthin. Zu erblicken war dieses feste, mit Bäumen bestandene Land freilich nicht, hier hing die Wand schon viel zu sehr über, unter ihm war nichts als Wasser, aber Massante glaubte doch, ganz sicher bestimmen zu können, wo das Versteck unter ihm lag.

Die vierhundert Meter dort hinabzugelangen, dazu hatte er keine Möglichkeit - jetzt nicht. Aber hinab wollte er. So nahm er denselben Weg zurück, verschaffte sich ein Seil nach dem anderen, trug die einzelnen Stücke hinauf, bis er die genügende Länge zusammen hatte.

Wir wollen nur erwähnen, daß Massante zu diesen Vorbereitungen, denen er sich ausschließlich widmete, fast ein Jahr gebraucht hatte. Dann war alles fertig, er ließ sich aus der schwindelnden Höhe in die Tiefe hinab, dann, mit den Füßen fast das Wasser berührend, war er kaum fünf Meter von dem festen Land entfernt, dem seichten Grund war nicht recht zu trauen, er schaukelte sich tüchtig, bis er den Boden erreicht hatte.

Einen eigentlichen Zweck hatte dieses halsbrecherische Experiment nicht gehabt. Massante dachte gar nicht daran, sich hier etwa niederzulassen. Vielleicht hatte er nur einmal zusehen wollen, ob es hier für ihn nichts mitzunehmen gab. Das war nicht der Fall. Doch dieser Steppenzigeuner hatte ja auch nichts weiter zu versäumen.

So trat er den Rückweg an, eine kolossale Klettertour,

die er auch nicht mit seinen Muskeln fertiggebracht, wenn er nicht schon vorher ab und zu Knoten in das Seil geschlagen hätte, die er als Ausruhepunkte benutzen konnte.

Übrigens hatte er an der Felswand eine andere Stelle entdeckt, eine nischenartige Einbuchtung, an der man viel leichter emporklettern konnte, wenn das Seil dort oben anzubringen war, und dann mußte man direkt auf diese Insel gelangen, brauchte nicht erst Schaukelübungen zu machen.

Dies hatte Massante dem General berichtet, viel kürzer als hier geschehen, nur das Resultat.

„Wie lange ist das schon her?"

„Mindestens fünf Jahre."

„Ihr seid unterdessen nicht wieder dort gewesen?"

„Niemals wieder."

„Weshalb nicht?"

„Wüßte nicht, was ich dort zu suchen hätte."

„Wo ist das Seil geblieben?"

„Das habe ich in einer Höhle versteckt."

„Ob das aber auch noch dort liegt?"

„Was Massante versteckt hat, das weiß niemand zu finden", grinste der Mulatte. „Wüßte auch nicht, wer es dort suchen sollte."

„Es kann inzwischen vermodert sein."

„Es war ein Seil aus Schlingpflanzen, die überhaupt nicht verfaulen. Und dann, hört, würde ich Euch erst einen Vorschlag machen, wenn ich meiner Sache nicht ganz sicher wäre?"

„Ja, was für einen Vorschlag macht Ihr mir eigentlich?"

„Fragt doch nicht so dumm", sagte jetzt der verlotterte Mulatte dem General-Forstmeister ungeniert ins Gesicht.

„Gut! Ihr meint, daß auf diese Weise der Überfall gelingt?"

„Da kann ich nur wieder fragen: Würde ich Euch sonst diesen Vorschlag machen?"

—

„Wie weit ist der Ort von hier?“

„In der nächsten Nacht kann der Überfall ausgeführt werden.“

„Können wir denn auch alle zusammen ungesehen hinabgelangen?“

„Ihr fragt immer wieder so dumm. Hierüber aber will ich Euch nähere Auskunft geben. Also die sonst sich vorneigende Wand steigt dort gerade steil auf, macht aber in einer Höhe von dreißig Yards einen Winkel, bildet dadurch einen Absatz. Auf diesem Absatz können wir uns erst alle versammeln, die dreißig Yards sind dann blitzschnell heruntergerutscht.“

„Hm. Habt Ihr diesen Grat einmal weiterverfolgt?“

„Das ist ja nur so ein kleines Plateau, mehr als zwanzig Menschen können gar nicht darauf stehen.“

„Ich meine den Grat, der oben an der Wand entlangläuft?“

„Den habe ich untersucht.“

„Nun?“

„Der ist kaum zwei Meilen lang, verliert sich auf beiden Seiten an der glatten Wand.“

„Nun gut. Und was verlangt Ihr für diese Eure Führung?“

Ja, der General kannte seinen Mann. Das war für diesen doch die Hauptsache.

„Ein Monatsgehalt von jedem von euch, wenn ihr wieder angestellt seid“, grinste der Kerl, der also schon alles für die Zukunft berechnete.

Damit waren der General und alle anderen schnell genug einverstanden.

„Natürlich nur von denen, die noch am Leben sind“, setzte der Mulatte grinsend noch hinzu.

„Was willst du damit sagen, Bursche?“

„Na, einer oder der andere könnten doch draufgehen. Daß ich aber das erste Monatsgehalt nur von denen haben will, die noch lebendig sind, daraus könnt Ihr doch ersehen, wie sorgsam ich Euch führen werde."

Da hatte der Mulatte allerdings recht.

„Und wenn die Schufte nun inzwischen den Rückweg antreten?"

„Ihr laßt einfach einige Eurer Leute hier, schon drei genügen ja, um alle die Furt Begehenden wie zusammengetriebenes Wild niederzuschießen."

Es war nichts mehr zu besprechen, zumal Massante versicherte, in der Nähe auch noch eine Wasserstelle zu wissen.

Elf Mann blieben zurück, die sich mit ihren Pferden in dem hohen Schilf verstecken mußten, die anderen ritten unter Massantes Führung nach Westen.

Sie ahnten nicht, daß sie schon von drei Gegnern beobachtet wurden, von denen der eine, Stahlherz, ihnen nachschlich, während der Große Bär und seine Schwester, die Eichkatze, zurückblieben, um die im Schilf Verborgenen im Auge zu behalten, die eventuell zurückkehrenden Freunde rechtzeitig warnen zu können.

Noch am Abend desselben Tages erreichten die Banditen die betreffende Stelle, wo die breite Furt begann, übernachteten hier, am anderen Morgen passierten sie den Sumpf, und fast den ganzen Vormittag brauchten sie, weil es so viele Personen waren, dazu, die 400 Meter hohe Felswand zu erklimmen.

Das Seil hatte sich wohlbehalten in dem versteckten Loch gefunden.

Ursprünglich hatte man vor, den Abstieg und den Überfall erst des Nachts zu wagen, so hatte auch Massante geraten. Aber das Rachegefühl war stärker gewesen als jede Vorsicht.

Massante ließ sich erst auf den unteren Felsengrat herab, und er brachte die Mitteilung zurück, daß sämtliche Männer, wozu die Greise ja nicht zählten, das Lager offenbar schon verlassen, wieder den Weg durch den Sumpf angetreten hätten.

Nun ließen sich auch die übrigen nicht mehr halten. Es war in der dritten Nachmittagsstunde, als sie langsam und einzeln, um dem nicht allzu starken Seil nicht zuviel zuzumuten, sich auf den ersten Grat hinabließen, von hier aus also konnten sie das Lager schon überschauen, man erblickte nur Kinder und Greise und alte Weiber – und nun glitten die Wildhüter, schon das Messer zwischen den Zähnen und den Revolver am Handgelenk hängend, schnellstens am Seil herab.

Die Überrumpelung war eine vollständige. Die Zurückgebliebenen hatten ja auch nicht im entferntesten daran gedacht, daß ein Feind dort oben von der Felswand herabkommen könnte, hatten höchstens den Wasserspiegel im Auge gehabt. Und als einmal zwei und drei den Boden gewonnen hatten, wäre es überhaupt zu spät zur Gegenwehr gewesen.

Nun, sie hatten sich mit der letzten Kraft der Verzweiflung gewehrt, Greise und Weiber und Kinder, allein...

Doch wir wollen die Greueltaten nicht wiedergeben. Der General verweilte um so länger mit Wohlbehagen dabei.

Die gefangene Indianerin war nahe genug, um jedes Wort verstehen zu können. Nur ein einziger Zuck in ihrem Gesicht, weiter nichts, dann war es so ausdruckslos und das Auge so starr wie zuvor.

„Ihr habt auch etwas Tüchtiges abbekommen, General", meinte der Colonel.

Der General stieß einen furchtbaren Fluch aus.

„Mir wurde das linke Ohr abgeschossen."

Das Lachen seiner Leute strafte ihn Lügen, und da mußte er die Wahrheit gestehen, auf welche Weise er es verloren hatte. Ein Weib, das jüngste und schönste, hatte es ihm abgerissen, als es mit ihm gerungen hatte.

„Aber es hat ihr nichts geholfen", schloß er mit einigem Triumph den Bericht über die Episode, „und dann habe ich, daß sie es noch sehen mußte, ihr Kind am nächsten Baumstamm zerschmettert."

„Nein, die hat nichts mehr gesehen, die war ja schon tot, als sie Euch nicht mehr widerstehen konnte", berichtete ein Wildhüter, aber ganz andere Worte gebrauchend, und die anderen stimmten ihm durch Lachen bei.

Wegen dieser Unwahrheit sich zu rechtfertigen, hielt der General nicht für nötig. Er fuhr in der Schilderung des allgemeinen Feldzugs fort.

Sie hatten nur ihren Durst gelöscht, sowohl ihren Blutdurst als den nach Wasser, dann waren sie wieder in die Höhe geklettert, hatten den Rückzug angetreten.

In diesem schnellen, allgemeinen Rückzug nun lag eine Inkonsequenz, derentwegen der Colonel vergebens Fragen stellte.

Der Feind hätte doch viel klüger gehandelt, wenn er sich hier versteckt gehalten, mindestens eine Wache zurückgelassen hätte, um die früher oder später zurückkehrenden Amerikaner mit Pulver und Blei zu empfangen.

Der General sprach von den Pferden und von allem möglichen - die Sache war aber ganz einfach die, daß keiner auf dem Schreckensplatz, wo sie wie die Teufel gehaust hatten, zurückbleiben wollte, weder allein noch gemeinschaftlich - kurz und gut, sie hatten schleunigst den Rückzug angetreten, waren noch vor Anbruch der Nacht wieder auf dem festen Uferrand des Sumpfes gewesen.

Dann waren sie die ganze Nacht geritten, um sich wieder mit den Zurückgelassenen zu vereinigen - und was diese am Anfang der Furt postierten Wächter ihnen nun erzählen würden, was die erlebt hatten, darauf war man jetzt furchtbar gespannt, deshalb war man die ganze Nacht geritten.

„Und im übrigen haben wir unser Ziel erreicht", schloß der General triumphierend. „Die stecken jetzt in dem Sumpf und können nicht wieder heraus, können höchstens im Treibsand versinken. Das ist das Ende dieser neuen Wildhüter - ihre Herrlichkeit hat nicht lange gedauert."

Dem Colonel war seine Fragerei schon wiederholt verwiesen worden, aber er ließ sich nicht zur Ruhe bringen.

„Vorläufig leben sie noch, und auf jener Insel sollen sie doch auch alle Bedingungen zum Leben haben, Wasser und Sumpfvögel."

„Na ja, da mögen sie dort leben bleiben und alt wie Methusalem werden."

„Ich verstehe nur nicht, warum Ihr sie nicht dort empfangen habt."

„Wir mußten doch wieder hierher zurück."

„Aber einige Eurer Leute hättet Ihr doch dort zurücklassen können, mit einer Gewehrsalve wäre ja alles abgetan gewesen."

In diesem Augenblick hatte der heimlich selbst immer noch nach einer Entschuldigung suchende General eine glückliche Idee.

„Wir wollten sie nicht gleich töten, diese Hunde sollten erst ihr Lager noch einmal erreichen, lebendig, sollten sich mit ihren Augen überzeugen, wie sich die englisch-afrikanischen Foresters zu rächen verstehen."

Die zuhörenden Leute zollten dieser glücklichen Idee ihres Generals lauten Beifall.

„Ich verstehe nur nicht...", fing der Colonel immer wieder an, kam diesmal aber nicht weiter.

„Na, dann haltet Euer blutig verdammtes Maul, wenn Ihr so gar nicht verstehen könnt", wurde der General jetzt ungnädig, und da er den Vorgesetzten heraussteckte, war es auch mit der Gemütlichkeit vorbei. Denn im Grunde genommen herrschte hier doch eine eiserne oder vielmehr die blutigste Disziplin.

Nach einer kurzen Pause richtete der General selbst wieder in zutraulichem Ton an den zweithöchsten Offizier das Wort.

„Diese Bande, deren Anführer sich als unser Vorgesetzter aufspielen wollte, ist jedenfalls für immer abgetan. Die Furt verlegen wir ihm, die Felswand hinauf kann er nicht, so ist er nur auf die paar Quadratmeter Land beschränkt, dort mag er mit seiner Bande das Leben fristen – das heißt, solange es uns gefällt. Wenn es uns zu lange dauert, gehen wir einfach hinauf und knallen einen nach dem anderen weg. So sind wir jetzt wieder die Herren im Land. Man kann uns ja gar nicht entbehren, England ist doch auf die Erlaubnisscheine für Treibjagden angewiesen, sonst kostet dieses Gebiet nur schreckliches Geld und bringt ihm gar nichts ein. Der Gouverneur wird uns also mit offenen Armen empfangen. Zumal gerade jetzt, wo die vielen Gäste noch immer in Nairobi versammelt sind, um weitere Treibjagden abzuhalten, besonders auf Elefanten. Aber ohne sachgemäße Leitung ist ja so eine Treibjagd gar nicht möglich, da kann man sich doch nicht etwa auf die Schwarzen allein verlassen. Also, wie gesagt, wir werden mit Jubel begrüßt werden, man wird nichts lieber als die Vernichtung dieser neuen Wildhüter hören, mit denen der Gouverneur Lord Warwick so einen Hanswurststreich begangen hat. Aber wir können doch nicht öffentlich sagen, daß wir gegen diese vom Chefgouverneur bestätigten Beamten vorgegangen sind, daß wir zunächst ihr Lager – und so weiter und so weiter. Nun hört, wie wir das arrangieren wollen, was wir da dem Gouverneur vorschwatzen. Glauben tut er's ja nicht, der kennt doch mich – wir müssen nur die ganze Sache anders hinstellen. Jeder einzelne Gamekeeper ist schon instruiert."

Und dieselben Instruktionen erhielten jetzt Colonel Raven und seine Leute. Die Sache war einfach die, daß man gesehen haben wollte, wie die des Landes unkundigen Amerikaner sämtlich beim Passieren des Sumpfes ihren Tod in dem Schlingpfad gefunden hatten.

Dann hatte der Colonel nur noch einen Einwand zu machen.

„Aber da sind ja noch drei andere Indianer draußen."

„Nun, die können doch nicht das Gegenteil berichten, wenn wir uns einig sind, die haben doch nichts gesehen."

„Ja, aber immerhin, wir haben doch mit ihnen als Gegner zu rechnen."

„Ah bah, mit diesen drei Rothäuten wollen wir bald fertig werden, zumal sie nun einmal von den anderen getrennt sind. Die sind doch ganz fremd hier, und die sollen nicht lange mehr so vor uns fliehen können."

Ein spöttisches, helles Lachen veranlaßte den General, den Kopf zu wenden. Es war die gefangene Indianerin gewesen, die einmal dieses Lebenszeichen von sich gegeben hatte. Jetzt saß sie schon wieder mit unbeweglichem Gesicht auf ihrem Pferd.

„Ich glaube gar, die Hexe hat gelacht! Na warte, dir soll das Lachen schon noch vergehen!"

„Aber seht", flüsterte der Colonel, „da ist gleich eine, die gegen uns zeugen kann."

„Diese Indianerin? Ah bah! Daß die nicht mit dem Gouverneur zusammenkommt, dafür werde ich schon sorgen, hähähä. Und dort ist die Furt, dort im Schilf halten sich die Wachtposten versteckt. Nun bin ich doch gespannt, was die uns berichten werden."

Sie waren aber noch ein beträchtliches Stück davon entfernt, hätten sich noch nicht durch Rufen verständigen können. Es gehörte die Ortskenntnis dieser Männer dazu, um die Stelle aus solch weiter Entfernung gleich wiederzuerkennen.

„Sehen können sie uns schon", knurrte der General, „und wenn die etwa schlafen, dann..."

Er vollendete seine Drohung nicht.

„Haben die denn dort auch Wasser?" fragte der Colonel.

„Wir haben ihnen ihre Wasserschläuche aus unseren noch einmal gefüllt, wir brauchten ja keins, Massante führte uns an eine Wasserstelle."

Da tauchte aus dem Schilf die Gestalt eines Mannes auf, eines zweiten, die silberne Agraffe des einen blitzte in der Sonne, sie winkten.

„Alles in Ordnung - verflucht, ich hatte doch einige Sorge."

Sie trieben die Pferde schneller an. Von den vier toten Wildhütern, die gestern den Kugeln der roten Eichkatze zum Opfer gefallen waren, gewahrten sie nichts. Einmal kamen sie gar nicht an jener Stelle vorüber, die war weit abgelegen, und dann - sie hätten auch nichts bemerkt, wenn sie dicht daran vorübergeritten wären, dafür war schon gesorgt worden.

„Nun, mein schönes Schätzchen", wandte sich der Oberförster in heiterster Stimmung an die gefangene Indianerin, „was meinst du denn, wenn du mir heute nacht..."

Er kam nicht weiter. Zwischen dem Schilf blitzte es wie ein Funkenregen auf, ein ununterbrochenes Geknatter - die Ankommenden wurden von einem furchtbaren Schnellfeuer empfangen.

17.

Wir kommen zum Schluß unserer Erzählung, denn weitere Einzelheiten wollen wir übergehen, sie würden noch blutiger werden, als sie gewesen sind.

Reinhold hatte sich mit seinen ihm jetzt zur Verfügung stehenden Leuten, die ihn begleitet hatten, durch die Tunnels begeben, wo mehr als zwanzig Pferde standen. Also jetzt zum größten Teil beritten, hatten sie die viel kürzere Furt passiert, und so waren sie den zurückkehrenden Wildhütern zuvorgekommen.

Aber auch noch andere waren den Rächern zuvorgekommen. Als sie noch vor Morgengrauen sich dem Schilfversteck näherten, in dem die Wache lag, brauchten sie nicht erst zu beraten, wie sie diese am leichtesten überrumpeln könnten.

Das hatten bereits der Große Bär und Eichkatze besorgt. Schon nachmittags waren zwei weitere von den sieben, die sich einmal hervorgewagt hatten, unter ihren Kugeln gefallen, und in der finsteren Nacht war der Tod auch über die letzten fünf gekommen, da hatte kein waches Auge und kein lauschendes Ohr und gar nichts genützt.

Diesen beiden roten Kindern der amerikanischen Wildnis waren die fünf afrikanischen Jäger nicht gewachsen gewesen, alle fünf Skalpe hingen bereits am Gürtel des finsteren Indianers.

Das übrige war ja nun ganz einfach. Zu erwarten waren andere Wildhüter doch gewiß hier noch, wenn nicht alle, so doch einige, die mußten in die Todesfalle gehen.

Die auf der freien Prärie gefallenen Männer wurden beseitigt, auch sonst jede Spur, daß hier schon Kämpfe stattgefunden hatten, möglichst verwischt. Die jetzt aus vierzig Köpfen bestehende Abteilung legte sich in den Hinterhalt.

Und Pfarrer Sturzbacher brauchte nicht erst zu sagen, daß er für alles Blut, das fließen würde, schon vorher Absolution erteile, daß er alles, was die Männer seiner Gemeinde täten, vor Gott und den Menschen verantworten wolle - er fertigte schnell noch einige Patronen für seinen Schießstock.

Drei Stunden später waren die Wildhüter zurückgekehrt, aber nicht nur die Mörder von ihrem blutigen Handwerk, sondern es waren gegen achtzig Mann.

Desto besser, so hatte man sie gleich alle hübsch beisammen.

Verhandlungen gab es natürlich vorher nicht, so wenig es eine Kriegserklärung gegeben hatte.

Man befand sich in Afrika und nicht in Europa, obgleich es da oft auch nicht anders zugeht.

Einige Männer mußten die Hüte der Toten aufsetzen, das genügte schon, sie winkten – und die Ankommenden wurden von einen mörderischen Feuer empfangen. Ja, es war mörderisch! Kaum ein Dutzend waren es, die noch in die Steppe hinausfliehen konnten. Und den mageren Kleppern nach die neuen Wildhüter auf ihren kraftstrotzenden Rossen.

Die Verfolgten aber dachten noch an Gegenwehr, sie drehten sich im Sattel um und feuerten, und so kam es, daß kein einziger gefangen wurde, und auch der Verwundeten gab es nicht viel, die im Hinterhalt Liegenden hatten ein gar zu sicheres Zielen gehabt, und auch vom Rükken des jagendes Pferdes herab waren diese Schützen ans Treffen gewöhnt.

Sie selbst hatten nur ein einziges Opfer dieses Kampfes zu beklagen. Mitten in dem Haufen von Leichen, die das erste Schnellfeuer gefordert hatte, lag auch das Lispelnde Blatt, die junge Indianerin, die Tochter von Stahlherz, eine Kugel im Herzen. Diese wurde nicht ausgeschnitten, man wollte nicht wissen, ob sie aus einem bayerischen Stutzen oder aus einem amerikanischen Winchestergewehr stamme.

Sie wurde abseits begraben, und finster prüfte dann der Kleine Bär, ob das Ohr aus seinem Medizinbeutel auch wirklich an den Kopf des General-Forstmeisters passe. Es war so – der Mörder seiner Gattin aber war dem irdischen Rächer entgangen. – – –

Reinhold begab sich nicht erst nach Nairobi, sah den Vizegouverneur gar nicht wieder.

Er hatte gehört, daß sich Lord Warwick noch immer in Mombasa aufhalte, dorthin begab er sich, wollte diesen direkt sprechen.

Seine Reise, deren letzte Hälfte er allein ausführte – die ihm übriggebliebenen Indianer und Indianerinnen hielten sich unterdessen in der Steppe auf – verzögerte sich durch verschiedene Zwischenfälle, und so kam es, daß ihm die Kunde über die ganze Katastrophe schon vorausgeeilt war.

Ja, Lord Warwick wohnte im Gouvernementspalast. Aber er war plötzlich erkrankt. Er wollte eben den von ihm ernannten Marshal-Forester nicht sprechen, ihn gar nicht mehr sehen. Er hatte seine guten Gründe dafür.

Reinhold stellte sich den Gerichten. Da heißt, er wollte sich ihnen stellen. Er fand keine Richter. Das ginge nicht so ohne weiteres, sagte man ihm und schickte ihn von Pontius zu Pilatus.

Lord Warwick jedoch nahm wenigstens Reinholds Briefe an, korrespondierte mit ihm, und so wurde die ganze Sache in anderer Weise erledigt.

Reinhold erstattete schriftlich ausführlichen Bericht, gab seine Vollmachten zurück, verlangte sofortige Entlassung.

Dann sei die Sache ja erledigt, schrieb Lord Warwick zurück, was er zu fordern habe?

Reinhold wünschte nur für sich und seine übriggebliebenen Leute und Pferde freie Reise nach einem nordamerikanischen Hafen.

Sonst nichts weiter? Nein. Alles zugestanden. Und dann sei ja die ganze Sache erledigt.

Und sie verlief auch wirklich vollständig im Sande. Von den bayerischen Wildschützen wurde gar nicht einmal gesprochen, wenigstens nicht offiziell.

Hierzu war allerdings noch ein besonderer Grund vorhanden, der gleich erwähnt werden wird.

Reinhold kehrte mit seinen roten Leuten noch einmal nach dem Kilimandscharo zurück, und hier hatte er eine Überraschung – wenn der junge Mann überhaupt einer solchen noch fähig war.

In der bayerischen Kolonie hatten sich einige deutsche Herren eingefunden, die das ganze Gebiet mit allem zu kaufen wünschten. Der Handel war schnell abgeschlossen, alle Bauern konnten als begüterte Männer in die Heimat zurückkehren, und sie wollten es auch tun.

Wegen ihrer Wilderei brauchten sie so wenig Sorge zu haben wie wegen der nachfolgenden Ereignisse. Die englische Behörde erstattete keine Strafanzeige, und daraus wäre überhaupt nicht viel geworden.

Die Bayern zerstörten die Einrichtungen in den Gleitschächten, bepackten ihre Pferde mit den seit vielen Jahren gesammelten Fellen und Pelzen und zogen nach der Küste.

Zwei verschiedene Dampfer nahmen die ganze Gesellschaft auf. Der eine ging nach Bremen, und auf diesem befand sich die bayerische Gemeinde und außerdem Doktor Freimann und Käthe Richter, von denen der Leser natürlich weiß, daß sie noch ein Paar geworden sind – den anderen nach Amerika gehenden Dampfer benutzte Reinhold mit seinen letzten vier Indianern und drei Indianerinnen.

Denn zwischen den beiden Geschwistern war der Abschied erfolgt – sicher ein Abschied für immer. Aber das ist nun einmal so im Leben, und das Weib soll Eltern und Geschwister verlassen, um dem erwählten Mann zu folgen. – – –

Hiermit schließt unsere Geschichte. Und sie ist wirklich passiert, diese Geschichte von den Wildschützen vom Kilimandscharo und den Wildhütern vom englischen Reservat. Die blutige Tragödie wurde nur gar nicht sehr bekannt, weil damals nämlich gerade der russisch-japanische Krieg ausbrach, und der ließ doch gar nichts anderes aufkommen. Mit solchen kleinen Grenzkämpfen im schwarzen Erdteil hat man sich damals doch gar nicht abgegeben.

Und deshalb, weil diese Geschichte auf Tatsachen beruht, mußte sie auch etwas kurz beendet werden. Da durften wir nicht noch aus freier Phantasie mit der Figur Reinholds einen Herzensroman verknüpfen. Er ist mit seinen letzten roten Untertanen nach Nordamerika zurückgegangen, irgendwohin in die Wildnis, nach Nebraska oder nach dem Indianerterritorium, ist dort verschollen.

Der Mann aber, den wir in dieser Erzählung Doktor Felix Freimann nannten, ist heute noch ein bekannter Professor an der Berliner Universität, und die glückliche Mutter seiner Kinder ist in Arizona geboren, hat in Amerika Pferde zugeritten, ist in London als Kunstreiterin aufgetreten und hat in Afrika die Wildhüter im englischen Reservat, von ihnen zum Kampf herausgefordert, mit vernichten helfen.

Hat es etwa was genützt? Durchaus nicht. Es sind eben andere Wildhüter angestellt worden; im englischen Reservat, im heiligen Tierasyl wird das unschuldigste Wild nach wie vor niedergeknallt, wenn man die Erlaubnis dazu nur genügend bezahlen kann.

Wer es nicht glaubt, der lese darüber nur den letzten Reisebericht des deutschen Kolonialsekretärs.

Die bayerische Gemeinde endlich hat sich wieder in der Heimat angesiedelt, allerdings nicht wieder in Wolfensee, aber doch in Bayern. Die Bauern können noch am besten von allem erzählen, und ihr Pfarrer, den wir Alois Sturzbacher nannten, steht der Gemeinde noch heute voller Rüstigkeit vor, erzählt am gewissen Tag noch immer von den Leiden des armen, guten, heiligen Sebastians - und sie brauchen nicht mehr zu wildern, die haben jetzt eigenes Waldgebiet genug, in dem sie der Jagdlust frönen können - und der Pfarrer raucht auch wieder und schnupft wieder und trinkt zahllose Maßkrüge - also wird er, da der Mensch nicht zu viele Leidenschaften auf einmal haben darf, ganz gewiß auch nicht mehr auf die Jagd gehen, weder öffentlich noch heimlich - aber - wer woaß, ob's auch halt wahr ist.

DIE AUGEN DER SPHINX

PHANTASTISCHE ABENTEUERROMANE

VON

ROBERT KRAFT

Die Nihilit-Expedition

Auf der Suche nach der Quelle des geheimnisvollen Nihilitstahls stoßen die drei Überlebenden einer Forschungsexpedition auf das unbekannte Volk der Wuloden. In einem abgeschotteten Tal im Innern der australischen Wüste hat es sich eine Oase geschaffen, in der mörderische Gesetze das Leben und Überleben regeln.

Die Wildschützen vom Kilimandscharo

Ein oberbayerisches Dorf liegt verborgen im Innern Schwarzafrikas. Auf den unzugänglichen Höhen des Kilimandscharo leben die deutschen Auswanderer wie einst in der alten Heimat. Doch die Idylle ist bedroht, denn skrupellose Wilderer, die auch vor Mord nicht zurückschrecken, machen das Land unsicher.

Die Rätsel von Garden Hall

Ein junger deutscher Arzt tritt die Stelle als Hauslehrer auf Garden Hall an, der Residenz des englischen Lords Roger Norwood. Nicht nur die Tatsache, daß er bereits zwei Stunden nach seiner Ankunft mit der jungen Erbin des seltsamen Lords verheiratet ist, sondern auch viele andere Ungereimtheiten reizen ihn dazu, die Rätsel von Garden Hall zu lösen.

Die neue Erde

Als am Neujahrsmorgen ein Komet die Erde trifft, verschieben sich die Klimazonen, und fast die gesamte Menschheit stirbt. In Asien kämpfen vier schiffbrüchige Europäer und eine Handvoll Inder gegen die polare Kälte, wogegen in Mitteleuropa tropische Tier- und Pflanzenarten entstehen. Die wenigen übriggebliebenen Menschen müssen sich den neuen Gegebenheiten anpassen.

Weitere Bände in Vorbereitung

EDITION USTAD

IM KARL-MAY-VERLAG

KARL MAY

GESAMMELTE WERKE

1 Durch die Wüste
2 Durchs wilde Kurdistan
3 Von Bagdad nach Stambul
4 In den Schluchten des Balkan
5 Durch das Land der Skipetaren
6 Der Schut
7 Winnetou I
8 Winnetou II
9 Winnetou III
10 Sand des Verderbens
11 Am Stillen Ozean
12 Am Rio de la Plata
13 In den Kordilleren
14 Old Surehand I
15 Old Surehand II
16 Menschenjäger
17 Der Mahdi
18 Im Sudan
19 Kapitän Kaiman
20 Die Felsenburg
21 Krüger Bei
22 Satan und Ischaroit
23 Auf fremden Pfaden
24 Weihnacht
25 Am Jenseits
26 Der Löwe der Blutrache
27 Bei den Trümmern von Babylon
28 Im Reiche des silbernen Löwen
29 Das versteinerte Gebet
30 Und Friede auf Erden
31 Ardistan
32 Der Mir von Dschinnistan
33 Winnetous Erben
34 „ICH"
35 Unter Geiern
36 Der Schatz am Silbersee
37 Der Ölprinz
38 Halbblut
39 Das Vermächtnis des Inka
40 Der blaurote Methusalem
41 Die Sklavenkarawane
42 Der alte Dessauer
43 Aus dunklem Tann
44 Der Waldschwarze
45 Zepter und Hammer
46 Die Juweleninsel
47 Professor Vitzliputzli
48 Das Zauberwasser
49 Lichte Höhen
50 In Mekka
51 Schloß Rodriganda
52 Die Pyramide des Sonnengottes
53 Benito Juarez
54 Trapper Geierschnabel
55 Der sterbende Kaiser
56 Der Weg nach Waterloo
57 Das Geheimnis des Marabut
58 Der Spion von Ortry
59 Die Herren von Greifenklau
60 Allah il Allah!
61 Der Derwisch
62 Im Tal des Todes
63 Zobeljäger und Kosak
64 Das Buschgespenst
65 Der Fremde aus Indien
66 Der Peitschenmüller
67 Der Silberbauer
68 Der Wurzelsepp
69 Ritter und Rebellen
70 Der Waldläufer
71 Old Firehand
72 Schacht und Hütte
73 Der Habicht
74 Der Verlorene Sohn
75 Sklaven der Schande
76 Der Eremit
77 Die Kinder des Herzogs
78 Das Rätsel von Miramare

- Die Reihe wird fortgesetzt -

KARL-MAY-VERLAG
BAMBERG · RADEBEUL